# LEICHENREGEN

Ein Passauer Friedhofskrimi

Autor:
**HUGO BERGER**

neobooks

**Impressum**

1.Auflage: 12.10.2021



Verlag: Horst Gebetsberger
Bgm.-Jungwirth-Straße 4 B
94161 Ruderting
horst-gebetsberger@t-online.de
ein Service der neopubli GmbH,
Berlin

Printed in Germany

**Protagonisten in alphabetischer Reihenfolge:**

***Adolf Kummer*** **(+ 25.9.2000)**
Verstorbener Großvater und Erzieher von *Hermann Kummer*
***Alex***
Gitarrist in *Sebastians* Band *Easy feeling,*
Neffe von *Polizeirat Wolf*
***Andi Klein***, Andi 1 **(+ 6.5.2001 Verkehrsunfall m. Fahrerflucht)**
ehem. Student/eng befreundet m. *Christian Holzmeier*
***Andi Zwei***, richtiger Name unbekannt
Geliebter von *Christian Holzmann* nach *Andi 1*
***Ben Grubinger***/Controller bei BMW München
ehem. Studentenclique *Septem,* aus Puchheim
***Bernhard Raitmaier***/Stadtbusfahrer
Vater von *Sebastian*, tritt nur selten in Erscheinung
***Christian Holzmeier***, Chris, Nick **(+ 18.11.2020 Mordopfer 5)**
bearbeitet Traueranzeigen b. Passauer Presse
ehem. Studentenclique *Septem*
***Dr. Hans Nabel***/Pathologe in der Gerichtsmedizin München
***Easy Feeling***/Band von *Sebastian*, *Alex*, *Flo* und *Koko*
***Erika Kummer*** **(+ 24.3.1987 an Krebs)**
Mutter von *Hermann Kummer*
***Flo Meisinger***/Autobahnmeisterei Schalding
Bassist in *Sebastians* Band *Easy Feeling*
***Frank Bierhuber***, Franky/Grundschullehrer in Zwiesel
ehem. Studentenclique *Septem*
***Günter Wagmann***, Günni/Angest. Export-GmbH Rosenheim
ehem. Studentenclique *Septem*
***Hackl*** *Reiner*/stellvertretender Oberkommissar im K1
Thailandfan u. unkooperativer Kollege von *Robert Holmes*
***Harald Haas***, Harri **(+ 17.10.20 Mordopfer 1)**
Beamter im Finanzamt Passau/ehem. Studentenclique *Septem*
***Heinz Huck***/freiberuflicher Dienstleister, Fahrservice
Gast in der Vinothek, der *Christian Holzmann* gut kannte
Informant von *Robert Holmes*
***Hermann Kummer*** **(+ Nov. 2020)** ehem. Polizist
anschl. langj. stationärer Aufenthalt in psych. Klinik, Schachspieler

***Holmes*** *Robert*, Rob/leitender Hauptkommissar im K 1
Vorgesetzter von *Sebastian Raitmaier*
***Inge Müller/*** Hausfrau
Mutter von Opfer *Mario Müller*
***Irene Weber***/Reinigungsfrau b. *Harald Haas*
***Kai Rudolph*** **(+ 5.11.2020 Suizid)** selbst. Rechtsanwalt
1998 - 2005 Dozent an Uni Passau, behindert im Rollstuhl
Rechtsanwalt von *Richard Ramm*
***Koller/*** Musiker aus der Vinothek, *Koko`s* Vater
***Koko,*** **Ko**nstantin **Ko**ller/Krankenpfleger am Klinikum
Kumpel von *Sebastian* und Schlagzeuger in der Band *Easy feeling*,
***Kopfinger*** Fred/Ermittler im K1
häufig im Krankenstand, zuletzt Radunfall
***Mama Raitmaier***, Susanna mit 4 A/Bedien.im Ratskeller
*Sebastians* Mutter, ausgesprochene Krimi-Mimi
***Manfred Koch*** **(+ 29.10.2020 Wasserleiche)** Rentner
zuletzt wohnhaft in einem Passauer Pflegeheim
***Manzke*** Jacob/Kriminalkommissar aus Frankfurt
Bekannter von *Sandra Bergmann* aus Studienzeit
***Mario Müller*** **(+ 30.10.2020 Mordopfer 3)**
Dauer-Student ohne Abschluss aus Passau
lebte auf großen Fuß v. übertragenen Vermögen v. Vater *Paul Müller*
***Martin Wimmer*** **(+ 13.11.20 Mordopfer 4)**
ltd. Angest. bei ZP aus Jacking
ehem. Studentenclique *Septem*
***Marina/*** Bedienung in der Vinothek
***Michael Schwarz***/Banker in Freising
ehem. Studenten-Clique *Septem* aus Erding
***Muck*** *Hans*/neuer Ermittler im K1
von Berlin nach Passau gewechselt, mit einer Lücke i.d. Dienstakte
***Neumeier***, *Kurt*/Chef der Spurensicherung
***Nick,*** zweiter Vorname von >*Christian Holzmeier*
***Obermüller***
Nachbar von *Harald Haas*, Zweitwohnsitz in Hengersberg
***Oskar Kummer*** **(+ 25.10.1985 im Dienst erschossen)**
ehem. Grenzpolizist/Vater von *Hermann Kummer*

***Papageien-König***/Papageierzüchter
Gesprächiger Stammgast in Vinothek
***Paul Müller***, **(+ 1997 an Krebs)**
Vater von *Mario Müller*, Zeuge b. Verkehrsunfall *Andi Klein*
***Richard Ramm*** **(+ 8.9.2002 tödlicher Bergunfall)**
ehem. Student/Unfallfahrer mit Todesfolge von *Andi Klein*,
wurde von Anklage wg. Fahrerflucht freigesprochen
***Ritchies*** Studentenclique, *Richard Ramm*, u.a.
***Rob*** > siehe *Holmes*
***Sandra Bergmann***/Journalistin bei Passauer Presse
***Sebastian Raitmaier***, Basti/Kriminalkommissar-Anwärter
im Praktikum/Gitarrist bei *Easy Feeling*
***Septem***/Studentenclique
*Ben, Chris, Frank, Harri, Michael, Tom und Günni*
***Steffi Brunner***/attraktive Sekretärin im K1
rechte Hand von Hauptkommissar *Robert Holmes*
***Thomas Kaiser***, Tom **(+ 26.10.2020 Mordopfer)** selbst. Software-Entwickler aus Offenbach/ehem. Studentenclique *Septem*
***Tina***/Sängerin
neue Freundin von *Sebastian*
***Ulrike***, Ulli/Chefsekretärin im K1
linke und rechte Hand von *Polizeirat Wolf*
***Uwe Schultze-Fischer***/Schriftsteller
Mitbewohner von *Martin Wimmer*
***Vierhammer***, *Mike*/Kommissar im K1
***Wiesinger***, *Georg*/Polizeipressesprecher
***Wolf*** *Wolfgang*, Polizeitrat und Leiter der Kripo
genannt der Wolf, steht kurz vor Pensionierung

**-Sonntag, 18. Oktober-**

„6638!"

„Hör bloß auf, ich kann die Zahlen-Scheiße nicht mehr hören!"

„Und *wir* sind natürlich wieder die Sündenböcke, suuuper!"

„Hey kommt runter, wir haben einen Deal … „

„ … genau! Und jetzt bist du so was von überfällig *Koko*, keine Gnade!"

Noch während die Diskussion Gefahr lief, ein kaugummizähes Hin und Her der unterschiedlichen und sowieso nicht beweisbaren Standpunkte zu werden, bahnte sich etwas anders an. Nicht unbedingt appetitlich, eher das scheußliche Gegenteil davon. Auf den soeben noch vorschriftlich desinfizierten Tisch klatschte aus heiterem Himmel und ohne jegliche Vorwarnung die kinderhandgroße Ladung einer unbekannten weißlichen Substanz.

„Pfui Teufel, Taubenscheiße!"

„Siehst du, kaum kommst du wieder mit dieser Scheiße daher, spuckt sie dir vom Himmel direkt auf den Kopf, … sorry auf deinen Burger."

„Fuck, ich hab noch nicht mal abgebissen!"

„Bähhhh, ist das ekelig, wisch endlich die Sauerei weg!"

„Hey wartet, das ist keine Taubenkacke, Leute schaut euch das an!"

„Spinnst du Mann, und was das für eine Riesen-Taubenkacke ist, Mann, ich muss gleich kotzen!"

Der Sonntag wollte haargenau so sein, wie *Jennifer* es vorausgesagt hatte. *Jennifer* war die sympathische Stimme aus dem Radio, und die hatte eine Überdosis Sonnenstrahlen versprochen. Dem unüblich warmen Spät-Oktobertag war es trotzdem ziemlich egal, dass vier junge Männer, hinter undurchsichtigen Sonnenbrillen versteckt, genau das machten, was *Jennifer Kleinhofer* ihnen und den anderen „Unser-Radio"-Hörern am Vortag ans Herz gelegt hatte. *Koko, Floh, Alex* und *Sebastian* hockten in der Sonne und träumten relaxed von einem Rest-Sommer, der längst seinen unwiderruflichen Abgang eingeläutet hatte.

Die Terrasse des Cafes am Residenzplatz, das sich in diesem Sommer ganz oben an die Spitze ihrer persönlichen Beliebtheitsskala gesetzt hatte, war zu ihrem Treffpunkt geworden um fachzusimpeln, die letzte Musik-Session zu analysieren, und, wenn diese in ihre Einzelteile zerlegt und jede Schwachstelle schließlich haarkleingeredet war, ihre Ansichten über den Sinn des Lebens und andere halbwichtige Dinge auszutauschen … falls nicht gerade etwas Unvorhergesehenes passierte.

„Jetzt macht doch die Glotzaugen auf“, bestand *Sebastian* vehement auf seine vermeintliche Beobachtung, „der grüne Fleck, in der Mitte, der sieht doch genauso aus wie eine Pupille. Echt jetzt!“

*Flo* dagegen beantwortete seine Feststellung nur mit einer wegschubsenden Handbewegung unter Zuhilfenahme einer Serviette „Quatsch! So und jetzt ist diese Glubber-Glitsche-Schlaaz-Kacke vom Tisch.“

„Treffer!“ klatschte *Alex*, als das undefinierbare weißschleimige Etwas so treffsicher im zwei Meter entfernten Papierkorb landete wie ein Freiwurf beim Basketball.

*Sebastian* schüttelte protestierend den Kopf. „Echt jetzt?“

„Was?“

„Du kannst doch nicht …“

„Mann“, unterbrach ihn *Flo*, „entspann dich. Seit du bei den Bullen bist, siehst du überall ein mögliches Verbrechen.“

„Hast du überhaupt schon mal eine richtige Leiche gesehen Mann?“, schlug sich auch *Koko* auf die Seite von *Flo* und *Alex*.

„Wozu? Mit deinen Leichen im Klinikum kann sowieso keiner mithalten.“

*Koko* grinste. „Kannst ja gerne mal vorbeikommen, dann zeig ich dir unsere Leichensammlung in den Edelstahlschubladen.“

„Ist ja gut, Leute. Aber ihr glaubt doch nicht im Ernst, dass in Passau jeden Tag einer ermordet wird.“

„Ist ja richtig beruhigend“ lächelte *Koko*.

„Echt Leute, keine Morde und natürlich keine Leichen die dazugehörigen seit ich dabei bin. So siehts aus!“

„Aha.“

„Abgesehen davon, ist es in Passau wirklich ruhig, sagt mein Chef“, verteidigte sich *Sebastian* etwas hilflos.

„Und was war letztes Jahr in der Triftsperre mit den Armbrusttoten?“, bohrte *Alex* nach.

„So was kann natürlich vorkommen, aber das kann in jedem anderen Kaff genauso passieren.“

*Alex* ließ nicht locker. „Und die Sache mit dem Jungen, den sie am Schanzl totgeprügelt haben?“

„Okay, stimmt“, bestätigte *Sebastian* und fügte hinzu, „trotzdem sind die Leichen, bei denen der Leichenarzt das Kreuzchen bei unnatürlich oder bei unklare Todesursache macht, die Ausnahme. Und dann bleiben fast nur die Wasserleichen, sagt mein Chef!“

„Immerhin!“

*Flo* hatte sich inzwischen gedanklich aus der Leichendiskussion ausgecheckt. Die einzigen Leichen, die er sich noch vorstellen konnte, waren bestenfalls weibliche Alkoholleichen, als er zu den offensichtlich angeheiterten Studentinnen am Nachbartisch hinübergrinste, die sich halb totlachend amüsierten.

Auch das ist eine der vielen Vorzüge der Stadt mit römischer Vergangenheit am Zusammenfluss von Donau, Inn und Ilz, von der schon Alexander von Humboldt behauptete, dass sie zu den sieben schönsten Städten der Welt zählte, die Uni. Schlichtweg bedeutet das nichts anderes, als frischer Nachschub an Jura-Kuwi- oder Theo-Quietschies im März und im Oktober eines jeden Jahres.

Drei sehr lebendige Beispiele dafür saßen im unverschämt kurzen Noch-Sommer-Outfit am Nachbartisch, reizend, attraktiv, besäuselt und -so wie es aussah- auffallend neu in Passau. Ein ganzes Sortiment von leergetrunkenen Aperol-Gläsern auf ihrem Tisch sagte eigentlich alles. Es erklärte, warum sie sich von einem Lachanfall zum nächsten kicherten, ohne dass *Koko* oder einer der anderen auch nur annähernd auf die Idee gekommen wäre, dass ihre weibliche Nachbarschaft die beschissene Taubenkacke-Angelegenheit bis ins kleinste Detail mitgekriegt haben könnte.

„Was ist *Koko*? Die nächste Runde geht auf dich!“, erinnerte ihn *Flo*. „Du weißt schon, deine scheiß Sechtausendundnochwas. Deal ist Deal!“

Es war das entscheidende Stichwort, die Mädels am Nachbartisch zu einem Drink einzuladen und dafür die Leichen zu begraben und die Taubenkacke das sein zu lassen was sie war: Taubenkacke. Der Rest war kein großartiges Kunststück. Im feuchtfröhlichen Mischmasch von Aperol Spritz und Wolferstetter-Weißbier, Studenten-Hochdeutsch und Original Passauer Dialekt legte sich bald das angenehme Gefühl der Leichtigkeit des Seins über diesen Nachmittag. Am Ende sogar soviel Leichtigkeit, dass die Fangemeinde ihrer Band um drei weibliche begeisterte Groupies gewachsen war und für den nächsten Auftritt das Versprechen bekamen, persönlich genannt und begrüßt zu werden. Kein Wunder, dass sie dabei beinahe vergessen hatten, dass es noch zwei weitere Gründe gab, besonders guter Laune zu sein: Zum einen der vom Bürgermeister zugesagte Auftritt beim nächsten Stadtfest -sofern die Krisensituation endlich ausgestanden war- und das dreijährige Bandjubiläum von *Easy feeling*.

Jahrestage haben häufig etwas Rituelles an sich. Man erinnert sich, man feiert oder man gedenkt, oder man nimmt den Jahrestag zum Anlass um etwas zu planen.

**-Samstag, der Tag davor-**

„…das war das neueste aus der Region. Und jetzt das Wetter für Niederbayern. Neureichenau im Landkreis Freyung meldet frische 9 Grad, Pocking 14 und Schöllnach im Landkreis Deggendorf 11 Grad, da ist es über Nacht schon herbstlich frisch geworden. Heute Nachmittag dann 13 Grad und ungemütlicher Nieselregen, der uns bis in die Nachtstunden hinein begleiten wird. Die gute Nachricht, es bleibt nicht so. Schon für morgen erwarten wir ein neues Hoch mit viel Sonnenschein und dank starkem Föneinfluss nochmal ein Oktober-Sonntag mit ungewöhnlich warmen Temperaturen bis deutlich über zwanzig Grad. Einfach viel zu warm für diese Jahreszeit, aber Leute ihr wisst ja, alles spricht von der Klimaerwärmung. Morgen soll es uns aber egal sein, also noch einmal raus in die Sonne, die Cafes haben nochmal ihre Tische in die Sonne rausgestellt. Ich hoffe für Euch, dass ihr ein Plätzchen findet… „

*Heute Abend, 19.00h, Stockinger-Gruft, wie früher-*

… stand auf einem zusammengefalteten Zettel, der etwas schwergängig durch den schmalen unteren Schlitz der Haustüre geschoben wurde, während man das das Radio bis hinaus zum Eingang des Reihenmittelhauses in der Wiener Straße hören konnte. Es war ganz offensichtlich, dass jemand zu Hause war.

„ … die Studiouhr zeigt 11 Uhr 04, und das waren die Wettermeldungen von Unser Radio, *Jennifer Kleinhofer*. Und was könnte nun besser zu den Wetteraussichten passen als der Klassiker von Creedence Clearwater Revival „who`ll stop the rain…“

**-Montag, 19. Oktober-**

Die smaragdgrüne Pupille eines zerfetzten Augapfels starrte ihn verurteilend an. Sie hing, lediglich mit klebrig aussehenden Muskelfäden noch verbunden, an den schleimigen Resten, die einmal ein menschliches Auge gewesen waren. Sie schien ihn zu beobachten wo er auch war und wohin er sich auch verkriechen wollte. Sie war überall. Er konnte ihrem entsetzlichen Blick nicht entweichen, egal was er auch versuchte…

… endlich erwachte *Sebastian* aus seinem Albtraum.

„Hey *Basti* komm endlich, es ist schon spät. Du brauchst ein vernünftiges Frühstück, dass du was im Magen hast, wenn du einen verhaften musst … oder wenn du eine Leiche hast."

„Mamaaa! Das ist nicht wie bei den Rosenheim-Cops, da gibt ist nicht alle Tage neue Leichen!", war das erste, was *Sebastian* an diesem Morgen nach einer unruhigen Nacht genervt über seine Lippen brachte, als er zusammen mit *Mama Raitmaier* am Frühstückstisch saß, so wie jeden Wochentag um 6 Uhr 45.

Ein geräumiges Büro mit einigen Arbeitsplätzen, ein weiteres Büro für den Chef mit zwei Schreibtischen -von denen allerdings nur einer benutzt wurde-, ein Vernehmungszimmer, ein Besprechungsraum, sowie ein Sozialraum mit kleiner Kaffeeküche, die mit den Kollegen von zwei weiteren Abteilungen geteilt wurden und ein langer Flur, auf dem man zu den anderen 8 Kommissariaten gelangte, die sich auf Ebene 2, 3 und 4 im Gebäude verteilten. Alles in Allem ein auf dem Reißbrett sachlich hingeworfenes Zweckbauwerk aus den Siebzigern, in dem *Sebastian* sein Praktikum zum Kriminal-Kommissar absolvierte. Nichts Besonderes, das Polizeigebäude in der Nibelungenstraße 17 im Vergleich zum High-Tech-Neubau in der Karlsbader Straße, der zum Ende des Jahres immer noch einer gigantischen Riesenbaustelle glich.

„Guten Morgen *Sebastian*, du sollst gleich zum Chef kommen."

„Hey Kleiner“, begrüßte ihn Kriminalhauptkommissar *Holmes*, obwohl *Sebastian* mit seinen schlaksigen 1,92 alles andere als klein war. „Hast du die Zeitung gelesen?“

„Nein Chef, ich höre nur Musik und die schlimmen Nachrichten erfahre ich sofort wenn ich ins Büro komme…“

Es war die 6. Woche seines Praktikums, und „Kleiner“ hieß er in den Augen von *Holmes* eben auch nur deshalb, weil er der Benjamin im Kommissariat für Leib und Leben -kurz *K 1- war.

„Chef, die Gerichtsmedizin in München, ich verbinde!“ kündigte *Steffi* das bestellte Telefonat für *Holmes* an. Sie war auffällig geschminkt -das war sie immer- und ihre tulpenroten Lippen betonten ihr schmales Gesicht, in das eine ihrer dunklen Haarsträhnen gefallen war, die vor ihrem Mundwinkel sanft hin und her wippte.

„Hallo, hier Kriminalkommissariat Passau, *Holmes* … wie Sherlock.“

„Was, wer, Sherlock Holmes?“, fragte die weibliche Stimme am Telefon etwas irritiert.

„Neiiin, *Robert Holmes*, nicht Sherlock, Passau“, wiederholte er langsam und deutlich „Polizeiinspektion Passau, Niederbayern.“

Nur leise konnte man die Antwort auf die Frage von *Holmes* am anderen Ende der Leitung mithören. „Nein der Pathologe ist noch nicht da, der kommt frühestens um 10.00 Uhr oder vielleicht auch später.“

„Mann, die haben die Eile nicht erfunden“, beschwerte sich *Rob* lautstark beim aufgelegten Telefon.

„Was ist los?“ fragte *Sebastian* neugierig, immer noch auf die Antwort wartend, was er in der Zeitung hätte lesen sollen und was der Grund für das gerade mitgehörte Telefonat gewesen war.

*Mordkommision

Aber *Steffi* wartete bereits mit der nächsten schlechten Nachricht an diesem Morgen, kaum nachdem *Rob* sein Telefon beschimpft hatte. „Chef der *Kopfinger* hat gerade angerufen. Er hat gestern einen Unfall mit seinem Rennrad gehabt, liegt im Krankenhaus, hat sich …“

„Was, der *Kopfinger*? Mit dem Rennrad? Ich dachte, der hat erst ein neues Kniegelenk bekommen. Nicht schon wieder. Wie lange diesmal?“

„Hat er noch nicht genau gewusst, Chef.“

„Der bringt mich noch zur Verzweiflung, jetzt ist der Typ 60 und meint, weil er den Mont Everest …

„Nein es war der Kilimandscharo, Chef!“, wendete *Steffi* auklärend aber betont freundlich ein.

„Scheißegal … von mir aus auch der Pico de Hinterfotzing. Der Wahnsinnige treibt alles das, was für sein Alter überhaupt nicht gut ist, Bungee-Jumping, Eishockey, extreme Bergtouren, Free-Climbing, und Rennradfahren ist dabei sogar noch das Harmloseste. Super, ich bin gespannt, ob der noch irgendwann mal erwachsen wird, bevor er sich das Genick gebrochen hat?“

*Steffi* hatte einen verständnisvollen Blick in ihrem hübschen Gesicht, im Gegensatz zu *Sebastian*, der gedanklich noch immer völlig im Trüben fischte.

„Na wunderbar …“, sprach *Holmes* mit sich selbst, vielleicht meinte er aber auch *Steffi* und *Sebastian* „ … dann bin ich hier im Kommissariat wohl bald alleine. Wenn das so weitergeht mit den Ausfällen und den Kranken, dann müssen wir den Laden bald schließen.“

„Was ist mit den Straubinger Kollegen, Chef?“

„Nie im Leben, vergiss das *Steffi*.“

„Und die Landshuter?“

„Erst recht nicht, hör mir bloß mit den Landshutern auf … und überhaupt, alles was Polizistenbeine hat, ist nur noch mit der Überwachung von den ganzen Corona-Maßnahmen beschäftigt, bei denen sich sowieso kein Schwein mehr auskennt.“

*Steffi* wusste, wann es bei ihrem Chef besser war, nicht mehr weiterzufragen, und beließ es dabei mit einem: „Soll ich dir einen Kaffee bringen, Chef?"

*Rob* nickte.

*Sebastian* hatte noch immer Fragezeichen in den Augen, was heute Morgen Sache war. Erst mit einem verlegenen Räuspern brachte er sich wieder in Erinnerung.

„Ach so", fing sich *Holmes* wieder, als er wie gedankenverloren an seinem Kaffee-Haferl schlürfte. „Du hast heute deine Premiere Kleiner. Wir haben eine Leiche …"

Hauptkriminalkommissar *Robert Holmes* - von seinen Kollegen auch *Rob* genannt -, war durchaus fairer Chef. Auf keinen Fall der Typ, der seine schlechte Laune an einem jungen Kommissaranwärter ausließ. Nein, es war ihm wichtig, dass dieser etwas lernen konnte.

„Wasserleiche, Chef?".

„Nein, was anderes."

Vielleicht hätte *Sebastian* seiner Mutter an diesem Morgen doch nicht widersprechen sollen.

„Eine Leiche vom Friedhof."

„Okay, da sind ja jede Menge Leichen."

„Witzbold!" *Holmes* musste kurz lächeln. „Der Friedhof ist der Tatort und wir fahren jetzt nach München in die Gerichtsmedizin, holen uns den Bericht ab und sprechen mit dem Pathologen, was der dazu meint, undsoweiter undsoweiter."

„Echt jetzt?"

„Klar, und zwar so was von echt, Kleiner."

Kurz darauf saßen die beiden im dunkelgrauen Dienst-BMW auf der A3 nach München.

„Was genau ist eigentlich passiert Chef?"

„War also dein Ernst, dass du keine Nachrichten hörst, Kleiner?"

„Na ja, zumindest keine Radionachichten. Das Wichtige bekomme ich über meine App und bei Spotify-Musik hab ich meine eigene Playlist ohne Werbemüll. Alles ganz easy."
„Ich versteh euch jungen Leute nicht, muss ich zum Glück auch nicht", kommentierte *Rob* den Generationsunterschied gleichgültig.

*Sebastian* genoss es, den nagelneuen 5er-BMW mit zügiger Geschwindigkeit über die Autobahn rollen zu lassen, aber weniger das, was *Robert Holmes* zum Tathergang unbeschönigt erzählte.
„Kein schönes Bild, Kleiner. Der Regen hat zwar das Blut weggewaschen, schön hat er aber trotzdem nicht ausgesehen. Wie ein Stück Vieh hat ihn der Täter am schmiedeeisernen Tor der Gedächtnis-Kapelle fixiert, obwohl das Opfer auch ohne die Kabelbinder keinen Meter mehr gekommen wäre. Der ist verblutet, Messerstich in den Arsch. Muss ein ziemlich mächtiges Messer gewesen sein, aber weder die Tatwaffe noch Spuren am Tatort. Die Spurensicherung hat nichts gefunden, nicht den kleinsten Hinweis." Ein grausiges Detail hatte *Rob* bei seiner Schilderung allerdings bewusst zurückgehalten.
Die Autobahn war frei, kaum Verkehr an diesem Montag Vormittag. Trotzdem verlangsamte *Sebastian* das Tempo etwas, vielleicht auch nur, um über das gerade Erzählte nachzudenken. „Wann ist das passiert Chef?"
„Muss am Samstag Spätabend zwischen 19.00 und 21.00 Uhr gewesen sein. Am Sonntagmorgen hat ihn eine Friedhofsbesucherin gefunden und die 110 angerufen. Ja Kleiner, das war mein Sonntag, und bei dir?"
*Sebastian* wirkte etwas verlegen und statt zu antworten überholte er zügig eine LKW-Kolonne, ohne dabei auf das Fahrzeug zu achten, das knapp hinter ihm bereits auf der Überholspur war.
„Hey Vorsicht Kleiner!"
„Alles gut Chef, ist ja nichts passiert!"
„Da hast du jetzt aber Schwein gehabt!"

„Und … wer ist das Opfer?“, lenkte *Sebastian* von seinem riskanten Ausschermanöver etwas zu auffällig ab.

*Rob* ließ es gut sein. „Wissen wir noch nicht, wir haben nur einen Autoschlüssel in der Hosentasche gefunden, sonst nichts. Die Polizei hat die ganze Voglauer Straße abgefahren, aber das Auto, das zum Schlüssel passt, war nicht dabei. Fingerabdrücke undsoweiter undsoweiter bekomme ich erst heute im Lauf des Tages, falls es überhaupt welche gibt und dann sehen wir weiter.“

„Dann gibt es also auch noch keinen Verdächtigen …?“

*Holmes* lachte ihn an, ohne zu antworten. Die Antwort konnte sich *Sebastian* wohl denken. „Vielleicht hat das Opfer seinen Wagen in der Innstraße geparkt und ist dann über den Fünferlsteg rübergegangen …“

„Okay, guter Ansatz Kleiner. Das könnte gleich ein Auftrag für dich sein, wenn wir wieder zurück in Passau sind. Übrigens, es ist ein Audi.“ *Rob* bemerkte, dass *Sebastian* am liebsten gleich umgekehrt wäre, um sich auf die Suche zu machen.

„Wir können das aber noch viel einfacher rauskriegen.“ Es hörte sich an wie ein kriminalistischer Merksatz … oder besser ein Lehrsatz für *Sebastian*. „Wir lassen den Code des Autoschlüssels vom Hersteller auslesen und zack, haben wir die Zulassungsdaten mit Fahrzeughalter und Adresse. So einfach geht heute … manchmal … die Ermittlungsarbeit!“

Das Rechtsmedizinische Institut und das Navi waren Freunde, sie kannten sich so gut, dass *Sebastian* auf Anhieb dort eintraf, wo eine übel zugerichtete Leiche live auf sie wartete. Allerdings war die Begrüßung mit der Leiche unter dem grünen Tuch wenig erfreulich. So gut wie es *Mama Raitmaier* am Morgen noch mit dem -etwas im Magen haben- auch gemeint haben mag, so ausnahmslos hatte *Sebastian* nun ein unverdautes Etwas aus Frühstücksei, Butterbrot und Nutella, verdünnt mit einer Mischung aus Gallensaft und Kaffee auf den Fliesenboden in der Pathologie gekotzt.

„Das wird schon noch, ich habe bei meiner ersten Leiche auch kotzen müssen!", versuchte *Holmes* ihn väterlich auf die Schulter klopfend zu beruhigen.

*Dr. Hans Nabel* war ein knallharter Typ, groß, schlank, ungesunde Hautfarbe - die vermutliche Ursache von zu wenig Frischluft, zu wenig Sonnenlicht und zu viel Nikotin - und ohne erkennbare emotionale Regung. Sein monologartiger Vortrag zum Ergebnis der Leichen-Untersuchung hätte genauso gut von einer Bandansage stammen können: „Alter circa 40 bis 45. Todesursache Verbluten durch erhebliche Stichverletzung im After und im Genitalbereich. Mutmaßliche Tatwaffe ein Messer mit circa 15 bis 20 cm langer Klinge. Am Oberkörper leichte Verbrennungen, die auf den Einsatz eines Elektroschockers schließen lassen. Klebereste von Panzerklebeband im Mundbereich sowie an den Händen, dort auch Reste von Kunststoffbändern. Der Kopf, ziemlich übel. Die … Verletzungen … nein sagen wir die chirurgisch unsachgemäße Extumie der … „

„Stop!" *Holmes* rollte auffällig mit seinen Augen. „ … bedeutet in verständlichem Polizeideutsch was?"

*Dr. Nabel* blickte kurz auf und ergänzte - ohne seiner monotonen Stimme auch nur einen winzigen Hauch Menschlichkeit beizufügen - „ … die stümperhafte Entfernung der Augen samt Augäpfel erfolgte dagegen mit einer kleiner Klinge, wie zum Beispiel ... „

Noch bevor der Pathologe das Wort aussprechen konnte, würgte *Sebastian* auch noch die mit Galle und Restalkohol vermischten Reste des Vortages in flüssiger Form heraus.

„… einem Taschenmesser, was aber nicht zwangsläufig zum Tod geführt hätte." Völlig unbeeindruckt von *Sebastians* präsentiertem Mageninhalt sprach er weiter, wieder auf die Leiche vor sich konzentriert. „Ich denke der Täter hat sein Werkzeug zweckentsprechend und gut überlegt mitgebracht. Nach meiner Einschätzung war das Ganze eine bis ins Detail durchdachte Hinrichtung und ziemlich bestialisch." Kam da etwa endlich eine Spur von Mitgefühl auf? „Das einzig tröstliche dabei ist, dass er bei der Augentortur mit großer Wahrscheinlichkeit schon bewusstlos war. Ach ja, wo sind die beiden Augen übrigens hingekommen?"

Mit dieser Frage hatte *Holmes* nicht gerechnet. „Also ich hab sie nicht eingepackt!"

„Dann haben sie ja doch einen Diebstahl … nein Raubmord", korrigierte sich *Dr. Nabel* wie aus der Pistole geschossen.

„Sadist!" schoss *Holmes* zurück.

„Entschuldigung, blöder Witz, *Holmes.*"

Über diese Art von Witzen konnten wohl auch nur die Pathologen lachen. Der Verbleib der Augen blieb dennoch ungeklärt.

„Tja, eine scheußliche Sache", verfiel *Dr. Nabel* wieder in seine monotone Bandansagenstimme. „Wäre gut, diesen Irren bald zu finden und zu hoffen, dass es nur ein Einzelfall war. Apropos, keine Hämatome oder etwas anderes auffälliges, was auf einen Kampf hindeutet. Ich denke das Opfer war absolut ahnungslos, als ihn der Täter so zugerichtet hat!"

*Sebastian* war ins Freie verschwunden um diesem Schlachthof der verstümmelten Leichen zu entfliehen. Auf der Rückfahrt jedenfalls setzte sich *Rob* selbst ans Steuer. *Sebastian* dagegen blieb während der ganzen Fahrt stumm, und sein Chef gab den Plan auf, den Kleinen heute noch mit irgendwelchen Aufgaben zu beschäftigen…

„Kabelbinder an den Armen, Panzerklebeband über dem Mund und an den Füssen. Ein Baumarkt-Freak?"

„Nicht witzig!", entgegnete *Holmes* knapp. „Sorry, ich wusste nicht, dass ein Kriminal-Hauptkommissar so empfindlich ist."

Polizeirat *Wolf* höchstpersönlich war am Telefon und wollte noch weitere Details aus erster Quelle.

*Wolf* war nicht das, was man den besten Freund von *Robert Holmes* nennen konnte und unabhängig davon dauerhaft cholerisch, ungeduldig und nicht unbedingt gesegnet mit den besten Eigenschaften einer Führungsperson. Zu allem Überfluss wurde ihm Kriminalhauptkommissar *Robert Holmes* vor einem Jahr vom Ministerium aufs Auge und in seine Dienststelle gedrückt, wo er doch tausendmal lieber den bisherigen Stellvertreter als neuen Leiter des K 1 gesehen hätte.

*Rob* hatte absolut keine Lust, sich wie ein kleiner Junge vorführen zu lassen. „Sorry Boss, ein Baumarkt-Freak hätte ihm den Arsch wahrscheinlich mit einer Kettensäge aufgeschlitzt, und nicht mit einem Küchenmesser."

„Hey *Holms*, - *Wolf* hatte es sich zur Angewohnheit gemacht, das *e* seines Familiennamens wegzulassen -, nicht so sarkastisch. Sagen Sie mir lieber, wer das Opfer ist, wisst ihr schon was?"

„Ist nur sicher, dass er das nicht selber gemacht hat."

„Soll ich über diesen Witz lachen *Holms*?"

„Mir ist auch nicht zum Lachen Boss, wir sind mitten in den Ermittlungen und wir sind ziemlich unterbesetzt. Im Bericht steht alles was wir wissen. Ich halte Sie am laufenden."

„Das will ich ihnen auch geraten haben." Das letzte Wort hat immer der Boss „ … und ein bisschen mehr Tempo, haben sie mich verstanden!"

Kriminalhauptkommissar *Holmes* konnte nicht antworten, weil Polizeirat *Wolf* den Hörer bereits unsanft auf den Apparat geknallt hatte … und das war gut so. Das Verhältnis zwischen den beiden war eher angespannt seit er nach Passau versetzt worden war, also von Anfang an.

**-Dienstag, 20.Oktober-**

Eine weitere unruhige Nacht und ein Morgen, an dem er nach *Mama Raitmaier`s* „jetzt sind schon über 11.000 neue Leute an einem Tag infiziert“, auf ein sogenanntes „vernünftiges“ Frühstück verzichtet hatte, lag hinter ihm, als *Holmes* ihn mit einem Augenzwinkern begrüßte.

Dem „Guten Morgen Kleiner, wie geht’s dir heute?“ folgte ein standardgemäßes niederbayerisches „Passt schon Chef!“

*Holmes* hatte schon -oder noch- den Mantel an und warf ihm den Autoschlüssel zu! „Wir wollen uns heute nochmal den Tatort ansehen. Kriegst du das hin, ohne zu kotzen?“

*Sebastian* nickte nur tapfer.

„Wird nicht so schlimm wie in der Pathologie!“ Er konnte tatsächlich einfühlsam sein, dieser Einzelgänger von einem Chef.

Tag 2 der Ermittlungen, Waldfriedhof, Voglau, eine ziemlich enge Jahnstraße, das Severinstor und die lange Kurve zwischen Friedhofsmauer und Severinskirche.

„Fahr zum Hintereingang, Kleiner“, bugsierte ihn *Holmes* an der Severinskirche vorbei. Es sah so aus, als wollte er *Sebastian* den nun verwaisten Tatort selbst finden lassen, als die beiden den Friedhof durch den hinteren Eingang betraten -*Sebastian* voraus-.

„Jetzt rechts vorbei am Bohm-Grab und dann bei der obersten Grabreihe links zur Gedächtnis-Kapelle.“

Der Kies knirschte unter ihren Füssen, als ob er ihr Ankommen ankündigen sollte. „Was fällt dir auf, Kleiner?“

Auf den ersten Blick wirkte alles so normal wie das Glockenläuten, das man von der Innstadtkirche herüber hören konnte. Die Bänder der Spurensicherung waren entfernt worden und eigentlich deutete hier rein gar nichts mehr darauf hin, dass an diesem Ort ein sadistisches Kapitalverbrechen stattgefunden hatte, zumindest für ein ungeübtes Auge.

„Der Kies ist aufgewühlt“, stellte *Sebastian* fest.
„Zertrampelt“, verbesserte ihn *Rob*, vom ganzen Ermittlungsteam!“
„Am Tor sind auffällige Flecken…!“
„Getrocknetes Blut!“, erklärte *Holmes*.
„ … und winzige Abreibungen. Kunststoff?“
„Gut, Kleiner. Jetzt geh noch ein paar Schritte weiter. Stop!“ *Rob* hatte gerade das grausame Bild im Kopf, das ihn vor zwei Tagen hier erwartet hatte. “Tatort! Was siehst du?“
„Der eigenartige runde Stein mit einer Inschrift. Sieht nicht aus wie ein Grabstein, eher wie ein alter Steinbrocken aus einem ausgetrockneten Bachbett.“
„Schau genauer hin.“
„Blut?“
„Der Rest davon, der Regen hat die Spuren ziemlich verwischt.“
*Sebastian* wirkte gefasst und konzentriert. „Und dort hinten am Tor war er festgekabelt?“
„Richtig.“
„Aber hier ist es passiert?“
„Auch richtig, was noch?“
*Sebastian* drehte sich langsam im Uhrzeigersinn - fast so graziös wie bei einer Pilates-Übung -. „Hier ist der perfekte Platz, um sich zu verstecken, wenn man Jemandem auflauern will.“
„Und der perfekte Platz, um sein nichtsahnendes Opferlamm auf dem knirschenden Kies näherkommen zu hören“, gab *Rob* den obligatorischen Kriminalsenf dazu.
*Sebastian* war plötzlich still, so als ob er über etwas nachdenken würde. „Was ist das für ein Gebäude da vorne, Chef?“
„Ich dachte, du bist der Passauer von uns beiden.“
„Schon, aber nicht der Friedhofsgärtner.“
*Rob* schmunzelte über *Sebastians* unerwartete Schlagfertigkeit. „Warum fragst du?“
*Sebastian* schüttelte nur den Kopf. „Einfach so … und was ist

mit den Kampfspuren?"

*Rob* hielt ihm ein Foto vom Tatort vor die Nase.

„Das sind Schleifspuren, oder?"

„Exakt, genau von hier bis zum Tor."

„Du meinst dort, wo …", wieder musste *Sebastian* würgen, wieder war er tapfer und wieder behielt er sein Inneres für sich.

*Holmes* antwortete nur mit einem knappen „Ja …", ohne die bestialische Sauerei mit der Augentortur namentlich auszusprechen und vervollständigte den angefangenen Satz von *Sebastian,* „ … wo wir ihn gefunden haben."

*Sebastian* ging in die Hocke, als ob er nach Zigarettenstummeln suchen würde und blieb eine Weile in der unbequemen Stellung, ohne eine neue Frage zu stellen.

„Ich schließ mich Dr. Leichenschnipsler an", nahm *Rob* den Dialog wieder auf. „Keine Kampfspuren, kein Kampf."

„Also haben sich der Täter und das Opfer gekannt?", fand auch *Sebastian* wieder ins Gespräch zurück.

„Sagen wir mal so Kleiner, sie haben sich nicht zufällig hier getroffen und schon gar nicht um diese Uhrzeit."

„Und wozu die Prozedur mit dem Ankabeln, Chef?"

Hätte es *Holmes* an dieser Stelle mit einem erfahrenen Kriminaler zu tun gehabt, wäre ihm auf der Zunge gelegen zu fragen, ob dieser schon mal versucht hat, einem die Augen herauszuschneiden der auf dem Bauch liegt. Hatte er aber nicht, Glück für *Sebastian.* „Vielleicht ein Ritual, du hast *Dr. Nubel* gehört."

„Das Ding mit den Augen …"

„Genau …" *Holmes* nickte.

*Sebastian* machte ein verdächtig betretenes Gesicht und *Rob* fragte sich, muss der Junge nochmal kotzen oder nicht?"

*Sebastian* sah unschlüssig aus, blass und mitgenommen. *Holmes* ging intuitiv einen Schritt zurück, falls sich eine unvorhergesehene Ladung frisch Erbrochenes in seine Richtung selbständig machen würde. Aber dann konnte er etwas anderes in *Sebastians* Augen lesen … *Rob* verschränkte die Arme und wartete.

Es dauerte nicht lange, bis *Sebastian* schließlich reagierte. „Chef, ich muss noch was loswerden."

„Hoffentlich nicht dein unverdautes Frühstück?"

„Nein." *Sebastian* zögerte etwas „ … zum Glück nicht Chef. Aber am Sonntag, also der Tag nach dem Mord, da war ich mit meinen Kumpels im Cafe am Residenzplatz und … ich weiß nicht …"

„Was weißt du nicht?"

„Ich kann mich irren, das hat vielleicht nur so ausgesehen."

„Was hat so ausgesehen? Komm jetzt spucks aus, Kleiner."

„Verflucht, da ist so eine Riesenkacke auf unseren Tisch geklatscht, die fast so ausgesehen hat wie ein Auge, na halt fast so … ich habe sogar in der Nacht davon geträumt."

„Ach so, du hast das geträumt!"

„Nein, echt Chef. Aber der *Flo* hat dann die Scheiße vom Tisch gewischt und in den Papierkorb geschubst, und der ist sicher schon ausgeleert."

„Du bist mir so ein Held, Kleiner. Schon mal was von Beweismaterial gehört…"

„Sorry, wahrscheinlich war es wirklich Taubenkacke, es gibt ja jede Menge Tauben in Passau."

„Hör zu, ich geb das an die *Spusi weiter, du zeigst ihnen genau die Stelle wo ihr das vermeintliche Corpus Delicti entsorgt habt, vielleicht finden die noch einen DNA-Happen davon…"

Noch während *Rob* über die mögliche neue Spur nachdachte, läutete sein Handy. „Hallo *Rob* …" - die Kollegen hatten ihren Job gemacht -. „Wir haben die Identität geklärt. Die Audi-Leute waren sehr kooperativ, die haben das ruckzuck gehabt."

„Name, Adresse?"

„*Haas, Harald Haas*, Wiener Straße."

„Angehörige?"

*Abk. Spurensicherung

„Fehlanzeige. Der Computer hat nichts ausgespuckt, aber dafür haben wir den Arbeitgeber. Der *Haas* war beim Finanzamt beschäftigt.

In den Kommissar-Augen blitzte soeben ein Feuer auf. „Kleiner, jetzt geht die Arbeit los!“

*Sebastians* Blick dagegen verlor sich im konfusen Durcheinander von Blutspuren, Ritualmorden, einem nervösen Magen und einem schlechten Taubenkacke-Beweismittel-Gewissen.

„Jetzt kannst du was gutmachen, Herr Kriminalkommissar-Anwärter.“

„Wer, wie, was?“ schien es in *Sebastians* Fragezeichenaugen zu blinken, als ihn *Rob* aus seinem Gedankensalat rüttelte.

„Also dann schieß mal los …“, rüttelte *Rob* weiter „ … was ist nun zu tun, Kleiner? Was habt ihr in der Polizeihochschule gelernt?“

*Sebastian* war sich nicht sicher, ob ihn sein Chef gerade auf den Arm nehmen wollte, oder ob diese Frage ernsthaft gemeint war. Aber dann sprudelte sein Theoriewissen wie auf Knopfdruck aus seinem Mund heraus. „… Zeugenbefragung, Arbeitskollegen, Umfeld klären, Räumlichkeiten durchsuchen …“

*Holmes* schien mit der Aufzählung noch nicht ganz zufrieden zu sein. „Das wichtigste Kleiner: Nachbarn kontaktieren, Laptop und Handy sicherstellen.“

„Meinte ich ja Chef.“, ergänzte *Sebastian* etwas unbeholfen.

„Noch was Kleiner, Fotos! Denk daran wenn wir in der Wohnung des Opfers sind, schau dich nach Fotos um. Jedes Detail kann wichtig sein. Wenn wir alle Informationen vom Opfer haben, dann machst du daraus sowas wie einen Lebenslauf mit allen Details, und so weiter und so weiter. Das wird dein Job. Und lass dir von *Steffi* helfen, die ist da total fit.“

*Steffi* hatte mit ihren attraktiven 40 Jahren eine ganze Reihe von Vorzügen, nicht nur optische. Sie war die Büro-Krake schlechthin. Ihre Hände waren praktisch überall gleichzeitig. Sie kannte den Laden in- und auswendig. Vor mehr als 20 Jahren hatte sie hier angefangen, mehrere Hauptkommissare überdauert und war flink wie ein Wieselweibchen.

„Klar Chef. Ich tu das, was ich als Praktikant tun kann."

*Rob* schien damit nicht ganz einverstanden zu sein. „Überleg dir gut, ob du hier was werden willst oder nicht, Kleiner. Praktikant war gestern, das hier ist live und ziemlich heftig dazu. Bleistifte spitzen und Berichte schreiben das kann jeder, aber für das Ding hier brauchen wir die Richtigen ohne wenn und aber. Also verkneif dir mal den Praktikanten, kapiert? Außerdem ... wir haben zu wenig Leute."

Wo war seine Einfühlsamkeit plötzlich? Von jetzt auf sofort hatte sich *Holmes* in den dienstbeflissenen ungeduldigen Kriminalhauptkommissar verwandelt, der Druck machte. In dieser Rolle ließ er nicht den geringsten Zweifel aufkommen, dass alle Leute seines Teams widerspruchslos an einem Strang zu ziehen hatten, dass es nur ein Gesetz mit den Namen „Engagement" gab und dass die Lösung des Falles weit wichtiger war, als irgendwelche private Befindlichkeiten. Falls man -auch nur ansatzweise- mit einer anderen Meinung spielte, war es also das Beste, sich in eine andere Abteilung versetzen zu lassen, oder den Job zu wechseln.

*Rob* war eine ganz eigene Marke, und doch musste es noch eine andere Seite von ihm geben. *Sebastian* sah es als zweifelsfrei gegeben an, dass da etwas zwischen ihm und *Steffi* lief. Sie war eindeutig mehr als einfach nur ein flotter Käfer.

„Du bist der Chef, Chef!"

*Holmes* hielt nur den Daumen hoch, gab ein paar telefonische Anweisungen, dachte gleichzeitig -geht doch- und verstand die Antwort von *Sebastian* als ein uneingeschränktes Okay.

„Morgen sehen wir uns sein Zuhause an, das wird ein wichtiges Kapitel, Kleiner."

**-Mittwoch, 21.Oktober-**

*Harald Haas* stand auf dem kleinen, unscheinbaren und leicht verbleichten Namensschildchen des Briefkastens rechts neben der Haustüre. Der Schlüsseldienst hatte Ihnen die Haustüre des unauffälligen Reihenmittelhauses in der Wienerstraße geöffnet und ein Polizeibeamter begleitete *Rob* und *Sebastian*, als sie das Haus betraten. Ein schwacher Lichtkegel warf einen Funken schummriger Helligkeit in den dunklen Flur. Er kam aus Tür des Schlafzimmers, die einen schmalen Spalt offen stand. Im Zimmer brannte noch Licht, das Rollo war geschlossen und eine Kleiderschranktür stand weit offen wie ein Scheunentor. „Man könnte meinen er war in Eile, als er das Haus verließ", sprach *Rob* seinen ersten Gedanken aus.

„…oder er war nervös", ergänzte *Sebastian* siebenklug.

Ansonsten fand man ein gemachtes Boxspringbett vor, eine karogemusterte Bettdecke, glattgebügelt, ein Nachtkästchen, dessen Glasoberfläche vor Leere strotzte, statt klassischem Nachttischlämpchen eine LED-Schwanenhalsleselampe. Herumliegende Kleidungsstücke oder andere Gegenstände dafür Fehlanzeige. Die offene Schranktür wollte so überhaupt nicht zum Eindruck des total aufgeräumten Schlafraumes passen.

Der Rest der Wohnräume erweckte dann aber eher den Eindruck einer Bücherei, als der Wohnung einer Privatperson. Wände voller Bücherregale, die jeglichen Blick auf Wandanstrich oder eventuell gemusterte Tapeten im Keim erstickte. Auch die Bücher wagten es nicht, von der pedantischen Ordnung des Eigentümers abzuweichen. Jedes Buch stand nach Schriftsteller sortiert stramm in Reih und Glied, akribisch auf den Millimeter ausgerichtet, an seinem Platz. Das Ganze setzte sich mit dem Rest an Mobiliar samt Zubehör ausnahmslos fort. Es war nichts zu finden, was augenscheinlich nicht an seinem Platz gehörte. Nichts, was man mit dem Wort Unordnung in Verbindung bringen konnte. Diese übertriebene, zwanghaft wirkende Ordnung zog sich beispielhaft durch das ganze Innenleben des *Harald-H.*-Zuhauses. Sie hatte sogar noch eine Schwester mit dem Namen Sauberkeit. Kein Staub, kein Schmutz. Nicht das kleinste Härchen. „Entweder hat der Typ einen krankhaften Putzfimmel oder eine Reinigungsfrau von einem anderen Stern", resümierte *Holmes* als er in der perfekt aufgeräumten Küche stand. Alles blitzblank, sogar der Kühlschrank war so musterhaft bestückt, als ob er dafür eine Checkliste benutzen würde. *Harald H.* war vermutlich total ahnungslos gewesen, was ihn erwarten sollte, als er das Haus zum letzten Mal in seinem Leben verließ, dachte *Holmes* bei sich.

„Hey *Rob*", unterbrach ihn der *Polizeihauptmeister Ludwig* in seinen Gedanken. „Die Kollegen haben den Wagen gefunden. Der war im Parkhaus in der Jahnstraße."

„Zum Teufel, habt ihr da nicht geschaut?"

*Ludwig* zuckte nur abwehrend mit den Schultern. „Ich war am Sonntag nicht dabei!"

*Holmes* ließ ihn stehen ohne weitere Kritik zu üben und ging in das kleine Büro, das gleich gegenüber der Küche lag. Sein Hauptaugenmerk lag stets auf dem Schlafzimmer und dem Büro. Nachdenklich fixierte er das lange Wandboard an der scheinbar einzigen bücherregalfreien Wand im ganzen Haus, auf dem ein Allerlei an Büroutensilien fein säuberlich sortiert war. Stifte, nach Größe in zwei becherartigen tassengroßen Behältern, ein weiterer Becher mit Kugelschreibern, noch einer mit Filzstiften, eine Schachtel mit Visitenkarten, ein kleiner Stapel mit gelben post-its, ein Lineal im korrekten 90 Gradwinkel danebenliegend, eine digitale Funkuhr, daneben ein Aufstellkalender 2020 und Bingo, ein Taschenbuchkalender. Doch *Rob* hatte sich um ein Bingo zu früh gefreut. Bis auf ein paar nichtssagende Eintragungen wie Getränke abholen, TüV, Öl bestellen, Zahnarzt … , gab der Terminkalender nichts Brauchbares preis, das ihm ermittlungstechnisch hilfreich erschien. Keine Namen, keine Telefonnummern, keine privaten Termine. *Rob* fragte sich, ob der Typ überhaupt irgendwelche Kontakte hatte. Sein Blick fiel auf den Laptop, der staubfrei, zusammengeklappt und unbenutzt aussehend, auf dem aufgeräumten Schreibtisch dahindümpelte.

*Holmes* schien von der Besichtigung mehr erwartet zu haben, als er seine Anweisungen formulierte. „*Ludwig*, den PC nehmen wir mit. *Sebastian*, du schaust dich noch um, ob du ein Handy finden kannst.“ Während er -der Vollständigkeit halber- noch die Schubläden durchsuchte und den Papierkorb inspizierte, erteilte er noch einen Auftrag: „*Ludwig*, bring die Schubläden ins Auto raus, den Papierkorb eintüten und auch mitnehmen.“ Dann verschwand er unabgemeldet und tauchte erst zehn Minuten später ohne jegliche Erklärung an *Sebastians* Seite wieder auf.

„Hast du ein Handy gefunden, Kleiner?“ *Rob* schien das Ergebnis nicht zu wundern, als *Sebastian* lediglich den Kopf schüttelte. „Was ist mit dem Briefkasten Kleiner?“

„Leer, Chef.“

„Hey Kleiner, du hast das selbst gecheckt? Gut. Das hätte ich dir gar nicht zugetraut.“

„Ich hab auch unter der Fußmatte, im Pflanzkübel und …. nachgesehen … „

„Wegen was?“

„Zweitschlüssel, Chef. Und … ob ihn jemand genommen hat.“

„Hey Kleiner, du überrascht mich … und?“

„Ja!“

„Was ja“

„Wenn ein Schlüssel versteckt war, dann ist er jetzt nicht mehr da, Chef!“

*Rob* schien von *Sebastians* Spürsinn positiv überrascht zu sein aber verkniff sich eine Antwort. Stattdessen griff er zu seinem Handy: „Der Pathologe ist fertig. Ihr könnt die Leiche freigeben und so weiter und so weiter.“

Wortlos fuhren *Rob* und *Sebastian* zurück in die Dienststelle. Der Chef am Steuer und sechs Schubladen plus einem eingetüteten Papierkorb inklusive Laptop im vollbepackten Kofferraum, die -im günstigsten Fall- zum Täter oder wenigstens zu einem Tatmotiv führen sollten. Noch einmal griff *Rob* zum Handy, obgleich -auch für einen Polizisten- das Telefonieren beim Autofahren nicht gestattet war. „Hey *Ludwig*, habt ihr die Angehörigen …"

„Wie gesagt *Rob*, Angehörige gibt es nicht … aber die Kollegen sind gerade zu seinem Chef unterwegs!"

„Danke. Ach ja *Ludwig*, bitte die Wohnung versiegeln, wenn die Spurensicherung fertig ist."

„Klar", verabschiedete sich *Ludwig*.

„Was war mit den Nachbarn?" fragte *Sebastian* nach, als sie wieder in *Rob`s* Büro saßen und Kriminalhauptkommissar *Holmes* persönlich vergeblich versuchte, das Kennwort des *Haas*-Laptops zu knacken. „Steht im Protokoll.", grummelte *Rob*.

„Ich hab keines gesehen!"

„Glaub ich dir Kleiner. Und weißt du warum? Es gibt keines, weil nämlich keine Sau zu Hause war, nicht links und nicht rechts."

„Hey Chef" antwortete *Sebastian* etwas gekränkt „ich kann nichts dafür, dass die ganze Nachbarschaft ausgeflogen war."

*Rob* blickte ihn an und blinzelte versöhnlich mit beiden Augen. „Sorry Kleiner, du hast Recht, tut mir leid." Das war die andere Seite von *Rob*. Er konnte sich auch entschuldigen, ohne dass ihm dabei eine Zacke aus der Kommissarkrone fiel.

*Sebastian* war ohnehin nicht oder kaum nachtragend. „Hey Chef lass mich mal an den Laptop, ich krieg das hin."

„Bitte", schnaufte *Rob* auf, als *Sebastian* sich über den Laptop des Opfers beugte, und mit ein paar flinken Fingerübungen den Zugangscode knackte und wenig später im E-Mail-Fach war.

„Nur tausend online-Buchbestellungen, der kauft sein ganzes Zeug im Internet ein …"

**-Donnerstag, 22.Oktober-**

„Chef, ich hab den *Wolf* am Telefon."

„Ich bin nicht da!"

„Was soll ich sagen, Chef?"

„Bin schon weg, Vernehmung, Funkloch, Akku alle, undsoweiter undsoweiter…."

*Steffi* beherrschte auch dieses Ablenkungsmanöver souverän, um *Rob* einmal mehr den Rücken freizuhalten, obwohl der Polizeirat an *Steffi`s* Telefon förmlich tobte. Müsste man das Wort „Loyalität" erst erfinden, dann wäre *Steffi* mit Leib und Seele die Symbolfigur dieses Begriffes - was allerdings speziell für die Person *Robert Holmes* Gültigkeit hatte -.

„Der *Haas* war ein ruhiger Kollege", erzählte *Walter Griebinger* im beamtenförmlichen Tonfall, in etwa so, als ob er über einen Steuerbescheid Auskunft geben würde. „Der hat einfach seine Arbeit gemacht, war pünktlich wie ein Uhrwerk, zuverlässig, präzise und fehlerfrei, war auch so gut wie nie krank. Ich denke, dass er ein schlauer Kopf war, aber ein Einzelganger. Ja, der machte alles allein, ist auch kaum aus seinem Büro herausgekommen, war bei keiner Feier dabei, bei keinem Betriebsausflug und schon gar nicht der Typ, der mit einem Kollegen mal auf ein Feierabendbier ging. Nichts in der Richtung. Wir haben ihn so genommen wie er war. Man konnte sich auf ihn verlassen und das war okay. Aber sonst weiß keiner was über den *Harald.*"

So lautete die Beschreibung des Vorgesetzten über *Harald H.*, der im Finanzamt eine unauffällige Kugel in gehobener Stellung geschoben hatte, bis man seiner bislang unauffälligen Persönlichkeit nun aufgrund eines grauenhaften Verbrechens für zwei, drei Tage Flurfunk-Aufmerksamkeit im Kollegenkreis schenken würde. Vielleicht hatte er zumindest das posthume Glück mittels einer gutgemachten Traueranzeige in seinem Sinne, dachte *Rob.*

Der noch folgende Rummel durch die Berichterstattung in der Presse war ohnehin unvermeidbar.

*Rob* studierte die Daten des Standesamtes, die ihm *Steffi* über *Harald H.* besorgt hatte.. Das blinkende Rückrufsymbol auf dem Display seines Telefons ignorierte er genauso, wie Zettelchen und andere Erinnerungshilfen, gegen die er grundsätzlich völlig immun gewesen war. Er hatte einen Fall, auf den er sich konzentrierte, und dem widmete er seine uneingeschränkte Aufmerksamkeit. Daran änderte auch die Tatsache nichts, dass die Befragung bei seinem Arbeitgeber -wie erwartet-, keine neuen Erkenntnisse einbrachte. Opfer *Harald H.* blieb einfach der unscheinbare Typ, der ausschließlich sich selbst sein bester Freund und Kollege gewesen war. Es passte nahtlos in das Bild, das sich in *Rob`s* Kriminalergehirn bereits bei der Visite seines Reihenhaus-Innenlebens eingprägt hatte.

Trotzdem und noch immer war *Rob* die Ruhe in Person geblieben, was nicht bedeutete, dass er die Sache auf die leichte Schulter nahm. Eher, dass er noch keinen greifbaren Punkt hatte, an dem er ansetzen konnte. Das, was er bisher in dem Fall tat, war ein Herumstochern in der lauwarmen Brühe von wertlosen Informationen, ohne auf einen greifbaren Ermittlungsboden zu stoßen.

An seinem Kaffee-Schwarz schlürfend setzte er sich leger auf den Rand von *Sebastians* Schreibtisch, der in seiner Hausaufgabe -wie in Trance vertieft- schon den ganzen Vormittag die Dateien des Opfer-Laptops zerlegte. „Irgendwas Auffälliges, Kleiner?"

*Sebastian* schreckte hoch, wie von seinem Chef gerade beim Chatten auf einer hochgradig verbotenen Internetseite erwischt worden zu sein. „W… was?"

„Ob du irgendwas gefunden hast, was uns weiterbringt, mails, Kontakte und so weiter und so weiter", wiederholte *Rob* neugierig.

„Ähm … nur Buchhandlungen, Buch-Auktionäre, Autorenlisten, Literaturforen, Newsletter eines Lesezirkels und von der Frankfurter Buchmesse. Ansonsten reihenweise Buchbestellungen über Amazon, Thalia, Ebay und solches Zeug. Vielleicht doch ein Raub, Chef? Wertvolle Bücher und alles so was, könnte doch ein Motiv sein, oder?"

„Junge Junge, langsam, überleg mal. Dazu müsste ihn der Killer nicht unbedingt zum Friedhof bestellen und ihm -entschuldigeden Arsch und sonst noch was auf– oder rausschlitzen."

„Und wenn er seinem Killer am Friedhof irgendeine literarische Rarität illegal verhökern wollte?"

*Rob* war erfahren genug, um über *Sebastians* Theorie schmunzeln zu können. Er war sich aber ziemlich sicher, dass ein ausschließliches Raubdelikt -egal in welcher Betragskategorie- ein solch barbarisches Vorgehen keinesfalls erforderlich machen würde, selbst wenn es definitiv genügend Psychos gibt, denen allein aus Lust am Töten und am Quälen diese abartige Sauerei zuzutrauen wäre. „Du guckst zu viele Gruselfilme an!"

*Sebastian* überhörte *Rob`s* Bemerkung. Er überlegte, ob es am Buchmarkt ähnliche extrem wertvolle Raritäten wie bei den Briefmarken oder den Gemälden gab.

„Was ist dir gestern im Haus aufgefallen?", unterbrach ihn *Rob* in seinen Gedankenspielen.

Es dauerte ein bisschen, bis *Sebastian* sich von seiner Theorie lösen konnte. „Aufgefallen …? Wie gesagt, kein Zweitschlüssel."

*Rob* blieb still, was wohl bedeutete, dass er noch mehr wissen wollte.

„Hm, der war ein ganz Genauer. Nein, ein Hundertprozentiger. Der geht nicht einfach so aus dem Haus, lässt das Licht brennen und sich wo ganz zufällig ein Messer in den Arsch schieben."

*Rob* sagte immer noch nichts darauf.

„Die ganzen Bücherregale, echt freaky. Der Typ muss entweder eine übernatürliche Tag-und-Nacht-Leseratte oder ein ausgeflippter Buchsammler auf dem unmittelbaren Weg ins Guinessbuch der Rekorde gewesen sein."

„Was noch?", bohrte *Rob* weiter. „Fotos zum Beispiel!"

„Ich habe keine gesehen, Chef."

„Eben. Was schließt du daraus, Herr Kommissar-Anwärter?"

„Entweder keine Familie, keine Kinder. Oder er brauchte den Platz für seine Bücherregale."

„Kleiner, es ist das Erste! Ich habe es vorhin bei den Daten vom Standesamt gelesen. Die Eltern sind tot, die Mutter ist schon gestorben, als er noch ein kleiner Junge war und sein Vater letztes Jahr, nicht mal Siebzig! Geschwister hatte er auch keine. Wir haben es also nicht nur mit einem Einzelkämpfer zu tun, sondern auch einem Einzelkind."

„Aber er hat ein Faible für Sexkram-Bilder ..."

„Was hat das mit den Eltern zu tun, Kleiner?"

„Nicht mit den Eltern, aber mit dem *Harald H.* Du hast mich doch gefragt, ob ich was gefunden habe."

„Wie, wo?"

„Ich hab`s auf seinem Account gesehen. Sorry, ist mir gerade wieder eingefallen Chef. Der war nicht nur so ein fanatischer Bücherfreak. Der hat sich jede Menge Schmuddel-Zeug reingezogen."

„Hoppla, was genau?"

„Weiß ich nicht, Chef, ist nicht mein Ding. Porno-Zeug halt."

„Du meinst Sex-Magazine."

„Nein, so wie beim Pay-TV, oder bei Sky, Chef. Ein paar Accounts für Sex auf dem Bildschirm."

„Also nicht diese Tittenmagazine vom Kiosk, oder im diskreten Pappkarton per Post ..."

„Mensch Chef, das ist was fürs Altersheim. Keiner kauft sich heute mehr ein viel zu teures Heft mit Hochglanzseiten, wenn du alles im Netz oder sogar auf dem Handy ansehen kannst, von blutjungen Küken aus Osteuropa bis zur reifen Hausfrau im Neben-Blow-Job, von Homos und Bi-Sexen oder Gruppenpoppen bis zum Abwinken."

„Entschuldige Kleiner, du hast Recht." *Rob* war in dieser Hinsicht trotz seiner sportlichen 51 Lebensjahre der konservative Typ. „Ich habe für einen Moment den Generationsunterschied und die digitale Zeitenwende des 21. Jahrhunderts vergessen. Ist gut, ich will dich nicht mehr aufhalten. Mach mit deinem PC-Check weiter, wir müssen abends nochmal die Nachbarn vom *Harald H.* besuchen."

„Echt jetzt, Chef?", versuchte *Sebastian* zu protestieren. „Kannst du keinen anderen Kollegen mitnehmen, ich hab um Fünf frei!"

„Irrtum!", wendete *Rob* bestimmend ein, „heute nicht, Kleiner." *Robert Holmes* versuchte ruhig zu bleiben. „Sieh dich um und sag mir, ob außer *Steffi* irgendjemand hier ist, zum Beispiel ein *Kopfinger*, oder ein *Hackl*, oder vielleicht ein anderer einsatzfähiger Geist?"

*Sebastian* schwieg betreten und konnte deutlich erkennen, dass auch *Steffi* auffällig große Augen in seine Richtung machte, die wohl bedeuten sollten, dass er sich ein Nein abschminken konnte, oder sollte.

*Rob`s* Tonfall bestätigte diese Vermutung. „Nochmal zum Aufschreiben, Kleiner. Vergiss das mit dem Praktikanten, das ist live, das ist der Job, unser Job, das andere kann warten, kapiert?"

Das läutende Telefon beendete den Disput. Nicht aber, um kuschelige Ruhe in der Dienststelle einkehren zu lassen. *Steffi`s* unmissverständliche Miene sagte gerade ein aufziehendes Gewitter voraus und *Robert Holmes* wusste intuitiv, welchen unangenehmen Namen diese Schlechtwetterfront trug, als er den Hörer an sein Ohr drückte.

„Hier *Holmes*, hallo."

*Rob* ließ den *Polizeirat Wolf* toben und schreien, bis dieser plötzlich still geworden war.

„Hallo *Holms*, sind sie noch am Apparat?"

„*Holmes* genoss diese Pause, zögerte sie noch um einige Augenblicke hinaus, hatte er doch ein paar Happen Neuigkeiten in petto, um den bellenden Hund namens *Wolf* ein bisschen zum Wedeln zu bringen. „Die Identität ist geklärt, ein Finanzbeamter ohne Anhang. Wir sind gerade dabei, seinen Laptop zu untersuchen, uns seine Finanzen anzusehen und der Wagen wurde bereits sichergestellt."

„Aha, und was ist mit der Leiche?"

„Die ist bereits freigegeben und wird ihre ewige Ruhe finden, um die Bestattung kümmert sich auch schon jemand."

„Was ist mit einem Motiv, *Holms*?"

„*Holm* **e** *s!*" verbesserte *Rob.*

Es war methodisch von *Wolf*, dass er immer noch nach einem Punkt suchte, wo er einhaken konnte, besonders wenn es um den K1-Leiter *Robert Holmes* ging.

„Wir sind mitten drin Boss."

Es war Spätnachmittag geworden, bereits dunkel, und es sah so aus, als ob der Polizeirat dann doch lieber nach Hause wollte, als sich mit einem aufsässigen Kommissar *Holmes* auf eine Diskussion einzulassen, die ihm möglicherweise den Appetit auf das Abendessen verderben könnte.

**-Freitag, 23.10. Oktober-**

„Die Zeit hätten wir uns so was von sparen können."

„Geh *Sebastian*, sei nicht so grantig. So ein richtiger Kommissar ist halt immer im Einsatz, und wenn er einen Verdacht hat…", versuchte *Mama Raitmaier* ihren Sohn -auf den sie so furchtbar stolz war, seit er bei den Kriminalern angefangen hatte-, zu beschwichtigen.

„Nein, eben nicht. Es war nur eine ganz scheißnormale Befragung ... und das nach Feierabend ... und rausgekommen ist rein gar nix." *Sebastian* war richtig aufgebracht. Er hatte wegen seinem Chef -der sich die Sache mit der Ausfragung der Nachbarn um eine sehr ungeliebte Uhrzeit in den Kopf gesetzt hatte- seine geheiligte Bandprobe mit *Koko* und den anderen am Vorabend absagen müssen.

„ … der Bulle von Tölz hat auch immer einen Riecher dafür g`habt, wann der richtige Zeitpunkt, für ein Verhör ist …"

„Mamaaaa", fiel ihr *Sebastian* ins Wort, „der Bulle von Tölz, ich glaubs einfach nicht! Du und deine Krimis, echt jetzt! Wir sind nicht im Fernsehen und das war kein Verhör, sondern eine nullachtnochwas-normale Befragung. Außerdem darf ich eh nix von der Arbeit erzählen."

*Mama Raitmaier* ließ sich trotzdem nicht irritieren. „Apropos Fernsehen *Basti*, warum hast denn eigentlich nicht bei dem Passau-Krimi mitgemacht?"

Warum nur, dachte sich *Sebastian*, bin ich nicht schon längst ausgezogen, als *Mama Raitmaier* ihn mit ihrem Fernsehkrimi-Latein endgültig genervt vom Frühstückstisch vertrieben hatte. Natürlich spielte *Sebastian* ab und zu mit dem noch unausgereiften Gedanken, bei Hotel Mama auszuchecken. Gerade jetzt wurde er an sein noch fiktives Vorhaben wieder in aller Deutlichkeit erinnert. Aber irgendwie wollte es wegen dem Geld, etwas mehr wegen dem Wäschewaschen, genausoviel wegen dem Saubermachen, noch mehr aber wegen dem Einkaufen und dem

Kochen doch noch nicht so klappen, zumindest bis er eine Freundin -die noch nicht existierte- gefunden hatte oder ein fertiger Kommissar geworden war.

In Offenbach läutete ein Telefon.

„Hallo *Tom*, ich bin`s, *Christian.*"

„*Christian Wer*?"

„Ja *Christian* … aus Passau …"

„*Chris*? Hey ich hab ja schon eine Ewig…

„Der *Harri* ist tot."

Kurze Stille, offensichtlich brauchte *Tom* eine Weile um zu begreifen. „Wie tot? Herz, Unfall?"

„Nein, kein Unfall. Wir müssen reden. Am Montag ist die Beerdigung. Du kommst doch? Ich ruf die anderen auch noch an."

Wieder brauchte es eine Pause. „Was ist passiert?"

„Schlimme Sache *Tom*, echt schlimm, aber … nicht am Telefon. Wir reden am Montag, okay." *Christian* vernahm als Antwort nur ein undefinierbares Schnaufen im Hörer.

„Welche Uhrzeit? Ach ja, und auf welchem Friedhof ist die Beerdigung?"

*Sebastian* brütete wieder über dem Laptop von *Harald H.* Wenigstens hier konnte ihm seine Mama nicht mit ihren klugen TV-Serien-Ratschlägen auf den Senkel gehen.

„Wahnsinn, jetzt haben wir in Passau auch fast den 50er-Wert erreicht…! Entschuldigt", bekannte *Steffi*, " ich werfe einen Euro in das Schwein." Sie trug einen unverschämt minikurzen Rock, der sich schmeichelnd und straff um ihre schlanke Taille und einem Hinterteil wickelte, das dem von Angela Jolie in ihren besten Jahren nicht unähnlich war. Die Kombination eines engen Karorockes mit langen Beinen in einer blickdichten schwarzen Strumpfhose, die in hohen Stiefeln steckten, war ein echter

Hingucker, oder anders gesagt, *Steffi* war einfach ein steiler Zahn.

*Rob* schien dafür allerdings keine Augen zu haben. Dafür hatte er sie für *Sebastian*, den er durch die offene Tür seines Zimmers nicht aus dem Blickwinkel ließ wie einen Schuljungen, der zur Strafe 100 mal schreiben musste: Ich muss dem Lehrer gehorchen. „Wie siehts mit dem Laptop aus, Kleiner?"

„Hey Chef, ich bin nur der angepisste Praktikant, sechste Woche Hauptpraktikum, und falls das hier im Büro nicht bekannt sein sollte, ich hab auch nicht das Gehalt vom *Kopfinger* oder vom *Hackl*."

„Dann pass jetzt gut auf Herr Praktikant", änderte auch Chef und Hauptkommissar *Holmes* seine Tonlage. „Wir haben hier einen irren Fall zu lösen, und bevor wir die Sachen an die Forensiker weitergeben hast du die einmalige Chance, was zu lernen, alles klar?" *Holmes* hob seinen Zeigefinger -was er eigentlich äußerts selten machte-. „So eine Chance kriegst du nicht alle Tage. Also halt dich ran. Die Kollegen vom Erkennungsdienst warten schon wie Lumpi auf`s Fressen auf das Zeug, und der *Wolf* wird auch schon langsam nervös, wenn wir nicht weiterkommen."

*Sebastian* schmollte trotzdem eine weitere Runde und das so offensichtlich, dass es keinem entgehen konnte. Zu gerne hätte er gestern Abend seine Bandprobe gegen die weitgehend ergebnislose Befragung getauscht, was ihn immer noch gewaltig wurmte. Typisch Chef, *-was lernen-*, dachte er, dabei hatte er nur die Trottelrolle als Statist abbekommen, der sich Notizen machen sollte, wo es nichts zum Notieren gegeben hatte.

*Sebastians* Ärger war nicht ganz unberechtigt. Alles, was sie am Vorabend in Erfahrung bringen konnten, war -wie es im Polizeijargon so schön bezeichnet wird- nicht sachdienlich. Als *Rob* endlich die Bürotür hinter sich zuzog, redete sich *Sebastian* schließlich doch seinen Frust von der Praktikantenseele. „Dieser *Harald H.* der war so was von unauffällig", *Steffi* hörte ihm aufmerksam zu. „ … richtig unheimlich unauffällig. Bis auf den Staubsaugervertreter, den DHL-Ausfahrer und dem Postboten war bei dem keiner an der Haustüre, haben die Nachbarn zumindest behauptet. Hat mich aber gar nicht gewundert, dass die nicht mehr über den Typ ausplaudern konnten. Die eine Nachbarin ist blind, der andere ist selbst die ganze Woche nicht zu Hause und seine Frau sitzt den ganzen Tag vor dem Fernseher, was sollen die also großartig mitbekommen. Ach ja … einer war betrunken, wenn nicht sogar im Dauerdelirium, und einen haben wir nicht angetroffen."

„Das ist Ermittlungsarbeit, Kleiner", mischte sich *Rob* ein, der plötzlich in der geöffneten Zimmertüre stand und so tat, als ob er jedes einzelne Wort mitgehört hätte. „Kein Ermittler wird behaupten, dass das immer Spaß macht, oder dass man dem Täter gleich nach dem ersten Hinweis die Handschellen anlegen kann. Das musst du dir abschminken, Kleiner", klärte ihn *Holmes* im Anschiss-Beigeschmacks-Ton auf. „Immerhin haben wir die Nachbar-Leutchen angetroffen, weil sie um diese Uhrzeit schön brav zuhause waren. So siehts aus, Kleiner."

„Bis auf den einen", widersprach *Sebastian* mit dem Gehabe eines besonders trotzigen Jungen, der sich immer noch ausgenutzt vorkam.

*Rob* hatte sich dem Schreibtisch von *Sebastian* auf Tuchfühlung genähert und trommelte gereizt mit den Fingern auf die Schreibtischplatte, etwas unschlüssig, wie er seinen aufsässigen Kommissaranwärter zur Vernunft bringen sollte. „Fünf angetroffene Personen von vier ergibt 80 Prozent!", und fügte hinzu „ … hab ich in der Schule mal gelernt."

„Dann bleiben aber immer noch 20 Prozent für Nachbar *Obermüller*, den wir nicht angetroffen haben", besserwisserte *Sebastian* und dachte nur -was für ein Scheißtag heute-.

*Holmes* verkniff sich eine Antwort und blickte auf seine Uhr.

Diesmal dudelte der penetrante Signalton eines Telefones in München-Giesing.

„*Grubinger.*"

„*Ben*, ich bin`s, der *Christian*, Passau."

„Mensch der *Chris*!", klang es freudig durch den Hörer, „das gibt's doch nicht, gestern habe ich die alten Fotos vom Leberkäs-Empfang in der alten Nibelungenhalle in der Hand gehabt."

„Hör zu ..."

„Du willst ein Meeting, die alten Brüder, klasse ..." unterbrach ihn *Ben* spontan begeistert.

„Warte *Ben*, es ist etwas passiert. Der *Harri*! Er ist tot, kein Unfall, verstehst du?"

„Stop, ich verstehe nichts. Was soll ich verstehen?"

„Am Montag ist die Beerdigung. Fünfzehn Uhr, Innstadtfriedhof. Wir müssen uns unterhalten, vorher."

*Ben* blieb fischstumm, war er geschockt? Ein „wie, was ist passiert?", kam schließlich stockend aus seinem Mund."

„Lass uns am Montag darüber reden, 14 Uhr. Ich warte bei der Gärtnerei am Fünferlsteg, okay? *Tom* kommt auch."

*Ben`s* „na gut" klang ausdruckslos.

„Dumme Sache, *Ben.* Wird trotzdem Zeit, dass du wieder mal nach Passau kommst, die Nibelungenhalle gibt es übrigens schon lange nicht mehr, hast du wahrscheinlich schon vergessen oder gar nicht mitbekommen."

Ähnlich wie im Reihenmittelhaus fand die Spurensicherung ein mehr oder weniger keimfreies Wageninnere im Audi von *Harald H.* vor. Weder Anhaltspunkte noch der mikroskopische Partikel einer brauchbaren Spur, die auf einen eventuellen Mitfahrer oder gar einen möglichen Täter hindeuteten. Der Abschleppdienst hatte den Wagen trotz der Mühe in dem viel zu eng gebauten Parkhaus der Jahnstraße bereits am Haken, nachdem das Zwei-Stunden Parkticket, das letzten Samstag um 18.41 Uhr gelöst wurde, längst abgelaufen war. Im Ergebnis brachte die Fahrzeuguntersuchung bestenfalls also die Bestätigung, dass das

Tötungsdelikt wie vom Arzt ziemlich genau eingeschätzt, in der Zeit von 19.00 bis 21.00 Uhr stattgefunden haben musste, und -so ließen wenigstens die CDs im Aufbewahrungs-Fach zwischen den beiden Vordersitzen vermuten- dass *Harald H.* offensichtlich klassische Musik hörte.

Das Beste, um dicke Luft loszuwerden war immer noch eine Pause. Gut, dass sie in der Polizeihochschule den Prozess des Deeskalierens ausgiebig besprochen hatten, dachte *Sebastian* selbstironisch. Und warum eigentlich einfach, wenn man es auch kompliziert verkaufen kann. Aber unabhängig von Definition und Auslegung war noch jemand zur selben Lösung gekommen. Eine Auszeit stand auch bei *Rob* auf dem Plan. Er war mit *Steffi* zum *-wir* gehen einen Happen essen- verschwunden. Offensichtlich gehörte *Sebastian* nicht zu diesem *-wir-* , woraus er seine Schlüsse zog und die Uhrzeit am Handy notierte.

Er hockte immer noch anklagend vor dem Laptop, als die beiden zurückkamen, aufgeheitert, ohne dass es einen offensichtlichen Grund dafür gab, oder vielleicht doch? Eine gute geschlagene Stunde, -das ergab sein Blick auf die Handyuhr- die man zu allem Möglichen nutzen konnte.

„Und, was hast du aus dem Kasten noch rausholen können?“, erkundigte sich *Rob* bewusst sachlich -im Sinne von Deeskalation- und ausnahmsweise sein übliches -Kleiner- weglassend.

*Sebastian* war immer noch angepisst, eher sogar um beleidigte Leberwurst mehr als am Vormittag. Natürlich war das alles andere als in Ordnung gewesen, ihn hier mehr als eine Stunde allein vor sich hingrübeln zu lassen, während sich die beiden per Essen-Gehen-Alibi die Zeit mit einem „was-auch-immer“ vertrieben hatten. Dazu kam das dringende Bedürfnis seinem Chef das auch wissen zu lassen. „Herr *Holmes*, -hoppla, dachte *Rob*- ich glaube, das hier ist nicht mehr ganz sauber …“

*Steffi* zog es vor, sich in den Besprechungsraum zu verkrümeln. „Ich kümmere mich noch um die Sachen für die Besprechung Montag-Morgen …"

*Holmes* blieb deeskaliert sachlich. „Was ist los?"

„Na ja, ich filze hier den Laptop allein durch …"

„Ja, und?"

„Ich kann mir nicht vorstellen, dass ich dazu befugt bin, wenn kein richtiger Kollege dabei ist, und … ich möchte nicht Mist bauen, gegen eine Dienstvorschrift verstoßen, den Arbeitsplatz riskieren und meine Ausbildung verkacken …"

„*Sebastian*, pass mal auf."

„Aha, seit wann benutzte *Rob* seinen richtigen Vornamen?"

„Ich trage die ganze Verantwortung in dem Laden hier." So war das also. „Und mein Job ist es, Aufgaben zu verteilen und Anweisungen zu geben. Und …" er war für einen Moment still… „wenn was in die Hose geht, dann wird mein Arsch gegrillt und nicht deiner. Also mach dir keinen Kopf, quatsch mit keinem, mach einfach das, was ich dir sage … außerdem, das was du tust ist faktisch nichts anderes als learning by doing." Flunkerte *Rob*, oder bog er sich das alles so hin, wie er es gerade brauchte?

*Sebastian* war nicht überzeugt. Er zweifelte nicht völlig unbegründet, wessen Arsch wohl von wem gegrillt wird, wenn … „Aber was ist, wenn … „

„Verdammt", rutschte es *Rob* ungewollt aus dem Mund. „Was ist wenn, wenn, wenn …" Er hatte sich für einen Moment nicht unter Kontrolle. „ … was ist wenn … wenn … wenn … ein Rauhaardackel Katzenjunge bekommt, dann bekommt halt die Kröte ein Fell …"

Komisches Argument, dachte *Sebastian*. Sein Chef hatte scheinbar eine andere Polizeihochschule besucht.

„*Rob* war noch nicht fertig. „Hör zu, ich möchte hier im Kommissariat als erster wissen, was Sache ist, danach können sich die Kollegen draufstürzen. Ich bin der Hauptkommissar und der

Leiter vom K1. Ich habe zu wenig Leute und null Unterstützung in der PI. Die anderen Kollegen haben nur noch den Neubau an der Karlsbader Straße im Kopf, die Farbe die Bürostühle, der Stoff der Sitzgarnituren in den Besprechungsräumen, der Bodenbelag der Teeküchen und so weiter und so weiter. Und alle träumen nur davon, wie sie an den geplanten 70 Millionen Baukosten persönlich Anteil haben könnten. So siehts aus, Kleiner."

Also doch wieder! Es blieb dabei, das war nicht *Sebastians* Tag, auch die langatmige Erklärung seines Chef`s änderte daran nicht das Geringste.

„Noch was, Kleiner. Das hier ist ein Fall, den kriegst du in keiner anderen PI, das ist ... sagen wir eine Art Meisterstück. Nein, es ist unser, und damit zugleich *dein* Meisterstück, klar?"

Meisterstück oder auch nicht. *Sebastian* war das in diesem Moment so was von egal. Es war Freitag und noch genau zwei Stunden und 11 Minuten, dann hatte er die sechste Woche seines Praktikums hinter sich, und die hatte es in sich gehabt.

*Christian* telefonierte auch nach Zwiesel, Erding und Rosenheim. *Frank* und *Michael* reagierten ähnlich wie *Ben*. Aber auch den beiden erzählte er nur, dass *Harri* tot war und wann die Beerdigung stattfinden sollte.

„*Günni* komm, dass bist du ihm schuldig!"

„Sorry *Chris*, ich sehe das anders. Wann haben wir uns das letzte Mal gesehen, 15 Jahre? Das war eine andere Zeit."

„Aber denk mal nach", bekniete ihn *Christian*, „wir waren uns alle einig."

*Günter* wirkte aufgeregt, er war schon in seiner Studentenzeit immer ein Nervelchen gewesen. „Nein, es ist besser, die Vergangenheit ruhen zu lassen, definitv."

„Schade, ich bin enttäuscht *Günni*."

„Ich kanns nicht ändern *Chris*, sorry!"

Damit war das letzte Telefonat beendet, das *Christian* an diesem

Freitagnachmittag geführt hatte.

*Sebastian* klappte den Laptop demonstrativ zu, an dem er sich mit einem fiktiven Bummelstreik gerächt hatte. Es war ohnehin nicht mehr herauszubekommen gewesen, und die dafür bezahlten Erkennungsdienstler sollten schließlich auch noch einen kleinen Arbeitsbeitrag für ihr monatliche Gehaltsgutschrift leisten.

*Steffi* war nicht mehr aus dem Besprechungsraum zurückgekommen, und *Rob* kritzelte noch an dem Bericht herum, den *Steffi* am Montag im digitalen Formular-Center des papierlosen Büros eintippen sollte.

„Auf Wiedersehen„ war *Sebastians* ungewöhnlich formelle Verabschiedung, mit der er sich von seinem Chef ins Wochenende abmeldete.

Dessen Antwort wiederum war mindestens ebenso unüblich.

„Zieh dir am Montag einen dunklen Anzug an."

„Warum Chef?"

„Na warum wohl, Herr Kriminalkommissar-Anwärter?"

„Weil der Boss vom LKA kommt?"

„Blödsinn Kleiner, wir gehen auf eine Beerdigung."

„Ist jemand von unseren Leuten gestorben?"

*Rob* schaute nur kurz auf. „Du musst noch viel lernen."

*Sebastian* verzichtete auf ein nochmaliges Nachfragen. Heute Abend wollte er nur mit seiner Band *Easy Feeling* im Proberaum abrocken, nachdem der Auftritt in der Tabak-Fabrik im Rahmen der vom Bürgermeister angeordneten Maßnahmen abgesagt worden war.

Nach dieser Woche im Kommissariat waren ihm ernsthafte Zweifel gekommen, wie es beruflich weitergehen sollte. Reichte es aus, den Dienstballast mal für ein paar Stunden zu vergessen? Oder steckten die Nägel des Zweifels viel tiefer im Fleisch? War es überhaupt noch sein Traum-Job, Leute zu befragen, die keine

Auskunft geben konnten, nach Spuren zu suchen, die es nicht gibt, Laptops auszuschnüffeln, auf denen nur online-Bestellungen abgewickelt wurden und dafür noch den unterbezahlten Personalmangel-Ersatzmann zu spielen, der eventuell seine Praktikanten-Kompetenzen weit überschritt und in der Mittagspause durcharbeitete, während sich sein Chef mit *Steffi* irgendwo und irgendwie herumtrieb? *Sebastian* war sich an diesem Freitag Abend nicht mehr sicher.

**-Montag, 26.Oktober-**

Gute Nachrichten sehen anders aus. Keiner neuer Mord, aber das weitere Ausbreiten dieser weltumgreifenden Virusgeschichte war absehbar, und nun hatte es auch Passau erreicht. Der Bürgermeister war gezwungen, nach Erreichen des kritischen Infektionswertes die strengeren Schutz-Maßnahmen anzuordnen, die schon ab Sonntag mit einer erweiterten Maskenpflicht für die Stadt Passau gültig geworden waren.

Sonne und Fön ignorierten diese unschöne Tatsache am 6. Tag der Ermittlungen trotzdem und ließen das Thermometer an diesem Montag nochmal auf ungewöhnliche 20 Grad ansteigen … leider nur zur Freude der Leute, die Zeit für einen Spaziergang hatten und die anderen, die sich zum Ende der Schwammerl-Saison ein voraussichtlich allerletztes Mal voller Eifer im Wald und im dichten Gestrüpp auf die Suche nach begehrten Speisepilzen machten.

„Ein Tatort und eine Beerdigung, das ist praktisch die Mutter aller Spuren, wenn man nach einem Motiv und einem Täter sucht“, war nicht unbedingt die aufmunterndste Begrüßung, mit der *Sebastian* auf seinen neuen Arbeitstag eingestimmt werden sollte. Aber genau so war er, Kriminal-Hauptkommissar *Robert Holmes*, direkt, unverschnörkelt, manchmal einen Tick zu dienstgeil und insgesamt trotzdem ein umgänglicher Typ. Für *Sebastian* war deshalb auch sonnenklar, dass ihn *Steffi* nicht von der Bettkante und auch nicht von der Waschmaschine oder dem Küchentisch - je nachdem, wo und wie die beiden ihre Begierden halt so auslebten - schubsen würde. Seiner Meinung nach passte *Rob* trotz des Altersunterschiedes auch optisch gut zu *Steffi*. Seine 1,80 große sportliche Figur, die allmählich ins Graumelierte übergehende Haarfarbe, sein Dreitagesbart, sein FBI angehauchter Anzugs-Tick, und … dass er Single war.

*Steffi* lächelte und verschonte *Sebastian* mit einer vergleichbar makabren Begrüßung, obwohl … es wäre nur die Fortsetzung seines Traumes von letzter Nacht gewesen. Friedhofsgeister, die ihn im Schlaf verfolgen, ihn in ein merkwürdiges Gebäude im Friedhof verschleppten, mit schweren Ketten fesselten, folterten und zwangen, singend um Vergebung zu beten, während seine Band dazu -sympathie for the devil-_ spielte …

Sie hatte dafür ein aufrichtig klingendes „hey, du schaust gut aus“, auf den Lippen. Sie war von seinem schicken dunkelblauen Anzug genauso angetan wie *Mama Raitmaier*, die fast ausgeflippt war, weil ihr *Basti* an diesen Morgen so schick wie einen Banker gekleidet in die Arbeit ging.

„Wie ein richtiger Kommissar.“

„Mama, echt jetzt.“ In Wirklichkeit hasste er diese Aufmachung wie die Pest. Er bevorzugte seine bequemen Jeans, und wenn es nicht anders ging, trotzdem Jeans.

*Rob* lächelte zustimmend über *Steffi`s* Kompliment, war gedanklich aber schon wieder der gedrillte Diensthund. „Haben wir den Beschluss für die Bankeinsicht, *Steffi*?"

„Ist schon erledigt Chef." *Steffi* nannte *Rob* nicht bei seinem Vornamen, obwohl sie faktisch per du waren, sondern respektabel Chef, so wie es sich auch *Sebastian* angeeignet hatte. Mit Sicherheit kein schlechtes Arrangement, dachte *Sebastian*. Privates und Dienstliches wollten aus guten Gründen zwei getrennte Kleidungsstücke sein.

„Und Kleiner, was hast du noch herausgefunden?"

„Nichts Besonderes Chef." *Sebastian* hatte ein ganzes Wochenende Zeit gehabt, seinem Frust den Stinkefinger zu zeigen. Nun war nicht mehr viel davon übriggeblieben, nur die Zeitumstellung musste noch verdaut werden. Ich habe den ganzen Laptop bis zum Geht-nicht-mehr durchgefilzt, Chef. Nichts weiteres Verdächtiges, nur belangloses Zeug."

Mit einem „lass sehen!", kam *Rob* seiner Aufsichtspflicht nach, begnügte sich dabei mit Stichproben, stellte fest, dass *Sebastian* eine ganze Litanei an gespeicherten Dokumenten, downloads, das Email-Fach und sogar den digitalen Papierkorb durchforstet hatte. „Gründliche Arbeit" lobte ihn *Rob* und ließ ausnahmsweise das „Kleiner" weg.

„Der Typ, ist ein Freak, der keiner ist."

„Du meinst er ist unauffällig", schmunzelte *Rob* süffisant, „abgesehen von seiner Schweinekram-Internetseiten-Surferei."

„Genau! So unauffällig wie seine online-Bestellungen. Der Typ hat nur Kram eingekauft, Bücher, Bücher und nochmal Bücher."

„Welche?"

„Quer durch die Bank, Chef. Alles Mögliche, von Lexikas, Biografien, Bildbänden aus der Heimat des Kamtschatka-Bären bis zu Fachbücher über orientalische Heilkunde und fremdsprachiger Literatur, sogar zwei *Hugo-Berger*-Romane, einfach alles. Aber keinerlei Muster, Chef."

„*Hugo Berger*?“ fragte *Rob* interessiert nach. „Diesen Namen hab ich schon mal gehört, aber nicht als Autor, sondern … genau, das muss ein Musiker in Passau sein.

„Kenn ich aber nicht“, antwortete *Sebastian* spontan.

„Trotzdem, gut gemacht“, wiederholte *Rob* sein Lob. „Dann werden unsere Kollegen wohl auch keine weiteren Hinweise mehr finden.“

Das Lob kribbelte wärmlich auf *Sebastians* Schultern, bevor die seltsame Emotion den Brustbereich streifte und sich eine Etage höher ziemlich schnell im Kopf einnistete. *Rob`s* Anweisung „wir fahren jetzt zur Bank“, registrierte er deshalb erst zeitversetzt.

Die Türklinke bereits in der Hand, drehte sich *Rob* nochmal kurz um. „Ach *Steffi*, die Telefonverbindungen vom *Haas*. Ich brauche noch Namen, Adressen, und so weiter und so weiter.“

*Sebastian* hatte plötzlich eine ganz neue Eigenschaft. Eigentlich grundlos fühlte er sich von jetzt auf gleich berufen, seinen Kommentarsenf dazuzugeben. „Ich würde vermuten, dass er kaum Telefonate hatte, Chef. Wahrscheinlich hätte sich der Typ sogar die Grundgebühr vom Festnetz sparen können …“

Jetzt musste auch *Steffi* grinsen. „Okay Chef“ sagte sie und machte sich an die Arbeit.

*Rob* drehte sich nochmal um. „Und falls der *Wolf* anruft, der kann knurren wie er will, wir sind dann am Friedhof, also kein Empfang. Sei so gut, *Steffi* halt ihn mir vom Hals. Ich verlaß mich auf dich … „

Verdammt, kein Parkplatz in diesem Passau. Früher hat man wenigstens einen Parkplatz gefunden, ärgerte sich *Ben*. Sein Werksangehörigen-BMW parkte notgedrungen auf einem Bewohnerparkplatz in der Jahnstraße.

„Mensch *Ben*, du kommst spät!“

Die anderen warteten bereits am Friedhofseingang, *Chris, Tom, Frank* und *Michael. Chris* hatte bis auf ein „*Günni* kommt nicht“, noch nichts preisgegeben. Doch nach *Ben`s* Eintreffen war endgültig Schluss mit der Geheimniskrämerei von *Chris.*

„Du machst es ja ziemlich spannend *Chris*, kannst du uns endlich aufklären?“

Noch bevor *Chris* etwa sagen konnte, erwiderte *Tom* sichtlich angespannt „aber behaupte jetzt nicht, dass das irgendwas mit der Geschichte von damals zu tun hat!“

Acht Augen waren voller Spannung auf *Chris* gerichtet. Zuerst ein Räuspern, das nach Aufregung klang. Dann folgte der furchtbare Verdacht wie ein Blitzeinschlag. „Die haben den *Harri* abgemurkst, versteht ihr.“

„Mensch Chris“, wandte *Tom* nochmal ein, „das ist doch schon alles über zwanzig Jahre her, warum sollte ausgerechnet jetzt jemand ...?“

„Nicht einmal zwanzig Jahre! Sei nicht naiv, *Tom.* Dass bis jetzt nichts passiert ist, kann tausend Gründe gehabt haben…“

„Langsam Leute“, meldete sich jetzt auch *Frank*, „man muss doch nicht gleich den Teufel an die Wand malen.“

„Träum weiter *Frank. Chris* hat Recht, da stimmt was nicht, *Harri* hatte keine Feinde.“

„Ich habe ein paar Mal mit ihm telefoniert.“ Stellte sich auch *Michael* auf die Seite von *Chris.*

*Tom* ließ das so nicht im Raum stehen. „Ihr könnt denken was ihr wollt, ich lass mir da keine Räubergeschichte einreden. Ich will mit sowas nichts zu tun haben.“

*Chris* war aufgebracht. „Mir egal was du glaubst *Tom*, ich habe immer gewusst, eines Tages …“

*Tom* fiel ihm wieder ins Wort. „Ich sag dir was *Chris*, du hast schon immer den Hang zum Dramatischen gehabt, da bist du ja bei deinen Traueranzeigen bestens aufgehoben!“

„Software-Blödmann!“ *Chris* wurde zornig.

*Frank* versuchte zu schlichten. „Jetzt kommt, beruhigt euch alle. Wir waren uns damals alle einig, egal was kommt!“

*Tom* und *Chris* beruhigten sich nicht.

„Mensch *Tom* kapierst du wirklich nichts? Angenommen, die haben von *Harri* eine DNA-Probe genommen …"

„Verdammt, hör endlich auf", wehrte *Tom* ab. „Ich habe diese alte Geschichte abgehakt. *Septem* und er ganze Geheimmist ist lange vorbei, verstehst du."

„Du bist so ein Idiot *Tom*. Die können heute Fälle auflösen, die mehr als zwanzig Jahre zurückliegen."

„Ich hätte heute nicht kommen sollen, so wie *Günni*."

„Warum bist du dann überhaupt da?"

„Wegen *Harri*, der tut mir leid. Aber das andere habe ich mit meinem Gewissen abgeschlossen. Ich will mit dieser alten Geschichte nichts mehr zu tun haben, *Chris*."

„Hast du aber, und wie!"

„Du bist so ein Arsch, *Chris*. Lass mich endlich in Ruhe."

„Dann hau doch ab, du Weichei."

„Das werde ich auch, sobald die Beerdigung vorbei ist."

„Warum legst du dich nicht gleich ins Grab zu *Harri*, dann hast du deine Ruhe und zwar für immer und in alle Ewigkeit."

*Michael*, der sich wie *Ben* im Disput zwischen *Tom* und *Chris* zurückgehalten hatte, schnauzte nun *Chris* an. „Spinnst du, sowas kannst du doch nicht sagen!"

Das Verhältnis zwischen *Holmes* und seinem Boss war mehr als angespannt. *Alfred Wolf* hatte ihn nicht haben wollen im Kommissariat. Nun musste er schon seit einem Jahr mit seiner Existenz vorlieb nehmen, statt in der gewohnten Ruhe seinem kurz bevorstehenden Ruhestand stressfrei entgegenzuwarten.

Er hätte er sich diesen Kriminalhauptkommissar aus nur zu gutem Grund gerne erspart. *Robert Holmes* war nicht einfach als untergeordneter Ermittler, und natürlich waren ihm seine Eigenschaften längst vorausgeeilt. Zum Beispiel sein Ruf, unbequem zu sein, und dass er mit seiner Meinung nicht hinter dem Berg hielt und auch mal laut werden konnte. Probleme mit seinen Vorgesetzten waren nur die konsequente Folge seines Verhaltens und letztendlich der Grund für seine Versetzung von Regensburg nach Passau, und es war nicht die erste Versetzung in seiner Kommissar-Laufbahn gewesen.

*Holmes* hatte nichts anderes erwartet. Das Ergebnis in der Bank war ziemlich genau so unspektakulär ausgefallen. Finanzbeamter, alleinstehend, regelmäßiges Einkommen. Drei Fakten, die schlichtweg bedeuteten: Jede Menge Geld auf dem Konto, natürlich nicht in spekulativen Anlagemodellen, sondern schlicht und erzkonservativ auf dem Sparbuch. Selbst die vage Hoffnung, auf ein Motiv im finanziellen Umfeld zu stoßen, etwa ein kurz zuvor eingesetzter Begünstigter oder auffällige Verfügungen nach dem Todeszeitpunkt, erwiesen sich als eine glatte Fehlanzeige. Alles unverdächtig, keinerlei Hinweise, alles wie gehabt.

*Michael* und *Ben* hatten sich zurückgehalten, aber man konnte ihre Anspannung erkennen. *Tom* war wütend in die Kirche vorausgegangen, obwohl es noch eine halbe Stunde zu früh für den Gottesdienst gewesen war.

„Lass ihn *Chris*, du kennst ihn. Vielleicht hätte es damals ein anderer von uns machen sollen."

„Das spielt doch keine Rolle, wir haben es alle geschworen, egal, wer was gemacht hat, egal, wie lange das her ist, nur um das geht es."

„Traueranzeigen. Warum hast du eigentlich nichts Vernünftiges gelernt nach dem Studium *Chris*?

„Ich könnte jetzt zum Beispiel sagen, dass meine Sterbeanzeigen bestimmt sicherer sind als dein Managerjob bei der Bank, *Michael*."

„Okay, lassen wir das."

*Rob* hatte seinen ungeliebten Boss schon längst und gründlich durchschaut. Er konnte sogar seine Reaktionen intuitiv vorausahnen. So gut, dass seine Ohrläppchen bereits zu jucken begannen, sobald *Wolf* das penetrante Bedürfnis verspürte seine Nummer zu wählen. Kaum als er die Türe im K1 hinter sich zuzog, war es wieder so weit gewesen. Lästig, unwirsch und cholerisch, - halt so wie immer -, brüllte *Wolf* ins Telefon. Allerdings hatte *Rob* eine wirksame Geheimwaffe dagegen. *Steffi*. Der *Wolf* konnte noch so toben, was und warum er keine neuen Informationen bekommen hatte, wo *Holmes* gerade steckte und vor allem, warum er ihn nicht zurückrief. Für *Steffi* war das kein Grund für Verlegenheit oder gar Panik. Im Gegenteil. Sie besaß die unnachahmliche Begabung - Naturtalent oder sogar schauspielerisches Potential?, - aus dem Stegreif mindestens einen unwiderlegbaren Grund zu nennen, warum *Robert Holmes* im Augenblick nicht erreichbar war.

Auch wenn es in diesem Katz- und Mausspiel keinen Sieger gab, allein die Genugtuung, den *Wolf* damit zum Glühen zubringen befriedigte *Rob* ungemein.

„Es gibt Tage, da kommst du einfach nicht weiter. Das ist normal, das ist Ermittler-Alltag, Kleiner. Aber dafür kann ich dir versprechen, dass wir heute Nachmittag endlich naher an den Speck kommen. So eine Beerdigung, wiegesagt … pass genau auf die Leute auf, jeden einzelnen, schau auf ihre Kleidung, ihre Mimik, die Gesten, ihre Körpersprache, beobachte jedes Detail. Präg dir alles ein wie auf einer Festplatte, verstanden?“, briefte *Rob* seinen noch unerfahrenen Kriminalkommissar-Anwärter eindringlich.

„Echt jetzt?“

„Nerv nicht, das ist dein Job heute. Und mach Fotos von den Leuten, natürlich unauffällig, und vergiss keinen, kapiert?" ordnete *Rob* noch an.

Die Kennzeichen der Wagen, die am Severinstor und in der Voglauer Straße geparkt waren, hatten sie bereits mit dem Handy fotografiert, auch an die Fahrzeuge im Parkhaus Jahnstraße hatten sie gedacht.

Sie warteten um halb Vier mit Blick auf das eiserne Eingangstor der Friedhofmauer. Das neue Gespann *Holmes* und *Raitmaier* - in Ermangelung einsatzfähiger Kriminalbeamter -. Kriminalhauptkommissar und Kriminalkommissar-Anwärter am Innstadt-Friedhof. Beide im schicken dunklen Anzug wie zwei Mafia-Leute.

„Mist, es sieht nach Regen aus, wann setzen die sich endlich in Bewegung?", beklagte sich *Sebastian* ungeduldig.

„Sei nicht so empfindlich, Kleiner, dafür war es den ganzen Tag sonnig und so warm wie im September."

*Sebastian* übte sich weiter mit banaler Zeitvertreibs-Konversation „Ist doch ziemlich makaber, dass dieser *Harald* jetzt genau in dem Friedhof verbuddelt …"

„ ... hey, … das heißt immer noch beerdigt …"

„ .. dann halt beerdigt wird, in dem sie ihn abgemurkst haben."

*Rob* schnaufte laut. „Kann es sein, dass der Krimiserien-Jargon deiner Mutter bei dir durchschlägt?"

"Sorry!"

*Rob* nahm die Pseudo-Entschuldigung kommentarlos zur Kenntnis, war aber im nächsten Augenblick auf das Friedhofstor fixiert, als sich die sogenannte Trauergesellschaft samt Holzsarg von der Aussegnungshalle aus in Bewegung setzte. „Jetzt geht`s los!"

Die Anzahl der Trauergemeinde war überschaubar. Der Pfarrer mit einem Ministranten vor dem Sarg gehend, gefolgt von den Sargträgern die die sterblichen Überreste auf dem Katafalk-

Gefährt Richtung Grabstelle schoben, dahinter der Mann, den er als *Harald`s* Vorgesetzen wiedererkannte. Dem Finanzamt folgte das Nachbar-Ehepaar aus dem Reihenhaus im eingeübten Allerheiligen-Schleichschritt, hinter ihnen eine ältere Frau ohne Begleitung und dann vier weitere Männer, die auf`s Erste gar nicht so richtig dazupassen wollten. Etwas abseits vom ausgehobenen Grab hielt sich noch ein anderer Mann auf, nicht eindeutig erkennbar, ob er Teilnehmer des Begräbnisses, oder einfach ein zufälliger Friedhofbesucher war.

„Ist das nach den Regeln vom Bürgermeister überhaupt erlaubt?", fragte *Sebastian*. „ … so viele Teilnehmer?"

„Den Toten musst du nicht mitrechnen … „ flüsterte *Rob*.

„Sind trotzdem mehr als 10!"

„Keine Ahnung" antwortete *Rob* gleichgültig, „kennt sich ja keiner mehr aus, wahrscheinlich nicht einmal der Pfarrer."

„Aber am Friedhof gibt es keine Polizeikontro…"

„Machst du Witze, Kleiner?", du sollst dich auf die Gesichter konzentrieren, und nicht wieviele Personen zulässig sind."

Natürlich hatte *Rob`s* Instinkt ihn nicht im Stich gelassen. „Genauso hab ich mir das vorgestellt", erklärte er in ausreichendem Abstand, um nicht aufzufallen. „Sieh sie dir gut an. Was meinst du, sehen so Leute aus, die wirklich trauern? Das wirkt doch alles irgendwie gestellt, so völlig ohne Emotionen."

„Aber wenn der kalte Mensch in der Kiste der *Wolf* wäre, würde dich das auch nicht unbedingt zu Tode betrüben", wendete *Sebastian* etwas unpassend ein.

„In diesem Fall, würdest du mich auch nicht auf der Beerdigung antreffen, Kleiner." Dachte *Rob* über dieses Szenario mit *Wolf* nach? Nein, er ließ sich nicht aus dem Konzept bringen. „Der einzige, der auf mich betroffen wirkt, ist der Redner, der ein paar unverständliche Worte von einem Zettel herunterliest. Das war`s. Ich bleib dabei, Kleiner. Das hier hat nichts mit einer normalen Beerdigung zu tun. Nicht der Hauch von sowas wie Trauer, keiner kondoliert, keiner hat eine tröstende Umarmung übrig, nicht einmal ein Händeschütteln. Das ist eher die gierige Meute von vermeintlichen Erben, die aus ihren Löchern gekrochen sind, und hoffen, dass ihr Name im Testament steht. Oder ...", *Rob* machte eine Pause, „Personen, die etwas wissen, was wir noch nicht wissen."

„Was ist mit einer Befragung, Chef?"

„Nicht hier am Friedhof, soviel Pietät muss sein. Wir lassen die Autokennzeichen auswerten und gleichen die Halterdaten mit den Fotos ab, dann sehen wir weiter."

„Hey Chef", stupste *Sebastian* ihn mit dem Ellbogen, „diese Frau, die alte Frau dort ... ich glaub ich kenn sie. Genau, das ist eine Bekannte von meiner Mama, die putzt in privaten Haushalten."

Einmal mehr überraschte *Sebastian* seinen Chef. „Okay, super. Ist doch gut, dass man in so einer kleinen Stadt immer jemanden kennt, oder jemand anderen weiß, der jemand kennt."

„Ja, besonders in Passau", klugmeierte *Sebastian* ungewollt seinen Senf dazu. „Was ist mit dem Typ, der da drüben zwei Reihen weiter weg steht? Gehört der auch dazu, Chef?"

„Ist mir auch schon aufgefallen. Kann gut sein, dass da was im Busch ist. Hast du schon ein Foto von ihm? Wenn nicht, dann beeil dich, es sieht wirklich nach Regen aus, also mach, bevor die alle ihrem Schirm aufspannen und wir die Gesichter unter feuchtem Schirmstoff verschwinden. Unauffällig!" ergänzte *Rob*. „Hast du`s?", vergewisserte er sich ein paar Minuten später nochmal.

„Klar, Chef." *Sebastian* war wieder mit im Boot. Sein Tief hatte sich von selbst gelegt, und die Verbrecherjagd war innerhalb einiger Polizeistunden wieder die erklärte Perspektive seiner beruflichen Zukunft.

„Kleiner, wir müssen noch nach Haibach. Wir haben noch den einen Nachbarn, den wir befragen müssen, den ... wie heißt er gleich wieder ...?"

„*Obermüller*" ergänzte *Sebastian*.

„Gut!" lobte ihn *Rob* mit Recht. Morgen kümmerst du dich um den Lebenslauf des Opfers. Trag alles zusammen, was wir bisher haben, wir brauchen einen Überblick."

Ein unscheinbarer handgeschriebener Zettel, säuberlich in einer Plastikfolie vor dem Regen geschützt, klemmte zwischen dem Scheibenwischer und der Windschutzscheibe des Toyotas mit dem AZ-Kennzeichen, als *Thomas* um 16.30 Uhr nach Hause fahren wollte.

**-Dienstag, 27.10.2020-**

Es nieselte immer noch hauchdünne Strahlen von Wasserspritzpistolen vom regengrauen Dienstag-Morgenhimmel.

„Hilfe, bitte kommen Sie schnell, da ist ein Mann, halbnackt und ich glaube er … der ist tot, glaube ich."

Noch bevor der Mann am anderen Ende der Notrufnummer 110 der aufgeregten Anruferin Fragen stellen konnte, war das Telefonat auch schon wieder beendet.

*Sebastian* träumte nichts in der Nacht. Nicht vom Friedhof, nicht von Geistern und nicht von blutenden Augen, und *Mama Raitmaier* drückte ihm keine ihrer Krimiserien-Weisheiten auf`s Auge. Eigentlich alles gut an diesem Morgen, dachte er. Anders wurde es erst, als er am Morgen in der Dienststelle ankam und *Rob* ihn gleich am Arm packte.

„Komm Kleiner, wir müssen sofort los. Eine Leiche!"

Ganz automatisch lautete *Sebastians* Frage: „Wasserleiche?"

*Rob* schüttelte verständnislos den Kopf. Bestimmt war ihm längst entfallen, dass er seinem Kriminalkommissar-Anwärter bei der Einweisung vor knapp 7 Wochen den Floh mit den Wasserleichen selbst ins Ohr gesetzt hatte. Er antwortete deshalb nur knapp: „Wir fahren zum Friedhof, komm jetzt!"

*Steffi* tat das einzig mögliche um ein läutendes Telefon zum Schweigen zu bringen. Sie hob ab, als *Rob* im Hinausgehen ablehnend mit der Hand winkte. „Sag ihm ich bin unterwegs, oder nein … dass mein Handy kaputt ist!"

Natürlich war es *Wolf*. *Robs* Ohrläppchen-Jucken funktionierte so zuverlässig wie ein militärisches Frühwarn-System.

Dank Rufnummernanzeige war es dem Mann an der Notrufnummer gelungen, die aufgeregte Frau zurückzurufen und in Erfahrung zu bringen, wo genau der Tote liegen soll.

Die Kollegen von der Spurensicherung waren schon in Aktion. Der Notarzt war gerade dabei, die Todesursache der übel zugerichteten Leiche festzustellen, der von einer Friedhofsbesucherin am Morgen am Halser Friedhof aufgefunden wurde.

„Wagen nicht angesprungen?" lästere *Neumeier,* der Chef der Spurensicherung, der schon eine Weile vor *Holmes* und *Sebastian* am Tatort eingetroffen war.

*Rob* ließ ihn unbeachtet links liegen und wandte sich dem Arzt zu, der gerade mit dem Opfer beschäftigt war.

„Einfach abscheulich!", winkte *Dr. Weinberger Rob* auffordernd zu sich, um sich zu ihm hinunter zu bücken. „Ziemlich grobe Verletzungen und dann noch festgekabelt an den Armen und den Beinen." Man hätte meinen können, dass er selbst als Arzt von dieser offensichtlichen Brutalität entsetzt war.

*Sebastian* war dagegen auf respektabler Distanz geblieben. Lieber stand er im Nieselregen, als unter dem geschützten Arkadenvorbau des Tatortes in unmittelbarer Leichennähe. Er verspürte ohnehin nicht das zwingende Verlangen, mit der zugerichteten Leiche auf Tuchfühlung zu sein. Ihm hatte bereits der Blick über die Schultern genügt, um sein noch unverdautes Frühstück unkatholisch heraufzuwürgen.

„Irgendwann ist es Routine", versuchte *Rob* ihn aufzumuntern, als er sich zu ihm umdrehte, „glaub mir!"

Für *Sebastian* dennoch ein eher schwacher Trost beim Anblick eines Toten, der wie abgeschlachtet bäuchlings auf einer Marmor-Grabplatte mit einem in vergoldeter Farbe eingefrästem Kreuz lag, unter der etliche Hochwürdigkeiten ruhten. Arme und Beine mit Kabelbindern an den seitlichen Eisenringen befestigt, zwei große unübersehbare rostfarbige Blutlachen, die bereits eingetrocknet waren. Ein mit Pickeln und Haaren freigelegter After und einer Einstichstelle im Anus, die einem Schlachtfeld aus Blut und Gewebefetzen glich, und selbst das war immer noch nicht alles.

„Erspart ihm das Gesicht!" - Gemeint war *Sebastian* -, riet ihm der Notarzt, der am Kopfende der massakrierten Leiche kniete.

„Scheußlich", erwiderte *Rob*, als er das breite Klebeband über der Mund- und Kinnpartie entfernte.

Noch bevor *Dr. Weinberger* fachkundig antworten konnte, gab *Neumeier* - der neugierig aber nutzlos unmittelbar am Tatort herumstand - schon seinen unzensierten Klugscheißer-Kommentar ab. „Also wenn ihr mich fragt, war da entweder ein sadistischer Zahnarzt am Werk, der sich ausgetobt hat, oder ein Dr. Frankensteiner, der auf abgeschnittene Zunge steht."

Der Notarzt blieb dagegen sachlich. „Abgetrennte Zunge, ziemlich unfachmännische Vorgehensweise. Aber das muss sich die Gerichtsmedizin noch genauer ansehen."

*Rob* kamen bei dem Anblick unweigerlich Erinnerungen aus seiner Jugend in den Sinn, der Pate, die Mafia, ein Ritual? Nur kurz, dann war er wieder der ermittelnde Kommissar in der Realität. „Sehen sie auch auffällige Verbrennungen, wie zum Beispiel beim Einsatz eines Elektroschockers, Doktor?“

Der Doc bestätigte *Rob`s* Vermutung. „Ja, hier am Oberkörper, ziemlich deutlich sogar!“

„Und …“ wollte *Rob* weiterfragen …

„Das sieht doch jeder Blinde“, mischte sich Mister *Neumeier-Oberschlau* nochmal ungefragt ein, „ … der ist einfach verblutet wie eine abgestochene Sau. Stich in den Arsch, den Sack und das alles. Und die abgeschnippelte Zunge hätte genauso zum Verrecken durch Ausbluten gereicht, er konnte ja nicht zum Arzt laufen mit den Plastikkabeln an seinen Händen und Füssen … „

An dieser Stelle wurde es *Rob* schließlich doch zu bunt. „Dich hat keiner nach deiner Meinung gefragt *Neumeier*, oder bist du jetzt der Arzt hier? Kümmere dich lieber um deinen …

„Ach rutsch mir doch …“

„ … Spusi-Kram!“, wollte *Rob* noch sagen, aber *Neumeier* war bereits beleidigt Richtung Dienstauto abgezogen.

*Doktor Weinberger* machte mit sich selbst sprechend sein Kreuzchen: „Ungeklärte Todesursache, vermutlicher Todeszeitpunkt zwischen 17 und 19 Uhr.“

„Ach ja“, wollte *Rob* noch zum Abschluss wissen, „was ist mit der Zunge, Doktor?“

„Die haben wir nicht gefunden, vielleicht verschluckt. Aber wollen wir nicht hoffen, dass dieser Blutrausch-Killer die Angewohnheit zum Trophäen-Sammeln besitzt.“

„Dann haben wir also den zweiten Friedhofstoten?“

„Sie sind der Kommissar, aber es sieht fast so aus!“

Die Tatort-Melodie riss *Rob* aus seinen Gedanken über *Neumeier*, dessen Arschgesicht in seiner Beliebtheitsskala wohl nur von der *Wolf*-Visage übertrumpft wurde. Er ließ sein Handy läuten, auch wenn ihm die Klingelton-Melodie genervt daran erinnerte, dass er die Rufton-Einstellung schon längst ändern wollte.

„Komm Kleiner, wenn du mit dem Kotzen fertig bist, dann fahren wir nach Haibach."

So wie am Tag zuvor und auch den Donnerstag davor, trafen sie den Bewohner des Reiheneckhauses in der Wienerstraße auch bei diesem Versuch nicht an.

„Der Vogel ist so was von ausgeflogen, Kleiner."

„In welches Nest?"

*Rob* presste plötzlich die Lippen zusammen. „Grandios, Kleiner. Die Frage stellen wir dem Einwohnermeldeamt."

*Sebastian* wusste zwar nicht warum, aber bevor ihn *Rob* aufklären konnte, plärrte die Tatort-Melodie *Rob`s* Handy ein weiteres Mal ohne dass seine Ohrläppchen juckten.

„Hallo Chef", hörte er *Steffi* sprechen, „der *Wolf* dreht durch, wenn du ihn nicht bald zurückrufst. Der ist schon wie das HB-Männchen, das gleich in die Luft geht!"

*Rob* überwand sich widerwärtig, „*Holmes*, hallo", dafür nur knapp, „mit großer Wahrscheinlichkeit der gleiche Täter!"

„Mensch *Holms*", bellte *Wolf* ins Telefon, „dazu brauche ich keinen überbezahlten, mehrfach strafversetzten Hauptkrimimal-Kommissar. Zum gleichen Ergebnis kommt sogar ein Kleinkind im Kindergarten. Zwei brutale Morde, wissen Sie was das heißt *Holms*? Ich will Fakten, Details, ein Motiv und einen Tatverdächtigen, kapieren sie das." *Rob* versuchte ruhig zu bleiben.

„Lassen Sie mich einfach meine Arbeit machen, dann …"

„ … nichts dann *Holms*, die Presse will Details, die *Bergmann* sitzt mir im Nacken, und ich kann die Nachrichtensperre nicht in aller Ewigkeit aufrechterhalten. Also machen Sie endlich!"

*Rob* zischte ins Telefon „verdammt, dann halten Sie mich ständig am Telefon …"

*Wolf* hatte schon längst aufgelegt.

„Verdammter Arsch!"

Als *Rob* mit *Sebastian* ins Kommissariat zurückkam, hatte *Steffi* die Personalien von *Thomas Kaiser* nebst Kopie von Führerschein und Fahrzeugpapieren bereits auf seinen Schreibtisch gelegt.

„Ging ja schnell mit der Identifikation." *Rob* ließ sich nicht anmerken, was ihn nach dem Telefonat mit *Wolf* bewegte.

„Wollt ihr einen Kaffee?", erkundigte sich *Steffi*.

„Ich glaub für *Sebastian* lieber ein großes Glas Wasser", nickte *Rob* nachdenklich.

*Sebastian* widersprach nicht. Es war ihm egal. Seine Gedanken verabschiedeten sich gerade vom Berufs-Blabla samt Mutmaßungen und verfingen sich in *Steffis* Outfit. Ihr Rock war sehr schwarz, sehr eng, sehr kurz, sehr sexy. Einen kurzen Augenblick lang tanzten verführerische Bilder vor seinen Augen.

„Du musst übrigens noch deinen Euro von gestern einwerfen, Kleiner. Deal ist Deal", erinnerte ihn *Rob*.

*Sebastian* wirkte merkwürdig, nein … eher geistesabwesend.

*Thomas Kaiser*, 11. Dezember 1980, nicht verheiratet, keine Kinder, selbständiger Software-Entwickler, wohnt in Offenbach bei Frankfurt.

„Was macht dieser Offenbacher in Passau am Halser Friedhof?", dachte *Rob* laut nach. „Allerheiligen, Grab herrichten? Das wäre doch naheliegend oder?", richtete *Rob* seine Frage an *Sebastian* und *Steffi*.

„Allerheiligen ist doch abgesagt Leute", ergänzte *Steffi*, als sie *Rob* seinen Kaffee-Schwarz brachte.

*Sebastian* starrte noch immer auf *Steffis* Rock, wie sie anmutig, fast wie eine Katze schleichend an ihm vorbeiwischte, um die Tasse auf *Robs* Schreibtisch abzustellen. Die kleine unweigerliche bückende Bewegung ihres Beckens dabei reichte aus, um *Sebastians* schlüpfrige Fantasie noch tiefer eintauchen zu lassen, was sich unter diesem Rock verbergen könnte. Ein schwarzer Slip, sehr knapp und enganliegend auf der Haut eines knackigen pfirsichsamtigen Traum-Hinterteils … und dann …? Vielleicht wurde es allmählich einfach Zeit, sich wieder um eine neue Freundin umzusehen…

„Wir müssen abwarten“ sagte *Rob,* „was die Kollegen in Offenbach über unser Opfer Zwei rausfinden können.“

„Das mit dem Abwarten wird *Wolf* nicht gefallen“, wendete *Steffi* berechtigt ein.“

„Der soll mich am … küssen!“

Auch Hauptkommissar *Holmes* zählte nicht zu den Geduldigen. Ein absoluter Einzelgänger, Single, nie verheiratet. Seine Geliebte war die Arbeit, die aufzuklärenden Fälle, und er liebte es, sich regelrecht mit den Leuten anzulegen. Ganz anders als sein Passauer Vorgänger, dessen einziges Talent es gewesen war, auf einer Schleimspur hinter seinen Vorgesetzen hinterher zu rutschen und sich einen Dauer-Parkplatz im Arsch desselbigen zu reservieren.

Das Allerheiligen-Thema wurde nicht weiterverfolgt, dafür konnte *Steffi* noch mit einer anderen positiven Information aufwarten. „Die Spurensicherung hat vorhin angerufen, Chef. Das Auge! *Sebastian* hatte tatsächlich Recht. Die Kollegen haben noch kleine Reste von Substanzen im Papierkorb am Residenzplatz gefunden. Die DNA stimmt tatsächlich mit dem Opfer vom Innstadt-Friedhof überein.“

„Mensch *Sebastian*!“ Es war das zweite Mal seit er hier als Praktikant angefangen hatte, dass sein Chef ihn mit dem Vornamen ansprach und dabei verzichtete, ihn Kleiner zu nennen. *Rob* war unvermittelt aufgestanden. „Wahnsinn, du hast ein außergewöhnliches Beobachtungs-Talent.“

Bei einem Lob dieser Kategorie, das beinahe dem eines Ritterschlages gleichkam, konnte *Sebastian* gar nicht anders, als sich abrupt von seinen anzüglichen Gedanken zu lösen. Über sich selbst überrascht zauberte er sogar noch einen spontanen Vorschlag aus dem Hut. „Die Bekannte von meiner Mama…“,

-welch ein gewaltiger Gedankensprung-, „ich glaub sie heißt *Wagner* oder *Weber.*"

*Rob* und *Steffi* blicken sich verwundert an.

„Ich ruf meine Mama an, die weiß das, dann können wir die Frau befragen."

*Steffi* hielt den Daumen hoch, während *Rob* ihm anerkennend zublinzelte. Dabei konnten die beiden nicht annähernd ahnen, was ihm vorhin gerade noch durch den Kopf gegangen war.

„Ja, sehr gute Idee, sagte *Rob* schließlich. „*Steffi* und ich gehen einen Happen essen, danach besuchen wir diese Frau *Wagner* oder *Weber.*" *Rob* drehte sich beim Hinausgehen nochmal um. „Sollen wir dir was mitbringen, einen Burger?"

*Sebastian* winkte ab, sein Burger war ein mitgebrachtes kaltes Schnitzel in einer Tupperdose von *Mama Raitmaier.* Geradezu meisterhaft hatte er soeben die erotische Kurve souverän und unbemerkt gekratzt. Was seinen Chef und dessen Liebesleben betraf, wurde er allerdings nicht ganz schlau.

*Robert Holmes* war Realist. Für Romantik war kein Platz in seiner Seele, eher für Gerechtigkeit. Darin war er ein echter Freak. Ihr opferte er alles, sogar seine Beziehungen, wenn es diese Gerechtigkeit forderte. Aber die Jugend war ihm wichtig. Vielleicht sah er in den jungen Menschen noch die Idealisten, wie er selbst einer gewesen war, als er hoch motiviert seine Polizeilaufbahn begonnen hatte. Und doch schienen seine 51 Jahre erste Spuren von Abstumpfung zu zeigen. Sollte es *Sebastian* also wundern, dass *Rob* an einem Tag, der mit einem weiteren Mord begann, und sich mit einem unangenehmen Gespräch mit seinem Boss fortsetzte, dann doch alle Ruhe der Welt hatte, um Mittagessen zu gehen? Oder lag er mit seiner Verhältnis-Vermutung zwischen *Rob* und *Steffi* schlicht und ergreifend richtig?

„Ja Basti, gut dass du anrufst. Ich hab`s gerade in den Nachrichten gehört, ihr habt`s schon wieder einen Mordfall."

„Mama, ich wollte eigentlich nur wissen, wo die Frau *Wagner* wohnt."

„Welche *Wagner*? Oder meinst du die *Weber*? Was willst du denn von der *Irene*? Die putzt doch nur bei ein paar Leuten."

*Sebastian* zögerte etwas, musste aber nicht einmal die Unwahrheit sagen. „Wir … suchen eine Reinigungsfrau."

„Ich glaub nicht, dass die noch eine neue Putzstelle annimmt, aber sie wohnt in der Innstadt, in der Kapuzinerstraße.

„Hast du auch ihre Telefon-Nummer, Mama?"

„Ich schau gleich nach *Basti*, aber was ist mit dieser Leiche?"

„Mama, die Ermittlungen haben erst begonnen."

„Das ist bestimmt ein Serienmörder, *Basti*."

„Mama lass uns unsere Arbeit machen."

„Du redest schon wie ein Kommissar, Basti!"

Täuschte sich *Sebastian*, oder hatte *Steffi* vorhin eine andere Bluse angehabt? Die beiden waren nach einer guten Stunde wieder zurück und hatten sich unmittelbar mit dem Papierkram auf ihren Schreibtischen beschäftigt.

„Chef", machte sich *Sebastian* bemerkbar. „Ich habe die Adresse von der *Weber*."

„Dann hoffe ich, dass sie kein so ausgeflogener Vogel ist wie unser Reihenhaus-Nachbar. Ach ja *Steffi*, schließ dich doch mal mit dem Einwohnermeldeamt kurz, ob dieser *Obermüller* überhaupt noch in der Wiener Straße gemeldet ist."

„Polizei? Was ist denn passiert?"

„Nur eine Routine-Angelegenheit Frau *Weber*", beruhigte *Holmes* die aufgeregt wirkende Frau an der Haustüre in der Kapuzinerstraße, die etwa Ende sechzig alt war.

„Der Herr *Haas* war immer nett, da könnt ich gar nix anderes sagen. Ich war immer zwischen 16.00 und 17.30h bei ihm. Er wollte immer dabei sein, wenn ich saubergemacht hab. Aber ich musste immer um punkt halb sechs mit dem Putzen aufhören und nach Hause gehen, auch wenn ich noch nicht ganz fertig gewesen bin. Seltsam gell? Aber er war halt ein ganz Genauer, und er hat immer ein Buch in der Hand gehabt, während ich saubergemacht hab."

„Die Männer auf der Beerdigung?", fragte Frau *Weber*. „Nein, von denen hab ich keinen einzigen gekannt", als *Rob* auf die männlichen Besucher der Beisetzung von *Haas* zu sprechen kam.

*Wieder* erklang die unverkennbare Tatort-Melodie auf *Robs* Handy. Er brauchte nicht nachzusehen, sein Ohrläppchen-Jucken verriet ihm, dass es nur *Wolf* sein konnte. Sie hatten nichts Neues herausgefunden. Nicht bei Frau *Weber*, nichts von dem noch nicht befragten Nachbarn, und dazu eine neue Leiche, ein neuer Fall, der zwangsläufig mit dem ersten zusammenhing. *Rob* dachte nicht daran, den Anruf entgegenzunehmen. „Wir machen Schluss für heute, Kleiner."

Schade, dachte *Sebastian*, ich bin doch wieder der Kleine!

**-Mittwoch, 28. Oktober-**

Ein altes Sprichwort sagt: Neuer Tag neues Glück. Der Nieselregen hatte zum Glück wirklich aufgehört, ansonsten begann der 8. Tag der Ermittlungen damit, dass *Wolf* schon zweimal angerufen hatte. Das erste Mal, als weder Licht im K1 brannte, noch der Standby-Knopf des Kaffee-Automaten ein Lebenszeichen von sich gab. Das zweite Mal, als *Sebastian* der erste und einzige im Dienstzimmer war und den Telefonhörer abhob.

„Nein, *Holmes* ist noch nicht da."

„Sie sind wer?", wollte *Wolf* wissen.

„Ich bin der *Sebastian*, ich mache ein Praktikum", und ergänzte geistesgegenwärtig „ … sie sind doch der Onkel vom *Alex*?"

„*Alex*? Ach so." *Wolf* war plötzlich perplex. „Und du, äh Sie?"

„Wir sind befreundet, der *Alex* und ich. Wir haben doch zusammen die Band, und … der *Alex* hat mir immer von der Polizeiarbeit und von seinem Onkel erzählt … „ *Sebastian* hatte situativ die beneidenswerte Gabe der Politiker, Umstände und Gegebenheiten so hinzubiegen, wie sie der Sache dienlich waren.

„Der *Alex*, ach ja …" murmelte *Wolf* mit einer nach triefender Gutmütigkeit klingenden Onkelstimme, die ihm kein einziger in der ganzen PI abgekauft hätte.

„Ist ziemlich aufregend das alles", erklärte *Sebastian* überzeugend weiter, „aber total interessant und mein Chef, der *Holmes* ist echt ein guter Kommissar, der hat immer den richtigen Riecher … aber momentan ist es ziemlich stressig …"

„Aha, ach ja. Er soll mich zurückrufen, auf Wiederhören." Natürlich war die Geschichte, dass *Alex* von seinem Onkel erzählt hatte, geflunkert. *Sebastian* wusste nur, dass der Onkel von *Alex Wolf* hieß und der Boss seines Chef`s war. Aber was soll`s, dachte *Sebastian*, wenn er schon dabei war Honig um das *Wolfs*-Maul zu schmieren, dann konnte es auch gleich eine XXL-Ausführung sein.

Es war eigentlich klar, dass *Rob* nicht die Absicht gehabt hatte, seinen Boss sofort zurückzurufen. Aus seiner Sicht gab es Wichtigeres zu tun. „Wenn der *Hackl* wieder da ist müssen wir uns um die Leute von der Beerdigung kümmern", erklärte er an *Sebastian* gerichtet. „*Steffi,* frag doch bitte mal in Frankfurt nach, ob es schon was über diesen *Thomas Kaiser* gibt.

*Steffi* lächelte, etwas zu vertraulich, wie *Sebastian* fand. „Mach ich. Aber ich hab noch was vom Einwohnermeldeamt, Chef. Dieser *Obermüller*. Kein Wunder, dass ihr den nicht angetroffen habt. Der ist zwar noch in Passau gemeldet, hat aber einen Zweitwohnsitz und einen Postnachsendeauftrag nach Schaufling. Das ist bei Hengersberg, Deggendorf."

„Danke *Steffi*! Es wird trotzdem langsam Zeit, dass wenigstens der *Hackl* wieder vom Urlaub zurückkommt", antwortete *Rob* etwas müde wirkend.

„Ich dachte, du magst ihn nicht", wunderte sich *Steffi*.

„Irrtum, *er* mag *mich* nicht, weil er immer noch der Meinung ist, dass ich ihm die Stelle weggenommen habe."

Nicht nur *Rob*, auch *Sebastian* war etwas geknickt. Die Aussichten, auf ihre Band-Auftritte in der nächsten Zeit waren nicht gerade rosig. Wellenbrecher-Shutdown, dachte *Sebastian*, wieder was aus dem Maßnahmen-Sonderangebot der Regierung. Das könnte man auch in den Griff kriegen, wenn alle Leute selbst verantwortungsvoll auf Distanz gehen würden, bevor das Loch im Spass im größer wurde. Aber *Sebastian* wusste sich selbst positiv zu motivieren, und dazu nahm ihn die Arbeit im Kommissariat ziemlich in Anspruch, einmal ein alter Kripohase wie sein Chef werden zu wollen.

„*Holmes*, hallo" überwand sich *Rob* endlich, seinen unerfreulichen Rückruf hinter sich zu bringen.

*Wolf* war unerwartet ruhig im Ton, fast zahm. „Hallo *Holms*, gibt es was Neues?"

„Ich habe gerade mit den Frankfurtern telefoniert, die haben im Umfeld von Opfer *Thomas K.* recherchiert. Auf`s Erste aber nichts Auffälliges. Keine offensichtliche Feinde, in seiner Wohnung keine Hinweise auf Einbruch, auch im Briefkasten keine Post, die erklären würde, was er in Passau zu erledigen hatte. Aber die Kollegen bleiben weiter dran und sie überlassen uns den Laptop von *Thomas K.*

*Wolf* ließ ihn ausreden ohne ihn auch nur ein einziges Mal ins

Wort zu fallen, was bei *Wolf* alles, außer gewöhnlich war.

„Interessant und eine mögliche Spur ist“, sprach *Rob* -immer noch nicht von *Wolf* unterbrochen- weiter, „dass er in Passau Ende 90 bis Anfang 2000 studiert hat.“ *Rob* wartete wie ein Hund auf die Prügel darauf, dass *Wolf* endlich seinen Schreianfall bekommen würde, oder zumindest eine seiner abgedroschenen Beleidigungen herausspuckte, nichts kam. „Der nächste Schritt ist die Klärung der Identität von den vier Männern, eventuell sind es sogar fünf, die auf der Beerdigung vom *Harald H.* waren. Das könnte eine weitere Spur werden. Da brauche ich den *Hackl* dazu, momentan bin ich mehr oder weniger allein.“

„Halten sie mich am laufenden, *Holms*“, war das einzige, was *Wolf* am Ende des Gespräches von sich gab.

*Rob* sorgte sich ernsthaft, was ist mit dem *Wolf* passiert war? War der besoffen, oder war er beim Beichten, oder besoffen und beim Beichten?“

Die Frankfurter Kollegen waren schneller als *Rob* geglaubt hatte. Mit Sicherheit waren die Kollegen in Hessen aber auch personell deutlich besser ausgestattet als die Passauer PI. Noch bevor *Rob* den *Wolf* zurückgerufen hatte, telefonierte Kommissar *Jakob Manzke* aus Frankfurt-Offenbach mit *Rob* im Mordfall *Thomas Kaiser.*

„Wir haben das Umfeld des Opfers befragt, die Nachbarschaft, die Sportkollegen, den Pfarrer. Er war ein fleißiger Kirchgänger, soll sogar ein paar Kinderpatenschaften in Brasilien übernommen haben. Alle sagen übereinstimmend dasselbe, ein hilfsbereiter Typ. In seiner Wohnung keinerlei Spuren von Einbruch oder andere Auffälligkeiten, kein polizeilicher Eintrag, nicht die geringsten Anzeichen von irgendwelchen Problemen. Er war beliebt, von eventuellen Feinden oder über ein mögliches Motiv weit und breit keine Anzeichen.“

„Ach ja Kollege, *Manzke*. Vielleicht könnten Sie noch überprüfen lassen, ob es irgendeinen Zusammenhang mit Passau gibt, so was wie einen Verwandten zum Beispiel, dessen Grab er an Allerheiligen hätte besuchen können oder wollen."

„Werter Kollege", klang *Jakob Manzke* überraschend entgegenkommend, „damit haben wir schon gerechnet. Was wir in der Kürze der Zeit herausfinden konnten, leider keine nahestehenden Verwandten, aber er hat von 1999 bis 2004 in Passau studiert, wohnte in der Lederergasse, wird Ihnen sicher etwas sagen. Den ausführlichen Bericht habe ich Ihnen gerade gemailt."

Flotte Jungs, dachte *Rob*. „Besten Dank für ihre Kooperation, Herr Kollege."

*Manzke* verabschiedete gleichfalls freundlich mit einem „schönen Gruß nach Passau", was immer er damit auch meinte.

Aber nicht nur *Rob* konnte nun eine erfolgreiche Kooperation verzeichnen, auch *Sebastian*. Nicht eine wie bei *Rob*, auch nichts was mit dem Fall zu tun hatte. Nein, eher surreal. Seine geheimen Fantasien und sein Traumkonfigurator hatten sich in der Dunkelheit der letzten Nacht auf ein gemeinsames und traumhaftes Objekt seiner Begierde verständigt. Nur deshalb strippte *Steffi* auf *Rob`s* Schreibtisch knieend durch seinen Traum. Doch genau in dem entscheidenden Moment, als sie das letzte Stückchen schwarzer Stoff über ihre Hüften streifte und plötzlich splitternackt rücklings vor ihm auf dem Schreibtisch lag, standen vier unbekannte Männer hinter ihm, schwarz gekleidet, exakt so, wie sie auf der Beerdigung von *Harald H.* am Grab gestanden waren. Er konnte ihre Stimmen deutlich hören, die ständig wiederholten, dass er erst als letzter an die Reihe kommen würde.

„Hey *Chris*, ich hab in den Nachrichten von dem Mord gestern bei euch gehört, weißt du was genaues?" *Michaels* Telefonstimme hörte sich besorgt an.

*Chris* schwieg, erst nach einer Weile antwortete er so, als ob er sich jedes einzelne Wort überlegt hätte. „Pass auf, es ist nicht so, wie du vielleicht glaubst. Wirklich ich schwöre es."

„Was?" *Michael* tappte noch im Dunkeln.

„Es ist … *Tom.* Ich habe Nachtschicht gehabt als es passiert ist. Die Polizei gibt keine Einzelheiten bekannt. Aber es war am Friedhof, drüben in Hals."

*Michael* war still, *Chris* hörte nur sein lautes Atmen.

„Mann, *Michael*, du glaubst doch nicht…"

*Michael* blieb immer noch still.

„*Michael*, warum sollte ich … Ich habe nichts zu tun damit, glaub mit.

„Ein Toter ist genug *Chris*", dann legte *Michael* den Hörer auf.

Falls *Wolf* nicht besoffen gewesen war, dann muss er einen Joint geraucht haben, oder er hatte einen schönen Traum. Nein, er hatte letzte Nacht … , schmunzelte *Rob* nach dem Gespräch mit *Wolf* in sich hinein. „Und was ist mit dir Kleiner, wieder von Augen und Leichen geträumt?"

Für einen Moment fühlte sich *Sebastian* fast ertappt und musste -ohne dass er es wollte- einen verstohlenen Blick zu *Steffi* werfen, ohne dass sie es bemerkte. „Ich äh … ja, diese Leute vom Friedhof." Natürlich ließ er den ersten Teil seines Traumes weg. „Die vier Männer waren hier in der Inspektion, in diesem Zimmer …"

„Vier?"

„Ja die vier, die wir am Grab gesehen haben, Chef."

„Stopp, was ist mit dem Fünften? Es waren fünf, mit dem Typen, der abseits vom Grab gestanden ist Kleiner. Fünf! Du bist ge… Wo hast du die Fotos von der Beerdigung?"

„Ich habe sie schon abgespeichert."

„Schnell, zeig mir wo du sie genau abgespeichert hast."

Sogar *Steffi,* die sich kriminaltechnisch meistens zurückhielt, war aufgestanden und stand neben *Rob* hinter *Sebastian* um die Fotos auf seinem Laptop sehen zu können.

Es brauchte nur ein paar geübte Klicks von *Sebastians* Fingern. „Da ist dieser Typ, der abseits vom Grab steht", kommentierte *Sebastian* das gerade zu sehende Foto. Sein Gesicht war nicht gut zu erkennen.

„Du musst die Gesichter näher ranziehen, wenn du das nächste Mal Fotos machst, Kleiner."

„Das war dieser Regen, Chef."

Sie betrachteten auch alle anderen Bilder. „Okay, besser!"

„Ich habe auch noch die Fotos von den Kennzeichen, Chef."

Eine Reihe von Bildern mit parkenden Autos in der Frontale flutschten kommentarlos über den Bildschirm. Plötzlich klatsche sich *Rob* in die Hände. „Klei … *Sebastian*, du bist genial"

„Echt jetzt, Chef?"

„Aber so was von echt!"

„Hallo *Ben*, hier ist *Michael.*"

„Und, wie geht`s?"

*Michael* ging nicht auf das übliche Telefonbegrüßungs-Blabla ein, er wirkte nervös „Der *Tom* ist tot, ermordet!"

„Scheiße, Mann."

„Ich habe gerade mit *Chris* telefoniert."

„Und?"

„Nichts und. Natürlich sagt er, dass er nichts damit zu tun hat. Der hat total Schiss, dass die alte Sache auftauchen könnte. Du hast ja selbst gehört, wie er mit *Tom* gesprochen hat. Der hat doch total überreagiert, findest du nicht?"

„Mensch *Michael*, du kennst doch den *Chris*. Der war doch schon immer so temperamentvoll. Aber ich kapier trotzdem nicht, warum nach so langer Zeit …

„Rache *Ben*. Die *Richies* haben sich gerächt, egal wie lange die Sache her ist."

„Woher sollten die *Richies* wissen, was damals am Berg genau passiert ist, das hat doch nicht mal die Polizei herausgefunden."

„Weiß ich auch nicht *Ben*, aber es gibt sonst keinen anderen Grund, warum der *Harri* sterben musste."

„Ich glaub, ich halt mich da raus, *Michael*."

Auch nach diesem Telefonat war *Michael* weder beruhigter noch nicht wirklich schlauer geworden.

Im K 1 war die Stimmung dagegen deutlich besser.

„Super *Sebastian*, du wirst mir langsam unheimlich mit deinem Riecher. Fällt dir etwas auf?"

Natürlich fiel es *Sebastian* auf. Sogar *Steffi* deutete mit dem Zeigefinger auf den Bildschirm, auf dem ein Toyota mit einem AZ-Kennzeichen zu sehen war. „Das ist doch gleiche Kennzeichen wie … „

„Genau, wie der Toyota von Opfer zwei, am Friedhof in Hals."

„Druck es aus, Kleiner."

„Aber warum AZ, ich dachte dieser *Thomas Kaiser* ist … äh war aus Offenbach?"

„Wie wär es mit Alzey-Worms?", gab ihm *Rob* eine kleine Nachhilfestunde in Geografie, „ … ist dasselbe wie Offenbach… „

„Okay, das bedeutet …", überlegte *Sebastian* laut, „Opfer zwei war also auf der Beerdigung von Opfer eins?"

„Na ja, umgekehrt geht irgendwie nicht", witzelte *Rob*.

„*Harald H.* und *Thomas K.* kennen …", folgerte *Sebastian*.

„ … *kannten* sich", verbesserte *Rob*. „Genau so sieht `s aus!"

„Hausaufgaben Leute", verkündete *Rob* wie ein übereifriger Lehrer im Referendariat, der gerade eine bewertete Unterrichtsstunde im Beisein des Schulrates abhielt. „Ich will wissen, wann *Harald H.* genau studiert hat, was er studiert hat, wo er damals gewohnt hat und so weiter und so weiter. *Steffi* erkundige dich in der Uni. Und du *Sebastian*, wie weit bist du mit deiner Liste über den *Harald H.*? Mach dich an die Arbeit, schreib auch das alles zusammen was *Steffi* noch rauskriegt. Bei den offenen Punkten machst du ein Fragezeichen."

„Wie, Chef?"

„Mach`s wie ich dir gesagt hab, etwa wie einen Lebenslauf, dann kannst du nichts vergessen. Anschließend überträgst du das auf unser Memoryboard, und pinn alle Fotos dazu. Das ist jetzt dein Job, sonst nichts, verstanden?" *Rob* saß eine Weile wie versteinert in seinem Hauptkommissar-Sessel und blickte wie in Trance aus dem Fenster ins Novembergrau hinaus. „1999 – 2004, was war da? Ihr beide seid doch aus Passau, war da was Besonderes?

„Chef sorry, da war ich irgendwas mit sechs oder sieben Jahren, außerdem dachte ich, dass ich Hausaufgaben machen soll."

„Aber deine Mama *Sebastian*, hat die studiert?"

„*Mama Raitmaier* mit 4 A?", fragte *Sebastian* schelmisch lächelnd. „Nein Chef, die hat früher beim Pustet gearbeitet und dann bin ich gekommen. Keine Zeit zum Studieren. Aber sie könnte wahrscheinlich alle Krimiserien der Jahre 1999 bis 2004 im Schlaf aufzählen." *Sebastian* konnte auch witzig sein.

„*Steffi*, was ist mit dir?", wollte *Rob* wissen.

„Sorry, mittlere Reife, dann Polizei."

„Aber die 2000er, die Studenten, du warst doch in dieser Zeit in Passau unterwegs."

„Aber nicht mit den Studenten, die waren eher unter sich. Mit den meisten konnte man sich nicht einmal richtig unterhalten, zumindest nicht bayerisch…"

*Rob* gab ließ sich nicht entmutigen. „Okay, überlegt noch mal, euch fällt doch bestimmt noch was ein!"

*Steffi* runzelte ihre hübsche Stirn, in der wieder eine ihrer Haarsträhnen spielerisch herumtanzte. „Hm, spontan fällt mir nur Hochwasser, Nibelungenhalle und Franz Josef Strauß ein. Ach ja, die Sonnenfinsternis war da auch noch, das war cool."

*Rob* sah wieder auffordernd zu *Sebastian* hinüber. „Kleiner, du kannst ja deine Mama trotzdem mal fragen, vielleicht gab`s in dieser Zeit ja einen echten Mord oder Todesfälle, die mit der Uni zu tun gehabt haben."

„Ich überprüfe morgen im Archiv alles, was ich an Kapitalverbrechen in dieser Zeit finden kann, Chef", brachte sich *Steffi* wieder ein.

„Okay gut, *Steffi*. Und schick bitte die Bilder von unseren Friedhofbesuchern an den *Manzke* nach Frankfurt, vielleicht können die ein Auge drauf haben, ob einer von denen bei der Beerdigung von *Thomas K.* auftaucht. Vielleicht haben wir Glück.

Es dauerte einige Telefonate. Die Tatsache, dass es knapp vor Mittag war und der Datenschutz für die Beschaffung von Informationen -selbst für die Polizei- nicht immer förderlich war, verzögerte das, was *Steffi* mit der Uni klären sollte um eine geschlagene Stunde. Wäre sie nicht so zielstrebig und hartnäckig gewesen, hätte es mit Sicherheit erst einen Papierkrieg und verplemperte Arbeitsstunden gebraucht. Für *Steffi* aber stellte es kein Problem dar, wenn es darum ging, etwas zu recherchieren. Der Job, den sie machte war ihr auf den Leib geschrieben, und *Rob* wusste es zu schätzen, dass er sich voll und ganz auf *Steffi* verlassen konnte. Noch vor ihrer Mittagspause servierte sie *Rob* zusammen mit einer Monstertasse Kaffee Schwarz das Ergebnis: „*Harald H.* und *Thomas K.* waren vom Wintersemester 1999 bis zum bis September 2004 in Passau eingeschrieben. Beide an der wirtschaftswissenschaftlichen Fakultät. *Thomas K.*, also Opfer zwei, wechselte nach dem zweiten Semester in die Fakultät für Mathematik und Informatik, und beide haben im Sommer 2004 ihr Studium beendet."

„Wahrscheinlich ein schlauer Kopf, dieser *Thomas*", mutmaßte *Rob* nachdenklich.

„Das macht ihn aber auch nicht lebendiger", kam es pikant von *Steffi`s* auffällig geschminkten Lippen. „Noch was, Chef, dieser

*Harald H.*, also Opfer eins, war laut Datei vom Einwohnermeldeamt in der Mühltalstraße gemeldet."

*Rob* schien zu überlegen.

„Das ist auch im Stadtteil Innstadt", fügte *Steffi* hinzu. „Die Innstadt war auch früher schon eine Wohnhochburg für die Studenten aus ganz Deutschland."

„Gut gemacht, *Steffi*. Danke!"

Als *Sebastian* vom Mittagspinkeln an seinen Schreibtisch zurückkam, waren die beiden schon stillschweigend verschwunden. *Sebastian* dachte sich seinen Teil und machte sich neben seiner Tupperschüssel an die -Hausaufgabe-.

Kurz darauf kam *Rob* allein zurück. *Sebastian* wunderte sich, lag er mit seiner Vermutung etwa doch daneben? „Wo ist *Steffi*?", erkundigte sich *Sebastian* etwas zu sehr nach Neugier klingend.

„Frag nicht Kleiner, Frauensachen, irgendwas intimes."

*Sebastian* hatte schon bessere Ausreden gehört, aber die Sache mit der Identifizierung der Männer vom Friedhof fesselte ihn im Augenblick deutlich mehr. „Wann kümmern wir uns um die anderen Leute vom Friedhof, Chef?"

„Da brauchen wir eine Wagenladung voll Glück, dass die Frankfurter Kollegen mit den Fotos was anfangen können, und so wie ich das herausgehört hab, sind auf dieser Beerdigung deutlich mehr Leute als bei unseren *Harald H.*"

„Heißt das, dass uns die Fotos nicht weiterbringen, Chef?"

„Hab ich nicht gesagt, aber du kannst mir gerne erzählen, Herr Kriminalkommissar-Assistent, was du tun würdest, und jetzt bin ich mal neugierig."

*Sebastian* überlegte nur kurz. „Ich würde die Fotos, dem Priester und dem Ministranten zeigen. Ja und den Nachbarn … und der Frau *Weber* natürlich."

„Okay, genau das werden wir machen. Ehrlich gesagt, so schwarz seh ich gar nicht. Wir brauchen nur einen einzigen von ihnen zu identifizieren."

„Und dann?"

„Na überleg mal."

„Echt jetzt?"

„Ja, echt jetzt."

„Stimmt Chef, kapiert. Wenn wir einen haben, dann kennt er die anderen auch."

„So sieht`s aus, Kleiner. Immerhin haben wir jetzt eine Spur, die wir verfolgen können. Ein Student kommt selten allein. Mich juckt die Nase, weißt du was das bedeutet Kleiner?"

Wie sollte *Sebastian* das wissen können? Er sah nur fragend zu *Rob.*

„ … dass wir auf der richtigen Spur sind. Hör zu, die anderen drei, oder sogar vier Beerdigungstypen, das müssen ebenfalls ehemalige Studenten in Passau gewesen sein. Ist zwar verdammt viel Arbeit, die Fahrzeughalter der fotografierten Kennzeichen mit den Uni-Jahrgängen 99 – 04 abzugleichen, aber am einfachsten ist es, wenn wir uns zuerst auf die Kennzeichen außerhalb von Passau konzentrieren."

Als *Rob* an diesem Nachmittag Feierabend machte, hockte *Sebastian* immer noch an einem Stück Papier, auf dem er ganz besessen herumkritzelte, durchstrich, ausbesserte und dann doch wieder einen neuen Zettel vollkritzelte.

**-Donnerstag, 29.Oktober-**

„Du sollst gleich zur Ortspitze fahren, der Chef ist schon dort", begrüßte *Steffi* einen überraschten *Sebastian* am nächsten Morgen.

„Wie?"

„Leiche Nummer drei."

„Warum Ortspitze und nicht Friedhof?"

„Weil es im Friedhof keine Wasserleichen gibt."

Der Regen der Nacht hatte nachgelassen, aber der Wetterbericht bevorzugte es, weiterhin wechselhaftes Wetter anzukündigen, und das bis zum kommenden Wochenende.

*Sebastian* hatte wieder geträumt. Dieses Mal von *Irene Weber*. Als Zugabe packte *Mama Raitmaier* dann auch noch eine ihrer Krimigeschichten am Frühstückstisch aus.

„Gestern hab ich eine Wiederholung von Hubert und Staller gesehen…"

„Mama, mein Chef ist nicht der Hubert und einen Staller gib es auch nicht …"

„Pass auf *Basti*, da waren aber auch zwei Tote, und …"

„Mama, echt jetzt! Ich muss jetzt in die Arbeit …"

„ … aber, da hat`s auch bei jedem Mord g`regnet … und was ist denn jetzt mit der *Irene*?"

*Sebastian* beeilte sich, um aus dem Haus zu kommen.

„Nimm dir halt einen Schirm mit", rief ihm *Mama Susanna* noch viel zu gut gemeint nach.

Nun stand *Sebastian* draußen im nasskalten Schmuddelwetter, eine weitere Leiche zum zweiten Frühstück, und einen Chef, der ihn fast vorwurfsvoll auf der Innseite der Ortspitze empfangen hatte.

„Da bist du ja endlich!"

*Sebastian* war auf das schlimmste gefasst.

„Kein Student", klang es fast missmutig aus *Rob`s* Mund, „... aber", dann blickte er *Sebastian* in die Augen, „ ... keine Angst! Du brauchst nicht kotzen, der ist schon eingetütet. Der Arzt meint, dass es letzte Nacht um Mitternacht rum passiert ist." *Sebastian* schlug sich tapfer, bisher.

„Wir haben einen mindestens Siebzigjährigen", erklärte *Rob* kurz die Sachlage. „Entweder flussaufwärts in den Inn gefallen oder entsorgt. Wahrscheinliche Todesursache ... Verbluten. Der Alte ist mit heruntergelassener Hose angeschwemmt worden. Und ... sein bestes Stück ist weg."

Dann erst würgte *Sebastian* sein Frühstück reflexartig und angereichert mit säuerlich riechender Kotzsoße in die Botanik. Vermutlich wäre ein Frühstücksverzicht für ihn besser, zumindest solange, bis dieser Fall gelöst war.

„Direkt beim Ansatz," ergänzte *Rob* zögernd, aber doch etwas unsensibel im Hinblick auf *Sebastians* Magen-Zustand, als er ihm ein Tempo-Taschentuch reichte.

Aber *Sebastian* fing sich sofort wieder, nachdem er sich die Reste des Erbrochenem von seinem Mund abwischte. „Du meinst seinen Penis?"

„Genau!" War *Rob* etwa ein bisschen stolz auf seinen Schützling, dass er nicht umgekippt war? „Alles klar, Kleiner?" Er klopfte ihm auf die Schulter. „Wie ich dich kenne, hast du das heute Nacht wahrscheinlich schon wieder geträumt, oder?"

*Sebastian* verspürte ein leichtes Nachwürgen, aber es kam nichts mehr an die Oberfläche. „Nein Chef, ja Chef."

„Was ja, nein?"

„Nein, Chef, ich habe von keinem abgeschnittenen Schwanz geträumt, aber von der *Weber* hab ich geträumt."

*Rob* grinste süffisant. „Die *Weber*? Die ist doch nicht annähernd dein Jahrgang."

*Sebastian* ließ sich nicht beirren. „Wir haben Sie verhört, in diesem anderen Gebäude am Innstadtfriedhof, du weißt schon, hundert Meter entfernt vom Fundort des *Harald H.* Und dann hat sie erzählt, dass sie den Mörder kennt, aber als sie dann aussagen sollte, war sie plötzlich vermisst."

*Robs* Gesicht nahm einen merkwürdigen Ausdruck an, dann wiederholte er nachdenklich *Sebastians* letztes Wort „...vermisst."
*Rob* zückte sein Handy. „Hallo *Steffi*, ruf die Kollegen an, die sollen in der Vermisstendatei nachsehen, ob ein circa Siebzigjähriger Mann vermisst wird."
„Und ...", fragte *Sebastian* hartnäckig weiter. „Was ist mit dem, ... dem Schwanz, Chef?"
*Rob*s Gesicht schaltete sofort wieder auf sein süffisantes Grinsen um. „Falls der Killer kein perverser Sammler von abgetrennten Körperteilen mit Gebrauchsspuren ist, dann gibt es nur zwei Möglichkeiten. Entweder schwimmt der Pimmel als Treibholz auf der Donau bis ins schwarze Meer, oder er wird oder wurde inzwischen schon zu einem deftigen Fischhappen. In diesem Fall bekommst du ihn dann irgendwann als Bratfisch auf der Maidult serviert, Mahlzeit."
*Sebastian* würgte noch einmal letztes Mal, wieder ohne Erfolg. Gut möglich, dass er von nun an nie wieder Donaufisch essen würde.

*Steffi`s* Rock war so wie immer, so unverschämt kurz, dass *Sebastian* das Kotzen längst vergessen hatte.
„Ich hab`s Chef, es gibt eine vermisste Person." Kaum dass *Rob* und *Sebastian* zurück im K1 waren, hatte *Steffi* bereits die aktuellen Vermisstenfälle angefordert. „Aber kein alter Mann Chef, sondern eine 16-jährige, die seit Dienstag Nacht verschwunden ist. Vielleicht ist es noch zu früh für den neuen Fall, die 24 Stunden sind auch noch nicht rum, Chef?"
*Rob* war nicht zufrieden, Leiche drei wollte nicht zu seinem Nasenjucken passen. „Ja, du hast natürlich Recht, *Steffi*. Danke. Aber frag bei den Kollegen gleich morgen früh nochmal nach. Noch was *Steffi*, kennst du das Gebäude seitlich von dieser

Gedächtniskapelle am Innstadtfriedhof?"
„Nein Chef, zum Glück bin ich nicht oft am Friedhof, warum?"
*Rob* winkte ab, „ist nicht wichtig."

*Sebastian* tat sich schwer, nicht ständig auf *Steffis* megakurzes Stück Stoff, das sie Rock nannte, zu glotzen. Er bemerkte gar nicht, dass *Rob* schon einige Augenblicke hinter ihm stand.
„Geht`s wieder, *Sebastian*?", erkundigte sich *Rob*.
Nett vom Chef, dachte *Sebastian*, jetzt weiß er sogar schon meinen Vornamen, wenigstens ab und zu. Vielleicht werden wir später wirklich mal ein Ermittlungsteam. „ … Äh, ja. Alles gut, Chef. Alle gestorben bei Regen!"
„Was ist los?"
„Alle drei Morde sind passiert, als es geregnet hat, Chef!"
„Und … was soll das heißen?"
„Meiner Mama ist das aufgefallen …"
„Aha, die Mama …" *Rob* musste unweigerlich lächeln. „Und ist deiner Mama auch schon aufgefallen, dass wir Ende Oktober haben, wo es nicht unnormal ist, wenn es regnet?"
*Sebastian* spielte verlegen mit den handgeschriebenen Zetteln vor ihm ….
„Zeig mal her, Kleiner."

Opfer 1, Harald Haas, 40, ermordet FR, 17.10.
Tatort: Friedhof Innstadt, Tatwaffe: langstieliges Messer
Zeitpunkt: abends zwischen 19.00 und 21.00 Uhr
Todesursache: Verbluten, tödl. Stichverletzung im After
Auffälligkeiten: ausgestochene Augen
Beruf: Finanzbeamter, Wohnort: Passau, Haibach
Familie: keine Angehörigen, Hobbies: Bücher und Lesen.
Ausbildung: BWL-Studium 1999 bis 2004 Uni Passau

<u>Opfer 2</u>, Thomas Kaiser, 39, ermordert MO 26.10.
Tatort: Friedhof Passau Hals,
Tatwaffe und Todesursache: dto
Zeitpunkt, zwischen 18.00 und 20.00 Uhr
Auffälligkeiten: abgeschnittene Zunge
Beruf: selbständ. Software-Entwickler
Wohnort: Offenbach b. Frankfurt
Familie: keine Angehörigen
Ausbildung: dto.
Kontakte: Mitglied der Kirchengemeinde
sportlich aktiv

<u>Opfer 3</u>, Identität unbekannt, etwa 70?,
Tatort: unbekannt/Inn?
Todesursache: vermutl. dch. Verbluten
Abgetrennter Penis...

*Sebastians* Freunde haben nicht verstanden, warum er ausgerechnet zur Polizei wollte. Verbrechen aufklären, nach Spuren und Beweisen suchen, Verdächtige vernehmen und am Ende den oder die Täter festnehmen. Alles nur Klischees, die man aus dem Fernsehprogramm zur Genüge kennt. Außerdem Passau, was sollte in dieser kleinen ruhigen provinzgeprägten Bischofsstadt an der Grenze zu Österreich schon groß an schwerer Kriminalität anfallen. *Sebastians* Mutter dagegen war richtiggehend stolz darauf, dass ihr *Basti* bei der Kripo war, *Susanna Raitmaier*, eine seriensüchtige Krimi-Mimi wie aus dem Buche, bei der der Kommissar immer der unantastbare Held war. *Sebastian* dagegen ging es immer um Gerechtigkeit, schon als Jugendlicher war er immer auf der Seite der Schwächeren gewesen.

„Was ist mit Leiche drei, Chef?“

„Zwei Wochen, drei Leichen und keine Spur von einem Täter, nicht einmal ein Motiv“, plapperte *Rob* unzufrieden vor sich hin, während er *Sebastians* Aufzeichnungen überflog. „Da fehlen die Angaben zu den Querverbindungen zwischen den beiden Opfern *Harald H.* und *Thomas K.*, Kleiner. Was ist zum Beispiel mit dem Rufnummern-Verzeichnis von diesem *Harald*, der hat doch sicher telefoniert? Sein Handy, oder weitere gemeinsame Kontaktpersonen.“

„Die Nummer vom *Thomas K.* war nicht dabei, der Rest muss noch ausgewertet werden, Chef.“

“Wir brauchen das Motiv. Wenn wir ein Motiv haben, kommen wir zum Täter. Die Querverbindungen sind das Bindeglied zwischen Motiv und Täter. Ermittlungs-Einmaleins, verstanden?“

„Was ist mit einem Testament, Chef?“

„Gute Frage, bis jetzt ist keines aufgetaucht, weder beim *Haas* noch beim *Kaiser*. Aber in diesem Alter ist das ziemlich normal, wahrscheinlich hatte keiner von beiden die Absicht gehabt, vorzeitig abzudanken.

„Dann kassiert also der Staat?“

„So siehts aus.“

„Und welches Motiv wäre in unserem Fall wahrscheinlich?“

„Was meinst du?“, gab *Rob* die Frage zurück.

„Erpressung? Die beiden Opfer hatten Geld, vielleicht auch der dritte. Oder Auftragsmord, vielleicht ein Ritualmord oder einfach ein ausgeflippter Irrer.“

„Oder …“, ergänzte *Rob* die Aufzählung, „ein Beziehungsmotiv. Das trifft immerhin auf 90 Prozent aller gewaltsamen Tötungsdelikte zu.

*Sebastian* nickte. „Und was hältst du von Leiche drei mit dem abgeschnittenem Ding?“

„Gefällt mir nicht“, gestand *Rob* unumwunden ein. „Das passt nicht zu den beiden anderen Mordfällen. Vielleicht haben wir es auch noch mit einem sadistischen Trittbrettfahrer zu tun. Ich weiß es nicht, *Sebastian*. Wir brauchen noch den Autopsiebericht, seine Identität, undsoweiter, undsoweiter … „

Über *ein* Motiv hatten die beiden nicht gesprochen: Rache. Wenn sie bei Wikipedia nachgelesen hätten, dann wären sie auf folgende Definition gestoßen:
*Rache ist eine Handlung, die den Ausgleich von zuvor angeblich oder tatsächlich erlittenem Unrecht bewirken soll. Von ihrer Intention her ist sie eine Zufügung von Schaden an einer oder mehreren Personen, die das Unrecht begangen haben sollen. Oft handelt es sich bei Rache um eine physische oder psychische Gewalttat.

„*Frank*, hallo. Ich bin`s der *Michael*."
Am Display erkannte *Frank* die Erdinger Festnetz-Nummer.
„Oh Gott, ich hoff, du hast net schon wieder so was Grusliges."
„Hast du noch nicht gehört, dass es in Passau einen zweiten Mord am Friedhof gegeben hat?"
„Mist… und … wer?", stotterte *Frank*, „noch einer von uns?"
„Der *Tom*!"
„Was, da *Tom*, des gibt`s doch net, verarsch mi blos net, *Michael*."
*Franky*, ich weiß nicht was ich machen soll. Du hast doch selber miterlebt, wie der *Chris* ausgerastet ist am Friedhof, weil der *Tom* so abgeblockt hat."
„Der *Chris* rastet doch immer gern aus, des weißt doch no."
„Ich kann nicht mehr schlafen *Franky*, ich bin mir sicher, dass der *Chris* was damit zu tun hat, sonst hätt ich dich nicht angeru-

*Quelle: Wikipedia

fen. Der *Ben* weiß auch Bescheid."
„Und was meint der *Ben*?"
„Der mag nichts dazu sagen, er meint nur, dass es schon zu viele Tote sind."
„*Chris*, i sag dir, lass es gut sei. Es bringt nix, ich kann mir net vorstelln, dass da *Chris* … Nein, und … davon wird der *Andi* auch nimmer lebendig. Da *Ben* hat recht, es ist besser, mir reden nicht mehr rüber. Also mach`s gut.
Der Telefonanschluss in Zwiesel war stumm.

*Steffi* räusperte sich bei der Glied-Diskussion und *Sebastian* wurde leicht verlegen. *Rob* dagegen brachte ein breites Grinsen zustande und blinzelte *Steffi* mit ihrem kürzesten Rock aller Zeiten vielsagend zu. „Du musst noch viel lernen, Kleiner."
Als *Rob`s* Ohrläppchen juckten und gleichzeitig das Telefon läutete, wusste er auf Anhieb, wer das Verlangen hatte, mit ihm zu sprechen.
„Die Presse *Holms*, die wollen was haben. Sie kriegen aber keine Details, solange wir keine Verdächtigen haben, verstanden." *Wolf* war zwar weit davon entfernt, höflich zu klingen, im Vergleich zu seinem sonstigen Telefonton aber wenigstens ansatzweise akzeptabel.
*Rob* blieb sachlich, was für ihn allerdings normal war. „Wir sind gerade dabei die Kennzeichen von den Friedhofsbesuchern zu überprüfen. Unser Praktikant hat gute Arbeit gemacht. Alles fotografiert!"
„Guter Junge *Holms*, kümmern sie sich um ihn."
*Rob* schüttelte den Kopf, das Telefonat war schon wieder beendet, ohne dass *Wolf* durchgedreht hatte. War *Sebastian* so etwas wie ein Joker?

Noch am selben Nachmittag lag die Liste mit den Daten von 12 Fahrzeughaltern mit auswärtigen Kennzeichen auf *Rob`s*

Schreibtisch. „Geht doch!“, sagte *Rob* und konnte nicht verhindern, dass sich seine Mundwinkel automatisch zu einem zufriedenen Lächeln formten.

*Sebastian* dagegen hatte keinen blassen Schimmer, aus welchem Grund sein Chef plötzlich lachen musste.

*Steffi* lachte zurück „Aber gern.“

Und *Sebastian* dachte nur, ist die heiß!

**-Freitag, 30.Oktober-**

*Sebastian* kam gar nicht auf die Idee, daran zu denken, dass genau heute Halloween war. Es war ohnehin alles anders in diesem Jahr und in diesen Tagen des Jahres 2020, und dabei gingen ihm nicht nur Gedanken um die Morde durch den Kopf. Zum Glück hatte *Mama Susanna* ihn an diesem Morgen mit keinem Kriminalfall konfrontiert, aber dafür wollte sie wissen, ob denn die *Irene* für die Polizei putzen wollte. *Sebastian* antwortete wahrheitsgemäß, „nein, die kann uns leider nicht helfen.“

Wenn es an diesem Freitagmorgen doch etwas Positives gab, dann die beruhigende Begleiterscheinung, dass es keine neue Leiche gab und ihm damit das Frühstücks-Auskotzen erspart geblieben war.

Dafür hatte *Steffi* Neuigkeiten. „Chef, wir haben was. Die 16-jährige ist von selbst wieder aufgetaucht, unversehrt. Aber es gibt noch eine neue Vermisstenmeldung, ein 29-Jähriger Passauer, der hat aber leider auch nichts unsere Inn-Leiche gemeinsam."

„Gut für den Burschen", gestand *Rob*. „Dann hoff ich nur, dass der auch wieder von selbst putzmunter aufkreuzt und nicht auf die blöde Idee kommt, unser nächster Fall zu werden." *Rob* blickte auffällig zu *Sebastian* hinüber, „und erzähl mir jetzt bloß nichts von einem deiner seltsamen Gruselträume in der letzten Nacht, oder doch?"

Noch bevor *Sebastian* ihm die entwarnende Antwort geben konnte, klingelte *Steffi`s* Telefon. *Rob* blickte kurz auf, um einen unverfänglichen Blick auf die Uhr in der Dienststelle zu werfen, war dann aber gleich wieder *Sebastian* zugewandt, der die Antwort auf *Rob`s* Frage bereits im Mund hatte, aber das Telefonat von *Steffi* nicht stören wollte.

„Die Vermisstenstelle nochmal!" An *Steffi`s* konzentriertem Gesichtsausdruck konnte man deutlich erkennen, dass gerade etwas Neues hereinkam. *Steffi* stellte das Telefon auf die Lautsprecherfunktion um.

„Das Seniorenheim Heiliggeist hat gerade einen *Manfred Koch* seit gestern als vermisst gemeldet. 68 Jahre, 1,76 groß, circa 80 Kilo, lichtes Haar, Brille. Besondere Kennzeichen eine OP-Narbe an der rechten Hüfte. Dürfte vermutlich auf euren Fall hinkommen", klang die nüchterne Telefonstimme eines PI-Kollegen.

*Rob* hämmerte seinen silberfarbigen Kugelschreiber im Takt von -highway to hell- auf den Schreibtisch. „Okay, den können wir von unserer Liste wieder streichen."

„Aber … „, versuchte *Sebastian* zu widersprechen.

„Ich hab`s in der Nasenspitze. Ganz klar, diese Leiche gehört nicht zu unserem Fall. Kein Messer, kein Panzerklebeband, keine Kabelbinder, andere Alterskategorie. Da wette ich sogar um ein Weißbierfrühstück mit dem *Wolf* drauf."

„… aber es hat doch in der Nacht geregnet“, argumentierte *Sebastian* im zweiten Widerspruchs-Anlauf.

*Rob* verdrehte die Augen, schaffte das allerdings nicht in der grotesken Perfektion eines Komikers wie Marty Feldmann. „Lass der Mama ihre Krimis und mach du deinen Job, Kleiner.“

Der zweite Besuch bei Frau *Weber* am Vormittag verlief ohne neues Erkenntnisse. Sie wiederholte nur das, was sie bereits bei der ersten Befragung zu Protokoll gegeben hatte. Die Männer waren und blieben unbekannt. Das änderten auch die Fotos nicht, die sie ihr unter die Nase hielten. Dieselbe Nichterkennungs-Schlappe mussten sie auch beim Priester in der Innstadtkirche und beim Ministranten -den sie in der Pause am Schulhof abgefangen hatten- einstecken. Danach waren sie in die Wienerstraße weitergefahren, um sich nochmal in den Wohnräumen des *Harald Haas* nach einem Handy, einem eventuellen Testament, oder einem zusätzlichen Hinweis umzusehen. Die Hoffnung stirbt bekanntlich zuletzt. Aber diese Hoffnung war eine absehbare Totgeburt gewesen und alles das, was sie auch beim zweiten Versuch nicht finden konnten, blieb genauso verborgen wie dieser *Obermüller* in einem Reiheneckhaus, das er nicht oder nicht mehr bewohnte. Ein kleines *Obermüller*-Trostpflaster existierte zumindest. Das war die bekannte Adresse seines Zweitwohnsitzes, an dem sie bald anklopfen würden.

Dieser Freitag war einer von der gemeinen Sorte und blieb ermittlungstechnisch durch und durch verhext. Selbst *Steffi* war gescheitert und konnte *Rob* lediglich Bescheid geben, dass der Datenabgleich der Fahrzeughalter mit den Studenten-Jahrgängen an diesem Tag ins Wasser fallen musste. Die zögerlich hilfsbereite Dame von der Uni -die am Vortag erst nach Klärung der Rechtslage endlich bereit gewesen war, mit den erforderlichen Informationen doch noch herauszurücken- war schon nach

Hause gegangen und erst am kommenden Montag wieder erreichbar.

Dass dafür die Leiterin des Seniorenheimes die Übereinstimmung des vorgelegten Fotos von *Manfred Koch* mit ihrem vermissten Heimbewohner brühwarm bestätigte, konnte trotzdem nicht über die komplette Erfolglosigkeit des Vormittags hinwegtäuschen. *Rob* hatte sich weitere Spuren erwartet und löffelte stattdessen immer noch in einer trüben Fragezeichen-Suppe herum.

*Sebastian* ließ die Fragenzeichen dort stehen wo sie waren und beschäftigte sich den Rest des Nachmittages mit Archiv-Akten aus abgeschlossenen Gewaltdelikten. Es bestätige genau das, was *Rob* ihm bereits eingetrichtert hatte. Es waren immer die Motive, die zu den Tätern geführt hatten. Überraschender war allerdings die Erkenntnis, dass es nur wenige Fälle von schweren Straftaten gab, die ungeklärt blieben.

War sein Chef auch ein schwerer Fall? Vielleicht nicht richtig schwer, auf alle Fälle aber ein besonderer Fall, dieser *Robert Holmes*. *Sebastian* kannte nur die kurze Version, in der *Rob* schon mehrmals versetzt worden war, zuletzt von Mühldorf nach Passau. Nachdem was *Sebastian* live miterlebte, wunderte er sich allerdings nicht darüber. Das Beispiel *Holmes* und „der böse" *Wolf* war Beweis genug. Doch genau diese Seite seines Chefs, die sich gegen *Wolf* auflehnte, imponierte ihm besonders. In seinen Augen war *Robert Holmes* darüber hinaus ein fähiger Kriminaler, ein Vorbild und eine Respektsperson. Nicht einmal sein flapsiges -Kleiner- störte ihn, es spielte keine Rolle. Irgendwie verkörperte *Holmes* für ihn den Helden der Gerechtigkeit.

Ob es auch eine Heldentat war, was zwischen *Steffi* und *Rob* lief, oder ein echter ungelöster Fall, konnte er dafür umso weniger einschätzen. Er hätte blinder als ein Blinder sein müssen, um nicht erkennen zu können, dass *Steffi* ihrem Chef deutlich mehr als nur schöne Augen machte und dass die verführerische Kombination von Lippenstift und kurzen Röckchen nicht für ihn, sondern exklusiv für *Rob* gedacht waren. *Steffi* war Single, *Rob* ebenfalls. Warum also machten die beiden -sofern es tatsächlich so war- dann so ein Polizei-Geheimnis daraus?

Seine eigene Beziehung war vor etwa einem halben Jahr in den endgültigen Shutdown gegangen. Doch nun und ausgerechnet hier wurde er zunehmend mit der Tatsache der Existenz von weiblichen Reizen so unübersehbar konfrontiert, dass er an dem Punkt seines leidenschaftlichen Verlangens angelangt war, eine Beziehung all inclusive und just in time herbeizuwünschen. Alles andere als einfach. In dem Punkt, wo seine gleichaltrigen Kumpels nicht ausgesprochen wählerisch waren, musste eine Freundin von *Sebastian* dagegen in ihn und in sein Hobby verliebt, am besten natürlich selbst musikalisch sein. Genau deswegen reichte ein schönes Gesicht und eine sympathische Ausstrahlung allein nicht aus. Nein, diese *Sie* sollte mindestens so gut singen können, wie sie aussehen sollte. Das genau war seine Vision von einem echten -easy feeling- zugleich aber auch genau der berühmte Haken.

Er konnte es drehen wie er wollte, die letzte Arbeits-Woche des Oktobers endete mit weiteren Fragezeichen und einer ganzen Reihe von Sackgassen - nicht nur für das inoffizielle Ermittler-Team *Holmes-Raitmaier* - denn noch konnte niemand wissen, dass nur wenige Stunden später der Menschenmetzger schon das nächste Rendezvous mit einer zukünftigen Leiche hatte.

**-Samstag, 31.Oktober-**

Wenn es nach *Sebastian* ging, konnten die Leichen gerne warten, besonders am Wochenende. Weder ausgestochene Augen, noch aufgeschwemmte Wasserleichen, noch fehlende Körperteile die sein Frühstück im Rückwärtsgang zum Vorschein brachten spielten eine Rolle, wenn es um die unumstrittene Nummer Eins seiner Freizeit -die Band *Easy feeling*- ging. Sie waren keine reinrassige Rockband, sondern coverten unter anderem den Westcoast-Sound der Eagles oder den typischen Country-Style der Little River Band. Und dann, wenn es zur Sache gehen sollte, holten sie den dreckigen unverfälschten Crunchsound der Siebziger aus ihren Röhrenverstärkern, um ein komplettes Set der unverwüstlichsten Rock-Band auf dem Planeten -den Rolling Stones- abzurocken. Die ultimative Plattensammlung von *Kokos* Vater mit den Klassikern der Rockgeschichte war schuld daran, dass sie sich mit einem ambitionierten Programm ganz bewusst vom Mainstream der anderen jungen Rockbands abgrenzen wollten.

Das zweitwichtigste am Wochenende war das Ausschlafen, das Ausschlafen und das Ausschlafen. Es war nur die konsequente Folge von Bandprobe am Freitagabend oder Auftritt mit anschließenden Kneipenbesuch bis zum Abwinken -- normalerweise. 2020 aber war das anders. Doch ein ausgiebiges Ausschlafen funktionierte auch ohne late-night-Kneipen-Rambazamba und trotz einer geregelten Arbeitszeit als Kommissar -sofern es nicht eine Leiche gab-. Hätte seine Mama nicht ständig die Sorge, dass ihr Bub etwas Vernünftiges zum Frühstück bräuchte, würden *Sebastians* Sams- und Sonntage erst nach dem Mittagsläuten des Passauer Stephandoms beginnen.

Aber sie konnte es einfach nicht lassen. „Basti, ich hab dir zwei Frühstückseier gemacht, Spezialeier!“

„Mama, es ist erst zehn!“

„Wenn du mal ein richtiger Hauptkommissar bist, so wie der Derrick …

„Mama, echt jetzt!“

„… dann musst du auch mitten in der Nacht raus, wenn`s einen Mordfall gibt.“

Sie konnte manchmal schon anstrengend sein, *Mama Raitmaier*, gerade wenn sie schon beim Frühstück ihre Krimiserien-Weisheiten auspackte. *Sebastians* Vater hüllte sich dagegen lieber in ziemlich geduldiges Schweigen, das er mit seiner Zeitung, Kugelschreiber und einem Kreuzworträtsel teilte.

„Und was ist jetzt mit der Leiche vom Donnerstag?“, begann *Mama Raitmaier* ihr Frühstücksverhör. „In der PNP steht nur, dass ein etwa Siebzigjähriger aus dem Inn gefischt wurde und die Todesursache noch nicht geklärt ist.“

„Mama, wie oft … du weißt doch, dass wir über den Stand der Ermittlung nicht sprechen dürfen, auch nicht mit der eigenen Familie. Du willst doch nicht, dass ich deswegen Schwierigkeiten bekomme.“

„Um Gottes willen, nein *Basti*!“ -den Satz musste er sich gut merken-, „natürlich nicht, aber vielleicht …“, dann war sie von selbst still.

„Sag mal … “, begann *Sebastian* herantastend, „wie war das früher in Passau, als du noch jung gewesen bist, 2000 und so?“

„Hey, du meinst also, dass ich heute nicht mehr jung bin?“ Hatte *Sebastian* gerade einen wunden Punkt getroffen? „Nein Mama, so war das doch gar nicht gemeint“, versuchte er seine Anmerkung abzuschwächen.

„Brauchst nicht glauben, dass man mit 51 schon alt ist“, wusste sich *Mama Raitmaier* energisch zur Wehr zu setzen. „Mir lassen es schon noch krachen. Du bist ja nie dabei, wenn wir in der Vinothek sind. Da tat`st schaun, wie da die Post abgeht, mein Herr Sohn, zumindest wenn wieder alles normal ist.“

„Ja Mama, ist schon recht. Ich weiß dass der Vater vom *Koko* mit seinen gleichaltrigen… Entschuldigung, seinen gleichjungen Kollegen die alten Sachen …“

„Moment mal. Du würdest Augn machen, wie da im Sommer oft die ganze Brunngassn vollsteht und zuhört und mitschreit bis die Polizei kommt …“. Doch jetzt musste sie über sich selbst lachen. „Polizei ist gut, gell … aber da sind auch die Jungen …“

„Aha echt jetzt?“ *Sebastian* kam seiner gewünschten Auskunft immer näher. „Aber erzähl halt, wie das damals alles war, so um die 2000er in Passau?“

„Ja mei, so genau weiß ich das auch nimmer. Du warst fünf, sechs, und so oft bin ich da auch nicht fortgekommen. Lass mich überlegen …“ Und plötzlich war sie mitten in ihrem Erzähl-Element und mitten drin in den 2000ern. „Die Lokale damals, wie g`sagt, so oft bin ich nimmer fortkommen, das Coconut, s`Hemmingways, d`Kamera, s`Irsish Pup, nein, da warn die ganzn Studentn …“ Beim „Tiffany“ huschte plötzlich ein kurzer Glanz über ihre Augen, „beim Dorn draußn, aber da fällt mir der Nam nicht mehr ein“, bis sie zusammenhanglos auf die damals neu gebaute Straußbrücke kam und vorschnell behauptete, dass der Passauer Tölpel gestohlen worden ist. „Nein wart, nein der ist nur vom Oberhaus zur Landratsamtmauer umgezogn, und … genau, diesen Polizeichef, irgendwas mit Man … , den ham`s in Fürstenzell vor seinem Haus niederg`stochn. Und immer mehr Studenten warn in der Stadt, die meisten von droben.“

„Und, wie war das mit den Studenten?“

„Mei, was heißt da wie? Die waren eh unter sich, manchmal haben sie sich breit g`macht und gemeint nur *sie* sind wichtig. Und nicht jeder Passauer hat die Studenten mögen, obwohl es die Uni damals schon mindestens zwanzig Jahr gegeben hat, aber es sind halt immer mehr wordn.“

„Und,“ bohrte *Sebastian* in der Art eines angehenden Kriminalkommissares weiter, „ist da einmal irgendwas passiert?“

„Nix, was ich mir g`merkt hätt, außer ihre wilden Partys und das Partyboot. Da ist der ein oder andere schon mal über Bord gegangen. Ich glaub, dass es sogar mal einen Toten gegeben hat."

„Echt jetzt? Weißt du nichts genaues?"

„Mei, das ist alles zu lang her. Die haben damals vor lauter Übermut öfter mal was Blödes gemacht. Eine Zeit lang ist fast jede Woche einer von der Hängebrücke in die Donau gesprungen, da glaub ich ist auch immer wieder was passiert. Aber warum ist denn das für dich so wichtig? Und überhaupt ... du hast ja selber studiert ... und ihr habt genauso Blödsinn g`macht."

„Mei Mama, das ist heute ja was ganz was anderes..."

Diesmal war es *Ben*, der sich Gedanken gemacht hatte und deswegen nochmal mit *Michael* telefonieren wollte. „Hallo *Michael*, hier ist der *Ben*. Es hat mir keine Ruhe gelassen. Ich wollte den *Chris* anrufen, aber der Typ geht einfach nicht an sein Handy."

„Vielleicht ist er in Urlaub?"

„Geht doch im Moment gar nicht, ich habe es sogar in der Arbeit versucht."

„In der Presse?", fragte *Michael* überrascht, dass *Ben* sich diese Mühe gemacht hatte.

„Ja, aber die waren irgendwie komisch. Auf alle Fälle ist *Chris* nicht in Urlaub und ich wollte nicht näher nachfragen."

„Was willst du eigentlich damit sagen, *Ben*?"

„Mir geht das nicht aus dem Kopf, sein Verhalten bei der Beerdigung. Der war total sauer auf *Tom*, richtig aggressiv, als ob er unter Druck stehen würde. Könntest du dir vorstellen, dass der *Chris* irgendwie untergetaucht ist, *Michael*?"

„Mensch *Ben*, woher soll ich das wissen und wo sollte er denn hin? Ich habe nach der Uni keinen Kontakt mehr gehabt, wie wir alle."

*Ben* blieb ruhig „Okay, lassen wir`s. Am Besten wir machen einfach das, was wir damals vereinbart haben."

„Seh ich auch so *Ben*, mach`s gut."

**Sonntag, 1. November**

Statt dem abgesagten Allerheiligen-Gräbergang beizuwohnen und dabei die neue Herbstgarderobe der weiteren Friedhofbesucher zur Kenntnis zu nehmen, saß Familie *Raitmaier* im zeitgemäßen eingerichteten Wohnzimmer der Altbau-Wohnung in der Schustergasse beisammen, das der Retro-Nostalgie einer Eiche-Rustikal-Komplett-Möblierung längst abgeschworen hatte.

„Ab morgen wird`s ziemlich ruhig in der Stadt werdn," erwähnte *Mama Raitmaier* beiläufig zum Lockdown light, während sie für ihre beiden Männern fürsorglich schwarzen Tee aufbrühte.

„Ich möchte den Tee gern mit Rum, mit dem echten, den es bei der Oma immer gegeben hat", rief *Sebastian* seiner Mama in die ebenfalls modernisierte Küche nach.

„Du meinst den Strohrum?"

„Ja, genau den."

„Mei *Basti*", schnaufte sie laut hörbar, „du bist ja schon genauso wie mein komischer Gast, der seit ein paar Wochn in den Ratskeller kommt und seinen Tee immer extra mit einem Löffel Strohrum will."

Bei seiner eigenen Vorliebe für Tee mit Strohrum musste *Sebastian* ganz automatisch Partei für einen Unbekannten ergreifen. „Deswegen ist doch keiner komisch, schau doch mich an."

*Mama Raitmaier* balancierte gekonnt drei Tassen Tee und eine Zuckerdose auf einem Tablett ins Wohnzimmer. Seit der Ratskeller nach Beseitigung der Hochwasserschäden endlich wieder aufgemacht hatte, bediente sie dort auf 450,00 Euro. „Und wie der komisch ist. Der sitzt mit seinem Schreibblock in der Eckn, trinkt eine ganze Ewigkeit lang seinen Tee, isst ein Stück Kuchen und sonst nix, und das den ganzen Nachmittag lang."

„Na und, was ist denn daran komisch, Mama?"

*Sebastians* Vater enthielt sich der Diskussion um Normal oder nicht normal und schlürfte lieber stillschweigend genießerisch an seinem Tee, Marke Normal.

„Komisch?“, wiederholte *Mama Raitmaier.* Der Typ sagt keinen Ton, außer bei der Bestellung und dann das zweite Mal, wenn er zahlen will. Aber immer wenn ich zum Tisch komm, dann schlägt er den Block sofort zu. Ist das nicht sehr auffällig?“

Für *Sebastian* war *Mama Raitmaier`s* ausschweifende Fantasie mit verschwörerischen Zügen nichts neues, aber meistens einfach widerlegbar. „Wird halt ein Schriftsteller sein und einen Krimi aus Passau schreiben, wär ja nicht der erste.“

„Na *Basti*, glaub mir, des ist kein Schriftsteller, des ist einfach ein komischer Vogel, der schaut eher aus wie so ein gesuchter Verbrecher bei Aktenzeichen XY.“

„Mama, komm jetzt. Bloß weil einer jeden Tag sein Tee mit Strohrum trinkt und auf seinem Block was aufschreibt, ist er doch noch kein Verbrecher. Echt jetzt.“

„Na ja, vielleicht ist er auch sowas wie ein Detektiv …“

„Ich gebs auf. Aber ab morgen ist der Ratskeller wegen Corona eh zugesperrt, dann brauchst du dir wegen deinem Verdächtigen keine Gedanken mehr machten.“

*Mama Raitmaier* sagte mehr nichts darauf.

Das Verbrechen macht auch vor Sonn- und Feiertagen nicht halt. Am Sonntagabend hatte es noch so ausgesehen, als ob das Allerheiligenwochenende 2020 eine Ausnahme gemacht hätte.

**-Montag, 2.November 2010-**

„Hi!" Ein neues Gesicht begrüßte *Sebastian* im Dienstzimmer. Nein, es war nicht neu, sondern nur vom Urlaub in Thailand schuhcremebraun verfärbt, das Gesicht von Kommissar *Hackl*, *Rob`s* offizielle rechte Hand. Kein Mensch wusste genau, wie er das trotz der diversen Aus- und Einreisebeschränkungen samt Quarantäne zu Coronazeiten hinbekommen hatte. Es sein denn, die Schweinsbacke hätte seinen Thai-Urlaub im Solarium um die Ecke verbracht.

„Drei Wochen! Du hast es dir ja gut gehen lassen *Hackl.* Bei uns war der Teufel mit drei massakrierten Leichen los", beklagte sich *Rob* verständnislos über *Hackls* unangebrachtes Grinsen.

*Steffi* hatte schon den Telefonhörer an der Wange und ... was war heute mit ihr los, dachte *Sebastian*, sie trug eine Hose.

„Na ja, dafür hast du ja bestimmt eine tolle Unterstützung von unserem Nachwuchs-Deputy gehabt."

„Stimmt genau *Hackl*, der ist wenigstens nicht in Urlaub, nicht ausgefallen und nicht krank, so wie die anderen."

„*Alle*", schrie es so laut durch den Telefonhörer, dass es jeder im Raum deutlich hören konnte.

„Der *Wolf* tobt", sagte *Steffi* überflüssigerweise, nachdem sie den Hörer grußlos auflegte.

*Alle* standen wenige Minuten später im repräsentativen Büro des Kriminalpolizeidirektors *Wolf.* „Alle", wiederholte *Wolf* schreiend im selben Tonfall. „Wo sind der *Kopfinger*, der *Vierhammer*, der äh ... *Dings* und die *Schiller*, verflucht nochmal?"

*Rob* erwiderte emotionslos, -nein, eigentlich sogar kaltschnäuzig-, „einer seit vier Wochen im Krankenstand, einer vom Rad gefallen, der Rest hat die Grippe."

„Dann muss ich in dem Laden hier wohl alles selber machen?" *Wolf* kam gar nicht auf die Idee, auf *Robs* Einwand einzugehen. „Wozu habe ich eigentlich einen ganzen Rudel Beamte? Heute noch ein Toter, verflucht." Das *Wolf*gesicht war rot angelaufen. „Die vierte Leiche in drei Wochen. Himmel, Arsch und Zwirn, wir haben nichts, keine Spuren, keinen Verdächtigen, keine Zeugen. Soll das so weitergehen? Warum macht ihr Eure Arbeit nicht, verdammt noch eins? Ich will endlich Ergebnisse, verflucht." Dann schnappte *Wolf* in der Art eines Fisches nach einer Portion Luft, um weiterzuschreien. „Heute um Elf Fall-Besprechung, hier. Ich will einen vollständigen Bericht, das Ergebnis von der Gerichtsmedizin, den aktuellen Stand der Ermittlungen, alles, verstanden. Der Polizeipressesprecher, die *Steffi*, die beiden Polizisten, die heute morgen am Tatort waren, und ihr beide, -meinte damit *Holmes* und *Hackl*- pünktlich um Elf, verstanden?" *Wolf* schwitzte auf seiner Stirn. „Und jetzt macht euch endlich an die Arbeit, *Holms* und *Hackl* sofort zum Tatort, Bayernhafen-Gelände, gebt Gas ihr seid die letzten."

*Hackl* war der einzige, der sich mit einem „jawoll Boss" verabschiedete. Fehlte nur noch, dass er dem *Wolf* die Füße abschleckt dieser Arschkriecher, dachte *Rob* bei sich.
Es war wieder einmal typisch für *Wolf*, keinerlei Informationen herauszurücken, sie würden es dann am Tatort erfahren. „Noch was", schrie er ihnen nach. „Keine Details an die Presse, klar?"

Als *Steffi* die Angaben der aufnehmenden Polizisten per email erhielt, waren *Robert Holmes* und *Reiner Hackl* bereits auf dem Weg zum Tatort.

„Hey *Holmes*, willst nicht wissen, wie es im Urlaub war?

„Was interessieren mich deine Thai-Mädchen, *Hackl*."

„Tzt … , du baggerst ja lieber im Büro!"

„Was geht dich das an. Und überhaupt, wer meinst du, wer die ganze Arbeit hier gemacht hat?"

„Wärst halt in Mühldorf geblieben, hier hätte dich keiner gebraucht, Cheef."

„Aber du bist der Oberschlaumeier, oder was? Sei froh, dass du nicht *Zufall* heißt, das würde wenigstens zu deinem Vornamen passen!“

„Du kannst mich doch!“

Autsch, dicke Stimmung, dachte *Sebastian* auf dem Rücksitz des Dienst-BMWs.

*Holmes* und *Hackl* waren tatsächlich die letzten der ganzen Ermittlungs-Truppe -diesmal mit dem *großen Besteck-, die am Tatort eintrafen. Die Männer mit dem verzinkten Sarg warteten ungeduldig darauf, die Leiche endlich abzutransportieren. Das konnte allerdings noch dauern, denn der Landrover mit seinem unlebendigen Mann auf dem Beifahrersitz stand immer noch zwischen den beiden langgezogenen Hallen am Donauhafen.

„Heute morgen vom Personal des Hafengeländes entdeckt“, erklärte eine ihnen nicht bekannte junge Polizistin und las das ab, was auf dem Protokoll stand: „*Mario Müller*, Student, 29, tödliche Stichwunden im After, Todeszeitpunkt etwa zwischen Freitag Nacht und Samstag Morgen.“

„Und wer hat die polizeiliche Leichenschau durchgeführt?“, wollte *Rob* wissen, um sich Klarheit zu verschaffen, wer und was genau zu tun war.

„Die junge Polizistin blickte wieder in das Protokoll, „der KDD.“

„Kriminal ...“, wollte *Rob* gerade erklären.

„Kriminaldauerdienst, ich weiß, Chef“, vervollständigte *Sebastian* die interne Abkürzung wie aus der Pistole geschossen.“

„Aha, ein ganz Schlauer“, gab *Hackl* seinen Senf dazu.

Bevor *Rob* weiterfragen konnte, ergänzte die junge Polizistin, „die sind gerade weg.“

„Wer?“, wollte *Hackl* wissen.

„Sicher nicht der Pizzadienst, „bemerkte *Rob* zynisch.

*Polizeifachausdruck für die komplette Ermittlungstruppe

Die Fahrertür stand weit offen, das blutige Schlamassel war frei einsehbar wie das Schaufenster eines verwegenen Schlachthofes auf dem Balkan. *Mario Müller*`s Leiche war mit einem Panzerband am Beifahrersitz unentkommbar umwickelt.

„Die Kollegen haben es heute ziemlich eilig gehabt", erklärte *Polizeimeister Moser*, der die junge Polizistin sofort ablöste, als er *Holmes* erkannte.

„Genauso sieht es auch aus", bedauerte *Rob* den oberflächlich zurückgelassenen Tatort. „Wird sich also nicht vermeiden lassen, dass wir uns den Burschen nochmal genau ansehen müssen. *Hackl* hatte sich bereits überneugierig ins Wageninnere gebückt, drehte sich aber gleich wieder um. In der Hand winkte er, immer noch bestens gelaunt, mit einem abgeschnittenen Finger, den er wie eine Trophäe in die Höhe hielt. „Ein bunter Fingernagel."

„Kannst du das lassen Mann. Vielleicht ist dir aufgefallen, dass das kein Spielzeug ist." *Rob* dachte nur, der Typ kotzt mich an! Es war im Nachhinein falsch gewesen, *Hackl* das Du anzubieten und darauf zu hoffen, dass dieser sein verletztes Ego wie ein Kriegsbeil begraben und dann kollegial kooperieren würde.

Die Tatortmelodie kündigte einen Anruf ohne Ohrläppchenjucken auf *Rob`s* Handy an.

*Hackl* schnüffelte dafür ungehindert weiter wie ein Trüffelhund im Wageninneren. Sein Oberkörper war im Fußraum des Wagens auf Tauchgang, nur sein Hinterteil ragte in die Landschaft aus Spurensicherern in weißer Schutzkleidung und gab dem gemeuchelten Stilleben aus Leiche und geronnenem Blut eine äußerst obskure Note.

*Sebastian* begnügte sich mit einem respektablen Sicherheitsabstand, aber nahe genug, um die Sitzposition des Opfers und die große Blutlache auf dem Fahrersitz erkennen zu können. „Das sind keine Schlagspritzspuren?", stellte *Sebastian* eine fachlich gemeinte Frage.

*Hackl* kommentierte die Frage mit immer noch untergetauchtem Kopf nur mit: „Aha ein Blutspurenexperte, der Junge", statt sie zu beantworten.

Fast so, als ob er *Hackl* mit seinem Theoriewissen *bewusst* nerven wollte, legte *Sebastian* noch eine Frage nach. „Der KDD hat die Leiche nicht bewegt, oder?"

„Der ist noch originalverpackt, Junge", grummelte *Hackl* überheblich vor sich hin.

„Wie konnten die den Todeszeitpunkt genau feststellen? Die müssten ihm doch das Leichenthermometer rektal ... „ Plötzlich platzte *Sebastian* mit Fachdetails heraus, als ob er schon x Leichen besichtigt hätte.

„Theorie", meinte *Hackl.*

„Kriminalistisches Grundwissen" entgegnete *Sebastian.*

„Bullshit", konterte *Hackl* zunehmend genervt. Der ist überall voller blau-violetter Leichenflecken, das sagt alles und bald beginnt er zu stinken."

Die anderen neun abgeschnittenen Finger waren im Wageninneren verteilt. Der Blutfleck auf dem Fahrersitz ließ darauf schließen, dass ihm dort die tödlichen Stichverletzungen zugefügt wurden und anschließend auf die Beifahrerseite geschoben wurde.

„Du kannst sogar von Glück sprechen", wusste *Hackl* noch sarkastisch anzufügen, dass die Autotüre schon über eine Stunde offen steht, sonst hätte dich der Gestank längst aus deinen Polizeihochschulsocken geworfen."

Jetzt verstand *Sebastian*, warum der zweite Schreibtisch in *Robs* Büro nicht vom stellvertretenden Hauptkommissar belegt war.

„Musst du etwa kotzen, Greenhorn?", wollte *Hackl* wissen.

Die Antwort erübrigte sich. *Sebastian* kämpfte erfolglos gegen den unaufhaltsamen Würgereiz, im Magen das behalten zu wollen, was er sich vor einer guten Stunde auf seinen Toast geschmiert hatte.

*Rob* war noch am Telefonieren.

„Euer Arzt ist diesmal ziemlich daneben gelegen, meilenweit sozusagen. Ziemlich dilettantische Diagnose." So zumindest die Fachmeinung von *Dr. Nabel* aus der Rechtsmedizin. „Todesursache war eindeutig Ertrinken. Die Menge des Donauwassers in der Lunge beweist das unwiderlegbar."

„Es war der Inn!", korrigierte ihn *Rob*.

*Nabel* sprach unbeirrt weiter, „und sein fehlendes Ding, kaum vorstellbar, aber wir haben noch Bestandteile von Urin im Ureter feststellen können. Wir gehen davon aus, dass eine ganz normale Miktion stattgefunden hat, und dabei …"

„Bitte deutsch *Nabel*."

„Der arme Alte musste einfach pinkeln, er hatte ja die Hosen runter auf dem Foto. Und dabei … blöd … ist er ganz offensichtlich in den … wie heißen eure drei Flüsse?"

„Es war der Inn, *Dr. Nabel*!"

„Also in den Inn gefallen. Scheiß Karma für den Mann. Den Organen nach hätte der noch mindestens zehn Jahre lang seine Rente kassieren können."

„Aber beim Pinkeln in den Inn verliert man doch nicht gleich den ganzen Schwanz", lautete *Rob`s* sarkastische Nachfrage.

„Verloren hat er ihn ja nicht Herr Kommissar. Er wurde ihm abgebissen, da gibt's keinen Zweifel."

*Rob* schluckte und überlegte, ob er jemals in einem der drei Passauer Flüsse baden würde.

„In der Donau … „

„Inn!", ist das so schwer zu merken, dachte *Rob*.

„ … gibt es noch einige Huchen", erklärte *Nabel* in der Manier eines Schullehrers. „Ich bin Hobbyfischer. Der Huchen ist ein Raubfisch, starke Zähne, frisst kleine Fische. Denkbar, dass er sein Ding mit einem kleinen Fisch verwechselt hat. Aber wie gesagt, da war er schon tot, sicher."

„Noch was anderes *Nabel*, wie schnell könnt ihr eine neue Leiche obduzieren?"

„Wie bitte? Was ist denn bei Euch in Passau los? Wenn das so weitergeht, dann müssen wir die Pathologie bald nach Passau verlegen."

*Rob* kannte den eigenartigen Humor der Gerichtsmediziner und verabschiedete sich. „Wir bringen die frische Ware heute Nachmittag in die Gerichtsmedizin."

„Was ist mit Kuchen? *Hackl* hörte ein paar Wortfetzen und hatte sich neugierig und stets hungrig zu *Holmes* umgedreht.

„Nein Huchen, kein Kuchen, Blödmann. Das ist ein Raubfisch", klärte ihn *Rob* kopfschüttelnd auf. „Der *Nabel* ist sich sicher, dass der große Fisch den Pimmel mit einen kleinen Fisch verwechselt hat."

*Sebastian* stand zwischen *Rob* und *Hackl* und würgte angesichts diesem Fischerlatein auch noch das Toastbrot ans Tageslicht.

„Huchen oder Kuchen Kollege Cheef", meinte *Hackl*. „das ist nicht mein Gebiet, ich bin nicht der Aquarien-Fritz."

„Fischers Fritz passt auch besser zu dir!"

„Idiot!"

*Harkl* war nicht *Holmes* Freund. Am Anfang nicht, und nun schon überhaupt nicht mehr. *Holmes* war sein Feindbild geworden, seit dem Zeitpunkt, an der er an seiner Stelle die Leitung des Kommissariates bekommen hatte und damit auch die Höhergruppierung, obwohl sich *Hackl* seines Heimvorteils so hundertprozentig sicher gewesen war.

Polizeimeister *Moser* wollte wissen, was nun mit dem Toten geschehen sollte. *Hackl* hatte die neun anderen Finger schließlich auch noch gefunden und *Sebastian* war so blass wie die Leiche, genauso stumm, und hatte zum Glück aber an jeder seiner beiden Hände noch die fünf Finger, um Gitarre spielen zu können.

*Rob* blieb sachlich. „Was ist mit den Eltern *Moser*, sind die schon benachrichtigt worden?"

„Es gibt nur eine Mutter. *Inge Müller*, Spitalhofstraße."

„Einen Moment, *Müller Mario*, 29?" *Rob* überlegte, was er mit diesem Namen in Verbindung brachte. "Gab es da nicht eine Vermisstenmeldung vor ein paar Tagen?"

„Ja *Holmes*, steht alles im Bericht."

Sie waren auf dem Weg in die Spitalhofstraße. „Wie kann sich ein so junger Mann … „

„… ein Mister Student" verbesserte *Hackl*, „einen so teuren scheißteuren Schlitten leisten?"

„Werden wir vielleicht gleich sehen, *Hackl*."

Zum wohl schwersten Teil der Polizeiarbeit gehört es, den Angehörigen die schreckliche Nachricht zu überbringen. In diesem Fall fiel diese Aufgabe in ihre Zuständigkeit. Während *Sebastian* im Wagen wartete, standen *Rob* und *Hackl* im Treppenhaus eines Wohnblocks und klingelten bei dem kleinen Namensschildchen auf dem *Inge Müller* stand.

Dass *Inge Müller* mit tränenerfüllten Augen öffnete und damit den Eindruck erweckte, bereits intuitiv mit einer schlimmen Nachricht zu rechnen, machte es *Rob* eine Kleinigkeit leichter. Er brauchte nur *Mario`s* Namen auszusprechen …

„Ich habe am Donnerstag eine Vermisstenmeldung aufgegeben", weinte *Inge Müller*. *Rob* erinnerte sich, dass er mit *Steffi* über den Vermissten gesprochen hatte.

„Er ist nicht nach Hause gekommen", sprach sie schluchzend weiter. „Dann am Freitagnachmittag war er plötzlich wieder da und ist am gleichen Abend wieder weg. Ich habe ihn den ganzen Samstag nicht gesehen und gestern auch nicht. Aber ich wollte nicht nochmal eine Vermisstenmeldung aufgeben. Ich habe gedacht, da blamiere ich mich. Und jetzt …". *Inge Müller* konnte kaum mehr sprechen. Unter herzerschütterndem Weinen brachte sie stockend nur heraus, „was ist mit meinem *Mario* passiert?“

An dieser Stelle die richtigen Worte zu finden mag eine besondere Begabung sein. *Rob* hatte sie, im Gegensatz zu *Hackl*, der mit den Händen in der Hosentasche sofort mit seinen Fragen nach Feinden und offenen Streitigkeiten loslegte.

*Inge Müller* war in diesem Moment nicht soweit. Sie schüttelte den Kopf. „Ich kann jetzt nicht!“

„Entschuldigung!“ *Rob* zupfte *Hackl* am Ärmel. „Wir kommen morgen nochmal vorbei.“

Im Umdrehen hörten sie *Inge Müller* schluchzend mit sich selbst sprechen. „Mein armer Junge, wer hat so etwas getan?“

*Hackls* Kommentar dazu war lediglich, „von der Mutter hat der die Kohle nicht bekommen“, als sie unten am Treppenhaus angekommen waren. „Die hat ja selber kaum was.“

*Rob* verspürte wenig Bedürfnis, sich auf der Rückfahrt mit einem Kollegen auszutauschen, der maximal über das Fingerspitzengefühl einen rostigen Eisenbahnschiene verfügte.

*Rob* zweifelte nicht nur an *Hackls* Einfühlungsvermögen, sondern auch daran, dass der Täter seinem Opfer am Hafengelände aufgelauert hatte, und ein Blick hatte ihm genügt, um zu sehen, dass die Arbeit des KDD schlicht und ergreifend eine einzige Schlamperei gewesen war.

Viel schlimmer konnte es an diesem Tag wohl kaum noch kommen, dachte *Rob*.

*Steffi* erwartete sie bereits. „Mittag fällt aus! Der *Wolf* hat die Besprechung auf 12 Uhr verschoben.“

„High noon“, grinste *Hackl* verächtlich.

„Und der *Manzke* vom Kommissariat Frankfurt hat schon angerufen, es geht um die Fotos, die ich ihm geschickt habe.“

Wenigstens etwas positives, dachte *Rob*, als er Kommissar *Manzke* in der Leitung hatte.

„Tag Kollege. Ich habe diese Fotos bekommen. Wissen Sie Kollege *Holmes*, das ist so eine Sache. Die Beerdigung von *Tom Kaiser*, da werden einige Leute kommen, verstehen sie."

„Nein ich verstehe nicht", gestand *Rob* wahrheitsgetreu.

„Ich fürchte, dass ich Euch da nicht weiterhelfen kann. Wie stellt ihr euch das in Passau vor? Soll ich zehn Mann abstellen, nur um zu sehen, ob da zufällig …"

„Hören Sie zu, Kollege …"

„Nein passen sie auf *Holmes*, selbst wenn jemand auftaucht, der im Entferntesten eine Ähnlichkeit …

„Verdammt es geht um eine Mordserie …"

„Mann, sie sollten eigentlich selbst nur zu gut wissen, dass es uns nicht die Befugnis gibt, Leute zu verhören, nur weil sie an einer Beerdigung teilnehmen …"

*Rob* wurde ungehalten. Eine Seltenheit, aber es kam vor. „Wissen sie was, sprechen sie mit meinem Chef. Oder soll mein Chef mit ihrem Chef sprechen?"

Es wurde ruhig am anderen Ende der Leitung, lediglich ein Räuspern war zu hören. „Ich will nichts versprechen, Kollege. Die Beerdigung ist am Donnerstag. Guten Tag noch."

*Rob* hatte nur ein Wort im Kopf: „Arsch!"

Eine schlechte Nachricht kommt selten allein. *Steffi* stand neben *Rob*, der gerade der Hörer unsanft auf die Station knallte. Ihr Oberschenkel berührte -vielleicht nicht unzufällig- den seinen, *Hackl* war nicht im Zimmer. „Mein Singvogel von der Uni ist heute krank, tut mir leid Chef. Ich versuch aber, ob ich eine andere Quelle in der Uni finde."

„Danke *Steffi*."

Der Zeiger stand auf zehn Uhr Vormittag. *Rob* sah *Sebastian* lange an. „Angenommen, du wärst schon ein Hauptkommissar. *Was*, nein *wie* würdest du in der Besprechung mit *Wolf* vorgehen?"

Eine absolute Hammerfrage, aber *Sebastian* kam gar nicht auf die Idee, sich herauszureden. Vielleicht hatte er auch schon den ganzen Vormittag darüber gegrübelt. „Ich meine …. „

*Hackl* kam zurück ins Zimmer. *Sebastian* und *Rob* gingen gemeinsam zum Pinkeln, länger als lang, und länger als Männer mit einer akuten Blasenentzündung.

Während *Hackl* und *Rob* Mutter *Müller* die Nachricht überbracht hatten und *Sebastian* im Auto wartete, hatte er gegoogelt. „Facebook, Instagram … dieser *Mario* war ziemlich mitteilungsbedürftig, Chef."

*Hackl* telefonierte mit einem seiner befreundeten Kollegen und erzählte ungeniert Details seines Thailand-Trips, als sie grinsend vom Toilettengang zurückkommen waren. Ein ausreichendes Zeitfenster, in dem *Sebastian Rob* das Ergebnis seiner Google-Recherche anvertraute.

„Der studierte schon eine halbe Ewigkeit, alle drei, vier Semester was anderes, ist eingeschrieben in der Uni Passau, jede Menge Fotos von Partys, eher peinlich, Chef. Mutter und Vater werden nicht erwähnt, Freundin Fehlanzeige. Vielleicht *ist er*, sorry *war er* andersrum."

*Rob* zog die Augenbrauen hoch, aber äußerte sich nicht dazu.

„Bunte Fingernägel! Und … *wohnt* noch bei seiner Mutter …"

„*Wohnte*", Kleiner, so wie du!", fügte *Rob* hinzu.

„Ich wollte ja schon ausziehen, aber dann war mit *Ramona* Schluss." Es war das erste Mal, dass *Sebastian* etwas Privates über sich erzählte. „Diese Zicke, Shoppen, shoppen, shoppen. Die konnte keinen Ton singen, was soll ich mit so einer …"

„Alles klar Kleiner, du bist mit deiner Band verheiratet!"

„Und der Chef mit seiner Arbeit", verteidigte sich *Sebastian.*

Ein erstes Bild von *Mario M.* ergab also keinerlei Aufschluss darüber, wie er seinen Lebensstil inklusive kostspieligem Landrover finanzierte, auch wenn er zuhause bei seiner Mutter lebte. Es sein denn, er hatte ein sprudelnde Geldquelle.

Alle waren pünktlich zur Besprechung gekommen, *Rob, Sebastian* und *Hackl, Steffi*, der Polizeipressesprecher, der Polizeihauptmeister *Moser* und die Polizistin, die den Todesfall an diesem Vormittag aufgenommen hatten, sogar *Wolfs* persönliche Sekretärin *Ulrike* war anwesend.

Im Grunde genommen war es zwecklos, sich in eine Besprechung zu wagen, in der eine lückenlose Aufklärung erwartet wurde, ohne konkrete Beweise, Motive und Zusammenhänge in der Hand zu haben. Nichts anderes als ein gewagter Coup, sensationell aussichtslos, und doch war *Robert Holmes* nicht gänzlich ohne Joker in den Käfig des Löwen gestiegen, der Besprechungsraum hieß.

Noch bevor *Wolf* ansetze, um ungehalten mit einem Wörterbuch voller derber Schimpfwörter loszubrüllen, hob *Sebastian* die Hand, um erkennen zu geben, dass er einen Beitrag loswerden wollte. Er war aufgestanden und begann wie ein Zeuge, der vor Gericht aussagte: „Statistisch gesehen werden 50 Prozent der schweren Straftaten im Bayerndurchschnitt innerhalb von achteinhalb Wochen aufgeklärt, heißt, der Tatverdächtige festgestellt.“ *Wolf* wirkte von *Sebastians* völlig unerwarteter Dreistigkeit überrumpelt. „Die jüngste Erhebung, die von der Uni … Entschuldigung,“ unterbrach *Sebastian* seinen professionell wirkenden Einstieg, „den Namen habe ich gerade nicht parat … in Auftrag gegeben wurde, hat ergeben, dass die Aufklärungsquote in der PI Passau mit nur sechs Wochen deutlich darunter, also besser als Bayernschnitt liegt.“

Wie nicht anders erwartet, würgte *Polizeirat Wolf Sebastians* Ausführungen ab, beherrschte sich aber im Ton. „Lieber Herr Praktikant“, -seine Sekretärin warf ihm einen Blick zu, den er scheinbar zu deuten schien- „ ... ich verstehe ja, dass sie in der Polizeischule mit Verbrechensstatistiken ...“

„Wir haben einen Täter“, unterbrach ihn *Rob* selbstbewusst und stand auf.“

Auch *Hackl* sprang auf, „warum weiß ich ... „

„Nein, natürlich keinen Namen, Adresse, Telefon-Nummer“, klärte *Rob* auf.

„Was soll das *Holms*?“, wurde *Wolf* hörbar lauter.

*Rob* sprach unbeeindruckt weiter „Ja, *Sebastian* hat Recht.“ Er gab ihm ein Zeichen, worauf dieser in die zweite Stuhlreihe ging, und dem rechts außen sitzenden Polizisten ein ticketgroßes Kärtchen in die Hand drückte. *Rob* las laut und deutlich, was auf diesem Stück blauen Karton stand: *Opfer 1*.

*Sebastian* verteilte die nächste Karte an den ganz links platzierten Pressesprecher. *Rob* erklärte: *Opfer Zwei*. Die beiden nächsten Karten verteilte *Sebastian* offensichtlich ganz willkürlich an die Polizistin und an *Steffi*. Natürlich kaum überraschend, dass darauf -*Opfer drei*- und -*Opfer vier*- zu lesen war. *Wolf* war zwar sichtlich irritiert, ließ aber die Prozedur geschehen. *Sebastian* hob die nächste Karte in die Höhe und schien zielstrebig direkt zu *Hackl* zu gehen, dem er eine weitere Karte in die Hand drückte. Im Gegensatz zu den anderen war sie rot.

*Rob* lächelte verschmitzt, „die Opfer sind uns gerade ausgegangen“, und las das aufgeschriebene Wort vor: „*Täter*“.

*Hackl* versuchte empört zu protestieren „Bist du völlig übergeschnappt Cop?“

*Wolf* beobachtete das Geschehen, immer noch verunsichert, ob und wie er eingreifen sollte. Doch *Rob* ließ ihm nicht die Gelegenheit, seine Inszenierung zu unterbrechen. Während *Sebastian* die *Opfer Eins* bis *Vier* seitlich aufstellen ließ und den *Täter* nach rechts außen bugsierte, war *Rob* bereits unaufhaltsam zur fernsehreifen Höchstform aufgelaufen.

„*Opfer eins*!“ *Rob* stand vor Polizeihauptmeister *Moser*. „*Harald H.*, 40, Passau, Wienerstraße, Finanzamt-Angestellter im gehobenen Dienst, alleinstehend, keine Kontakte bekannt, finanziell gut situiert, ermordet am 17.10. in der Zeit zwischen 19.00 und 21.00 Uhr, Auffundort und Tatort Friedhof Innstadt, Tatwaffe langstieliges Messer, tödliche Stichwunde im Afterbereich, Bewusstlosigkeit herbeigeführt durch den Einsatz eines Elektroschockers, Verwendung Kabelbinder, Panzerklebeband." *Rob* machte eine kleine Pause, „beide Augäpfel chirurgisch unfachgerecht entfernt", und pausierte ein weiteres Mal, „1999 bis 2004 an der Universität Passau immatrikuliert.

„*Holms*, ich verstehe nicht … „ platzte *Wolf* heraus.

*Rob* blieb völlig ruhig. „Sie wollten doch alle Details, oder nicht?" Nach diesem verbalen 1: 0 ging *Rob* einen Schritt weiter zum Pressesprecher„ Opfer zwei, *Thomas K*, 39, Offenbach … „ und wiederholte die Aufzählungsprozedur der bekannten Fakten. „ … abgetrennte Zunge." Betretene Stimmung verbreitete sich im Raum.

Er fuhr weiter mit *Opfer drei*: *Manfred K*, 68, Passau, Heiliggeist-Seniorenheim ... und endete „Todeszeitpunkt zwischen 22.00 Uhr und Mitternacht, Todesursache Ertrinken." *Rob* räusperte sich „Penis fehlte."

*Robert Holmes* war längst in der perfekten Rolle eines Gruselmoderators, als er bei seinem *Opfer Nummer vier* ankam. „*Mario M.*, 29, Passau, Student an der Uni Passau seit 2009 … tödliche Stichwunde im Afterbereich, alle zehn Finger ohne chirurgische Kenntnisse abgetrennt."

Es hatte beinahe die bewegende Stimmung einer offiziellen Schweigeminute, als *Rob* am Ende seiner Opfer-Fakten angekommen war. *Sebastian* holte einen sorgsam gefalteten Zettel aus seiner Hosentasche und übernahm nahtlos die Rolle des Co-Moderators.

„Nach statistischen Erhebungen des Bundeskriminalamtes finden 20 Prozent aller Tötungsdelikte aus Habgier und persönlicher Bereicherung statt, 70 Prozent fallen in die Rubrik der

Beziehungsmotive und 10 Prozent … „

„Ist gut *Sebastian*“, verkürzte *Rob* die Auflistung.

Begleitet von einem unüberhörbar heftigem Atmen aus *Hackls* Richtung, herrschte im Raum eine knisternde Atmosphäre, die nach Entspannung rief, aber *Rob* war noch lange nicht fertig.

„Bei *Opfer Eins* und *Opfer Zwei* übereinstimmende Vorgehensweise und vergleichbare Umstände. *Opfer Drei* fällt allerdings aus diesem Muster.“ Die junge Polizistin durfte sich wieder setzen.

„*Opfer Vier*“, erklärte *Rob* weiter, „gleiche Vorgehensweise, aber deutlich jünger als *Opfer Eins* und *Zwei*. Ein Trittbrettfaher? Die theoretische Möglichkeit besteht, aber das genaue Obduktionsergebnis und die Überprüfung seines Umfeldes steht noch aus.“

*Rob* war plötzlich still. Er wartete allerdings nur auf das Stichwort von *Sebastian*.

„Die Exzision, Chef!“

„Danke *Sebastian*.“ *Rob`s* Demonstration war noch lange nicht vorbei. „Korrekt eigentlich Amputation“, klärte er die Anwesenden auf. „Drei der Opfer mussten äußerst schmerzhafte Entfernungen über sich ergehen lassen. Die Augen, die Zunge, die Finger könnten auf ein Ritual hindeuten. Vielleicht ein religiöser Kult, eine Sekte oder eine fanatische Bruderschaft. Ich will keine Panik verbreiten, aber falls … symbolisch der Sehsinn, der Geschmackssinn und der Tastsinn gemeint waren, dann … „ *Rob* ließ das gerade Gesagte kurz wirken. „ … dann könnte es bedeuten … dass die anderen beiden Sinne noch auf der Warteliste des Täters stehen.“

*Wolf* wischte sich mit einem Taschentuch die Schweißtropfen von seiner Stirn und am Halsansatz ab.

„Sollte meine Vermutung richtig sein, dann müssen wir uns also darauf einstellen, dass …“ *Rob* sprach nicht aus, was allen auf den Lippen lag. Er blickte in acht schockierte Augenpaare und stand unmittelbar vor dem Höhepunkt seiner Show. Noch immer vergönnte er seiner Zuhörerschaft keine Gelegenheit durchzuschnaufen.

„Mein letzter Punkt“, kündigte *Rob* an. „Drei Morde mit nahezu gleicher Vorgehensweise, in einem engen Radius und in einem offensichtlich zusammenhängenden Zeitfenster. Aber ... keine Tatwaffe, keine Fingerabdrücke, keine DNA, keine Faserrückstände, absolut nichts, was man eine Spur nennen könnte. Bei drei Fällen hintereinander ist das sehr ungewöhnlich, es sei denn...“, *Rob* stand immer noch vor den drei Beispiel-Opfern, begann aber langsam *Hackl* zu umkreisen ..., „der Täter kennt die Ermittlungsmethoden der Polizei bis ins kleinste Detail.“

Kommissar *Hackl,* der sich mit dem Kärtchen „Täter“ in der Hand sichtlich unwohl fühlte, verlor von gleich auf sofort alles an Gesichtsfarbe, was er in Thailand drei Wochen lang gebunkert hatte.

*Rob* holte zu seinem letzten Schlag aus. „Ich will damit schlicht und ergreifend sagen, dass wir es mit einem Polizisten zu tun haben könnten, oder einem Täter, der früher im Polizeidienst gewesen ist.“

Kommissar *Hackl* raste ohne einen einzigen Ton von sich zu geben wie ein angeschossener Keiler aus dem Besprechungsraum.

Erst jetzt fand *Wolf* seine Stimme wieder. „Meine Güte *Holms,* musste das sein?“

„Erstens“ antwortete *Rob* vollgepumpt mit Selbstvertrauen, „es heißt *Holmes* und zweitens ist mir neu, dass der *Hackl* plötzlich so zart besaitet ist.

„Schon gut“, meinte *Wolf.* Er hatte den Abgang von *Hackl* schon wieder verdrängt und war offensichtlich von der Demonstration beeindruckt. „Wo haben sie das her *Holmes*?“

*Rob* deutete nur auf *Sebastian.* „Das fragen sie mal unseren Praktikanten.“

Es war selten gewesen, dass *Wolf* ein erstauntes Gesicht wie dieses zustande brachte und *Sebastian* zu sich winkte. Sogar Chefsekretärin *Ulrike* konnte sich nicht zurückhalten und flüstere ihrem Chef zu, dass dieser junge fähige Mann der Sohn einer guten Bekannten von ihr war."

Die Erklärung von *Sebastian* auf seine Frage, ob man sowas auf der Polizeischule lernte, machte *Wolf* allerdings noch sprachloser, als er es vorhin schon gewesen war.

„Nein", gab *Sebastian* offen und ehrlich zu, „das habe ich einmal bei einer Familienaufstellung gesehen."

Kaum zu glauben, *Wolf* war gerade in einer tollkühnen Darstellung mehrfach von *Robs* und *Sebastians* gewagter Dreistigkeit wie von einem Güterzug überrollt worden. Am liebsten hätte er jetzt eine seiner geliebten Havanna-Zigarren gepafft und seiner Modelleisenbahn beim Rangieren zugesehen. Aber er musste wohl oder übel ohne Nikotindroge und Eisenbahnromantik in seine Rolle als autoritärer Dienstvorgesetzter zurückfinden und tat es auch. „Die Presse, meine Herren. Wie gehen wir vor?"

Noch einmal war es *Sebastian*, der bestens vorbereitet auf sich aufmerksam machte. „Herr Polizeirat, wir könnten der Presse doch die Fakten, ich meine die Statistik, geben. Die Erfolgsquote unserer Polizeiinspektion, die Aufklärungsrate und den Vergleich zum Bayerndurchschnitt. Dazu erklären wir, dass unsere Ermittlungen schon fortgeschritten sind, aber aus Ermittlungsgrunden noch nicht an die Öffentlichkeit gehen können, oder dass wir aufgrund unserer bisherigen Aufklärungsquote mit einem Erfolg bis … rechnen."

„Haben Sie gehört *Wiesinger*, nehmen sie den jungen Mann mit und schreiben sie das auf. *Wolf* war ein weiteres Mal beeindruckt. „Damit muss sich die *Bergmann* von der Presse begnügen. *Holms*, und sie lassen sich von den Kollegen des LKA ein Täterprofil erstellen."

„*Holmes* nicht *Holms*", beharrte *Rob* auf die richtige Namesaussprache.

„Also gut, aber machen Sie. Und beruhigen Sie den *Hackl*! Noch was", richtete er sich an alle Anwesenden. „Von den abgeschnittenen Sauereien und unseren Mutmaßungen kein einziges Wort an die Presse. Ich will keine Panik, verstanden. Das gilt für alle hier im Raum."

Der Raum leerte sich am Ende einer Besprechung, wie sie wohl keiner erwartet oder je erlebt hatte. Zu guter Letzt standen auch die eindeutigen Sieger und Verlierer fest, und genauso zweifelsfrei, wer die Rolle des Jokers in diesem strategischen Schachzug gespielt hatte.

Drei Angestellte des Polizeidienstes hatten allen Grund, beide Füße in der Manier von FBI-Leuten auf ihren Schreibtischen zu platzieren und die Sonne der Zufriedenheit in ihrem Gesicht glänzen zu lassen. Eines von Ihnen glänzte besonders. *Sebastian* hatte zum Start sein 8. Praktikumswoche eine Glanzleistung hingelegt.

„Für mich bitte auch einen Schwarzen", bestellte ein gerade richtig groß gewordener „Kleiner" selbstbewusst, als *Steffi* Kaffee machte.

„Sag mal *Sebastian*, erkundigte sich *Rob* am Kinn kratzend, „was war das eigentlich mit dieser Erhebung von der Uni soundso, das hatten wir doch gar nicht abgesprochen."

*Sebastian* überlegte kurz. „Okay Chef, erwischt. War so eine spontane Idee, ich dachte es könnte beeindrucken …"

„Wie? Du hast dir deine Unisache aus den Märchenfingern … „

„Na ja, Chef", wurde *Sebastian* dann eine Spur kleinlaut. „Lieber so, als sich vom *Wolf* in der Luft zerreißen zu lassen, das war heute schließlich kein Ponystreicheln, oder?"

*Rob* sagte nichts, er dachte nur, wo er recht hat, hat er recht.

„Ich hab noch was anderes Chef", kündigte *Sebastian* an. „Meine Mama … „

„*Rob* rollte unverzüglich die Augen nach oben. „Was ist mit deiner Mama. Sag bitte nicht, dass die auch Seltsames träumt."

„Nein das nicht, Chef. Es geht doch um die 2000er Jahre, als die beiden Opfer in Passau studiert haben. Meine Mama hat mir nur erzählt, dass es damals einen Toten auf einem Partyboot gegeben hat."

*Steffi* zuckte plötzlich. „Ja, richtig, auf den Party-Booten, da ist oft die Post abgegangen. Die haben sich bis zum Abwinken abgefüllt, natürlich waren da auch immer jede Menge Studenten dabei. Ich kann mich erinnern, dass da öfter etwas passiert ist."

*Hackl* gehörte nicht zu den drei gut gelaunten Personen. Er hatte sich verkrümelt. Den Geräuschen nach zu urteilen, beschäftigte sich jemand verräterisch klirrend mit dem Abteilungs-Geschirr der Teeküche.

„Ich glaub, du musst mal nachsehen", meinte *Steffi* zu *Rob*.

„Okay, du hast Recht, aber ich denke, dass sich unser Held des Tages eine Belohnung verdient hat." *Rob* sah auf die Uhr, „also ich würde sagen, du kannst den Rest des Nachmittags nach Hause gehen. Also *Sebastian*, genug für heute gearbeitet, geh heim, tu etwas was dir Spaß macht."

Spaß ist gut, dachte *Sebastian* und hatte *Rob* beobachtet, wie er dabei süffisant in Richtung *Steffi`s* Augen geblickt hatte.

Natürlich nahm *Sebastian* das Angebot gerne an. Er konnte nicht wissen, dass *Mama Raitmaier* schon sehnlichst auf ihn gewartet hatte.

„Oh Gott *Basti*, ich hab das von dem neuen Toten heute morgen in den Nachrichten gehört. Schlimm ist des worden in Passau. Habt ihr diesmal einen Verdächtigen?"

„Mama nein, es gibt noch keine Ermittlungsergebnisse." *Mama Raitmaier* ließ nicht locker. „Bei einer Tatort-Sendung habe ich mal gesehen, dass ein Serienkiller immer einen Hinweis auf seinen Leichen …“

„Mama, der Täter, den wir suchen macht keine Zeichen, das sind mal Finger und … nein scheiß, vergiss das schnell wieder.“

„Was ist denn mit diesen Fingern, *Basti*? Sag halt.“

„Nein, nix Mama, vergiss das wieder. Ich hab … ich hab nur geträumt.“

„Geht`s dir nicht gut Basti? Magst du vielleicht … „

*Sebastian* war wieder an dem Punkt wo ihm klar war gewesen war, dass er die Sache mit einer eigenen Bude unbedingt in Angriff nehmen musste. Und das bald.

„Mei Basti, warum suchst du dir denn keine Freundin mehr, da könnt ich ja fast glauben …“

„Was könntest du glauben Mama?“

„Na ja, was wohl. Ist doch heute schon normal, dass ein Mann mit einem anderen Mann …“

„Echt jetzt, ich bin vollkommen normal. Ich steh nur auf des Eine und nichts anderes, echt. Und jetzt gehe ich lieber zum *Koko*, bevor du mir noch ein Loch in den Bauch fragst.“

„Siehst, genau des hab ich gemeint.“

*Sebastian* knallte die Haustür hinter sich zu und dachte nur, schöne Belohnung.

*Steffi* war stark beeindruckt. Noch nie in ihrer Zeit auf dem K1 hatte sie jemand erlebt, der den Kripochef und Polizeirat *Wolf* so in die Defensive gebracht hat, wie *Rob*. Sie waren allein im Büro. Das Nachsehen in der Teeküche hatte sich insofern erledigt, dass die Geräusche verstummt waren und sich *Hackl* ohne jegliche Abmeldung in unsichtbare Luft aufgelöst hatte.

„Willst du noch eine gute Nachricht hören, Chef?“

*Rob* konnte in ihren Augen lesen und grinste zustimmend, die Uni, oder?“

„Siebter Sinn, Chef, oder?“

So war es. Die Uni hatte zurückgerufen und eine Kollegin der erkrankten Mitarbeiterin konnte *Steffi* aus den Fahrzeughalter-Angaben zwei übereinstimmende Namen und die dazugehörigen Adressen durchgegeben, die an der Uni Passau zwischen 99 und 2004 studiert hatten.

*Steffi* präsentierte voller Stolz zwei Namen auf einem symbolischen Silbertablett. „Wir haben einen *Michael Schwarz* und einen *Christian Holzmeier!*"

„*Steffi* ich könnte dich … umarmen", *Rob* zwinkerte aber nur mit den Augen. „Aber vorher könntest du bitte in der Gerichtsmedizin noch Bescheid geben, dass sie nicht nur nach Fasern, Haaren, Hautpartikeln sondern auch eine Probe von *Mario Müllers* Schuhsohlen nehmen.

„Du hast doch mal nach der *Stockinger-Gruft* gefragt, Chef."

*Rob* war gedanklich woanders, „warum, was …"

Ich weiß nicht, aber du wolltest doch wissen, welches Gebäude am Innstadt-Friedhof in der Nähe der …

„Alles klar, das war *Sebastian*. Ist nicht wichtig, du weißt ja dass er manchmal ein bisschen viel fantasiert."

*Sebastian* war heilfroh. In *Kokos* Bude war er vor *Mama Raitmaiers* Fragen in Sicherheit und genoss es nach diesem aufregenden Tag, auf der durchgelegenen Couch mit *Koko* ein paar alte Schallplatten anzuhören.

„Zeughaus, Tabakfabrik, Museumscafe, Cafe Duft ..."

„Was ist damit, *Koko*?"

„Na ja, wäre doch cool, wenn wir mal einen richtigen großen Auftritt hätten."

„Dreiländerhalle?"

„Einverstanden."

„Du bist ein Träumer, *Koko*. Die Welt da draußen ist ein Sumpf aus Kriminellen und Wahnsinnigen, die reinste Kloake voller gehirnkranker Missgeburten."

„Komm jetzt, hör auf mit dem Verbrecher-Scheiß auf."

*Koko* war 31, hatte seine eigene Bude, alle zwei Monate ein anderes Mädchen. Obendrein war er der beste Drummer weit und breit - nach *Sebastians* Hobbymusiker Meinung - . Er arbeitete als Krankenpfleger im Klinikum und das aus Überzeugung. us. Er liebte seine Arbeit, mochte besonders die alten hilfsbedürftigen Patienten, und die Alten mochten ihn.

„Du hast es gut *Koko*, du bist weit weg von jedem Verbrechen und wenn es nach meiner Mama geht, ist dein Vater ist ein echter Knaller, ohne Scheiß, gerade dann, wenn er mit seinen Kameraden jeden Freitag die Vinothek rockt."

„Danke *Basti*, ich sag`s ihm."

„Kannst du ruhig. Der meine fährt den ganzen Arbeitstag den Stadtbus herum, dann liest er jeden einzelnen Buchstaben der PNP zweimal. Und wenn er beides nicht tut, dann verkriecht er sich ins Klo und löst Kreuzworträtsel."

Der Sinn des Lebens, wer kennt schon die richtige Antwort, sofern es dazu überhaupt eine gab. Sie diskutierten über die Welt der Musik, den neuen Gitarrenmann in der Theresienstraße, einen größeren Auftritt und Mädchen. Aber *Sebastian* konnte es sich dann trotzdem nicht verkneifen, die Taubenkacke-Angelegenheit richtigzustellen. „Das Ding mit der Vogelscheiße vor zwei Wochen im Cafe am Residenzplatz!"

*Koko* schaute ihn fragend an. „Was meinst du jetzt?"

„Trag`s mit Fassung. Ihr habt euch alle getäuscht."

„Du willst mich verscheißern, Mann?"

„Okay, vergiss es *Koko*. Ich habe sowieso einen fetten Dienstmaulkorb wenn ich Privatmensch bin."

„So wie es aussieht, bist du aber schon mehr ein 24-Stunden Kommissar, als ein Privatmann."

*Sebastian* ließ es so stehen und machte sich auf den Weg nach Hause.

**-Dienstag, 3. November-**

Drei positive Dinge begleiteten diesen Novembermorgen. Nummer eins war die Novembersonne, die ungewöhnlich warm ins Kommissariat leuchtete, das Zweite das hauteng anliegende Oberteil von *Steffi,* das ihre gut proportionierte Oberweite betonte und ein gelber Zettel, der das Kleeblatt der drei guten Dinge komplettierte: Die Krankmeldung von *Hackl.*

Keine Überraschung, dass ihn *Sebastian* genauso wenig ausstehen konnte wie umgekehrt. In den Augen von *Hackl* war er nicht mehr als ein vorlauter Jungpolizist, dem man noch das Schnürsenkelbinden beibringen musste. Dabei war er ihm analytisch sogar überlegen, und es würde nicht lange brauchen, bis er den *Hackl* in den Sack stecken konnte. Natürlich hatte er durch seine Mitwirkung bei der Täter-Beispiel-Aktion auf immer und ewig bei *Hackl* absolut ausgeschissen. Für *Sebastian* war das allerdings unbedeutend. Längst hatte er *Hackls* Persönlichkeit durchschaut, dass er weder einfallsreich, noch kooperativ und schon überhaupt nicht produktiv war, sondern nur ein Drückeberger und ein Oberschleimer. *Hackl* konnte nicht einmal damit punkten, dass er es liebte, englische Polizeiwörter zu benutzen. Damit erreichte er eher das Gegenteil. *Sebastian* empfand es einfach nur megapeinlich.

„Komm *Sebastian!*" Hey, hatte er sich gerade verhört?
*Rob* verzichtete schon wieder, ihn mit „Kleiner" anzusprechen.

„Wahnsinn Chef, die Show gestern, das war der Hammer."

„Danke, ich habe ja auch einen Hammer-Partner gehabt."

Was war heute los? Vier Todesfälle, noch keine konkrete Spur, und trotzdem herrschte eine Gute-Laune-Stimmung wie er sie im K 1 noch nicht erlebt hatte.

„Wenn du und der *Wiesinger* mit der Pressemeldung fertig seid, dann fahren wir nochmal zu *Mama Müller* und anschließend besuchen wir einen gewissen *Christian Holzmeier.*"

„*Holzmeier*? Eine Spur, Chef?“

*Rob* sagte nur „beeil dich“, und grinste dabei wie ein Honigbär.

Wer weiß, was *Rob* gerade beschäftigte, als sich *Steffi* im gleichen Moment sehr tief bückte, um vom untersten Fach des Stahlschrankes ein paar ziemlich verstaubte Akten herauszuholen.

„Klar, Chef.“

*Steffi* war extrem sexy, kein Zweifel, auch an diesem Tag.

-Christian Holzmeier, 41, mehrmals umgezogen, zuletzt Passau, Sechzehner Straße, nicht liiert, verantwortlich für die Todesanzeigen bei der Passauer Presse-, stand auf dem in schöner Frauen-Schrift geschriebenen Zettel.

-Michael Schwarz, 39, nicht verheiratet, Siglfingerstraße Erding. Studierte BW 1999 bis 2004, angestellt bei einer Privatbank in Freising, Münchner Strasse-, hatte *Steffi* auf der Rückseite desselben Zettels notiert.

„Hatte er Feinde, oder gab es jemand, mit dem er Streit hatte?“

*Mutter Müller* schüttelte nur den Kopf. Sie hatten lange läuten müssen, bevor *Inge Müller* zögernd öffnete. Vor ihnen stand eine Mutter, die verloren in der Welt wirkte. In ihren Augen lag die typische Leere einer zerbrochenen Seele.

*Robert Holmes* hatte genau das Fingerspitzengefühl, mit Menschen zu kommunizieren, die sich in Ausnahme-Situationen befanden. „Brauchen Sie einen Arzt *Frau Müller*?“

„Wer macht sowas?“ *Inge Müller* stand vermutlich unter der Wirkung eines ganzen Cocktails an Beruhigungstabletten, als sie ihre Frage vom letzten Besuch wiederholte.

*Rob* und *Sebastian* standen im Flur einer geschätzt 60-Quadratmeter-Wohnung. Das, was sie auf den ersten Blick sehen konnten, war eine Einrichtung, das aus einem Sammelsurium von längst aus der Zeit gekommenen Hin-und-Mit-Möbeln bestand. „Dürfen wir Ihnen noch ein paar Fragen stellen Frau *Müller*?“

Sie nickte. „Der *Mario* war in Ordnung“, sagte sie abgehackt, tonlos, als ob sie mit sich selbst sprechen würde, „auch wenn ein paar Leute was anderes sagen. Er war mein großer Junge, manchmal auch ein großes Kind. Ja, er hat manchmal gespielt.“

Die beiden hörten nur aufmerksam zu. Frau *Müller* erzählte frei heraus, vielleicht tat es ihr auch einfach gut, gerade in dieser tiefen Traurigkeit, wenn sie von ihrem *Mario* erzählen konnte, einen *Mario* den es nun nicht mehr gab.

„Und er wollte etwas studieren, was ihm richtig gut gefallen sollte.“ Sie starrte stupid auf die Wand des schmalen Flures, der schon seit Jahren eine frische Farbe nötig gehabt hätte. „Aber mein *Mario* war doch so vielseitig. Mein Mann, er ist vor drei Jahren an Krebs gestorben und ich … ich habe ja auch nur auf 450,00 Euro gearbeitet, aber wir wollten, dass unser Junge es besser hat.“

„Das kann ich gut verstehen Frau *Müller*“, antwortet *Rob*. „Er hatte auf alle Fälle ein sehr schönes Auto … !“

„Das Auto!“ Plötzlich brachte sie eine Art verzerrtes Lächeln zustande, als ob sie sich ein Stück in die Gegenwart zurückwagte. „Ja, auf sein Auto war er besonders stolz. Seine Freunde haben ihn immer beneidet, weil er Geld gehabt hat. Mein *Mario* war auch nicht kleinlich, überhaupt nicht. Er hat sie auch immer eingeladen, seine Freunde, auf Partys und solche Sachen. Nein mein Junge hatte wirklich keine Feinde, Herr Kommissar. Ich verstehe das alles nicht.“ Mutter *Inge Müller* fing wieder zu weinen an. „Wer hat meinem Jungen so etwas angetan?“

*Rob* wartete, bis sie sich wieder fasste und weitererzählte. Sie erfuhren, dass ihr Mann vor zwanzig Jahren wegen einem Firmen-Konkurs die Arbeit verloren hatte, seine Raten für den Autokredit nicht mehr zahlen konnte, manchmal die Miete schuldig bleiben musste, dass sie sogar kurz davor gestanden waren, aus der Wohnung in der Spitalhofstraße ausziehen zu müssen und nicht wussten, wie es weitergehen sollte.

„Und dann hatten wir, nein mein Mann … er hatte Glück, Herr Kommissar. Er, mein Mann der *Paul,* er hat immer gespielt, Karten, Flipperautomat und so was. Ich glaub, er hat auch Schulden gehabt. Aber darüber hat er nie mit mir gesprochen, und ich habe ihn auch nie gefragt. Und dann hat er im Lotto gewonnen, nur zwei Jahre nach dem Konkurs."

„Dann hat es auch glückliche Zeiten gegeben?", fragte *Rob* behutsam nach."

Sie erfuhren, dass *Mario`s Vater* mit dem Gewinn seine Schulden bezahlte, wieder einen Job gefunden hatte und den Restbetrag auf den Namen ihres Sohnes bei der Bank angelegt hatte.

„Der sollte es gut haben. Er sollte einmal studieren, unser *Mario.*"

„So ein Studium kostet ziemlich viel", pflichtete ihr *Rob* bei. „Da haben sie mit diesem Lottogewinn auch richtig Glück gehabt Frau *Müller*, können Sie uns sagen, wieviel … ?"

„Ach, ich habe mich nie um das Finanzielle gekümmert. Der *Paul*, mein Mann, hat das alles immer mit der Bank gemacht. Ich kenne mich da nicht aus. Aber er hat gesagt, wenn der Junge 18 ist, dann kann er davon sein Studium bezahlten, und alles das, was er sonst noch so braucht." *Inge Müller* war plötzlich still.

*Sebastian* blickte auf seinen Finger, wobei er den kleinen Finger etwas nach außen bog, um *Rob* an die Fingernagelfrage zu erinnern."

„Sagen Sie Frau *Müller*, ihr Junge hatte doch einen besonderen Geschmack, eher bunt. Und seine Fingernägel … was haben Sie darüber gedacht?"

*Inge Müller* war wieder gefasst. „Ja, mein Junge war da ganz eigenwillig, so wie seine Freunde auch. Mich hat das nicht gestört. Die Leute und diese Welt, das ist heute ganz anders, nichts ist mehr so wie früher, die Männer und die Frauen ... Aber sollen sie doch ihren Spaß haben." Frau *Müller* ließ sich keine Verlegenheit anmerken. „Wir waren früher auch keine Heiligen, und ich habe mich auch nie aufgeregt über die Studenten und was die alles gemacht haben. Es hat andere Leute gegeben vor 20 oder 30 Jahren, die nicht begeistert waren von der Uni und den vielen jungen Menschen, das habe ich nie verstanden."

*Inge Müller* war ein wenig herausgekrochen aus dem Gefängnis ihrer Verlustschmerzen, hatte sogar ein paar Namen und Adressen von ein paar Freunden nennen können und keinen Einwand auf *Robs* Bitte, sich bei den persönlichen Sachen von *Mario* umzusehen. Aber jetzt, als sie gemeinsam mit *Rob* im Zimmer von *Mario* standen, versank sie wieder in ihren apathischen Zustand.

„Bitte, finden sie denjenigen, der das getan hat, Herr Kommissar, bitte." Mehr sagte *Inge Müller* nicht, als sie die Wohnungstüre grußlos hinter sich zuzog.

„Dann war der *Mario* also anders herum", dachte *Sebastian* laut nach, als sie die nächste Adresse in der Sechzehner Straße ansteuerten.

„Hast du ein etwa Problem damit?"

*Sebastian* hatte kein Problem damit, eher war er über *Inge Müller* verwundert, dass sie in ihrem Zustand so viel von sich preisgegeben hatte. „Arme Frau, die kann einem schon leid tun, wieviele Pillen wird die wohl geschluckt haben?"

„Hast du`s nicht gerochen?"

„Was?"

„Alkohol."

„Ich dachte Beruhigungspillen, Chef!"

*Rob* zwinkerte mit seinem rechten Auge, „die riechen aber nicht nach Whiskey!"

Kommissar *Holmes* hielt sich nicht an die StVO, die das Telefonieren mit dem Handy während des Autofahrens auch für staatliche Ermittlungsbeamte verbot. „*Steffi*, besorg uns einen Beschluss, wir brauchen einen Einblick in die Finanzen von *Mario Müller*."

*Sebastian* stand die nächste Frage ins Gesicht geschrieben. „Und wer erbt, falls noch was übrig ist?"

„Ich kann mir kaum vorstellen, dass dieser junge *Mario* schon über sein Testament nachgedacht hat."

„Das bedeutet was?"

„In diesem Fall die Mutter."

Sie standen vor dem grauen Mehrfamilienhaus in der Sechzehner Straße.

*Mama Raitmaier* traf sich mit *Ulrike*, eine langjährige Freundin aus der Zeit, als ihre Kinder noch in den Kindergarten gingen und zusammen spielten. Jeden zweiten Dienstag Nachmittag, so regelmäßig wie die Entleerung der Biotonne. Normalerweise im alten Greindl-Cafe in der Klingergasse, aber solange Corona die Öffnungszeiten vorgab, zu Hause. Das passte mit den Arbeitszeiten bei *Mama Raitmaier*, die den Ratskeller-Ruhetag nutzen konnte und bei *Ulrike* die in Teilzeit nur vormittags arbeitete. Dass die *Ulrike Brandl* nicht nur eine langjährige Freundin war, sondern zugleich die Sekretärin des Polizeichefs, war natürlich nur purer Zufall.

„Mei *Susanna*, stell dir vor, dein *Basti*, ich sags dir. Gestern in unserer Besprechung. So ein wiefer junger Mann ist der geworden. Da hat sogar mein Boss geschaut, das habe ich noch nie erlebt, ehrlich."

„Wirklich *Ulli*, komm erzähl halt."

„Wir dürfen nicht über die Arbeit reden, dass weißt du ja, aber ich wollte nur sagen, dein *Basti*, ein sympathischer junger Mann, da kannst du wirklich stolz drauf sein."

*Susanna Raitmaier* brachte vor Rührung fast nichts heraus.

„Schade, dass unsere Tochter schon einen festen Freund hat, Susanna."

Ein Dienstag Nachmittag an dem sich nichts Großartiges mehr abspielte. Im Kommissariat wurde die Papierarbeit erledigt. *Hackl* war nicht anwesend, damit fehlte der Zündstoff für angespannte Stimmung. *Steffi* wollte Kaffeebohnen besorgen, *Rob* war auch mal kurz weggegangen. Beide kamen gleichzeitig wieder zurück. Ganz automatisch hatte *Sebastian* auf die Uhr gesehen und wusste, dass diese dreißig Minuten reichlich Zeit gewesen waren, um alles Mögliche zu erledigen.

„Hätte mich gewundert, wenn wir den *Christian Holzmeier* angetroffen hätten", begann *Rob* das Gespräch ganz unverfänglich, möglicherweise aber auch absolut taktisch, um von eventuellen Vermutungen abzulenken.

„Und was ist mit seinem Arbeitsplatz?", wollte *Sebastian* nicht ganz unbegründet wissen.

*Steffis* „ich hab gerade frische Kaffeebohnen besorgt, aber ich ruf gleich an", hatte allerdings ebenfalls mehr den Geschmack einer Ausrede, als den eines plausiblen und wasserdichten Alibis für die vergangenen 30 Minuten.

*Rob* war es schließlich, der die Argument-Kurve kratzte. „Die PNP-Leute triffst du aber eher am Abend, kurz vor Redaktionsschluss."

In der Sechzehner Straße hatte niemand geöffnet. Der Briefkasten war unauffällig, also nicht überfüllt. In der Nachbarschaft war ebenfalls niemand anzutreffen der Auskunft geben konnte, ob und wann *Chistian Holzmeier* üblicherweise nach Hause kam.

„Guten Tag, *Steffi Brunner.* Können Sie mich bitte mit dem Herrn *Holzmeier* verbinden?"

„Moment ich verbinde sie in die Annahme", sagte eine Stimme der Telefonzentrale in der Passauer Neuen Presse, und eine andere Stimme unmittelbar darauf, „Annahme Traueranzeigen, *Schramm*, wie kann ich Ihnen weiterhelfen?

*Steffi* sagte ein zweites Mal ihr Sprüchlein auf, „*Brunner,* ich möchte gerne *Herrn Holzmeier* sprechen."

„Das tut mir leid, Frau *Brunner*, aber der ist heute nicht da. Kann ich Ihnen weiterhelfen?"

„Das ist nett, danke, aber ich möchte ihn gerne persönlich sprechen, etwas … familiäres, verstehen sie." Natürlich war *Steffi* geschult, wie man diskret an Informationen kommen konnte, ohne gleich direkt werden zu müssen.

„Wie gesagt er ist heute nicht da. Ich glaube auch die nächsten Tage nicht, tut mir leid Frau Brunner."

„Wann sollte ich es am besten wieder versuchen?" Ebenso war sie geschult, sich nicht so leicht abschütteln zu lassen.

„Das ist schwierig", meinte sein Kollege *Schramm*. Er hat nicht genau gesagt, wann er wieder kommt, weil er kurzfristig eine wichtige Angelegenheit klären muss."

„Ach, dann trotzdem vielen Dank. Ich versuch es nächsten Montag nochmal.

„Wie gesagt, ich kann Ihnen nichts versprechen."

*Rob* und *Sebastian* hatten mitgehört. Sie sahen sich nur an und dachten vermutlich dasselbe.

„Morgen fahren wir nach Freising, dann werden wir mal sehen, ob wenigstens ein Banker am Arbeitsplatz ist."

**-Mittwoch, 4.November-**

„Hey *Basti*, du bist ja schon ein richtiger Held geworden in der Arbeit, ich bin total stolz auf dich."

„Mama, woher willst du wissen, dass ich …

„Doch doch, eine Mutter kann das fühlen."

„Nimm mich nicht auf den Arm …" *Sebastian* nervten diese übertriebenen Lobreden am Frühstückstisch. Er wollte eigentlich nur ein Frühstück, über das Wetter vielleicht, und von seiner Band noch am liebsten, erzählen.

„Wirst schon sehen Basti, aus dir wird noch ein richtiger Eberhofer."

„Mama jetzt ist es gut, echt jetzt."

Das Verkehrschaos an diesem Morgen hatte eher wenig Mitleid mit *Sebastian* gehabt, ob er pünktlich in die Arbeit kommen sollte oder nicht. Dafür hatte sich das Schicksal aus unergründlichen Ursachen für einen Verkehrsunfall auf der Schanzlbrücke entschieden, der alle Fahrzeuge und den Stadtbus zum Stauen verdonnerte.

Warten, das ist was für die Harten. Selbst im Dienstzimmer wartete *Sebastian* nochmal - diesmal auf *Rob* - und grübelte in der Zwischenzeit immer noch darüber nach, wer der Maulwurf sein könnte, der seiner Mama interne Dinge aus dem Kommissariat zutrug. Die eigenartigen Geräusche aus der Teeküche beschäftigten ihn dafür nur am Rande. Er saß immer noch *steffi*-seelenallein an seinem Schreibtisch und hatte den Namen *Christian Holzmann* gegoogelt, bis er die Tür hörte, die in den Sozialraum mit Küche führte, und plötzlich stand *Rob* vor ihm, ein bisschen rot im Gesicht.

„Kommt *Steffi* heute nicht?"

*Sebastians* Frage erübrigte sich, weil sie kurz darauf im Zimmer stand, mit einem Berg von Ordnern unter dem Arm. Aber *Sebas-*

*tians* Blick war wieder einmal mehr von *Steffi`s* unterer Körperhälfte, und dort zielgenau von ihrem Rock gefangen, diesmal aus dunkelbraunem engem Leder.

Eine halbe Stunde später saßen sie im Dienst-BMW mit eingeschalteter Sitzheizung auf dem Weg nach Freising. Ich fahr die Strecke rauf und du zurück nach Passau, okay *Sebastian*?"

„Warum machen *wir* das, Chef? Weswegen übernehmen das nicht die Freisinger Kollegen?"

„Und warum, oder wie meinst du, dass ich meine ganzen Fälle ausnahmslos gelöst hab?"

Die Antwort konnte sich *Sebastian* selbstredend schenken. Sie hörten Radio, das Display zeigte „UnserRadio".

„Willst du was anderes hören, *Sebastian*?"

„Was versprichst du dir von diesem *Michael Schwarz*, Chef?"

„Kann ich dir noch nicht genau sagen. Wir müssen bei diesem Typ mit dem Graben beginnen, Kleiner, ganz tief graben. Wir brauchen ein Motiv. Ohne Motiv haben wir kaum eine Chance."

Er wird schon wissen, was er tut, dachte *Sebastian*.

Das Radioprogramm plätscherte immer noch ungehindert dahin. „Schon wieder Corona", beschwerte sich *Rob*. „Im CD-Wechsler sind ein paar CDs, vielleicht ist was dabei, schau mal nach." *Rob* murmelte leise vor sich hin. „Ich hoffe nur, dass ich nicht Recht habe. Falls doch, dann gibt es noch zwei Leute, die auf der Liste dieses Wahnsinnigen stehen."

„Du meinst die Nase und die Ohren?"

*Rob* kommentierte es nicht, er konzentrierte sich hinter dem Steuer auf den Verkehr der stark befahrenen A92.

*Sebastian* hatte sich für -the very best of the Eagles- entschieden und summte den ersten Song -take it easy- leise mit. Nach der Ausfahrt Landshut-West war die Autobahn endlich frei. Gut für die rund 250 BMW-PS, die die etwas eintönige Landschaft zwischen Landshut und Freising-Mitte im Affentempo vorbeirauschen ließen. Bei -Hotel California- stiegen sie in der Münchner Straße aus.

Am Schalter der Privatbank erkundigten sie sich nach Herrn *Michael Schwarz*.

„Haben Sie einen Termin vereinbart?"

*Rob* musste die Frage verneinen, aber auch er hatte reichlich Methoden, an seine gewünschten Gesprächspartner heranzukommen. „Tut mir leid, aber es ist dringend, etwas Familiäres."

„Ach so, einen Moment bitte, ich frage nach."

Das mit dem Familiären zog eigentlich immer. Es dauerte nicht großartig lange, bis sie von der Dame die Auskunft erhielten, dass *Herr Schwarz* noch in einem Produktmeeting war, aber in etwa 20 Minuten zur Verfügung stehen würde.

Aus den 20 Minuten waren gut 40 Minuten geworden, als *Michael Schwarz* sie banküblich mit Handschlag und coronaüblich mit Maske begrüßte. Die Übereinstimmung mit dem Foto vom Friedhof war trotz eingeschränkt sichtbarer Gesichtsfläche zweifelsfrei.

„Was kann ich für Sie tun, meine Herren."

„Es geht um *Harald Haas*." *Rob* entschied sich für die direkte Angriffs-Variante.

Die Bankeraugen blitzten kurz von links nach rechts. Wie sagten Sie gerade, Herr *Haas*?"

*Rob* dachte nur eines, falsche Reaktion. Er antwortete nicht, sondern ließ der Pause ihre spannungserzeugende Wirkung, bis *Michael Schwarz* selbst weitersprach.

„Ein Kunde?"

*Rob* zückte seinen Dienstausweis. „Nein, kein Kunde, aber wir haben guten Grund zu Annahme, dass Sie ihn kennen."

Wieder machte der Banker eine Pause und wiederholte den Namen, „*Haas, Haas, Harald.* Meinen Sie vielleicht *Harri*? Wissen Sie ich habe täglich mit so vielen Kundennamen zu tun. Manchmal hat man dann ein Blackout, wenn man direkt nach einem Namen gefragt wird."

„Er ist tot, das wissen Sie ja", konfrontierte ihn *Rob* weiter im kalkulierten Unterstellungsmodus."

Wieder folgte eine längere Pause, bis er ein knappes „Ja, der *Harri*", herausbrachte.

„Wie haben Sie erfahren, wann und wo die Beerdigung stattfindet, Herr *Schwarz*?"

Der gibt ihm echt Vollgas, dachte *Sebastian* als stiller Beobachter an *Rob`s* Flanke. Der Typ war so was von am Haken. *Sebastian* bewunderte den unausweichlichen Frontalangriff seinen Chefs.

*Michael Schwarz* klang nur wenige Sätze nach der Begrüßung nicht mehr wie ein selbstbewusster Banker, als er endlich herausrückte. „Wissen Sie, wir haben nur zusammen studiert, damals in Passau. Das ist aber alles schon ewig lange her, Herr *Holmes.* Klar, dass danach der Kontakt abgerissen ist, jeder ist seine Wege gegangen, das war`s."

„Aber warum sind sie dann auf seine Beerdigung gekommen?", zog *Rob* weiter an seiner Kriminal-Angelschnur.

„*Chris* hat mich angerufen, er hat *auch* mit mir und dem *Harri* studiert. *Chris* wohnt doch in Passau, …"

„*Chris* wer…?"

„Entschuldigung, *Chris Holz*… irgendwas, er ist sogar bei der Zeitung, bei den Traueranzeigen. Er hat mich angerufen und gefragt, ob wir zusammen auf die Beerdigung gehen, um der alten Zeiten willen."

„Was war mit den anderen Freunden?" *Rob* grub wirklich immer tiefer hinunter, bis in den Keller zu den versteckten Leichen.

„Wie gesagt, das ist alles eine Ewigkeit her. Wir haben damals in Passau studiert, aber danach hatten wir keinen Kontakt mehr, verstehen sie."

„Ich meine die anderen, die noch bei der Beerdigung dabei gewesen sind Herr *Schwarz*."

Wow, noch ein solcher Tiefschlag, dachte *Sebastian.*

Man konnte *Michael Schwarz* ansehen, dass seine grauen Gehirnzellen allmählich zu brodeln begannen.

*Rob* musste weiterstochern, damit seinem Gegenüber endlich die Namen aus dem Mund fielen, die er hören wollte. „Wer zum Beispiel von seinen früheren Freunden?"

*Schwarz* begann sichtlich zu schwitzen. „Wenn Sie Namen und Adressen …"

„Ja, genau das wäre ideal, *Herr Schwarz*", klang *Rob* unüberhörbar ironisch.

Es war zäh, aber immerhin spuckte *Michael Schwarz* zumindest zwei Vornamen aus. „Der *Franky* und der *Ben* halt." Dann war ziemlich Schluss mit seiner Auskunftsfreude. „Es war mal nett, die Jungs von früher wieder zu treffen, auch wenn es ein unglückseliger Anlass gewesen war, aber deswegen tauscht man auch nicht Telefonnummer und Adressen aus. Die Studentenzeit ist schon lange Vergangenheit, und mal ehrlich Herr *Holmes*, treffen sie sich nach zwanzig Jahren noch mit all ihren Leuten, die es damals in ihrem Bekanntenkreis gegeben hat?"

Okay, dieser Punkt ging an den Gegner.

„Das ist wie im Bankgeschäft," setzte Banker *Schwarz* noch obendrauf, „da muss man immer auf der Höhe der Zeit sein. Wenn man sich immer nur an dic alten Sachen erinnert, oder versucht die alten Seilschaften aufrecht zu erhalten, dann fällt man zurück."

„Okay, interessanter Vergleich *Herr Schwarz*."

Der Banker *Michel Schwarz* war wieder in seinen gedanklichen Bankgeheimnisbunker zurückgekrochen und hatte einen undurchdringlichen Stacheldraht voller Erinnerungslücken um sich gezogen.

*Rob* hinterließ seine Visitenkarte mit der üblichen Ansage, „falls Ihnen noch etwas dazu einfällt, rufen sie mich bitte an."

Begleitet von den letzten Takten des Gitarrensolos von -Hotel California- machten sie sich auf den Rückweg nach Passau. Das Erfolgserlebnis einer nahezu frei gewordenen A 92 und einem gezähmten PS-Monster gehörten allein *Sebastian* und seinem rechten Pedal-Fuß.

„Warum hast du ihn nicht gefragt, was er über *Tom Kaiser* wusste, Chef?"

„Der Typ war am Limit, der hätte kein Wort mehr gesagt, glaub mir. Wir haben großes Dusel gehabt, dass er überhaupt etwas erzählt hat. Das Ding heute war mehr Verhör als Befragung, ich hab nur darauf gewartet, dass er nach einem Anwalt winselt."

*Sebastian* musste unweigerlich grinsen.

„Und was ist dir bei der Verabschiedung aufgefallen?"

*Sebastian* brauchte nicht großartig nachzudenken. „Dass er uns sein Bankerhändchen nicht mehr geschüttelt hat. Aber nicht wegen Corona, sondern aus einem anderen Grund."

„Ich hab`s sogar mit eigenen Augen gesehen, Kleiner. Die Hand auf seiner Kunststoff-Schreibunterlage hat deutliche Feucht-Abdrücke hinterlassen. Meine Nase juckt sowas von … , diesen *Schwarz* sehen wir mindestens noch ein Mal. Vielleicht haben wir eine Spur, Kleiner."

Sie verfolgten das Gespräch über *Michael Schwarz*, nicht weiter. In *Sebastian`s* Gedanken stand ein völlig anderes Thema auf der Agenda seine Neugierigkeiten. Möglich dass ihm die geballten PS unter seinem Hintern ein Gefühl von Kompetenz vermittelte, um das anzusprechen, was ihn schon eine Weile beschäftigte.

„Die *Steffi* ist echt ein heißer Hase."

„Hey, was ist los, *Sebastian*, was willst du damit sagen?"

„Stimmt doch oder?"

„Aber nicht dein Jahrgang", erwiderte *Rob* fast vorwurfvoll.

„Meiner nicht …" meinte *Sebastian*.

Die Tatortmelodie auf *Rob`s* Handy unterbrach das möglicherweise peinlich werdende Frage-Antwort-Spiel zwischen *Sebastian* und seinem Chef *Robert Holmes*.

„Hier *Dr. Nabel*, Gerichtsmedizin. Wir haben den *Mario Müller* aufgeschnitten. Wieder dasselbe bei euren Passau-Leichen. Tödlicher Stich in den After, aber diesmal nicht gut getroffen, der muss also noch ziemlich lange bei sich gewesen sein, bis der endlich blutleer war. Ansonsten keine Hämatome und -bis auf die von einem Elektroschocker verursachten Verbrennungen-, keine anderen Verletzungen. Aber das kennen wir ja schon *Holmes.* Und die Finger," er seufzte nachdenklich, „da habt ihr nur neun Stück eingepackt, der linke Zeigefinger fehlt. Ansonsten, na ja wieder die gleiche Sauerei, jeder einzelne Finger wurde stümperhaft und metzgermäßig einfach abgetrennt, vermutlich mit einem Messer. Beim Todeszeitpunkt stimme ich dem Arzt zu, der den Totenschein ausgestellt hat. Noch was, *Holmes.* Seid etwas sparsamer mit den Leichen, wir haben auch noch andere Kundschaft."

„Dann muss ich wohl noch eine Vermisstenmeldung für den Finger machen *Nabel.*" *Rob* hatte aber noch eine andere Frage auf der Zunge. „Und das Ergebnis von seinen Schuhsohlen?"

„Das ist noch in der Forensik, aber mit dem bloßen Auge sind unter anderem kleine Kieselsteinchen zu erkennen.

*Sebastian* wartete noch immer auf die Gelegenheit, endlich das anzusprechen, was ihn in Sachen *Steffi* so brennend interessierte, aber *Rob`s* Handy läutete ein weiteres Mal. *Sebastian* wunderte sich umso mehr, dass *Rob* gerade diesen Anruf annahm. Warum hatte sein Ohrläppchen-Jucken nicht funktioniert?

„*Holms*, wo stecken Sie?" *Wolf* war nicht übertrieben begeistert, dass *Rob* trotz seines von ihm selbst geschilderten Personalnotstandes nicht die Landshuter Kollegen um Amtshilfe bei der Befragung in Freising gebeten hatte. Überhaupt war *Wolf`s* anfänglich milderer Umgangston der letzten beiden Tage ihm gegenüber, so gut wie aufgebraucht. „Was ist jetzt mit dem *Hackl*, *Holms*?"

*Robert Holmes* schenkte sich den Hinweis auf die richtige Aussprache seines Familiennamens. „Der ist krank." Dann ließ *Rob* eine gezielte Pause folgen ... „hallo, hallo ... ich habe fast keinen Empfang ..." und drückte auf die rote -Gespräch-beendet-Taste- seines Mobiltelefones.

Als die Tatort-Melodie ein drittes Mal ihr Stakkato abspielte, war *Steffi* am Handy. Ein Zeichen oder eine Warnung? Sie gab Bescheid, dass der Richter den Beschluss für die Konteneinsicht abgesegnet hatte und *Sebastian* verkniff sich daraufhin endgültig weiteres Fragen und hatte einfach -Freude am Fahren-, wie die klassische BMW-Werbung immer behauptete.

*Michael* war aufgeregt, als er die Zwieseler Nummer von *Frank* wählte, den er eigentlich *Franky* nannte. „Hallo *Franky*, bei mir ist heute die Polizei aufgekreuzt."

„Was, de Polizei? Mensch ..."

„Franky, die wissen nur, dass wir auf der Beerdigung von *Harri* waren und dass wir zusammen studiert haben. Keine Ahnung, wie sie das herausgefunden haben. Ich habe nichts gesagt, was dich oder den *Ben* betrifft, keine Familiennamen keine Adresse, keine Telefon Nummer.

„Mensch *Michael*, ich mag nix mehr davon wissen, wie oft muss ich des noch sagen. Ich will ned, dass des alles wieder von vorne los geht. Ich will endlich damit abschließen *Michael* hast g`hört.

„Hör zu *Franky*, das tun wir auch. Und darum komme ich auch nicht zur Beerdigung von *Tom*, und ich glaube es ist besser, wenn du auch nicht kommst, am besten keiner von uns."

Zuerst war *Frank* still. Aber dann fragte er, „weißt du was vom *Chris*?"

„Nein, der ist nicht erreichbar. Außerdem würde ich mich nur verdächtig machen, wenn ich ihn anrufen würde."

*Frank* ging nicht darauf ein. „Du hast Recht, ich komm auch ned zur Beerdigung."

„Ich habe eine neue Handynummer *Franky*, prepaid. Ich kann dir nur raten, dir auch eines zuzulegen, falls wir nochmal telefonieren müssten."

*Franky* sagte nur, „Also dann Servus", dann war der Zwieseler Telefonanschluss wieder stumm.

*Sebastian* war um eine Lektion erfahrener geworden. *Michael Schwarz*, das war also eine der Spuren, die von einer Beerdigung zum Motiv oder sogar zum Täter führen sollten. Jetzt wusste er, was sein Chef, *Robert Holmes* mit seinem schlauen Spruch über Tatorte und Beerdigungen gemeint hatte.

„Wir haben drei Opfer, die tot sind, zwei Kandidaten, die etwas wissen und einen Täter, den wir nicht kennen."

„Aber dieser *Schwarz* kommt nicht als Täter in Frage, Chef?"

„Nein, der hat nicht die Eier für einen Killer oder einen Serientäter und schon gar nicht für eine krankhafte Bestie, der seine Leichen … du weißt schon was. Aber dafür ist er einer der Kandidaten, der etwas weiß, was uns zum Motiv führt. Das steht für mich fest."

*Sebastian* nickte. „Ich bin auf den *Holzmeier* gespannt."

„Wir müssen ihn nur noch antreffen," merkte *Rob* an.

„Du kannst das *Opfer 3* vom Inn vom Memoryboard nehmen, *Sebastian*, es gibt nur drei Mordfälle, *Sebastian*", lautete *Rob*`s Anweisung, nachdem sie wieder im K1 zurück waren. Der weitere *Holzmeier*-Besuchs-Versuch im Anschluss an ihren aufschlussreichen Freising-Termin war ebenso erfolglos geblieben, wie der vorangegangene.

„Drei Mordfälle, alles klar Chef. Aber … was ist, wenn es heute noch regnet, Chef?"

„Spinnst du, Kleiner?" Der Nebel hat sich verzogen und es

hatte mindestens milde zehn Grad plus, exakt so wie die Wettervorhersage für heute. „Schau selber aus dem Fenster, von Regen weit und breit nichts zu sehen, Sonne pur.“

*Sebastian* blieb die Antwort schuldig und wühlte dafür planlos, aber auffällig in seiner Schreibtischschublade herum.

„Du hast doch nicht schon wieder so was Eigenartiges geträumt, oder?“

*Sebastian* versuchte -vergeblich- die Frage zu überhören.

„Also doch. „Komm“, drängte *Rob*, „erzähl schon!“

„Ist doch nur ein Traum, Chef.“

„Komm jetzt.“ *Rob* ließ nicht locker.

„Ja Chef, es hat geregnet, ganz heftig. Es hat praktisch nicht mehr aufgehört, die Straßen waren überschwemmt, die ganze Nibelungenstraße und das Wasser ist immer höher gestiegen, bis auch unser Büro überschwemmt war. Da ist sie geschwommen.“

„Wer?“

„Die Wasserleiche … der … *Hackl.*“

*Robert Holmes* schnaufte laut aus. „Mensch *Sebastian*, was mach ich nur mit dir und deinen verrückten Traumgeschichten? Vielleicht solltest du dir doch lieber den Wetterbericht im Radio anhören, statt deine Spotify-Playlist.“ *Rob* überlegte. „Pass auf *Sebastian*, ich gehe jede Wette mit dir ein, dass es heute nicht mehr regnet. Falls ich nicht Recht haben sollte, dann kannst du ab sofort *DU* zu mir sagen! Aber wenn ich gewinne, dann ersparst du mir ab sofort deine Traumgeschichten, Okay?“

„Deal“ antwortete *Sebastian* und reichte *Rob* seine rechte Hand.

**-Donnerstag 5. November-**

Es kommt erstens immer anders, und zweitens als man denkt. *Robert Holmes* mochte ein hervorragender Kommissar sein. Sein analytischer Instinkt galt allerdings nicht für Wetterprognosen, weshalb er am Donnerstagmorgen ziemlich im Regen stand, der kurz vor Mitternacht eingesetzt hatte, und zwar genau so, wie es *Sebastian* befürchtet hatte. Aber selbst so ein mächtiger Mann wie der amtierende US-Präsident stand im politischen Regen und vor einer unerwarteten Niederlage.

*Christian Holzmeier* war angespannt und nervös, sehr nervös. Niemals durfte diese Wahrheit ans Licht kommen, die schon so lange zurücklag. Warum ausgerechnet jetzt, nach so vielen Jahren? Nun war auch *Tom* tot und es lag auf der Hand, dass man ihn verdächtigen würde, nach dem Streit am Friedhof. Aber das war noch nicht alles. War es der Beginn eines neuen Rachefeldzuges, dass nun sogar der junge *Müller* sterben musste? Sollte es nie aufhören, und war er vielleicht selbst der Nächste in diesem mörderischen Spiel -Auge um Auge-? Dazu noch dieses auffressende Gefühl, verfolgt zu werden. Die beiden Männer im Anzug wollten ihm nicht mehr aus dem Kopf gehen. *Chris* war sich fast sicher, dass sie ihn am Friedhof bei der Beerdigung von *Harri* beobachtet hatten.

Das Einzige was für *Christian Holzmeier* feststand, er brauchte eine Auszeit. Er musste nachdenken und in erster Linie von der kritischen Bildfläche verschwinden. Sein Jahresurlaub war schon aufgebraucht, einen Arzt wollte er kurzfristig nicht aufsuchen. Urlaub im Vorgriff? Egal, kein Telefon, kein Kontakt, keine Anwesenheit und irgendwo untertauchen, wo man ihn nicht suchte und nicht kannte, bis er wusste, was zu tun war.

Man sagt lapidar Rache ist süß. Irrtum, Rache hat keinen Geschmack. Rache ist ein Gift, das der Hass produziert und den ganzen Körper befällt, bis alles Rationelle abgetötet ist. Es macht uns zu abstoßenden Bestien, die zu unglaublich grausamen Taten fähig sind. Am Ende sind wir nur noch ein Werkzeug unseres Hasses. Das schlimmste daran ist, Rache vergisst nie, egal wie lange es zurückliegt.

*Robert Holmes* gab es in der Größe des fairen Verlierers unumwunden zu: „Regen, *Sebastian* du hast gewonnen. *Rob* war bereits im Büro an diesem Morgen. „Langsam wirst du mir richtig unheimlich."

„Zufall", meinte *Sebastian* und machte kein weiteres großes Aufheben um seinen gewonnenen Deal.

*Rob* drehte sich wieder um und führte sein Selbstgespräch fort, das er für einen Moment unterbrochen hatte. „*Mario Müller*, *Mario Müller*, warum kein Friedhof, warum ein junger Mann, warum so stümperhaft?" Eigentlich *dachte Rob* die ganzen Worte, aber die Stimmbänder seines Kehlkopfes sprachen sie ungehindert aus, jeden einzelnen Buchstaben klar und deutlich … „Das passt nicht zusammen, ein Trittbrettfahrer? Nein, Quatsch, wie denn? Keine Details, die Presse hat nichts bekommen, wie soll ein anderer die Sauerei haargenau imitieren können, die gleiche Ausführung, die gleichen Tatwaffe? Oder ein Maulwurf? Scheiß, gefällt mir nicht, gefällt mir gar nicht. Zwei Täter? Zwei solche Irre? Verdammt alles wie ein Irrgarten!" *Rob* schnaufte ein paar Mal tief durch. „Sauerstoff *Sebastian*, ich brauche frische Luft, komm wir fahren in die Sechzehner Straße, der frühe Vogel fängt den Wurm, oder den ... du weißt was ich meine."

„Du denkst ein zweiter Täter, Chef?"

*Rob* nahm das *Du* nur kommentarlos zur Kenntnis. „Bevor ich weiterdenke, warte ich auf das Täterprofil vom LKA. Wir haben schließlich noch einen anderen Trumpf, das sind die Namen der beiden Männer von der Beerdigung. Darum müssen wir diesen *Christian Holzmeier* auftreiben und hoffen, dass der über ein besseres Namensgedächtnis verfügt wie unser Freund, der Banker."

Die Wahrscheinlichkeit, jemanden zu Hause anzutreffen, weil er frei hatte -gerade zu dieser Jahreszeit- war durchaus hoch, theoretisch.

„Vielleicht beim Einkaufen", meinte *Sebastian.*

Egal wie oft sie den Klingelknopf auch niederdrückten, sie warteten vergeblich darauf, dass die Haustüre in der Sechzehnerstraße geöffnet wurde, und das war bereits ihr dritter Anlauf.

*Rob* zog die Augenbrauen hoch. „Vielleicht Urlaub!"

„Geht doch nicht", wusste *Sebastian.*

„Hm, ich sag nur *Hackl* und Thailand."

„Aber der Briefkasten ist leer, Chef!"

„Und jetzt Herr Kriminalkommissaranwärter?"

„Plan B!"

*Robert Holmes* lächelte anerkennend, als *Sebastian* auch die anderen fünf Klingelknöpfe des Mehrfamilienhauses tatenhungrig durchklingelte. „Gut gedacht, doch keiner aufgemacht", stellte *Sebastian* nach zwei Minuten enttäuscht fest.

„Bist du jetzt plötzlich ein Dichter, Kleiner?"

„Sorry, hab nur laut über einen Songtitel nachgedacht, Chef."

„Warum dann nicht -tausendmal berührt, tausendmal ist nichts passiert-?"

Manchmal gibt es keine Antworten, dafür einen pflichtbewussten Hundebesitzer, der bei jedem Wetter seine obligatorische Gassirunde drehte.

„Warte", sagte *Rob*, „Plan C!"

*Rob* und *Sebastian* wollten gerade ins Auto steigen, als ein gut genährter Rauhhaardackel mit seinem grauhaarigen Herrchen auf den Eingang zuwackelte, an dem sie sich gerade den Klingelfinger wundgedrückt hatten.

„Entschuldigung, wir suchen Herrn *Holzmeier.* Können Sie uns sagen, wann der normalerweise zuhause ist oder wann sie ihn zum letzten Mal gesehen haben?"

Der Mann schüttelte den Kopf. „Ist das der mit der Katze?"

„Möglich, wohnt im Erdgeschoß und ist bei der Zeitung."

„Ach so, ich glaub schon, ähh ich glaub nicht, nein ich weiß nicht, aber den, den ich meine, den habe ihn schon länger nicht mehr gesehen. Tut mir leid."

„Gut, danke."

„Ist ihm was passiert?" wollte Herr *Rauhhaardackelbesitzer* noch wissen.

„Nein nein, kein Grund zur Sorge, wir wollten ihn nur sprechen, vielen Dank."

Alle guten Dinge sind drei, sagt der Volksmund. Trotzdem war Plan A, Plan B und Plan C kümmerlich gescheitert, mit einem bisher nicht bekannten *Christian Holzmeier* eine interessante Unterhaltung führen zu können.

„Dann Plan D!" sagte *Rob`s* ausschnaufend.

„Und der wäre?", fragte *Sebastian.*

*Rob* zwinkerte einmal mehr mit seinem rechten Auge. „Polizeistreife spazierenfahren lassen und beobachten, wann sein Autokennzeichen am Parkplatz auftaucht."

„Wann besuchen wir den *Obermüller*, Chef?"

„Bei Gelegenheit, der wird uns nicht viel erzählen können."

*Christian Holzmeier* stand mit dem Rücken zur Wand, einer Wand des Schweigens, die mindestens das Leben von sieben Menschen lang anhalten sollte. Doch nun bröckelte diese Wand mit *Harri, Tom, Ben, Frank, Michael, Günni*, und zwei von ihnen waren tot.

*Chris* saß gedankenleer in dem kleinen Ferienappartement in Bad Füssing herum, das ihm ein guter Bekannter aus der Vinothek vorübergehend zu Verfügung gestellt hatte. Nichts, was er tun konnte, um den Lauf der Dinge zu verhindern, außer unterzutauchen, nicht zu telefonieren und spätnachts den Briefkasten in der Sechzehnerstraße auszuleeren. Die Angst aber blieb, die Angst, dass der erste zu reden begann, und die Angst, dass er der Nächste sein könnte. Zahn um Zahn ….

*Steffi* telefonierte gerade, als *Rob* und *Sebastian* wieder zurückgekommen waren. „Für dich, Polizeihauptmeister *Langeder.*

*Robert Holmes* sagte nicht viel, seine ziemlich ernst werdenden Gesichtszüge sagten dafür nichts Gutes.

„*Steffi*, bring uns einen Eimer. Wir müssen gleich los."

*Sebastian* war neugierig geworden. „Wohin Chef?"

„Gütlbauerweg, der Eimer ist für dich."

Die aufnehmenden Polizeibeamten warteten auf die Kripo, die Spurensicherung, den Leichenwagen. Der Arzt hatte soeben den Tod festgestellt und sein Kreuzchen bei -nicht natürliche Todesursache- gemacht.

„Suizid! Die Lebensabschnittsgefährtin, blödes Wort finde ich, sie hat ihn gefunden, als sie um Zehn vom Einkaufen zurückgekommen ist. Er muss seit ca. zwei Stunden tot sein, also etwa gegen Neun, halb Zehn", erklärte der Polizist vor dem Badezimmer stehend.

Von der Diele aus konnte man nur den unmittelbar vor der Badewanne stehenden Rollstuhl erkennen, ein paar Schritte weiter dann das Opfer in einer nostalgischen gusseisernen Badewanne. Das Wasser war längst kalt, die Finger des Opfers waren wie die eines Spastikers noch um den Griff des Haarfönes verkrampft. Das Gesicht spiegelte überraschtes Entsetzen, obwohl das letzte Bad unter Strom seine höchstpersönliche und allerletzte Selbst-Entscheidung gewesen war. Alles in allem aber hatte *Rob* schon schlimmere Leichen gesehen, und *Sebastian* musste allmählich beginnen, sich mit dem makabren Angesicht des Todes anzufreunden, hier hatte er eine weitere Gelegenheit.

„Mit einer geerdeten Badewanne hätte das nicht funktioniert“, meinte *Rob*, als er *Sebastian* zu sich winkte?

Zwei aufgerissene Augen starrten ihn schockiert an, die geplatzten Äderchen im Augapfel fraßen dreiviertel vom Augenweiß auf. Sie erinnerten ihn an die Nahaufnahme einer schmerzentstellten Fratze aus der Szene eines Horrorstreifens. *Sebastian* war in diesem Moment klar geworden, zu welchen Zweck ihm *Rob* beim Hineingehen den Eimer in die Hand gedrückt hatte. Der Anblick einer Leiche, das Ergebnis das Gleiche. *Sebastian* ließ sich zwangsläufig sein komplettes Frühstück durch den Kopf in Richtung Eimer gehen. Den Rest der Leichenschau erledigte *Rob* mit der abgeklärten Routine eines Profis, in diesem Fall sogar mit dem kleinen Vorteil, dass die Leiche nicht mehr entkleidet werden musste und die Körperöffnungen bereits frei zugänglich waren.

„Du wirst es eines Tages lernen, Kleiner. Aber deine Wasserleiche und Starkregen … , tu mir einen Gefallen Kleiner und träum nichts mehr.“

*Michael Schwarz* war nicht weniger beunruhigt. Er hatte *Ben* angerufen und ihm ebenfalls vorgeschlagen, sich ein Prepaid-Handy zuzulegen. Auch ihm war klar geworden, dass dieser Kripomann aus Passau nochmal bei ihm auftauchen und unangenehme Fragen stellen würde. Andererseits, es gab nichts, rein gar nichts, was auf ihren geheimen Schwur oder auf *Septem* hindeuten würde, und auch nicht das, was damals im September 2002 passiert war. Aber *Chris* machte ihm echte Sorgen. Was war mit ihm? War es Zufall, dass *Tom* tot war, unmittelbar nachdem er sich mit *Chris* am Friedhof so in die Haare gekommen war, oder hatte *Chris* Panik bekommen und im Affekt Dummheiten gemacht? *Michael* war hin- und hergerissen.

*Sebastian* hatte sich fertig ausgekotzt „Sieht nicht aus wie ein Fall für uns, Kleiner.

„Warum bist du dir so sicher, Chef?"

„Die Gerichtsmedizin wird das bestätigen." *Rob* schien nachzudenken. „Das war Selbstmord, eindeutig. Das Opfer liegt mit der Unterhose im Wasser, bedeutet, er hat sich -vielleicht aus Scham- dieselbige selbst angezogen. Ein Täter würde ihn entweder ganz ausziehen, oder mit der Komplett-Bekleidung ins Wasser legen. Abgesehen davon, wie sollte ihn der Täter im Wasser festhalten und gleichzeitig den Fön ins Wasser werfen, ohne selbst zu Tode gestromt zu werden. Und dann ist da noch der Rollstuhl. Der steht exakt im rechten Winkel zur Badewanne, heißt, der hat sich da hineingehangelt. Mich würde es nicht wundern, wenn noch ein Abschiedsbrief auftauchen würde, oder wenn er in psychiatrischer Behandlung gewesen wäre."

„Vorgetäuschter Selbstmord, Chef?"

„Glaub mir und meiner Nase, *Sebastian*."

Sie taten das, was bei nicht natürlichen Todesfällen üblich war, sie sahen sich im Wohnbereich nach Auffälligkeiten um. Die einzige Auffälligkeit die sie feststellen konnten, war die hochwertige Einrichtung inklusiv einem ganzen Arsenal an Antiquitäten. Ansonsten deutete auch nichts in dem exklusiven Einfamilienhaus darauf hin, dass eine andere Person gewaltsam eingedrungen wäre, oder Spuren eines Raubdelikt erkennbar waren.

„Was ist mit dem Laptop, Chef?"

„Was willst du damit, Kleiner? Sag nur nicht, du hast noch weiters Zeug geträumt."

„Nein, Chef. Aber meine Mama hat mir mal erzählt, dass in einer ihrer Krimiserien der Abschiedsbrief auf dem Laptop gespeichert war."

„Junge, Junge, deine Mama und ihre Fantasie! Außerdem ist das Aufgabe der Spurensicherung, aber … wenn du deine Finger in die Einweghandschuhe steckst, kannst du ja einen kurzen Blick darauf werfen." *Rob* zwinkerte wieder, „du hast ja Übung."

Während sich *Sebastian* mit dem Laptop beschäftige unterhielt sich *Rob* mit der Lebensgefährtin.

„Verdammt *Holms*, wir haben bald mehr ermordete Leichen als Coronatote, es muss was geschehen, verstehen sie mich", brüllte es laut aus *Rob`s* Tatortmelodie-Handy.

„Das ist kein Mordfall, sondern ein Selbstmord."

„Das sind auf alle Fälle zu viele Leichen *Holms*. Tun sie endlich was, Mann. Wir haben fünf Leichen, haben Sie gehört *Holms*, fünf!" Typisch *Wolf*, er hörte nicht zu.

„Davon ein Unfall und ein Selbstmord, ergibt drei Morde, nicht fünf", versuchte *Rob* die Leichenzahl richtig zu stellen.

„Das ist mir egal, *Holms*. Für so eine kleine Stadt wie Passau sind das drei oder fünf zuviele Leichen, verstanden. Oder müssen wir eigens für Herrn Kriminalhauptkommissar einen Inzidenzwert für Mordfälle einführen?"

*Rob* konnte mindestens genauso zynisch sein. „Ich dachte, der Inzidenzwert ist Sache des Bürgermeisters."

Das Gespräch war beendet, wer zuerst den Hörer in die Station geknallt hatte, blieb offen.

*Kai Rudolph*, 48 Jahre, Rechtsanwalt mit eigener Kanzlei, geschieden, 1 Sohn. Auf den ersten Blick war das Motiv für seinen Suizid nicht eindeutig erkennbar gewesen. Der Sportunfall, der ihn mit zu jungen 40 Jahren in ein Leben mit dem Rollstuhl gezwungen hatte? Eine Ehefrau, die ihn ein paar Jahre später wegen einem neuen und gesunden Lover verlassen hatte, oder eine verdeckte Depression, die die häufigen Facharztbesuche erklären würde? So zumindest ein erstes Ergebnis aus *Rob`s* Befragung.

**-Freitag, 6. November-**

„Der Frankfurter hat angerufen.“
Tag 15 der Ermittlungen, und so, wie *Steffi* es sagte, konnte *Rob* die Antwort schon aus ihrer Stimme heraushören.
„Dann hat unser Frankfurter Würstl also niemand von unseren Fotos auf der Beerdigung gesehen oder erkannt?“
*Steffi* nickte nur mit dem Kopf und sagte das, was *Rob* dachte. „Falls der *Manzke* oder einer seiner Leute überhaupt auf dieser Beerdigung anwesend waren.“

Mehr Erfolg erhoffte sich *Rob* vom Einblick in die Vermögensverhältnisse bei der Bank von *Mario Müller.*
„Heute haben wir Bankgeschäfte auf dem Programm“, kündigte *Rob* an. Das wird interessant, weil dieses *Müllerchen* so gar nicht in das Muster der anderen beiden Opfer passt.“
„Also doch ein zweiter Täter, Chef.“
„Nein eben nicht, ich bin mir sowas von sicher, dass der Täter in allen drei Fällen ein und derselbe ist.“
*Sebastian* beließ es dabei. Tatsächlich konnten sie bei der Bank in Erfahrung bringen, dass *Mario Müller* sich durchaus das Auto leisten konnte und immerhin noch schlappe 10.000 Euro auf einem Tagesgeldkonto sein eigen waren.
„Wieviel waren es ursprünglich?“
Die Bankangestellte konnte nur die Bewegungen der letzten zehn Jahre zurückverfolgen. „Tut mir leid, die Umsatzdaten müssen nach 10 Jahren gelöscht werden, aber wenn Sie die monatlichen Verfügungen hochrechnen, haben Sie vielleicht einen Anhaltspunkt.“
Tatsächlich bewegten sich die monatlichen Ausgaben in einem relativ regelmäßigen Rahmen um die 2000 Euro.
*Sebastian* hatte längst eine Kopfrechnung angestellt, ohne dazu ein Handy benützen zu müssen. „Vor zehn Jahren, also rund 200.000 bis 250.000 Euro, nicht übel.“

„Vergiss die Zinsen nicht und die Zinseszinsen, die es damals noch gab, Kleiner," korrigierte *Rob Sebastians* Rechenergebnis. „Er ist erst mit 18 an den Speck gekommen, und die ganzen Jahre davor ist der Geldberg ersteinmal gewachsen, bevor er dann zusammengeschrumpft ist."

Vermutlich war *Sebastian* mit Zinsen und Zinseszinsen ein bisschen überfordert. „Ist nicht kriegsentscheidend, oder?"

*Rob* lächelte mild, „das war noch vor deiner Zeit, Kleiner."

„Und nun, Chef?"

„Nun, wissen wir, dass *Müllerchen* das Auto geleast hatte, im Hotel Mama wohnte, und von dem fetten Batzen Geld seines Vaters ein lockeres Leben leben konnte, zumindest bis noch vor einer Woche."

„Dann können wir ein finanzielles Motiv ausschließen, oder?"

„So ist es *Sebastian*, und dann sind wir bei den anderen beiden Opfern, bei denen Habgier als Motiv ebenso ausscheidet."

„Und was ist mit *Müller`s* Restbetrag?"

Die Bankangestellte klärte die beiden auf, dass keine besondere Verfügung für den Todesfall vorlag und deshalb die gesetzliche Erbfolge eintreten würde, es sei denn ein Testament, und so weiter.. Aber das mit dem gesetzlichen Erbe hatte *Sebastian* mittlerweile kapiert.

Als sie wieder im BMW mit ferngesteuerter Sitzheizung saßen diskutieren sie weiter.

„Aber die Mutter, Chef. Was ist, wenn sie mit dem Lebensstil und den eigenartigen Freunden ihres 29-jährigen Söhnchens überhaupt nicht mehr einverstanden war und…?"

„Nie und nimmer. Vergiss es *Sebastian*, du hast doch die zierliche Statur dieser Frau gesehen. Unser Täter ist definitv ein kräftiger Mann, und komm jetzt bitte nicht mit einem bezahlten Killer und so weiter und so weiter." Die Argumente waren überzeugend. „Pass auf *Sebastian*", erklärte *Rob,* wir haben unsere big Five, die Jungs von der Beerdigung. Einer davon am gleichen

Tag tot. Wenn wir diesen *Tom Kaiser* also abziehen, dann bleiben noch vier übrig. Einen kennen wir: *Michael Schwarz*, bleiben drei, bei einem wissen wir die Adresse: *Christian Holzmeier*, macht noch zwei, von denen wir zwei dazugehörige Vornamen haben: *Ben* und *Frank* oder *Franky*. So siehts aus."

„Und wer von denen denkst du, ist unser geheimnisvoller *Christian Holzmeier* auf den Fotos, Chef?"

„Wenn die Fotos besser wären, dann könnten wir sie mit dem gespeicherten Führerscheinfoto abgleichen, aber wir werden unseren Banker *Schwarz* beim nächsten Besuch fragen."

Auf dem Weg zurück in die Dienststelle grübelte *Sebastian* über etwas anderes nach, ohne auf das perfekt klingende Sound-Entertainment des BMWs zu achten. Auch die Digitalanzeige im Display fiel ihm nicht auf, die gerade einen Song von Marius Müller-Westernhagen ankündigte. Erst als *Rob* den Lautstärkebutton am Lenkrad nach oben skippte, wunderte er sich. Und plötzlich stimme *Rob* unbarmherzig in den Song ein, der mit dem Gefühl eines ermittelnden Hauptkriminalkommissar und dem augenblicklichen Stand der Ermittlungen so absolut nicht übereinstimmen wollte. „Es geht mir gut, es geht mir gut. Ich hab früher auch mal in einer Band gespielt."

„Aha, warum hast du aufgehört."

Statt zu antworten, sang *Rob* bis zum letzten Ton weiter „Mach dir keine Sorgen, es wird schon weitergehn.", Wort für Wort „Es geht mir gut …"

„Ich hab keinen Abschiedsbrief auf dem PC gefunden, Chef."

„Hätte mich auch gewundert."

„Aber dafür etwas anderes. Mir ist eine Datei aufgefallen, in der er alle seine Fälle, abgespeichert hat.

„Was ist daran auffällig?"

„Marius Müller-Westernhagen …"

„Ist dir nicht gut, muss ich mir Sorgen machen, Kleiner?"

„Vielleicht hat es überhaupt nichts zu bedeuten?"

„Was?“

„Marius Müller, und *Mario Müller*, fällt dir nichts auf?

„Spuck`s endlich aus, bevor es Weihnachten wird“, forderte ihn *Rob* auf.

„Ich bin nur bis zum M gekommen, dann warst du mit der Befragung der *Kai-Rudolph*-Lady fertig.“

*Rob* konnte ihm keinen einzigen Buchstaben weit folgen.

„Und welcher Name meinst du, war der letzte, den ich gelesen habe, Chef?“

„Du willst mir jetzt nicht den Marius Müller-Wes …“

„Nein, natürlich nicht“, würgte er *Rob* fast barsch ab. „Aber dafür einen *Paul Müller*. Der Westernhagen war nur so was wie eine Gedankenstütze für *Mario Müller*.

*Rob* brauchte einen Moment um ihm zu folgen. „Was heißt da Gedankenstütze, *Sebastian*. Das sind Gedankensprünge wie vom Ameisenzählen bis zur Exhumierung eines Neandertalers.“

*Rob* wurde mit einem Moment still, als ob kleine unsichtbare Blitze zwischen Groß- und Kleinhirn hin- und herzucken würden. „Entschuldige *Sebastian*. Auch auf die reelle Möglichkeit hin, dass es tausend *Paul Müllers* gibt, aber … falls das wirklich *unser Paul Müller* ist, dann hast du gerade etwas sensationelles herausgefunden.

Die Presse hatte die Hintergründe und die möglichen Verstrickungen zum Glück noch nicht auf dem Radar. Sie hatte noch brav stillgehalten und den äußerst brutalen Vorgängen lediglich ein paar einspaltige sachliche Beiträge ohne jegliche Mutmaßungen gewidmet. Aber das konnte sich ganz schnell ändern. *Wolf* hatte bereits Erfahrung mit der neuen Journalistin gemacht, die ihre Vorgängerin, die *kein-H-Teresa* abgelöst hatte. Er wusste ziemlich genau, dass sich die Schlagzeilen zuungunsten der Ermittlungen überschlagen würden, sobald diese engagierte *Sandra Bergmann* nur eines der unter Verschluss gehaltenen Details in die

Hände bekommen würde. Der Respekt vor der Macht der Medien und der Presse war durchaus gerechtfertigt, wie man in diesem pandemiegeprägten Zeiten mit einem massiven Überangebot an Negativnachrichten allerdeutlichst erleben konnte.

*Sebastians* Fleißarbeit am Restfreitag bestand darin, nochmal die Fotos durchzusehen, die er auf der Beerdigung gemacht hatte. „Einer von den drei Typen muss also unser *Christian Holzmeier* sein." Er deutete auf die Vierer-Männergruppe am Grab und hatte das bereits bekannt Gesicht von *Michael Schwarz* gedanklich ausgeklammert.

*Rob* schaute *Sebastian* über die Schulter, „und der Typ, der so abseits vom Grab steht, dass ist dieser *Tom Kaiser*. Nicht sofort zu erkennen, aber dann doch relativ eindeutig. Stop, jetzt fällt mir noch etwas anderes auf!"

„Und das wäre?", fragte *Sebastian* neugierig nach.

„Wenn das nicht mehr als verdächtig ist", kündigte *Rob* geheimnisvoll seine Feststellung an. „Dieser *Tom* ist der gewesen, der da so ziemlich abseits von seinen sogenannten Freunden stand, und drei Stunden später war der tot, das stinkt doch."

*Steffi* kam mit einer Portion Kaffee Schwarz aus der Kaffeeküche, einen für *Rob* und einen für *Sebastian*. „Ich habe einen Artikel im Archiv der Presse gefunden. Ein 18-jähriger ist im Frühsommer 2013 von einem dieser Partyboote in Engelhartszell in die Donau gefallen und ertrunken. Vielleicht hat das irgendwas mit unserer Mordserie zu tun, Chef."

Der Fall wurde zunehmend komplexer, die Verstrickungen undurchsichtiger, dafür die Leichen immer mehr. Bei den Spuren und Hinweisen dagegen kamen sie nur millimeterweit voran. *Sebastian* war einmal mehr heilfroh, dass sein freies Wochenende bevorstand, selbst wenn die Freizeit-Möglichkeiten und vor allem die Kneipen zwangsweise dicht machen mussten.

*Steffi* hatte noch eine andere mitteilenswerte Information. „Am Monat ist der *Hackl* wieder da“, verkündete sie als Wochenendverabschiedung. Weder *Rob* noch *Sebastian* wussten, ob das eine freudige Ankündigung oder eher eine Art Schlechtwetterbericht für das Büroklima der kommenden Woche sein sollte.

Dass auch *Christian Holzmeier* sein Wochenende nicht in vollen Zügen genießen konnte, lag allerdings nicht an den angeordneten Ausgangsbeschränkungen, sondern hatte ganz andere Gründe.

Der Fuchs blieb in seinem Bau versteckt. Die Nachrichten und die Zeitung brachten wenig Details zu den Mordfällen. *Chris* wusste nicht, wie er das deuten sollte. Er konnte momentan nicht zurück nach Passau, wo man ihn früher oder später befragen würde. Ebenso hatte er keine Ahnung, was oder wer von den anderen etwas preisgegeben hatte. Er kam sich vor wie in einem viel zu engen Zwangskorsett aus Angst, Enttäuschung und Verrat. Die Gefahr, dass ihm jemand in den Rücken fallen würde, beherrschte sein Denken und Handeln. Wie konnte das alles nur so brüchig werden, ihr feierlicher *Septem*-Schwur, ihr Zusammenhalt, der seit 20 Jahren nie in Frage stand. Er hatte keine Erklärung dafür. Sie konnten *Andi* nicht einfach vergessen haben. Einen netten Kerl wie ihn, so jung, so unschuldig, und dann plötzlich tot und aus. Ein Unfall, keine Chance, der Tod auf der Straße. Das war so unglaublich, einfach schreiend ungerecht. *Andi* könnte noch leben. Ein junger 20jähriger Mann, ein komplettes Leben vor sich, und dann dieser Verkehrsunfall an einem Maidultsonntag.

Am Samstag las er die Todesanzeige von einem Rechtsanwalt namens *Kai Rudolph*. Er musste nur kurz nachdenken, doch dann war der Name wieder parat. Noch ein weiterer Toter aus dem Umfeld. Dieser verdammte Rechtsanwalt, er hatte es damals tatsächlich erreicht, dass niemand zu Verantwortung gezogen wurde.

Weder *Rob* noch *Sebastian* oder alle anderen, die an den Ermittlungen damals wie jetzt gerade beteiligt waren, noch irgendein Aussenstehender, der diesen *Andi* gekannt hatte, konnte zu diesem Zeitpunkt eine Vorstellung über die tatsächlichen Geschehnisse von damals haben, die niemals das Licht der Nachwelt erblicken sollten.

**-Montag 9. November-**

Ein verletzter *Hackl*, ein nachdenklicher *Rob Holmes*, eine *Steffi* in Hose und hochgeschlossener Bluse, die -wie so häufig- ein Telefonat führte. *Monday, Monday, so good to me* … dachte *Sebastian* bei sich, als er ins Dienstbüro kam und die drei so wie ein Stillleben vorfand. Nein, nicht ganz, *Steffi* bewegte ihre Lippen. „…ist krankgeschrieben? Wie lange? Gut vielen Dank und noch einen schönen Tag."

*Rob* und *Sebastian* blickten zu *Steffi* und dachten beide das gleiche. *Hackl* dagegen saß im Stuhl gelummelt und beschäftigt tuend vor dem PC. Unüberhörbar hämmerte er grobschlächtig auf die Tastatur ein, wie auf eine alte mechanische Adler-Schreibmaschine, die für seinen motorischen Wutabbau herhalten musste.

„Wie lange ist der *Holzmeier* krankgeschrieben?"

„Zwei Wochen, Chef."

„Das geht momentan ziemlich easy. Du kannst dich wegen fuck Corona jederzeit …", meldete sich *Hackl* ungefragt zu Wort.

Drei Stimmen unterbrachen ihn synchron, „Fünf Euro!“
*Hackl* überhörte es und streifte stattdessen demonstrativ den Hemdsärmel am rechten Unterarm nach oben, um auf seinen bis zum Ellbogen einbandagierten Arm samt Handgelenk aufmerksam zu machen.

„Damit macht sich dieser *Christian Holzmeier* immer verdächtiger“, meinte *Sebastian* und war neugierig, ob die Polizeistreife am Wochenende in der Sechzehnerstraße Erfolg gehabt hatte. „Haben sie ihn angetroffen?“

*Rob* schüttelte nur den Kopf.

*Hackl,* zweiter Versuch. Wieder fühlte er sich geradeheraus berufen, eine sarkastische Bemerkung beizutragen. „Ich dachte, ihr habt euren Täter so gut wie in der Tasche. Zumindest hat sich das in eurer Live-Show bei *Wolf* so angehört.“

*Rob* ging nicht darauf ein und wollte nur wissen, wie es mit seinem verletzten Arm aussah.

„Ziemlich tiefer Schnitt, nicht ungefährlich, nah an den Sehnen, das Handgelenk und hier am Unterarm, schmerzhafte Sache, Leute.“

Am liebsten hätte *Rob* nicht weniger sarkastisch geantwortet: „Selber schuld, wenn man vor lauter Wut das Kaffeegeschirr zertrümmert“, aber er konnte es sich verkneifen, es gab wichtigers. „Was anderes *Hackl.* Du bist doch ein Durch-und-Durch-Passauer?“

„Ja, das dachte ich auch immer, als ich mich für die Nachfolge als Kriminalhauptkommissar im K1 beworben habe…“

„Jetzt lass mal gut sein“, schnitt ihm *Rob* das Wort ab. Erzähl mir lieber, was du über eine Rechtsanwaltskanzlei *Kai Rudolph* in Passau weißt?“

*Hackl* gab sich zuerst reserviert, überlegte einen theatralisch in Szene gesetzten Moment, „*Rudolph*? Den, der am Samstag …?“ Dann endlich gab er sich einen Ruck, mit seinem ortskundigen Insiderwissen herauszurücken. „Ach der? So ein Schickimicki-Anwalt. Einer für die Leute, die ausreichend Money gehabt haben.“ *Hackl* war warmgelaufen und seine alten Erinnerungen sprudelten förmlich aus ihm heraus. „Dieser Wichtigtuer war sich zu schade für den Hacklberger Biergarten oder den Andorfer. Der ist nur in den feinsten Sterne-Restaurants im Landkreis verkehrt. Der Typ konnte sich das leisten, hat damals eine Menge Prozesse gewonnen. Aber dann ein schwerer Unfall, ich glaub mit dem Rennrad, danach lange Krankenhaus, Reha und der ganze Bullshit. Anschließend hat er nicht mehr groß von sich Reden gemacht, war nur noch backstage und hat kleine Brötchen gebacken.“

„Gut, *Hackl*, dann klemm dich mal hinter seine Biografie, ob er Leute vertreten hat, die mit unserem Fall zu tun haben, zum Beispiel den Vater von unseren *Mario Müller*. Ich will wissen, was genau nach seinem Rad-Unfall passiert ist und was der so in den Jahren 1999 bis 2005 gemacht hat, und so weiter, und so weiter …“

„Kann das nicht …“

„Und ob er in Passau studiert hat, wenn ja, in welchem Zeitraum genau?“

„… der *Kopfinger*, oder der *Vierhammer* …“, versuchte *Hackl* die nach echter Arbeit aussehende Recherche abzuwenden.

„Mensch *Hackl*, das ist dein Job, klar. Und falls es dich interessiert, die beiden sind immer noch krank, also mach einfach.“ *Rob* ersparte sich das „Bitte“ und *Hackl* entfernte sich in der Haltung eines Hundes mit eingezogenem Schwanz erstmal Richtung Toilette.

„Du hättest ihn noch wegen der Sache mit dem tödlichen Unfall vom Partyboot fragen können,“ meinte *Sebastian* zu *Rob*.

*Rob`s* Gedanken waren mit etwas anderem beschäftigt. „*Steffi*, ich brauche von der Uni alle zwischen 1999 und 2005 eingeschriebenen Studenten mit dem Vornamen *Ben* oder *Benjamin* und *Frank*, am besten sortiert nach Alter und damaliger Passauer Anschrift.“

„Ok Chef, kein Problem.“

Zwei Fliegen mit einer Klappe. Die erste Fliege war *Hackls* angepisste Visage, die sie sich ersparen konnten, die zweite Fliege war *Michael Schwarz*, -seines Zeichens gut beschäftigter Banker-. Statt angespannter Büroatmosphäre durfte *Sebastian* den BMW nach Freising kutschieren, wo sie ein zweites Mal in einer Warteschleife auf den terminplangefütterten Banker warteten.

*Michael Schwarz* kam ihnen ein Stück souveräner vor, als beim letzten Besuch. „Guten Tag, die Herren. Was gibt es Neues?"

*Rob* entgegnete keinen Deut weniger souverän: „genau das wollte ich von Ihnen wissen Herr *Schwarz*."

Nur eine winzige Unsicherheit, aber dann sprang sofort wieder der professionelle Bankerton aus seinem Mund. „Tut mir leid, ich bin heute komplett verplant. Es wäre schön, wenn wir es kurz machen könnten, oder einen Termin vereinbaren."

„Sehr gerne Herr *Schwarz*, wir brauchen nur die Namen von *Ben* und *Frank* oder *Franky*, das ist alles."

*Schwarz* war dabei abzuwinken, aber *Rob* war noch schneller damit, ein Foto aus der Innentasche seiner Jacke zu zaubern und es drohend wie einen Giftpfeil in seine Richtung zu halten. „Vielleicht können Sie sich besser erinnern, wenn sie sich das hier ansehen."

*Schwarz* wich aus, „darf ich den Herren einen Kaffee anbieten?"

*Rob* musterte ihn. „Warum nicht!"

Viel zu plump und zu durchsichtig von Michael *Schwarz*, dem es nicht einmal im Ansatz gelang, die Veränderung seiner Gesichtsfarbe ins Hellbleiche zu verbergen. Und *Rob* schubste ihn noch weiter in die gefährlich werdende Ecke.

„Wir können auch gemeinsam die Liste der Studenten durchgehen, die mit Ihnen gleichzeitig in Passau … „

„Hören Sie Herr *Holmes*, ich bin heute wirklich…"

„Oder …" -der nächste Schubs- „wir können Sie gerne nach Passau auf einen Kaffee in die Polizeiinspektion …."

Jetzt war der Banker endgültig in der unentweichbaren Ecke, in der ihn *Robert Holmes* haben wollte. „Warum fragen Sie das nicht den *Christian Holzmeier*?"

Siehe da, dachte *Rob*, sein Namensgedächtnis war zumindest bei dem Namen *Holzmeier* wieder zurückgekehrt.

„Das haben wir schon!" Der nächste gemeine Griff aus *Rob`s* Trickkiste genügte… „Wir würden nur ganz gerne wissen, ob uns Herr *Holzmeier* die Wahrheit gesagt hat."

… und der Banker packte zwei vollständige Namen aus seinem Gedankentresor. Längst hatte *Schwarz* sein Kaffeeangebot und seine Termine vergessen. Seinen Kopf aus dieser Schlinge zu ziehen, hatte absoluten Vorrang, verständlicherweise.

*Sebastian* bediente sich wirklich nicht gerne der Krimihelden seiner Mama, aber in diesem Fall musste er tatsächlich an Peter Falk in seiner Rolle als Columbo denken.

„*Ben, Ben, Ben Gruber, Grubmann* … ich glaube *Grubinger* oder *Grubmann.*"

„Geht doch und dieser *Frank*, oder *Franky*?"

Die Verlegenheit von *Michael Schwarz* war an der übergangslosen Grenze zur Totalblamage angelangt. „*Bierhaber*, nein … Entschuldigung *Bierhuber.*"

„So siehts also aus! „Und die Adresse?"

„Sorry, da muss ich wirklich passen, meine Herren."

*Rob* und *Sebastian* sahen sich an. „Gut, dann noch eine letzte Frage Herr *Schwarz*. „Was sagt Ihnen der Name *Mario Müller* und der Name *Kai Rudolph*?"

Diesmal hatte *Schwarz* keine Lügenstimme, es klang sogar verdächtig ehrlich. „Meinen Sie diesen Marius Müller-West … und diesen Rudolf Kunze oder so ähnlich?

Jetzt war es *Sebastian* der schmunzeln musste.

*Rob* beließ es bei den musikalischen Namens-Defiziten des Bankers und betrachtete das zehnminütige Interview auch ohne Kaffee als beendet. Die Bank-Bilanz war trotzdem zu ihren Gunsten ausgefallen.

„Schade, Kaffee wäre nicht übel gewesen", meinte *Rob.*
„Findest du?", fragte *Sebastian* überrascht. „Aber Weißwürste hätten besser zu seiner Gesichtsfarbe gepasst."

Etwas war anders geworden, als die beiden wieder im Dienstwagen saßen. Der Instinkt des Bluthundes in *Robert Holmes* war erwacht, er hatte eine Spur aufgenommen.
„*Sebastian*, frag mal bei *Steffi* nach, ob ihr Singvogel von der Uni schon ein Lied mit möglichst vielen Namen gesungen hat." Auf der Rückfahrt nach Passau war es *Rob*, der entspannt am Steuer saß und seine Freude am Fahren auskostete.
„Tut mir leid *Sebastian*", hörten sie *Steffi`s* Stimme über die Freisprechanlage, „das wir wohl noch dauern …"
„aber nicht, wenn du nach *Ben Gruber* oder *Grubinger* und *Frank Bierhammer* fragst", wandte *Rob* auffällig gut gelaunt ein.
„Okay, Chef. Ach ja, der *Hackl* ist wieder zum Arzt."
*Rob* schien das wenig zu interessieren. In seinem Kriminalgehirn ratterte schon die ganze Zeit ein anderer Gedankengang. Warum nur hatte sich *Michael Schwarz* so sehr gewehrt, mit den beiden Namen herauszurücken? Diese Frage beschäftigte *Rob* schon nach dem ersten Gespräch mit dem Banker.
„Sag mal *Sebastian*, hast du in deinem Studium etwas über Brüderschaften gehört?"
„Wie, eine neue Band?"
„Oh Mann, du hast wirklich nur deine Musik im Kopf. Das was ich gemeint habe ist so etwas wie ein Geheimbund, verstehst du? Da tun sich Kerle zusammen und schwören auf alles was ihnen heilig ist, und so weiter und so weiter."
„Du meinst so was wie einen Stammtisch."
„Doofmann! … Sorry, entschuldige!"
*Rob* war wieder in schweigend in seine Nachdenkwelt eingetaucht. Erst als sie die Ausfahrt Deggendorf erreichten, riss ihn die Tatortmelodie aus seinen Gedanken.
„Chef, Volltreffer!" *Steffi* hatte gute Nachrichten. „Die beiden

haben in der fraglichen Zeit in Passau studiert und beide haben in der Innstadt gewohnt. Ich habe auch die aktuellen Adressen. Dieser *Frank* ist Lehrer, hat scheinbar später noch weiterstudiert oder umgesattelt. Jetzt wohnt er in Zwiesel und der andere, dieser *Ben Grubinger*, da könntet ihr gleich nochmal umkehren, der wohnt in München Puchheim und ist Controller bei BMW."

„Zu spät, wir sind schon in Deggendorf, aber gib mir die Zwieseler Adresse, das erledigen wir gleich und frag den *Hackl* mal, was er von der Sache mit dem Bootsunfall 2013 ..."

„Chef, der ist nicht da, aber dafür seine neue Krankmeldung."

„Danke *Steffi*!", mehr sagte *Rob* nicht.

Es schien nicht so, als ob *Frank* Bierhammer von *Robs* und *Sebastians* Besuch besonders überrascht gewesen war. Seelenruhig begrüßte er das Ermittlerduo *Holmes* und *Raitmaier* in seinem Zwieseler Stadtrand-Wohnhaus.

„Sie ham Glück, ich bin grad nach Hause gekommen und die Haushälterin ist am Montag auch net da."

„Auf alle Fälle mehr Glück wie *Harald Haas*", eröffnete *Rob* die Begrüßung mit einer zynischen Spitze.

„Sie kommen wegen dem *Harri*? Wirklich tragisch, gell?"

*Rob* brauchte kein promovierter Psychoanalytiker zu sein, um zu erkennen, dass *Franky* auf ihren Besuch vorbereitet war. „Sie waren zusammen mit *Michael Schwarz*, *Ben Grubinger*, dem *Christian Holzmann* und dem *Tom Kaiser* auf der Beerdigung von *Harald Haas*?"

„Klar, warum denn nicht? Ist des neuerdings verbotn?"

„Warum, wie kommen Sie darauf?"

„Entschuldigung, ich versteh net was Sie meinen, oder was sie genau wolln."

Natürlich testete *Rob* den Kameraden auf seine Standhaftigkeit.

„Na ja, die Beerdigung ist die eine Sache Herr *Bierhuber*, aber das mit dem *Tom Kaiser* war ziemlich merkwürdig."

„Was soll ich dazu sagn, auf die Beerdigung vom *Tom* bin ich dann lieber nicht gegangen."

„Gibt es einen Grund, Angst zu haben, Herr *Bierhuber*?"

„Keine Ahnung, aber sicher ist halt sicher."

„Aber sie können uns sicher etwas über die Herren erzählen?"

„Mein Gott, da gibt`s net viel. Das waren halt alte Studienkollegen, mehr net."

„Was denken Sie über den Tod von *Harald Haas*?"

„Ich bin kein Kriminaler, und ich hab den *Harri* schon ewig lange nimmer g`sehn. Weiss Gott, was da alles in den letzten Jahren in seim Lebn passiert ist. Er war damals ein etwas zurückhaltender junger Mann, aber zuverlässig und pflichtbewusst, ja genau so würd ich ihn beschreibn Herr … wie sagten Sie?" „*Holmes*, *Robert Holmes*", half ihm *Rob* aus der Namenslücke. „Also sie wollen damit sagen, dass sie keinen Kontakt hatten

„Ja, genau."

„Falls wir einen Gerichts-Beschluss hätten, ihr Telefonprotokoll zu überprüfen, würde es dasselbe aussagen?"

Er schien kurz zu überlegen. „Ja, schon."

„Und was ist mit den anderen?"

Die unruhig werdenden Hände verrieten, dass seine Nervosität langsam zunahm. „So genau kann ich des net sagn."

„Dann hatten Sie also mit den anderen Kontakt?"

Wieder wartete *Frank* ab, während Bluthund *Rob* vor der nächsten Falle darauf hoffte, dass er sich eventuell selbst in seine Aussagen verstricken würde. „Was denken Sie hat *Christian Holzmeier* darüber gesagt?"

Die Falle schnappte tatsächlich zu. „Sie haben *Chris* erreicht?"

„Warum sollten wir ihn nicht erreichen, er wohnt ja in Passau."

„Ich ähm… na ja, er war, Entschuldigung, er ist halt viel unterwegs und häufig net zu Hause."

„Dann kennen Sie ihn also doch ganz gut, oder?"

So blind und so schnell konnte einer in die Falle laufen. „Trara" klingelte es in *Rob`s* Kopf. Für diese Ausredennummer hatte der gute *Franky* keinen Hinterausgang. Er rückte endlich heraus, dass sie nicht immer einen sehr guten Draht hatten, dass *Chris* manchmal sehr aufbrausend sein konnte und manchmal eine Neigung hatte zu übertreiben. Als junge Studenten haben sie -wie alle anderen auch- allerlei Dummheiten gemacht und man hat in der Clique zusammengehalten."

„Was ist aus dieser Clique geworden?"

„Des übliche Herr *Holmes.* Studium zu Ende, die Wege habn sich getrennt. Nein warten Sie, *Chris* hat no vor dem Master sein Studium abgebrochn und ich hab noch ein Lehramts-Studium drang`hängt, weil es zu viele BWLer gegeben hat."

„Was sagt Ihnen der Name *Mario Müller*?"

„Wer soll des sein, ein Schauspieler?"

„Okay und ein Rechtsanwalt mit dem Namen *Kai Rudolph*?"

„Hat der auch mit uns studiert?"

Aha, *Franky* hatte sich wieder gefangen, dachte *Rob.* Er wusste, dass es Zeit war, die Befragung zu Ende zu bringen. „Meine Karte, falls Ihnen noch etwas einfällt, was uns helfen kann.

In der Tiefgarage der PI Passau war Dienstschluss nach einem langen Montag und 16 Ermittlungstagen.

„Echt jetzt, Chef, bist du wirklich ein Fan von Marius Müller-Westernhagen?"

„Warum nicht, *Sebastian*? Aber ansonsten schon eher die Rock-Legenden wie *Pink Floyd* und *Led Zeppelin.*"

*Sebastian* blickte noch kurz zum klaren Himmel hinauf. „Zum Glück sieht es heute Abend nicht nach Regen aus."

**-Dienstag 10. November-**

„Der Banker hätte uns wenigstens einen Aktientipp geben können. Biotech wäre nicht schlecht gewesen, die bringen diesen Impfstoff, und dann geht der Kurs durch die Decke."

*Rob* war allerdings anderer Meinung. „Es genügt mir schon, wenn *Wolf an* die Decke geht.

Die drei Namen der Mordopfer standen noch immer wie eingemeißelt nebeneinander auf dem Memoryboard, *Harald Haas, Thomas Kaiser, Mario Müller.* Darunter hässliche Tatort-Fundort-Fotos, Skizzen, Zettelchen.

„Und was ist mit unserem Banker, *Rob*?"

„Nein, kein Täter. Der versteckt zwar irgendwas, aber dem fehlt das Psycho-Killer-Gen, genauso wie unserem Zwiesler Finken, ähm … diesem *Frank* natürlich."

Am rechten Rand des Memoryboards stand ein großes Fragezeichen, Täter? Darunter: *männlich* mit einem Haken dahinter, *vermutlich kräftiger Körperbau*, ebenfalls mit Haken, *Alter, Beruf, Wohnort, mögliches Insiderwissen, Motiv*, wieder mit Fragezeichen.

„Könnte dieser *Ben* unser Mann sein, Chef?"

„*Michael Schwarz, Frank Bierhammer, Ben Grubinger* … alle von auswärts. Bei den momentanen Ausgangssperren kann ich mir nicht vorstellen, dass sie das Risiko eingegangen wären, mit einem auswärtigen Kennzeichen nachts in Passau herum- und dann zurückzufahren", meinte *Rob.*

„Also dann ein Passauer Täter?"

„So siehts im Augenblick aus."

„Dann ist der *Holzmeier* unsere Nummer eins?

„Nur ein möglicher Verdächtiger, nicht mehr. Aber für eine offizielle Fahndung reicht das nicht aus, da zeigt uns der Staatsanwalt den Stinkefinger."

Im K1 wurde eifrig gearbeitet und noch mehr Kaffee Schwarz verbraucht, nicht unbedingt zum Missfallen von *Rob.* Es schien ihm alles andere als unangenehm zu sein, dass *Steffi* Tasse für Tasse neben seiner rechten Hand platzierte und sich dazu -natürlich völlig zufällig- mit ihrer linken Hand kurz auf seiner Schulter abstütze. *Sebastian* ignorierte dieses Geplänkel, viel zu sehr war er darauf fixiert, in der Vita von *Kai Rudolph* zu recherchieren. Sogar der gewagte Schlitz in *Steffis Rock*, entging seiner Aufmerksamkeit.

*Sebastian* machte seine Sache gut. Deutlich besser, als *Hackl* es je hinbekommen hätte. „Chef, unser *Müller-Väterchen* steht leider nicht auf der Mandantenliste von *Kai Rudolph*. Aber dafür …“, er machte eine kleine Pause, „taucht tatsächlich ein *Paul Müller* in einer Zeugenliste auf, die er zu seinen Fällen angelegt hat. Hier, 2002, schon Asbach uralt.

*Rob* verschluckte sich fast. Mensch *Sebastian,* wenn das dieser *Paul Müller* ist, an den ich gerade denke … ist dir klar, was du da gerade gesagt hast?“

„Sowas wie *Paul Müller*!“

Ein seltenes Leuchten zuckte plötzlich in *Robs* Augen. „Wie *der Paul Müller*, der vor drei Jahren gestorben ist und seinem Sohn ein kleines Vermögen übertragen hatte.“

„… und *Mario* hieß, wie *Mario Müller*!“, grinste *Sebastian* überglücklich. „Dann hat der *Paul Müller* ebenfalls was mit unserer Friedhofsgang zu tun?“

„Friedhofsgang ist gut.“ *Rob* und *Steffi* platzten fast vor Lachen als *Wolf* ins Dienstzimmer stürmte.

„Was ist hier los, feiert ihr schon vorgezogenen Faschingsbeginn, oder was?“

*Rob* blieb völlig gelassen. „Unser junger Mann, hat soeben eine heiße Spur aufgedeckt.“

*Wolf* wurde ruhig.

„Der Suizidfall von letzter Woche hat in einem seiner Prozesse den Vater des vorletzten Opfers …“

„Welches Opfer *Holms*, ich habe langsam keinen Überblick mehr.“

„Es heißt *Holmes* und das Opfer war dieser *Mario Müller*, der im Auto am Heininger Hafen gefunden wurde. Sein Vater war Zeuge in einem Prozess, in dem *Kai Rudolph* einen Mandanten vertreten hat.

„Soll was heißen, *Holmes*?"

„Dass es hier möglicherweise einen Zusammenhang zum Opfer drei, Entschuldigung zu *Mario Müller* gibt, vielleicht Zeugenbeeinflussung. Der Vater *Müller* war vor der Zeugenaussage eine arme Sau, Job verloren, Schulden angehäuft und so weiter und so weiter, kurze Zeit später soll er plötzlich mehr als 200.000 Euro im Lotto gewonnen haben. Kann man kaum glauben?"

„Na ja, auch nur eine Theorie *Holms*, es gibt nicht nur einen einzigen *Paul Müller*, das müssen Sie erstmal hieb- und handfest beweisen. Aber trotzdem gut junger Mann."

Dann war *Wolf* wieder aus dem Zimmer verschwunden, ohne dass jemand wusste, warum er eigentlich gekommen war.

„Die warn schon da, gestern Nachmittag. Sie habn mich ganz schön ins Schwitzn gebracht." Aufgebracht telefonierte *Frank* mit *Michael* mit seinem neuen Handy, genau, wie *Michael* es vorgeschlagen hatte. „Weißt was von *Chris*?"

„Nein, nichts neues."

„Die beidn Kriminaler habn gsagt, dass sie mit ihm gsprochn habn. Kannst du dir vorstelln, was er g`sagt hat, *Michael*?"

„Was soll er denn sagen, er wird ja nicht so irr sein, sich selber zu belasten. Er regt sich zwar manchmal ziemlich heftig auf, aber er wird sich kaum sein eigenes Grab schaufeln."

„Und unsres dazu."

„Komm *Frank*, wir sind lediglich eine ehemalige Studentenclique, wir haben den Kontakt nach dem Studium aufgegeben und gut. Ob jetzt der eine oder der andere mal mit jemand telefoniert hat, oder sich getroffen hat, das ist doch ohne Belang. Unser Ding war perfekt. Da kann niemand irgendwas beweisen."

*Frank* schnaufte durch. „Mag sein, aber ich bin mir bei *Chris* nimmer sicher, was er tut und was er nicht tut, oder was er vielleicht getan hat oder noch tun wird."

„Ich kann es dir auch nicht sagen, *Frank*. Aber was immer *Chris* mit den Sachen zu tun hat, die gerade in Passau passieren, das geht uns nichts an, ohne Scheiß. Das hat nichts mehr mit *Septem* zu tun, nichts mit unserem Schwur und unserem Geheimnis, klar?"

„Na gut *Michael*, dann soll`s so sein."

*Sebastian* war auf dem Weg ins Amtsgericht. Sein Auftrag hieß: Unterlagen der Gerichtsverhandlung -Staatsanwaltschaft gegen *Richard Ramm*- besorgen. Sturmfreies Büro für seinen Chef und seine loyale und dazu noch gutaussehende Assistentin, dachte *Sebastian*, als er die steinernen Treppen im Amtsgericht hinaufging und seinen Ausweis vorzeigte. Die kalten hohen Mauern des alten Gebäudes dagegen lenkten seine Gedanken wieder zurück auf den trüben *Sumpf des Verbrechens*. Ein Ausdruck, den *Rob* ihm gleich zu Beginn seiner Praktikantenzeit synonym für das Ermittlungs-Umfeld einer ungeklärten Straftat nahegebracht hatte. Hier und jetzt ging es um den Sumpf der Friedhofsgang, in dem sie bereits seit 17 Ermittlungstagen stocherten und -mit Ausnahme auf ein paar Namen- bisher auf keine beweisbaren Indizien gestoßen waren.

Warum musste *Sebastian* gerade jetzt an seine Mama und ihre Krimifälle denken? Vielleicht, weil sie den Mörder spätestens 20 Minuten nach Beginn eines jeden Krimis treffsicher im Visier hatte und damit zu 99 Prozent richtig lag? Sie konnte das tatsächlich, vielleicht aus dem simplen Grund, dass sie mehr mit ihrem Fernseher, als mit ihrem Mann verheiratet war, der statt Flimmerkistengucken lieber Kreuzworträtsel löste. Was würde *Mama Raitmaier* zu diesem Fall sagen? Er müsste ja nur die paar

Häuser in der Schustergasse nach Hause gehen und ihr die Akten zeigen. *Sebastian* schmunzelte in sich hinein.

Eine kleine Brise von Enttäuschung kratzte an seinem Ehrgeiz, weil er wider Erwarten die Original-Akten nicht im mittnehmen, sondern nur Kopien davon anfertigen konnte. Wahrscheinlich hätte er sich den Weg locker sparen können, bestimmt wäre es auch möglich gewesen, die Unterlagen per email zu bekommen, es sei denn, *Rob* und *Steffi* wollten Zeit zu zweit haben? Andererseits, wenn er schon im Gerichtsarchiv war, dann konnte er genausogut an Ort und Stelle die Akte der Gerichtsverhandlung vom August des Jahres 2002 durchblättern. Wieder einmal hatte *Rob* die richtige Nase gehabt.

*Chris* benötigte nur eine Reisetasche mit dem Nötigsten -die er nachts alle paar Tage austauschte- und ein altes Fotoalbum. Die ersten Seiten zeigten Fotos einer Gruppe junger ausgelassen lachender Männer in einem großen Saal. Im Vordergrund zehn winkende Studenten, die in einer Reihe Schlange standen, im Hintergrund mehrere hunderte andere junge Leute. Ein anderes Foto, darauf fünf von denselben jungen Männern. Jeder von ihnen mit einem Teller in der Hand, beladen mit einer Portion Leberkäse und Salat. Ein weiteres Bild zeigte zwei junge Männer, die eine üppige Scheibe Leberkäse lachend wie eine Trophäe mit der Gabel aufgespießt hochhielten. Alles alte Schwarz-Weiß-Fotos vom traditionellen Leberkäsempfang in der Nibelungenhalle für die Erst- und Zeitsemester im Oktober 1999. *Chris* betrachtete das Bild mit den beiden Studenten und konnte sich nicht von dem aufwühlenden Gedanken lösen, warum *Andi* so unschuldig sterben musste.

„Du hattest Recht, Chef."

„Komm zeig endlich."

*Sebastian* gab sich zunächst geheimnisvoll, wollte er doch seinen kleinen Informationsvorsprung als Preis für die Zeit und den Weg hinunter in die Schustergasse und wieder zurück auskosten. „Gibt es Kaffee?“

„Das kommt darauf an, was du dabei hast“, antwortete *Rob* bereits etwas ungeduldig und zunehmend gereizt.

Die Passagen waren von *Sebastian* bereits mit Leuchtstift markiert worden. *Rob* las gefesselt die kopierten Protokolle einer Gerichtsverhandlung, vom 5. August 2002.

„Ich hab`s auch auf dem USB-Stick“, ergänzte *Sebastian* überflüssig.

Bisher unbekannte Fakten warfen plötzlich ein neues Licht auf die Familie *Müller.* Ein Prozess wegen Fahrerflucht mit Todesfolge. Das Opfer ein gewisser *Andreas Klein*, 20 Jahre, in der Nacht zum 6. Mai 2001 auf seinem Fahrrad von einem PKW erfasst, keine verwertbaren Spuren und kein Tatfahrzeug, nur ein Zeuge, der sich erst eine Woche nach dem Unfall bei der Polizei gemeldet hat.

„Aha … „ *Rob* betonte den Namen wie in einem dramatischen Theaterstück klingend, „*Paul Müller*!“

Der Name *Müller* lag plötzlich wie die Schleierwolke einer bisher undefinierten giftigen Substanz in der Luft.

„*Müller*, wie wir von seiner Frau wissen, damals arbeitslos und in finanziellen Schwierigkeiten“, fügte *Rob* hinzu.

„Warum hat uns Frau *Müller* nichts von dem Prozess erzählt?“

„Das werden wir sie wohl noch fragen müssen.“

„Wird noch interessanter, Chef, lies weiter.“ *Sebastian* kannte den Inhalt der restlichen Prozessunterlagen bereits.

„Was ist das? Der Zeuge, also *Paul Müller* -zufällig oder auch nicht, Vater von unserem *Mario Müller*- hat in der Gerichtsverhandlung seine Aussage widerrufen. Die Begründung, echt haarsträubend, Leute.“ *Rob* kratzte sich aufgeregt unter dem Kinn. „In seiner Zeugenaussage am Verhandlungstag behauptete er, so wie es hier vermerkt ist, dass er sich mit dem Autokennzeichen geirrt habe und sich an gar nichts mehr erinnern konnte, und bei der Befragung durch den Rechtsanwalt gab er an, dass er am Unfallabend auf der Maidult mindestens drei oder vier Maß Bier intus hatte. Die Sache mit der Glaubwürdigkeit war also abgehakt, und genauso hat es der Richter gesehen und dem beantragten Freispruch des Beschuldigten stattgegeben."

„Gute Arbeit des Rechtsanwaltes", meinte *Sebastian*.

„Trotzdem ist er jetzt tot, unser *Kai Rudolph*, ergänzte *Rob*.

„Dafür -natürlich ganz zufällig- ist der Zeuge damals plötzlich reich geworden, nachdem er alles vergessen hat. Eigenartig?", mischte sich sogar *Steffi* ins Finale der Feststellungen ein.

„Und der Prozess-Angeklagte, dieser *Richard Ramm*, wird uns wohl kaum etwas zu erzählen haben!"

„Davon musst du ausgehen", bestätige *Rob Sebastians* rhetorische Frage.

Man hätte die Zeit um 20 Jahre zurückdrehen müssen, um die Vorgänge von damals nachvollziehen zu können, und um das damalige Umfeld ausreichend gekannt zu haben. Die Zeit hatte natürlich für den angeklagten Unfallfahrer und die Umstände gearbeitet.

Es war gespenstisch, um nicht zu sagen totenstill geworden im K1. Sogar das Telefon respektierte die den ganzen Raum ausfüllende Stille. Ein eigenartiges Verharren der Gedanken, in der jeder von ihnen beschäftigt war, die neuen Puzzleteile in seine persönliche Theorie einzufügen.

„*Richard Ramm*, geb. 1.1.1980", brach *Rob* die Stille. „Wurde natürlich am selben Prozesstag freigesprochen."

„Dann geht es um Erpressung, Chef?"

„Wer wen und warum, *Sebastian*? Der Einzige, der reich geworden ist, war *Paul Müller*, und der ist tot."

„Aber sein Sohn *Mario.* Der brauchte doch jede Menge Geld, weil die Reserven allmählich zu Ende gegangen sind.

„Du vergisst dabei, dass *Mario Müller* mit großer Wahrscheinlichkeit vom gleichen Täter wie *Harald* und *Tom* …“

„Dann sind also doch *Christan Holzmeier* und *Ben Grubinger* unsere Hauptverdächtigen?

Zuviele neue Fragen waren aufgeworfen worden, mit denen sie sich beschäftigen mussten, und das mit einem Restpersonal, das aus drei Personen bestand.

„*Steffi* bitte Kaffee, zweimal schwarz.“

Die Identität von *Paul Müller* war geklärt, aber ob *Paul Müller* das Geld wirklich im Lotto gewonnen hatte, warum er das Geld für seinen damals 8-jährigen Sohn angelegt hat, warum sich der damalige Rechtsanwalt 20 Jahre später das Leben nahm, falls sich keine Fremdeinwirkung herausstellen sollte, und welche Rolle dieser Rechtsanwalt *Kai Rudolph* spielte, das stand in den Sternen.

„Wir brauchen noch mehr Biografisches über diesen *Kai Rudolph*, Details aus seinem Leben und so weiter und so weiter. Google dir die Finger wund, *Sebastian*, wir sind ganz in der Nähe eines Wespennestes.“

„Und was ist mit dem *Richard Ramm*, also dem damals Angeklagten und diesem getöteten *Andreas* soundso?“

„Die beiden schau ich mir selber an.“

*Rob* war es mittlerweile leid geworden, *Wolf* auf die akute Unterbesetzung im K1 aufmerksam zu machen. Er kannte seine Anworten in- und auswendig, die da stets lauteten, „die Kranken kommen ja wieder, meine Stellvertreter-Position ist auch noch nicht nachbesetzt“, und „im neuen Stellenplan müssen wir Personalkürzungen einrechnen, *Holms.* Die Schreibtische des Kommissariates waren trotzdem leergeblieben, selbst die seit zwei Monaten offene Stelle, für es bis dato keine Bewerbungen gab.

„Wir müssen diesen *Christian Holzmeier* finden, Chef, und den *Ben Grubinger* in München besuchen."

„Langsam, *Sebastian*. Wir können nicht zaubern, uns fehlen die Leute. Als erstes besuchen wir die *Mutter Müller*, das machen wir gleich morgen Vormittag und danach versuchen wir es nochmal mit einem Überraschungsbesuch bei *Christian Holzmeier*. Wenn er krankgeschrieben ist, dann sollte er ja zu Hause sein."

„Und den *Ben Grubinger*, Chef?"

„Den lassen wir noch ein bisschen zappeln, damit er sich in Sicherheit wiegt, und dann wühlen wir mit ihm mal in seiner Studentenvergangenheit. Versprochen Kleiner."

„Okay, Chef."

„*Kai Rudolph*, nach Beendigung eines Jura-Studiums 1998 nach Passau gezogen." So präsentierte *Sebastian* zwei Stunden später das Ergebnis seiner Recherchen in den einschlägigen Social-Media-Portalen. „Im selben Jahr Zulassung als Rechtsanwalt und Dozent in der juristischen Fakultät der Passauer Uni. 2003 eigene Kanzlei und Heirat. 2004 Geburt seines Sohnes. War Sponsor des Radsportvereins und selbst aktives Mitglied. Aufstrebender Rechtsanwalt und Teil des Passauer Jetsets. Dann der Abstieg, 2010 Anklage wegen Steuerhinterziehung, 2011 Scheidung, ein Jahr darauf ein folgenschwerer Radunfall, 2013 bis 2016 diverse Operationen und Reha-Aufenthalte, er bleibt auf seinen Rollstuhl angewiesen. 2017 Aufgabe der Kanzlei und wieder als Dozent an der Uni Passau tätig, allerdings mit Schwerpunktthema Justizirrtümer."

*Rob* staunte regelrecht, was *Sebastian* in der kurzen Zeit an Informationen zusammengetragen hatte.

„Und in den letzten beiden Jahren auffällig viele und regelmäßige Termine mit Neurologen und Psychologen, Chef."

„Aha, also doch Depressionen." Für *Rob* hatte sich damit die anfängliche Vermutung verfestigt, dass *Kai Rudolph* zuletzt depressiv gewesen und das auch der Auslöser für seinen Selbstmord war. Noch deutlich mehr aber beeindruckte ihn die Tatsache über seiner Tätigkeit als Dozent an der Passauer Uni.

„*Hackl* war mit seiner Beschreibung ausnahmsweise also nicht ganz daneben gelegen, Chef."

In diesem Fall bedauerte es *Rob* offen und ehrlich, als Nicht-Passauer auf das Insiderwissen eines nicht unbedingt kooperativen Kollegen wie *Hackl* angewiesen zu sein.

*Steffi* hatte die Gerichtsmedizin in der Leitung, „*Rob, Dr. Nabel*!"

„Hallo *Holmes*, ich kann`s kurz machen. Euer *Kai Rudolph*, keine Anzeichen von Gewalteinwirkung, kein Gift, eindeutiger Fall von Suizid. Das Einzige, was mir aufgefallen ist, das waren die Rückstände von einem Medikament für bipolare Störungen im Blut."

„Und, was bedeutet das?"

„Tabletten, Antidepressiva für Patienten mit Depressionen."

„Okay *Nabel*, dann war meine Vermutung richtig", stellte *Rob* fest, „aber noch was anderes. Ich habe das Ergebnis der *KTU von *Müllers* Schuhsohlen noch nicht bekommen.

„Wundert mich nicht, ein paar der Kollegen waren in Quarantäne, aber ich ruf dich gleich nochmal zurück."

Nur eine Viertelstunde später kannte *Rob* das Ergebnis der KTU. Eigentlich nicht überraschend, oder vielmehr passend zum Täterprofil in seinem Kopf. Die Partikel der Stofffasern auf dem Fahrersitz stammten nicht vom Opfer, und an den Schuhsohlen sowie im Fußraum von *Mario Müller`s* Wagens befanden sich Reste von kleinkörnigem Kies. Kies, wie er üblicherweise

*KTU = kriminaltechnische Untersuchung

auf Gehwegen verwendet wird, zum Beispiel auch auf Friedhöfen, aber keinesfalls am Heininger Hafengelände.

„Gehört also dieser *Rechtsanwalt Rudolph* auch zur Friedhofsgang, Chef?
„Geheimbund, *Sebastian*, mach`s nicht so dramatisch, aber zugegeben, diese Brüderschaft wird immer interessanter."
„Wenn es eine gibt, oder gegeben hat, Chef."
„Eine Brüderschaft ist nichts ungewöhnliches, *Sebastian.* Die meisten davon dienen sogar einem guten Zweck, zum Beispiel für bedürftige Menschen, caritative Einrichtungen, oder soziale Projekte. Da gibt es viele tolle Beispiele, auch in Passau. Aber die Kehrseite der Medaille sind die fragwürdigen Verbindungen, die sich als auserkorene Elite verstehen und vor nichts zurückschrecken, um ihr ideelles Ziel zu erreichen. Das geht von lebensgefährlichen Aufnahmeprüfungen bis zum Ritutalmord, ähnlich wie bei der Mafia oder bei fanatischen Sekten."
„So wie der Ku Kux Klan? Du meinst in Passau … „
„Quatsch, um Gottes willen. Aber ein paar Irre gibt es auch heute noch, die sich gegen irgendwas verschwören und das zu ihrer Religion machen."
„Echt jetzt?"

Rache ist ein allzu menschliches Bedürfnis. Sie ist tief in unserer Persönlichkeit verankert, dieser Trieb, der so extrem und abartig ausgeprägt sein kann.

**-Mittwoch 11. November-**

Ein schlechter Schlaf war längst nicht mehr ungewöhnlich. Kein Wunder, die massakrierten Leichen und die möglichen Theorien gaben reichlich Anlass dazu. Hinzu kamen die Verwicklungen und die zunehmende Mitgliederzahl im makabrem Club der imaginären *Friedhofsgang*, die *Sebastian* mehr zum Nachdenken zwangen, statt in einen erholsamen Schlaf sinken zu lassen.

„Hast du heute Nacht was geträumt?“, begrüßte ihn ein motiviert wirkender Guten-Morgen-Kommissar *Robert Holmes*.

„Nein, Chef.“

„Okay, dann haben wir heute wenigstens keine neue Leiche.“ *Steffi* konnte im Gegensatz zu *Sebastian* ein leises Kichern nicht unterdrücken.

Eigentlich hätte *Sebastian* von der letzten Nacht todmüde sein müssen, und vielleicht wäre es besser gewesen zu Hause zu bleiben. Aber seine sich verselbständigenden Gedankengänge arbeiteten wie ein fressendes Monster unermüdlich weiter in ihm. „Was ist mit einer Theorie, jetzt wo wir eine Reihe von Mitspielern und mindestens zwei Verdächtige haben, Chef? Ich habe nachgedacht, die ganze verdammte lange Nacht. Meine Mama …“ Abrupt war er plötzlich still, als ob plötzlich ein gedankliches Stoppschild vor seiner Nase aufgetaucht wäre, vielleicht auch nur, um sich nicht lächerlich zu machen.

*Rob* ging ohnehin nicht darauf ein. „Komm, wir haben viel zu tun. Mach dir ein paar Notizen aus dem Prozess-Protokoll, wir müssen gleich los und der guten *Inge Müller* noch ein paar Fragen stellen.“

*Sebastian* wollte dagegen endlich Antworten von seinem Chef. Wie ein ungezogener Junge starrte er bockig zum Fenster hinaus, während seine Finger auf dem Laptop wie auf einem Klavier sinnfrei herumtanzten. War es die Folge von zu wenig Schlaf, dass er entschlossen und stur wirkend einfach nicht locker ließ? „Welche Theorie hast du, Chef?“

*Rob* seufzte alles an vorhandener Atemluft ausblasend wie ein Fahrradschlauch, der sich gerade einen fetten Nagel eingefahren hatte. „Das ist noch zu früh, okay?“

*Sebastian* ließ sich trotzdem nicht abwimmeln. „Aber du hast doch eine, oder?“

*Robert Holmes* war immer zurückhaltend mit seinen Aussagen, wenn seine Erkenntnisse noch nicht bestätigt waren. Und selten machte er dabei Ausnahmen. *Sebastian* und *Steffi* waren die Ausnahme dieser Regel, ohne dass er genaugenommen wusste warum. Vielleicht folgte er einer Intuition, vielleicht auch nur seinem empathischen Bauchgefühl. „Hm, also das Ganze ist eine ziemlich komplizierte Konstruktion. Eine klassische erkennbare Täter-Opfer-Beziehung fehlt bisher, ich kann auch nur eine Vermutung aufstellen, vielleicht nicht mal eine Theorie, und das was *Sebastian* Verdächtige nennt, sind bestenfalls *mögliche* Verdächtige! *Rob* lehnte sich auf dem Schreibtischstuhl weit zurück, seine Augen hingen an der Zimmerdecke.

„*Vermutung Nummer eins*: Wir haben es mit einer Gruppe von Verbündeten zu tun, die sich mit großer Wahrscheinlichkeit an der Uni kennengelernt haben. Der tote *Harald Haas*, der ebenfalls tote *Tom Kaiser*, der Banker *Michael Schwarz*, der Lehrer *Frank Bierhuber*, der noch nicht befragte *Ben Grubinger*, der untergetauchte *Christian Holzmeier*, der tote Rechtsanwalt *Kai Rudolph*. Wie der tote *Mario Müller* zu diesem Clan gehört ist offen, möglicherweise sogar unfreiwillig, möglicherweise nur im Zusammenhang mit den Machenschaften seines Vaters *Paul*.

*Vermutung Nummer zwei:* Die Typen decken sich gegenseitig für etwas Illegales, das Anfang der 2000er Jahre passiert ist. Auch möglich, dass es mit diesem Verkehrsunfall von 2001 zusammenhängt, bei dem *Mario`s* Vater Zeuge war.

*Vermutung Nummer drei:* Es könnte sein, dass es später innerhalb der Gruppe zu Ärger gekommen ist. Vielleicht hat es zwei verschiedene Meinungen oder zwei verschiedene Lager gegeben.

*Vermutung Nummer vier:* Wenn ja, und jetzt wird es sehr spekulativ, dass plötzlich jemand von den Jungs auspacken möchte, oder die eine Gruppe gegen die andere einen gegenseitigen blutigen Rachefeldzug angezettelt hat.

*Sebastian* hing aufmerksam an seinen Lippen wie ein wissbegieriger Schüler in seinem Lieblingsfach, *Steffi* hörte einfach zu.

„Wir haben also zwei mögliche Motivkonstellationen", setzte *Rob* seine Vermutungen fort. „Die eine, dass jemand verhindern will, dass etwas ans Tageslicht kommt. Die zweite, dass jemand einen offenen Rachefeldzug gegen die andere Gruppe führt. Und wenn es ganz irre kommt, dann sogar eine Mischung von beiden." *Robs* Blicke fielen wieder auf den Schreibtisch und bohrten sich dann tief in *Sebastian´s* Augen. „Aber warum es nach einem Ritualmord aussieht, warum es wie die Tat eines Insiders wirkt, der keinerlei Spuren hinterlässt und scheinbar die Ermittlungsmethoden der Kripo kennt, und wie dieser junge *Müller* in das Muster der anderen beiden Opfer passt, das wissen wir nicht. Das sind baumdicke Ungereimtheiten. Deswegen ist das, was ich gerade gesagt habe nichts anderes als eine Spekulation, also vergesst es wieder.

„Aber dieser *Christian Holzmeier*, der macht sich doch mehr als verdächtig, was ist mit dem?"

„Wir haben nichts in der Hand *Sebastian*, außer unseren Vermutungen. Ich kann dir also nicht sagen, ob der das Zeug zum Serienkiller hat. So sieht`s aus" *Rob* wollte noch etwas sagen, aber seine dunkeldüsteren Befürchtungen, dass er noch mit weiteren Leichen rechnete, behielt er für sich.

„Was ist mit deiner Mama, *Sebastian*?", fragte *Rob* als sie auf dem Weg zu *Inge Müller* waren.

„Ach nichts." *Sebastian* war eigenartig verlegen.

*Rob* sah ihn auf die Weise an, von der *Sebastian* wusste, dass sein Chef auf eine Antwort wartete.

„Meine Mama sagt immer, der erste Verdächtige ist nie der wirkliche Täter."

*Rob* schmunzelte nur süffisant -vielleicht dachte er gerade nach, aus welchem Krimi sie diese Weisheit wohl hatte- und parkte den BMW am rechten Seitenstreifen der stadtauswärts führenden Spitalhofstraße.

„Ich habe Sie gar nicht erwartet. Haben Sie etwas etwas herausgefunden Herr Kommissar?" *Inge Müller* öffnete wie immer auf das zweite Läuten.

*Rob* schüttelte den Kopf. „Nein leider nicht, aber wir würden gerne noch etwas über diesen Prozess wissen, bei dem Ihr *Paul* Zeuge gewesen ist."

„Ach Gott Herr Kommissar, das ist schon so lange her. Wir hatten ganz andere Sorgen. *Paul* war damals ohne Arbeit und unser achtjähriger Sohn *Mario…*" dann fing sie wieder an zu weinen.

„Das verstehen wir Frau *Müller*, wir wollen Ihnen doch helfen."

„Entschuldigung Herr Kommissar, wissen Sie, ich kann es immer noch nicht glauben, mein Junge. Aber dieser Prozess, ehrlich, da weiß ich wirklich nichts. Mein *Paul* hat nur gesagt, dass es um einen Unfall gegangen ist. Und der Mann, der ihn ein paar Mal Besuch hat, den habe nicht gekannt und ich würde ihn auch nicht wiedererkennen. Er kam später nie wieder. Aber wissen Sie, mein Mann hat gerne was getrunken, gerade wenn die Dult war. Es hat ihm leid getan, weil er der Polizei damals das falsche Auto genannt hat. Das war das Einzige, was er über den Unfall erzählt hat. Das kann schon passieren Herr Kommissar, oder?"

*Rob* nickte, aber es passte genau in das Mosaikbild seiner Vermutungen wie ein fehlendes Puzzleteilchen mit dem Namen *Paul Müller.*

Sie waren gleich weitergefahren, Danziger Straße, Neuburger Straße, Maierhofstraße, Sechzehnerstraße. Ein möglicher Verdächtiger namens *Christian Holzmeier* war auch dieses Mal nicht anzutreffen.

*Rob* war gespannt, ob *Sebastian* auf Draht war.

„Fällt dir was auf *Sebastian*?"

„Der Briefkasten ist immer noch leer, Chef."

„Oder jemand leert ihn regelmäßig aus", schlussfolgerte *Rob*. „Vielleicht sollte die Streife nachts vorbeifahren, damit sie unseren kranken Ex-Studenten beim Briefkasten-Leeren antrifft."

Das Jahr 2001 war, wie die Jahre zuvor und die Jahre danach, von einer Reihe tödlicher Verkehrsunfälle überschattet. Auch welche, die während der Maidultzeit passierten. Einer davon ereignete sich in der Sonntagnacht zum 6. Mai. Das Opfer war ein Radfahrer, der zur falschen Zeit am falschen Ort gewesen war. Ein PKW-Fahrer, der nicht ermittelt werden konnte, überfuhr den Radfahrer von hinten kommend so schwer, dass er noch an der Unfallstelle verstorben ist. Vermutlich war Alkohol im Spiel und überhöhte Geschwindigkeit.

„Wir fahren doch nach München", änderte *Rob* seinen Plan. „Wie läuft es mit eurer Band, *Sebastian*?"

Aha, Kumpelgespräch, dachte *Sebastian* als er stolzerfüllt dem Dienst-BMW auf der Autobahn wieder die PS aus dem Motorraum kitzeln durfte. „Ganz ok, wir suchen eine Sängerin."

„Du meinst, du suchst eine Freundin?"

*Sebastian* fühlte sich ertappt und wechselte das Thema. „Ein großer Auftritt wäre mal toll. Wir sind immer nur in den kleinen Kneipen."

„Auch in der Vinothek?"

„Nein, das ist nicht unser Publikum. Aber *Koko's* Vater, der spielt da regelmäßig mit seiner Kombo.“

„Was ist mit der Eröffnungsfeier für das neue Dienstgebäude in der Karlsbader Straße? Das wäre doch eine große Sache für deine Band, oder?“

„Echt jetzt, meinst du wirklich?“

„Ich frage mal beim Personalchef nach, ob die schon eine Band engagiert haben, *Sebastian*.“

„Cool, danke Chef.“

Sie wurden von *Ben Grubinger* anders empfangen, als sie es erwartet hatten. Ohne sich angekündigt zu haben, war *Ben* sofort für sie zu sprechen. Sie saßen in der Abteilungs-Cafeteria und waren ungestört.

„Guten Tag, ein weiter Weg von Passau bis nach München!“ *Ben* machte unabhängig von seiner bärenhaften Figur einen arroganten Eindruck, Hände in der Hosentasche, stehend, während er die beiden Kripoleute zum Hinsetzten genötigt hatte.

„Stimmt“, antwortete *Rob*, sie kennen die Strecke ja, zumindest aus der Zeit, als sie noch studiert haben.“

„Um was geht es?“

*Rob* kam ohne große Umschweife zum Thema. „Um den Tod von *Harald Haas*.“

„Ja, und?“

„Wie war das früher mit ihrer Studentenclique?“

„1999 bis 2004“ ergänzte *Sebastian*.

*Rob* staunte, dass *Sebastian* plötzlich versuchte mitzumischen.

„Ach ja? Was meinen Sie damit, was wie gewesen ist?“

„Sie waren doch dicke Freunde, *Harald Haas*, *Tom Kaiser*, *Michael Schwarz*, *Frank Bierhammer* und *Christian Holzmann*.“

*Ben* verzog nicht die geringste Miene. „*Christian Holzmann*?“ Sie wissen schon, dass ich überhaupt keine Auskunft geben muss, Herr *Holmes*. Aber wenn sie schon extra nach München gekom-

men sind, mal sehen …"
*Rob* und *Sebastian* war sofort klar geworden, dass er auf diese Frage bestens vorbereitet war.
„Er war ein ziemlich abgefahrener Typ, der irrste von uns, hatte immer kuriose Einfälle."
„Welche zum Beispiel?"
„Nackt über diesen blöden Fünferlsteg laufen, nachts von der Hängebrücke springen … mit … ja mit Gruselklamotten und Messern aus Pappe den Leuten an Halloween einen mächtigen Schreck einzujagen und so Zeug halt." Er war sehr konzentriert, so, als ob er seine Rolle wie ein Schauspieler einstudiert hätte. „Manchmal war er unberechenbar, ich konnte den *Chris* nie richtig durchschauen. Ich habe mich immer gefragt, warum er eigentlich studiert hat. Er hatte keinerlei Ambitionen von Passau wegzugehen, um etwas mit seinem Studium anzufangen. Und nun sitzt er tatsächlich immer noch in seinem kleinbürgerlichen alten Passau und bearbeitet Sterbeanzeigen, eigentlich traurig. Ich würde längst durchdrehen, wenn ich an seiner Stelle wäre."
„Dann hat Ihnen Passau also nicht gefallen?", kam es aus *Sebastian* spontan heraus, der *sein* liebgewonnenes Passau intuitiv verteidigte.
„Passau, mein Gott. Ich bin ein echter Münchner. Es war die blöde Idee meines Vaters. Sie wissen ja vielleicht wie Väter sind. Der war der Meinung gewesen, dass ein Studium in Passau besser wäre als eines in München. Er hat es ja nicht ausbaden müssen, mein Herr Papa. Aber dieses erzkonservative Passau von 99, diese Kleinstadt und die Provinzjugend, die uns damals ständig angemacht hat, die uns angefeindet hat mit ihren hinterwäldlerischen Ansichten, ohne einen Funken von Aufgeschlossenheit für …, egal." *Ben* war gerade ungewollt dabei, sich etwas von der Seele zu reden, bemerkte aber das dünne Eis seiner Betrachtungen und war sofort wieder ein Mister Arrogant. „Wissen Sie, was das Schönste an der Zeit in Passau war?"

*Rob* brauchte nicht zu fragen, *Ben Grubinger*, Controller bei BMW München antwortete selbst. „Die Sonnenfinsternis!"

Ein besseres Stichwort hätte es für *Rob* kaum geben können.

„Und was war das schrecklichste Ereignis?"

*Rob* konnte es am Zucken seiner Augenlider ablesen, mit dieser Frage hatte *Ben* nicht gerechnet. Dafür war *Rob* um eine Nachhilfe keinesfalls verlegen. „Der Unfall von *Andreas Klein*?"

„*Andi*?" klang es leise aus *Ben`s* Mund, der nun beide Hände bis zum Ansatz in den Hosentaschen vergraben hatte. „Ich sagte ja, Kleinstadt. Und Entschuldigung, wenn ich das so sage, ihre Kollegen konnten nicht einmal eine Fahrerflucht aufklären."

*Rob* war besonders gut im Überhören von Kritik und tastete sich lieber weiter voran in die Studentenvergangenheit seines Gegenübers. „Wie gut waren Sie mit *Andreas Klein* befreundet?"

„Ich muss Ihnen dazu keine Auskunft geben, aber … ich habe nichts zu verbergen", klang *Ben* sofort wieder selbstsicher. „Der *Andi* war in Ordnung, ein netter Kerl, ein kleiner Allesreparierer. Egal, was kaputt war, er ….", wieder setzte er eine hauchdünne Pause in der Art eines rhetorisch geübten Schauspielers ein. „Aber er war mit *Chris* am dicksten befreundet. Fragen Sie *Chris*."

„Haben wir schon." *Ben* zuckte kurz mit seinen Augen, aber er unterließ es, nachzufragen.

„Und wie sind sie zu *Richard Ramm* gestanden?"

In *Ben`s* Kopf schoss der Name *Ramm* wie eine Flipperkugel wild herum, genauso wie bei *Sebastian*, der gerade das Problem hatte, eins und eins zusammenzurechnen.

„Keine Ahnung, soll ich den kennen?"

„*Christian Holzmann* hat es so geschildert", behauptete *Rob*, der eine Fangfrage nach der anderen aus einer rhetorischen Trickkiste hervorzauberte.

*Ben* zuckte lediglich mit den Schultern und gab sich überaus geübt ahnungslos. „Dann muss er einer von den vielen anderen Typen sein, die damals mit uns auf den Partys waren. Tut mir leid, mehr weiß ich nicht."

*Rob* hatte einen wunden Punkt getroffen, er wusste es, und *Ben Grubinger* wusste es ebenfalls.

*Christian Holzmann* hatte in der vergangenen Nacht seinen Briefkasten geleert und seine Wäsche ausgetauscht, natürlich war er schlau genug gewesen, seinen Wagen in der Wörthstraße stehen zu lassen. Den Brief der Polizeiinspektion Passau öffnete er erst in seinem Bad Füssinger Unterschlupf-Appartment. Eine Einladung zu einer Befragung, Donnerstag, 12. November um 8 Uhr morgens. Diese Idioten haben bestimmt gequatscht, dachte er und sein Magen zog sich krampfartig zusammen. Er hatte Angst, panische Angst. Warum und was hatten sie ausgeplaudert. Den Streit mit *Tom* am Friedhof, die Sache mit *Andi*, oder ein Detail über *Richard Ramm*? Eigentlich völlig abwegig, die anderen steckten schließlich mit ihm in derselben Kacke. *Christian* konnte keine Entscheidung treffen, was er tun sollte. Alles was er zuwege brachte war, sich wie ein Fuchs in seinem Bau weiter zu verkriechen, seinen Wagen in der hintersten Ecke der Tiefgarage zu parken und seine Lebensmitteleinkäufe nur nach Einbruch der Dunkelheit im benachbarten österreichischen Obernberg zu erledigen.

„Chef, warum hast du uns nicht gesagt, dass du über *Andreas Klein* und den *Richard Ramm* Bescheid weißt?" beschwerte sich *Sebastian* lautstark auf der Rückfahrt nach Passau.

„Als du gestern im Gericht warst habe ich auch eine Hausaufgabe gemacht, Kleiner. Und siehe da, nicht nur der *Andreas Klein*, der bei einem Verkehrsunfall gestorben ist, sondern auch der Verdächtigte *Richard Ramm* waren damals an der Uni immatrikuliert. Da staunst du, was?"

Ja, *Sebastian* staunte. Er brauchte ein paar sprachlose Minuten bis er es verarbeitet hatte. „Dann müssen wir die Liste der Friedhofsgang noch um einen *Andreas Klein* und einen *Richard Ramm* erweitern?"

„Hat sich erübrigt, *Sebastian.* Die beiden sind schon lange tot."

„Du meinst *der Andreas* ist tot, *der* hatte diesen Unfall?"

„Genauso tot wie *Richard Ramm* und fast genauso lange. Heißt vier Wochen nach seinem Freispruch." Nach einer Pause fuhr er fort. „Es stinkt."

*Sebastian* konnte nur zustimmen.

„*Alles* hier", betonte *Rob*, „sogar im Auto, riech mal!"

Natürlich war *Sebastian* der übelerregende Aromamix aus Körperflüssigkeiten und Ausdünstungen bereits bei der Abfahrt aufgefallen. Und doch fühlte er sich nicht in der Position, seinem Vorgesetzten mangelhafte Körperhygiene zu unterstellen oder gar auszusprechen. Aber nun war es sein Chef, der ihn durch die Blume der Gestanks-Verbreitung bezichtigte, was vollkommen abwegig war -Sebastian duschte täglich zweimal-. Zum Glück konnte *Sebastian* auch diplomatisch. „Wir sollten den Wagen mal richtig reinigen lassen!"

Unabhängig davon war an diesem Nachmittag es sehr spät und sehr finster geworden, als in Passau ankamen.

**-Donnerstag 12. November-**

Menschen töten Menschen, Handyklingeltöne töten nur den Nerv. Das eine war sein Beruf, für den er sich aus freien Stücken entschieden hatte, das andere reine Privatsache, selbst wenn es das Handy seiner Mama war, und selbst, wenn sie plötzlich die gleiche Klingel-Melodie wie sein Chef verwendete, -und das in der grauen Dunkelheit eines neuen Donnerstagsmorgens-.

Gerade noch waren übergroße Würgeschlangen am Friedhof zwischen den Gräbern herumkrochen, bevor ihn die Tatortmelodie mit voller Lautstärke aus dem Tiefschlaf riss.

„Entschuldigung *Basti*, ich hab dich aufgeweckt. Mein neuer Klingelton, von der *Ulli*. Aber die hat ihn mir scheinbar viel zu laut eingestellt, und ich kann das nicht leiser machen. Aber du weißt bestimmt, wie das geht. Musst eh aufstehn, schau auf die Uhr."

„Hey Mama, das kann doch nicht sein, warum hast du jetzt den gleichen Klingelton wie mein Chef?"

„Ehrlich, der hat den gleichen?" *Mama Raitmaier* schaute einen Moment fast glückselig in die Luft. „Da siehst du wieder mal, wie ähnlich deine Mama den Kriminalern ist."

Eigentlich sollte *Sebastian* lieber dafür dankbar sein, dass sich diese ekeligen Schlangen durch das Tatortklingeln von selbst aufgelöst haben.

„Mama, das ist richtig peinlich. Echt jetzt!"

*Christian Holzmeier* war nicht pünktlich, überhaupt nicht. Er war auch eine Stunde später noch nicht zur Befragung erschienen. *Rob* war nicht überrascht, im Gegensatz zu *Sebastian*, der die Schlangen schon wieder vergessen und dafür auch um neun Uhr noch eine Resthoffnung auf das Erscheinen ihres möglichen Verdächtigen hatte.

„Der Typ hat uns gestern erzählt, dass nicht alle jungen Passauer damals so gut mit den Studenten zurechtgekommen sind." *Rob* unterhielt sich mit *Steffi* bei seiner zweiten Runde Kaffee Schwarz über ihren Besuch *bei Ben Grubinger*.

„Du hast mich doch schon gefragt Chef. Wie gesagt, mir persönlich waren sie egal, und die Wiese vor der Uni war für mich tabu. Ich war damals lieber mit meinen Freundinnen und den Leuten aus unserer Gegend unterwegs. Die auswärtigen Studenten waren uns zu anstrengend und einige zu eingebildet. Aber es stimmt, es hat bei uns auch Burschen gegeben, die richtig gegen die Studis gemault haben, weil sie ihnen die Mädels abspenstig gemacht haben. Einige haben sogar behauptet, die Studenten bringen die Schwulen und Aids mit nach Passau. Aber das waren die engstirnigen Dummingers, mit denen wollten wir genauso wenig zu tun haben."

„Dann warst du auf den Party-Booten also auch nicht dabei?"

„Sicher nicht", lächelte *Steffi*.

*Sebastian* fand sich nur ungern damit ab, dass *Rob* Recht behielt und *Christian Holzmeier* nicht die Absicht gehabt hatte, zu erscheinen. Aber noch ein anderes Fragezeichen tickte durch seinen Kopf. „Wie ist dieser *Richard Ramm* gestorben, Chef?"

*Rob* klappte einen Aktendeckel auf und las einen Artikel aus der österreichischen Kronenzeitung vor:

*Die Alpen haben wieder ein Todesopfer gefordert. Am gestrigen Sonntag stürzte ein 20-jähriger Passauer vom Schrocken im toten Gebirge mehrere hundert Meter in die Tiefe. Die Bergrettung konnte ihn nur noch tot bergen, nachdem er am Abend zuvor nicht in das Hotel zurückgekommen war.*

*Rob* sah ihn eine Weile an. „So stand es am 9. September 2002 in der Zeitung, vier Wochen nachdem er so glücklich freigesprochen worden war. Es hat nie eine Untersuchung darüber gegeben, der Fall ist abgeschlossen. Eine ungewöhnliche Art von Gerechtigkeit, findest du nicht, *Sebastian*?"

„Eine Theorie Chef, oder?"

„Das kannst du dir nun aussuchen."

„Was wäre, wenn unser *Ben Grubinger* auch etwas damit zu tun haben würde?"

„Tja, was?“ *Rob* hatte seine Nachdenkerstirn in auffällige Falten gelegt. „Dieser *Ben* gefällt mir ganz und gar nicht, *Sebastian.* Dass er den *Richard Ramm* nicht gekannt haben will, das nehm ich ihm nicht ab. Und wenn er den *Andreas Klein* gekannt hat, dann auch *Ramm.* Ich habe die starke Vermutung, dass das alles mit diesem Verkehrsunfall von damals zu tun hat. Die haben alle gewusst wie es passiert war.“

„Du meinst unsere Friedhofgang?“

„*Rob* musste bei dem Ausdruck schmunzeln, ohne dass ihm eigentlich danach zumute war. „Die haben alle miteinander jede Menge Dreck am Stecken. Die einen haben den gedeckt, der die Fahrerflucht begangen hat, die anderen haben demselben dafür vielleicht die Hölle heiß gemacht.“

„Du meinst sie haben ihn erpresst?

„Das ist Spekulation.“

„Oder in den Selbstmord getrieben, statt Bergunfall?“

„Auch nur Spekulation.“

*Christian Holzmeier* hatte nicht vor, die Einladung zur Befragung anzunehmen. Zu viele Zweifel fraßen alles an ihm auf, was noch an nüchterner Rationalität übriggeblieben war. Der Einzelgänger in ihm war ganz allein auf sich gestellt, wie in seiner Kindheit, in der er sich lieber allein beschäftigt hatte. Sein Vater war damals alt gewesen, ebenso seine Erziehungsmethoden. Es lag auf der Hand, dass sich *Christian* gegen das alle neuen Einflüsse ablehnende Weltbild seines Vaters auflehnte. Der Bruch mit seinem Vater war die unweigerliche Folge und der zurückgebliebene Trotz vielleicht der wahre Grund für sein Studium, das sein Vater das nicht für nötig gehalten hatte. Mit dem Studium aber folgte die Phase, in der *Christian* endlich Anschluss, Freunde und Zuspruch unter seinen gleichaltrigen Studenten fand und seiner sexuellen Entwicklung freien Lauf lassen konnte. Das alles lag fast zwanzig Jahre zurück. Doch jetzt in dieser Krise, war er wieder der einsame Wolf von damals.

*Sebastian* wusste nicht, was es war. *Robert Holmes* wirkte anders als er es von ihm gewohnt war.

„Was ist eigentlich mit dem *Wolf*?“, wollte *Rob* wissen. „Der ist mit seinem Anruf schon längst überfällig.“

„Krank, Chef“, sagte *Steffi* entschuldigend klingend, weil es ihr durchgeflutscht war, ihn unverzüglich über die ausnahmsweise positive Neuigkeit zu informieren. „Seit Dienstag Nachmittag“, ergänzte sie.

„Quarantäne?“

„Hat er nicht gesagt.“

Mehr wollte *Rob* gar nicht wissen. Er wirkte abgespannt und müde. „Wir brauchen diesen *Christian Holzmeier*.“

„Können wir nicht nach ihm fahnden, Autokennzeichen und so was?“

„Eben nicht, *Sebastian*. Was sollte ich dem Staatsanwalt erzählen? Wir haben nichts Konkretes in der Hand.“

„Gefahr in Verzug, oder dringender Tatverdacht!“

„Hör zu, *Sebastian*. Was heißt hier Gefahr in Verzug? Dass er trotz Krankschreibung tagsüber nicht zu Hause anzutreffen ist, dass er den Briefkasten nachts ausleert, Erzählungen seiner ehemaligen Studiumskollegen, dass er sich gerne mal aufregen konnte und eine Reihe von Vermutungen? Das ist alles, sonst haben nichts, genau so sieht`s aus.“ *Rob* starrte wieder an die Decke, an der es absolut nichts bestaunenswertes gab. „Vielleicht hat er einfach eine Freundin mit der er 24 Stunden im Bett verbringt?“

„Oder einen Geliebten? Chef.“

„Hast du wohl wieder geträumt, Kleiner?“

„Nein, Chef, davon nicht.“

„Dann haben wir ja Glück gehabt.“

„Mir ist etwas aufgefallen, Chef.“ *Sebastian* behielt seinen Friedhofsschlangen-Traum für sich. „Vielleicht täusche ich mich, aber diese ganze Friedhofsgang, die sind doch alle schwul, oder waren schwul."

„Wie?" Auf seiner Suche nach der Verbindung zwischen den dubiosen Figuren in dieser Mordserie war *Rob* auf ihre gemeinsame Studienzeit gekommen, vielleicht auch eine Verbindung mit dem Unfall von *Andi Klein.* Aber über das, was ihm *Sebastian* gerade vor Augen führte, war er scheinbar blind gefallen. „Du bist echt ein aufgewecktes Kerlchen *Sebastian.*"

*Rob* war weder Verfechter noch Anfeinder von heterosexuellen oder homosexuellen Beziehungen. Er selbst bevorzugte das, was er mit der Muttermilch und dem Zeitgeist seiner Generation im Wesentlichen aufgesaugt hatte, und das war die klassische Mann-Frau-Variante. Mit den Männlein und Weiblein von gleichgeschlechtlichen Partnerschaften hatte trotzdem kein Problem. Natürlich kannte er auch die andere Seite der Medaille aus seinem beruflichen Alltag nur zu gut. Vorurteile, Diskriminierung, sogar Hass. Man kann alles Mögliche hassen, auch sexuell anderes Orientierte. Sie waren allemal als Feindbild tauglich. *Sebastian* hatte ihn mit der Nase draufgestoßen. Was, wenn *Sebastian* Recht hatte? Spielte es in diesem Fall eine Rolle? Für ein Beziehungsmotiv würde es auf alle Fälle eine Bedeutung haben, hier aber sah es offensichtlich nach Rache und Vertuschung einer Straftat aus. Die Frage war, ob eine Fahrerflucht und ein eventueller Bergunfall nach diesen vielen Jahren überhaupt aufgedeckt werden konnte. Es wäre ohnehin kaum beweisbar, ob und in welchem Zusammenhang der Verkehrsunfall eines *Andi Klein* mit dem Tod von *Richard Ramm* stand. Auch nicht, wer direkt oder indirekt von ihnen allen mit dem Unfall von *Richard Ramm* etwas zu tun hatte. Die Mauer des Schweigens war zu stark und ein Geständnis würde es wohl nie geben. Viel wichtiger dagegen war, dass sie dem vermutlichen Motiv in diesem Sieb aus Erinnerungslücken nähergekommen waren und die Klärung, wer von ihnen als Racheengel Leiche um Leiche sein grausames Werk vollzogen hatte. Die noch größere Befürchtung aber, dass dieser bestialische Killer noch nicht am Ende seines Rachefeldzuges war, mochte er gar nicht zu Ende denken.

Hatte *Christian Holzmeier* diesen triftigen Grund sich zu verstecken? „Du glaubst also, dass unser *Christian Holzmeier* auch homosexuell ist, *Sebastian*? Okay, wir werden ihn fragen, sobald wir ihn in die Finger bekommen."

*Ben* war aufgewühlt. Er war eindeutig zu weit gegangen. Er hatte den Kripoleuten mehr erzählt als er wollte. Dabei war es sein antrainierter Plan gewesen, seine Passauer Vergangenheit als längst abgeschlossenes Kapitel einer typischen Studentenzeit zu verkaufen, die keine späteren Kontakte nach sich gezogen hatte. Sein Plan war zwar gut gewesen, aber seine Emotionen zu labil, um die Passauer Szene seinerzeit nicht als hinterwäldlerische Provinz ins schlechte Licht zu rücken, nur weil der Hass auf die damals kleingeistigen Provinzhengste, die die Studenten und ihren Lifestyle nicht leiden konnten, wieder hochgekocht war. Nun hoffte er nur inständig, dass ihn dieser *Holmes* nicht mit der Unfallsache *Richard Ramm* in Verbindung brachte. Es war nicht einmal seine Idee gewesen, das Gesetz selbst in die Hand zu nehmen, sondern die Idee von *Christian*. Und nun war es vielleicht wieder *Christian*, der mit dem Kommissar möglicherweise gemeinsame Sache machte, um seinen eigenen Kopf aus der Schlinge zu ziehen. Es wäre besser, *Chris* würde seine Klappe halten, für immer.

Auch *Michael Schwarz* sah seine Aktien nicht zum Besten stehen. Er wartete stündlich darauf, dass dieser Passauer Kommissar nochmal auftauchte und weitere unangenehme Fragen stellen würde. Wie kam es, dass *Chris* mit der Polizei gesprochen hat, obwohl ihn weder *Ben* noch er selbst erreichen konnte? Was hatte er den Bullen erzählt? Hatte er einen Deal gemacht? Nein, das konnte sich *Michael* nicht vorstellen. *Chris* saß selbst zu tief mit im diesem Boot. Mehr noch, er war der fadenziehende Regisseur gewesen. Er hatte alles bis ins kleinste Detail geplant, die gefakte Gewinnbenachrichtigung, den Gutschein für ein Wochenende im Sporthotel, mit dem sie *Richard Ramm* nach Hinterstoder gelockt hatten. Das Ganze war sein subtiles Werk, gnadenlos perfekt.

„Meinst du, dass die Männer der Friedhofsgang selbst in Gefahr sind, Chef?"

*Steffi* kritzelte am Memoryboard herum, was ihr *Sebastian* und *Rob* zuriefen, wischte das ein oder andere wieder weg, diskutierte mit *Rob* und *Sebastian* auf`s Neue und ergänzte kurz danach das wieder, was sie gerade weggewischt hatte. Der Besprechungsraum war wie eine Pathologie ihrer Gedanken, die in ihre Einzelteile zerlegten wurden, der Patient dazu ein noch ungelöster Fall.

*Rob* war hin- und hergerissen. Die Frage von *Sebastian* machte ihn kribbelig, beinahe nervös. *Sebastian* hatte den Gedanken ausgesprochen, der er nur zur gerne verdrängen wollte, dabei war es genau das, was er mit allen Mitteln verhindern musste.

„Homos oder nicht, so wie es aussieht, können wir momentan wir gar nichts ausschließen, *Sebastian*. Das gefällt mir nicht. Unser einziger Joker ist der, dass das Umfeld der Friedhofsgang gewarnt ist, und -wenn wir Glück haben- mächtig Schiss haben, dass wir noch mehr in der Vergangenheit herumwühlen und deutlich mehr herausfinden, als sie zugeben wollen.

*Frank* hätte das dringende Bedürfnis gehabt zu telefonieren. Aber er tat es nicht. Keine Auffälligkeiten und keine Kontakte, die ihm die Kripo verdächtig auslegen könnte. Er achtete nach dem Besuch der beiden Kriminaler akribisch darauf, nicht den kleinsten Verdachtsmoment auszulösen. Seine Nächte waren so gut wie schlaflos. Sobald er versuchte einzuschlafen, krochen die Bilder vom September 2002 wieder ungefragt zurück in sein Gedächtnis.

*Richard Ramm* war gerade auf dem Gipfel angekommen, über den schmalen Grat von der Hutterer Höss. Er war völlig überrascht gewesen, dass *Harald, Tom, Ben, Frank* und *Günni* am Gipfel auf ihn warteten. Im Siegesrausch der letzten Wochen -sein Freispruch und kurz darauf der Gewinn eines Berg-Wochenendes-, sah es sogar nach einem Versöhnungsangebot auf dem Gipfelkreuz am Schrocken aus. Dabei war seit *Andi`s* Tod eine starke Spannung zwischen ihm und den anderen gestanden. *Richard* wirkte total überrascht, als *Frank* sechs Flaschen Bier auspackte, die er in seinem Rucksack mitgeschleppt hatte. Mit einem Moment war jegliches Misstrauen wie weggewischt. Das Gipfelbier, die symbolische Friedenspfeife nach all den Anfeindungen. Die Tarnung war perfekt, ein guter Plan, dank *Chris*. Doch dann passierte etwas, mit dem *Richard* nicht rechnen konnte. Die alkoholhaltige Friedenspfeife war nichts anderes, als der kalkulierte Countdown zum Todesstoß. Es ging schnell, ein kurzer Rempler, als *Richard* nahe genug am Abgrund stand. Sie hatten es kurz zuvor am Gipfel ausgelost. *Harri* zog den Kürzeren. Das erste Prost war das vereinbarte Zeichen. Dann war es getan, die Gerechtigkeit war hergestellt, ohne Zeugen, genau so wie bei *Andi`s* Unfall im Mai, ein Jahr zuvor.

Hätte dieser verdammte Rechtsanwalt nur nicht das unglaubliche Kunststück geschafft, einen Freispruch für den eindeutigen Todesfahrer *Richard Ramm* rauszuholen. Dazu seine grinsende Visage bei der Urteilsverkündung, die ein skandalöser Schlag ins Gesicht der Gerechtigkeit war. Nein, jeder wusste, dass er schuldig war. Aber er hatte Geld, das Geld seines Vaters. Geld für die Kaution, Geld, den Unfallwagen auf Nimmerwiedersehen verschwinden zu lassen. Geld den besten Rechtsanwalt anzuheuern und Geld, um den Zeugen zu kaufen. Wieviel hatte er dem Zeugen wohl in den Arsch geschoben, damit sich dieser bei der Verhandlung plötzlich nur noch an seinen Alkoholpensum erinnern konnte, aber alles, was er vorher gesehen hatte, dafür vergaß? Ohne Beweise war die Staatsanwaltschaft ohnmächtig und das Ergebnis ein Freispruch, den man so nicht hinnehmen konnte und wollte.

Zwei Jahre zuvor waren sie noch zusammen auf den Partys unterwegs. Nicht nur das, sie waren sogar befreundet, kaum zu glauben. *Richard* war großzügig, man konnte ihm nichts nachsagen. Aber als er sich an *Andi* rangemacht hat, war das schlagartig vorbei. *Andi* gehörte *Chris*, keinem anderen. Dass es später zu einem tödlichen Verkehrsunfall kommen sollte, bei dem *Andi* zu einem unschuldigen Verkehrsopfer wurde und *Richard* zum vollbetrunkenen Todesfahrer -der ihn fahrerflüchtig auf der Straße verbluten ließ-, wurde zur Wunde, die niemals verheilen konnte.

Nur zu gerne hätte *Chris* den Todesstoß am Gipfel selbst ausgeführt. Eigentlich wollte er ihm dabei in die Augen sehen und sagen: *für Andi*. So war sein perfider Plan gewesen, den er im Namen der Gerechtigkeit für *Andis* Tod ausgetüftelt hatte. Doch der gescheiterte Versuch, am Vortag den Einstieg zum Klettersteig zu überwinden, hatte ihm die Grenzen seiner Höhenangst aufgezeigt. Das was ihm blieb, war die Zaungast Rolle im Hinterhalt und zusammen mit *Michael* auf dem Plateau der Hutterer-Höss abzuwarten.

Der Todesschrei war nur aus der Entfernung zu hören, vielleicht war es auch nur der Widerhall des Echos. Und es war so simpel gewesen. *Richard* hatte den Köder gefressen, den Gutschein für eine Übernachtung im Sporthotel Hinterstoder. Dass er dabei eine Gipfelbesteigung machen würde, war so fix, wie das Gipfelkreuz auf der Spitze des Schrockens auf 2.281 Meter.

*Richard Ramm`s* Absturz war lediglich der Tod eines mittelmäßigen, aber nicht ungeübten Bergwanderers auf einem schwarzen Klettersteig. Tragisch aber nicht ungewöhnlich. Kein Fall, bei dem die österreichische Gendarmarie wegen Fremdeinwirkung ermittelte, sondern nur ein weiterer Fall in der Statistik der knapp 300 jährlich tödlich Verunglückten in den österreichischen Bergen. Niemand hatte etwas gesehen, niemand stellte Fragen, und niemand war auf den Gedanken gekommen, etwas anderes zu vermuten.

Auch in *Christians* Gedanken waren die Bilder vom September 2002 wieder präsent, als seine Freunde zurückkamen und sich im Klaren waren, dieses Geheimnis für immer einzufrieren. So hatten sie es geschworen, jeder Einzelne, *Harald, Tom, Michael, Ben, Frank, Chris* und *Günni*. Sieben Studenten, die nur der Gerechtigkeit gedient hatten und ihrem Geheimnis den Namen *Septem* gaben.

Jetzt, zwanzig Jahre später war *Chris* einer von fünf Geheimnisträgern, der noch lebte, der alles wusste, aber an der Tat nicht unmittelbar beteiligt gewesen war. Falls er sein Gewissen erleichtern würde oder wollte, waren sie alle dran. Grund genug für ihn, in seinem Fuchsbau zu bleiben.

*Rob* hämmerte aggressiv mit seinem gravierten Kugelschreiber im Rhythmus von *we will rock you* auf der Tischplatte herum. „Ich will die drei Typen morgen alle zum Verhör hier haben, und die Sechzehnerstraße wird ab sofort 24 Stunden observiert, da kann der *Wolf* meinetwegen im Dreieck springen.“ *Robert Holmes* war die Lockerheit verloren gegangen. „Jetzt ist Schluss mit den harmlosen Kuschelfragen, nun kommt eine andere Gangart. Und ohne Alibi kommt mir sowieso keiner nach Hause!“

„Okay Chef“, pflichtete *Steffi* bei.

*Rob* wusste, dass er nichts wusste und auch nichts Konkretes in der Hand hatte, bis auf einen Artikel aus der Kronenzeitung und die Kopie eines Prozess-Protokolles, das war`s. Die Hoffnung, dass einer der Friedhofsleute endlich sein Maul aufmachte, war nicht allzu groß. Er brauchte eine andere Strategie.

*Robert Holmes* sah erschöpft aus an diesem späten Nachmittag. Ein Hauch von Burn Out saß unverkennbar und hartnäckig in seinen Gesichtszügen.

„Du könntest mal zu einem Auftritt von unserer Band kommen, Chef", versuchte *Sebastian* ihn abzulenken. „Oder hör wenigstens in unseren Live-Chat rein, das ist bestimmt besser als ein Bundesliga-Geisterspiel. Kannst dich ja einloggen, Samstag oder kommenden Montag."

„Mal sehen."

Sie standen am Fenster. Das, was *Steffi, Sebastian* und *Rob* draußen sahen, gefiel ihnen nicht. Es regnete.

„Junge, bitte träum heute Nacht nicht!"

War das ein Befehl gewesen? *Sebastian* behielt es lieber für sich, dass er bereits etwas geträumt hatte.

**-Freitag 13. November-**

„Ich dachte der *Wolf* ist krank."

„Jetzt nicht mehr, der Verdacht auf Corona hat sich nicht bestätigt", antwortete *Steffi* mit einem Gesichtsausdruck, der alles sagte, und das war alles andere als gut.

*Rob* war gerade vom neuen Tatort in der Vornholzstraße zurückgekommen. Das Häufchen bleiches Elend, das gefolgsam hinter ihm her tapste war *Sebastian*, dem der ausgekotzten Magen noch ins Gesicht geschrieben war.

Die Ohrläppchen juckten ihn schon, bevor ihm *Steffi* den Telefonhörer hinhielt und nicht wagte, den brüllenden *Wolf* auch nur eine weitere Sekunde länger warten zu lassen.

„Verflucht nochmal, Sie und ihr scheiß Faden *Holms.*"

„Es heißt *Holmes* …"

„… und es heißt *Herr Polizeirat*, *Holms*, aber ich sage Ihnen was, Sie ziehen eine sintflutartige Spur der Blamage über unsere ganze PI, und die Presse, um Himmels Willen, wollen sie, dass uns die ganze Republik für Provinznasen hält? Ermittlungsarbeit *Holms*, keine Spielchen. Haben Sie schon einmal etwas davon gehört, oder muss ich Ihnen das noch höchstpersönlich beibringen? Ergebnisse, verstehen sie, Ergebnisse, keine Vermutungen, Wahrscheinlichkeiten und Möglichkeiten. *Holms*, ich will Ergebnisse und einen Täter von Ihnen verdammt nochmal, kapiert?"

*Wolf* war nicht mehr zu beruhigen. Woher er die Luft nahm, um ohne Punkt und Komma loszubellen, war ein Wunder für sich. Nahe am Herzinfarkt und nahe daran, als Leiche Nummer sieben den Ruhestand in einer Kiste unter der Erde zu verbringen.

„Warum holen sie sich nicht ein paar fähige Kollegen, die ihrem Provinzpolizistenhirn auf die Sprünge helfen, ich reiße Ihnen höchstpersönlich der Arsch auf, da können Sie Gift drauf nehmen, das ist in Passau noch nie passiert, solange ich hier bin, soviel Inkompetenz an einem Stück, da ist selbst dieser einfallslose Pseudokriminaler von *Hackl* noch ein Goldstück gegen Sie *Holms.*"

*Wolfs* Beleidigungsmarathon war so schonungslos geballt, dass es keinem einzigen Buchstaben möglich gewesen wäre, zu einer Antwort zu wachsen. *Wolf's* allgegenwärtige Angst vor der Presse war dafür in jedem zweiten Satz so präsent wie sein heftig pumpender Pulsschlag. „Es regnet Leichen und die Presse wird uns bald durch den Kakao ziehen …".

„Und wenn die Presse mitbekommt, dass ich hier den Mord-

Abteilungsladen allein mit einem Praktikanten, einer Assistentin und einem Secondhand-Deputy namens *Hackl* schmeiße, der sich bei dem kleinsten Kratzer am Ohrläppchen ein halbes Jahr krankschreiben lässt, dann wird die Presse wohl eher fragen, welcher absolut unfähiger Polizeichef die Verantwortung für diese Personalkatastrophe mit Blaulicht trägt, lieber *Herr Polizeirat.*“

*Rob`s* Antwort war inhaltlich wohl absolut zutreffend, aber hören konnte sie *Wolf* nicht mehr. Das Gespräch war für ihn schon bei den Wörtern „*Kakao ziehen*“ vorbei gewesen.

Schuld war nur dieser scheiß Regen und *Robert Holmes* fühlte sich bescheiden. Nicht wegen eines total ausgerasteten Polizeirates *Wolf*, sondern weil genau das eingetreten war, was er bereits befürchtet hatte. Seine Theorie schien sich in grausame Wahrheit verwandelt zu haben, die Theorie des Serientäters, der einen weiteren Ritualmord verübt hatte. Und es war noch nicht sein letztes Opfer gewesen, davon musste *Rob* nun ebenso ausgehen.

„Du hast gestern also doch was geträumt, stimmts?“

*Sebastian* nickte nur.

„Du kannst ja nichts dafür.“ *Rob* klopfte *Sebastian* mit mitleidiger Miene auf die Schulter.“

Das blutgetränkte Aussehen von Opfer eins, zwei und drei wiederholte sich auch bei der aktuellen rechtsmedizinreifen Frisch-Leiche. Dem blutverschmierten Schädel fehlte nicht das Panzerband, das den Mund verklebte, sondern dieses Mal beide Ohren. Grobmotorig abgetrennt, analog wie bei den anderen Leichen. Dazu noch ein Stückchen Gesicht, als ob er beim Tranchieren des linken Ohres mit dem Messer abgerutscht wäre. Der zugerichtete Kopf gehörte zu einem leblosen Körper, der den Namen *Martin Wimmer* trug.

Es regnete noch immer. Das Wasser ließ kleine Rinnsale im gekiesten Boden des Friedhofes in der Vornholzstraße entstehen. Wieder war das *große Besteck* versammelt. Die Polizisten, die um 7 Uhr 15 den Anruf von der Einsatzzentrale erhalten hatten, die Leute vom Erkennungsdienst, zum Leidwesen von *Rob* auch *Neumeier* mit seiner *Spusi-Truppe, der Notarzt, die Leichenwagenleute, die auf den Abtransport warteten und Kriminalhauptkommissar *Robert Holmes*, der seinen Praktikanten *Sebastian Raitmaier* noch vor dessen Frühstück hierherbestellt hatte.

Die Leichensichtung war keine schöne Sache. Sie wurde nie zur Normalität, egal wie oft *Rob* die Prozedur schon durchgeführt hatte. Leiche frei machen, nach optischen Auffälligkeiten absuchen -bedeutet auf Farbe und Platzierung der Leichenflecken, Schlagwunden auf dem Kopf, Druckstellen oder Würgemale am Hals, veränderte Farbe der Pupillen, Bluteinschlüsse unter den Augenlidern, innere Schwellungen der Lippen achten-, abtasten des Oberkörpers auf Verletzungen der Rippen und dergleichen und die Platzierung des Arschthermometer, um die Innentemperatur des Opfers mit denen der Außentemperatur zu vergleichen.

Er hatte wirklich gehofft, dass sich die Tat dieser geisteskranken Bestie nicht wiederholen würde. Umsonst, dieselbe Sauerei, derselbe Werkzeugkasten mit Messer, Kabelbinder und Panzerklebeband und wieder ein Friedhof mit uneinsichtbarer Stelle. Wieder keinerlei Spuren oder Hinweise und wieder ein *Sebastian*, der sich übergeben musste, obwohl er keinen Bissen von Mamas Frühstück in sich hatte.

„Du kannst mir ruhig sagen, was du geträumt hast, *Sebastian*."

„Schlangen Chef, sie sind am Friedhof herumgekrochen über die Gräber. Es waren ziemlich viele Schlangen, echt jetzt."

*Spusi = Abkürzung für Spurensicherung

Das Opfer war schnell identifiziert. Autoschlüssel, Papiere, Ausweis, alles Nötige war vorhanden. Opfer Nummer vier, *Martin Wimmer*, 42, leitender Angestellter bei der Bahnrad, wohnhaft in Jacking bei Tiefenbach.

*Steffi* hatte gerade geklärt, dass *Martin Wimmer* in der Zeit zwischen 99 und 2004 in Passau studierte. Sie nickte mit dem Kopf zu *Rob*, „sieht fast so aus, als ob wir am besten gleich den ganzen Uni-Jahrgang 1999 in die PI einladen könnten!"

Noch einmal läutete das Telefon, an dessem anderen Ende ein hochexplosiver *Wolf* wie in einer Fortsetzung von Beleidigung-Teil I ungehalten weitertobte. „Mensch *Holms*, lesen Sie die Passauer Presse:"

***Die Serie der Morde in der Dreiflüssestadt reißt nicht ab. Die Polizei tappt offensichtlich noch immer im Dunkeln, während der Serienmörder weiter durch Passau mordet.***

„Hören Sie sich das an. Die Bildzeitung schreibt:"

***Inkompetenz mit Blaulicht und der Killer mordet weiter!***

„Mensch kriegen sie das endlich hin, ich halte den Kopf nicht länger für ihr Komplett-Versagen hin, ich will so was wie einen Hauptverdächtigen, und wieviele Leichen brauchen Sie denn noch, bevor sich endlich eine *Soko zusammenstellen, sperren sie alle Friedhöfe, haben Sie das kapiert Mann."

Es war eine Seltenheit, dass *Rob* die Beherrschung verlor, dieses Mal passierte es. „Verdammt, stecken Sie sich diese Klugscheißerei sonst wohin, schicken Sie mir lieber ein paar Leute, mit denen ich arbeiten kann und warum sperren Sie nicht gleich ganz Passau ab, *Herr Polizeirat*?"

*Wolf* konnte den letzten Satz nicht mehr hören. Die Antwort hatte sich von selbst erledigt, denn der Oberbürgermeister war gerade dabei über Passau ein zweiwöchiges Ausgangsverbot zu verhängen und *Wolf* hatte bereits aufgelegt. Jetzt saß er schwitzend und keuchend in seinem jahrelang eingesessenen Polizeirat-

Sessel, der bald zu seiner Vergangenheit gehören würde. Doch anstatt an seine bald bevorstehende Pension zu denken, grübelte er fieberhaft darüber, woher die Presse die detaillierten Informationen hatte, die der Überschrift in einem halbseitigen Presseartikel folgten.

An diesem Freitag verfluchte *Rob* den Mann, der das Telefon erfunden hatte. Zu Recht, denn die Telefonanschlüsse im K1 läuteten ununterbrochen. Nicht nur der Hauptapparat auf *Steffis* Schreibtisch nahm an der Olympiade im Telefonwettklingeln teil, auch die unbesetzten Telefone vom *Hackl,* vom *Kopfinger,* dem *Vierhammer.* Mal abwechslungsweise, mal zwei Geräte im Stereobetrieb, manchmal alle gleichzeitig. Selbst *Steffi,* die als personifizierte Bürokrake ihre tausend Hände gleichzeitig einsetzen konnte, gelang es nicht mehr, das Chaos zu bewältigen. Die einzige Möglichkeit nicht durchzudrehen war, einfach Ruhe zu bewahren und das Abheben dem Zufall zu überlassen.

Ein Zufall sorgte dafür, dass der Erkennungsdienst durchkam.

„Wir haben noch was für Euren Fall."

„Welchen Fall?", fragte *Steffi* nach, „es gibt momentan vier Fälle, Herr Kollege."

*Steffi* hörte nur zu und endete nett aber bestimmt. „Wäre nett, wenn sie jemand damit in unserer Etage heraufschicken."

Fünf Minuten später klopfte es an der Tür.

„Was ist das?" Wollte *Rob* wissen.

*Steffi* machte nicht den Versuch etwas zu erklären, sondern gab ihm, mit den nächsten Zufall am Ohr, die Unterlagen mit der Bemerkung, „das Ergebnis vom Bodenprobenvergleich im Fall *Mario Müller.* "

*Steffi* hatte nur ein kurzes „einen Moment" auf den Lippen und verband das nächste Gespräch zu *Rob.* „Chef ein Rechtsanwalt aus München."

*Rob* winkte ab. „Geht jetzt nicht, soll Nachricht hinterlassen, sobald ich Zeit habe, melde ich mich, kann aber auch dauern."

Wieder klopfte jemand an der Zimmertür und spitzte gleichzeitig mir der Nase herein. „Hey, was ist bei Euch los, die Leute fragen schon bei uns …"

„Mann lass uns in Ruhe, wir haben zu arbeiten", wimmelte ihn *Steffi* ab.

Das pausenlose Bimmeln der Telefone wollte nicht abreißen. Auch Polizeipressesprecher *Wiesinger* hatte sich schon die Finger wundgewählt, ohne dass der Zufall sein Gespräch ankommen lassen wollte. Nun stand er als nächster mit Fragezeichen in den Augen in der Tür. „Der *Wolf* hat gesagt ….

„Scheiß auf den *Wolf*, Mann. Es geht drunter und drüber…" schnauzte *Rob* genervt Richtung Türe.

„Entschuldige *Holmes*, aber der *Wolf* hat ausdrücklich gesagt, dass wir für die Presse …."

„Mein Gott Scheiß Presse, gibt es denn nichts Wichtigers als die Presse, vielleicht sowas wie einen Täter, hm?"

*Steffi* winkte. „Der *Michael Schwarz* wegen dem Termin heute."

„Kann mich gernhaben, er muss persönlich erscheinen, sag ihm das." *Steffi* tat es.

Ein aufgewühlter Ameisenhaufen war ein Kindergarten ohne Kinder gegen das, was sich an diesem Freitag im K1 abspielte. Und wieder juckten *Rob`s* Ohrläppchen. *Wolf*, zum dritten Mal, direkt auf *Rob`s* Apparat. Demonstrativ ließ *Rob* das Telefon durchläuten und kündigte an „Ich muss mal austreten, kann dauern."

Auf der Toilette überflog *Rob* den mehrseitigen Bericht des Erkennungsdienstes. In ihm wurde bestätigte, dass die gefundenen Baumwollfasern auf dem Fahrersitz nicht vom Opfer stammten. *Mario Müller* war also nicht selbst zum Hafengelände gefahren, sondern der mutmaßliche Täter. Das interessanteste aber war die Übereinstimmung der Erde im Fußraum des Wagens und an den Schuhsohlen mit den Bodenproben vom Heininger Friedhof. Bingo, der Heininger Friedhof liegt nur 600, 700 Meter vom Hafengelände entfernt. Dass man auch noch eine Reihe von Requisiten und Sexspielzeuge im Kofferraum fand, war allerdings auch nicht mehr überraschend. Den Rest kannte er. Für das Fehlen des Zeigefingers hatte er im Moment keine Erklärung.

Eine sich wiederholende Feststellung der angenehmen Art aber war die beruhigende Wirkung eines Toiletten-Aufenthalts. Nur hier konnte er Ruhe und Entspannung finden. Nur allzu menschlich, dass er am liebsten den ganzen Vormittag hier sitzengeblieben wäre.

Ein anderes Schriftstück war auf *Rob`s* Schreibtisch gelandet, nachdem er sich schweren Herzens dazu durchgerungen hatte, den Ort der ultimativen Entspannung für einen anderen Kollegen freizumachen.

„Das Täterprofil Chef, gerade vom LKA hereingekommen."

Wie im Auge eines Hurrikans war es ganz plötzlich ruhig im K1 geworden, kein Telefon und keine lästigen Kollegen, die neugierig an der Türe klopften. *Sebastian* brütete über einen Artikel von C. Musolff, Täterprofile und Fallanalyse.

„Was steht drin?", wollte *Rob* von *Steffi* wissen.

Sie verdrehte nur die Augen. „Nur ein vorläufiger Bericht, das LKA arbeitet noch daran. Wie es aussieht, reicht das Material für eine aussagefähige Fallanalyse noch nicht aus. Widersprüchlichkeiten bei den drei Opfertypen, keine vergleichbaren Fälle in der Datenbank, das restliche Blabla sind Theorieansätze, die wir bereits selbst erkannt haben.

*Sebastian* begann plötzlich laut aus seinem *Artikel zu zitieren: „ … einem Täterprofil Aussagen zu machen über Anzahl der Täter, Geschlecht, Alter, Familienstand, Lebensraum, Wohnraum, Ausbildung, Beruf, Mobilität, mentaler Typus, Umgang mit Autoritäten, Vorstrafen, Gewohnheiten, Freizeitaktivitäten,

*Textauszug aus Musolff 2002

Erscheinungsbild sowie prä- und vordeliktisches Verhalten … „

„Sind die jetzt vollkommen übergeschnappt“, fluchte *Rob* und unterbrach *Sebastians* Vortrag. „Wie viele Leichen brauchen die denn noch? Immer dasselbe, ein Haufen voller gut bezahlter Psychologen, Rechtsmediziner und Spezialisten, und nichts kommt dabei raus.“

*Steffi* brachte es auf den Punkt. „Na ja, das Gute Chef, jetzt haben sie noch eine Leiche mehr, um ihren Spezial-Computer mit den Profilingdaten zu füttern.“

„*Steffi* stell die anderen Telefone auf meinen Apparat um und geh nicht ran. Ich muss hier raus. Komm *Sebastian*, Tapetenwechsel. Wir fahren nach Patriching bevor ich mir unsere Freunde vom Friedhof vornehme. Erinnere mich, dass wir dann gleich den Wagen in der Patrichinger Waschstraße mal richtig sauber machen, die Karre stinkt ekelhaft.“

„Vielleicht hat sich aber der Gestank der Leichen schon in unserer Naseninnenseite eingebrannt, Chef.“

Das Haus in der Neubausiedlung war ansprechend. Ein schmuckes Haus, schmucker Garten, alles wirkte sehr gepflegt. Die Haushälterin war geschockt, als sie vom Tod ihres Putzgeldbrötchengebers *Martin Wimmer* erfuhr.

„Um Gottes willen, so ein netter Mann. Dem kann doch keiner was anhaben wollen, und wer sollte so einen braven Mann...“

Sie erfuhren, dass noch ein anderer Herr im selben Haus wohnte, der sich für einige Tage auf einem Schriftsteller-Kongress in Stockholm aufhielt. Das Hausinnere war ein Spiegelbild der akkuraten Sauberkeit, die ihnen bereits bei der Außenansicht des Einfamilienhauses aufgefallen war. Doch vor dem überdimensionalen Terrarium blieb *Sebastian* wie versteinert stehen. Selbst *Robs* schockerprobtes Sprechorgan war für einen Moment außer Gefecht gesetzt.

Die Hausperle dagegen meinte nur ablenkend, „ich habe mich schon an die beiden Riesendinger gewohnt. *Birgit* und *Gabriele* sind ja nicht einmal giftig. Aber es ist schon ein eigenartiges Hobby, solche Monsterschlangen."

Zwei Dreistreifenrosenboas lagen regungslos am Boden des Terrariums und starrten, vielleicht auf die nächste Fütterung wartend, vor sich hin.

„Ich muss sie zum Glück nicht füttern", betonte es die Hausperle so treffend, als ihre Augen wie hypnotisiert an der Glasbehausung der ungewöhnlichen Haustierchen klebten.

Fassungslos hielt sich *Rob* die Hände an den Kopf. „Träum ich das gerade, oder bist du sowas wie ein … Medium?"

*Sebastian* fühlte sich gerade selbst wie in Trance. Er war immer noch stocksteif und nicht in der Lage die Frage von *Rob* zu beantworten.

„Wir holen uns beim Knott was zum Essen, *Sebastian*. Oder zumindest etwas trinken, bevor wir wieder in unser Irrenhaus zurückfahren", schlug *Rob* mit Rücksicht auf *Sebastians* abwesenden Zustand vor.

*Sebastian* nippte nur stumm und geistesabwesend an seiner Cola.

*Rob* wusste nicht, was nach der Gegenüberstellung mit den Schlangen in *Sebastian* gerade vorging, also versuchte er ihn abzulenken. „Wir müssen die Liste deiner Friedhofgang noch um einen Namen erweitern. *Martin Wimmer* hat also auch in der selben Zeit in Passau studiert, juristische Fakultät, so wie es aussieht, auch wieder nach einem Homomann … „ Auch alles weitere, was er über *Martin Wimmer* erzählte, blieb ein Monolog, die ganze Rückfahrt in die PI. *Sebastian* schwieg sich in die Länge dahin. Als sie in der Tiefgarage ankamen antwortete *Sebastian* endlich. „Unser Memoryboard ist schon vollgeschrieben!"

An das Autowaschen hatte keiner mehr von beiden gedacht.

*Rob* ignorierte die Zettel auf seinem Schreibtisch, auf denen mehrere Namen notiert waren, die er zurückrufen sollte. Er schluckte zwei Aspirin und konzentrierte sich auf die anstehende Befragung seiner drei Kandidaten, die er höflich in die Polizeidienststelle eingeladen hatte. Sie warteten bereits mehrere Kaffeetassen lang im Gang des K1. Ein Gesicht kannte *Rob*, die anderen beiden konnte er nicht zuordnen.

*Frank Bierhuber* war das erste, der das umstrittene Vergnügen hatte, ein Vernehmungszimmer kennenzulernen. *Rob* war nicht alleine, er ließ sich von einen Kollegen aus dem *K2 begleiten, eigentlich nicht zuständig, aber er war ihm noch einen Gefallen schuldig. *Sebastian* hatte er nach Hause geschickt.

„Damit Sie mich richtig verstehen Herr *Bierhuber*. Das hier ist keine Talkshow, mich interessieren heute nicht die Gründe ihrer ausgeprägten Erinnerungslücken zu ihrer Studentenzeit und auch nicht ihre Schachfigurensammlung. Dafür will ich jetzt und heute wissen, wer noch alles zu der Studenten-Clique von damals gehörte. Namen, Adressen und Telefon. Ich will wissen, wo sie am Abend des 17. Oktobers, am Abend des 26. Oktobers, am Abend des 30. Oktobers und gestern Abend gewesen sind. Ich will wissen, wann sie *Christian Holzmeier* zum letzten Mal gesehen haben, ob er manchmal wo anders übernachtet, den Namen seiner Freundin, Lokale, in denen er sich aufhält, und so weiter. Und erzählten sie mir keinen Mist in der Art von -das-weiß- ich nicht-, sonst wühle ich mal richtig in der alten Vergangenheit herum, zum Beispiel in einer Vergangenheit, die *Andreas Klein* und *Richard Ramm* heißt. Haben Sie mich jetzt verstanden?"

Natürlich konnte *Rob* auch das Auftreten eines Angstflüsterers, dabei war er gerade erst in der Aufwärmrunde.

Offensichtlich war aber bereits die Androhung in der alten Vergangenheit zu stochern ausreichend, um *Franky Bierhuber* redselig zu machen.

*K2=Kommissriat für Einbrüche, Raub und Erpressung

„Herr Kommissar, ehrlich, ich kann wirklich nur sagn ...."
Gehorsam und in akribischer Beamtenlangsamkeit listete *Frank* seine Alibis auf. Abend-Telefonkonferenz, Schachabend und Lehrerstammtisch via Video, private Schafkopfrunde mit Abstand. Er gestand sogar ein, *Martin Wimmer* zu kennen, aber beteuerte glaubhaft, dass er nur einer von den Erstsemester-Studenten war, die er beim Leberkäs-Empfang in der Nibelungenhalle kennengelernt hatte und der ihm ab und zu über den Weg gelaufen war. Er spuckte auch den Namen *Günter* oder *Günni Wagmann* aus Rosenheim aus, der mit von der Partie war, wenn *Chris* sich irgendeinen Blödsinn ausgedacht hatte. Aber er hatte keine Adressen auf Lager, und er beschwor es feierlich. Dafür war das, was er über *Chris* zu erzählen hatte, schwer belastend. Das Täterbild verhärtete sich mehr und mehr zu Lasten *Christian Holzmeier.* Aggressives Charisma, Hang zu Ritualen, wenn auch nur spielerisch, besessen von der Verwendung von Stichwaffenattrappen. Redselig geworden machte *Franky* am Ende selbst aus seiner homosexuellen Neigung kein Geheimnis. Warum nicht gleich so, dachte *Rob.*

Die zweite Runde im Vernehmungszimmer galt den beiden Herren, die weder *Ben Grubinger* und auch nicht *Michael Schwarz* waren. Es überraschte *Kommissar Holmes* nicht, dass die beiden lediglich ihre rechtsanwaltlichen Vertreter waren. *Robert Holmes* war darauf vorbereitet.

Auf die Frage, was ihren Mandanten konkret zur Last gelegt wurde, verwandelte er sich in die authentische Figur eines waschechten FBI-Agenten. „Wer sagt, dass ich ihren Mandanten eine Straftat unterstelle?" *Rob* legte ungeachtet deutschkorrekter Gepflogenheiten seine Füße -in zumindest sauber geputzten Schuhen- auf den Schreibtisch und versteckte sein Gesicht hinter einem Pokerface. „Da draußen läuft ein Psychopath mit einem ziemlich großen Metzgermesser vogelfrei herum, der auf ziemlich abscheuliche Art immer noch Leute absticht, einen nach dem anderen, alle im Umfeld ihrer Mandanten." Nicht zufällig lagen die hässlichen Fotos der Leichen offen auf dem völlig leeren Schreibtisch. „Wir können nicht sagen, wer der nächste ist mit einer hässlichen und tödlichen Stichwunde. Vielleicht wäre es im Interesse … oder sagen wir eher zum eigenen Schutz ihrer Mandanten, mit uns zu kooperieren."

„Sie wollen damit andeuten …"

„Ja, genau das will ich. Wir können nicht ausschließen, dass sich ihre Mandanten selbst in akuter Lebensgefahr befinden."

Freitag der 13., und was für einer! *Rob* musste die stockdunklen Gedanken-Wolken dieses irren Tages ausblenden, er musste seine stechenden Kopfschmerzen ausblenden und alles das, was ihm seine Konzentration raubte. Der Tag hatte mies begonnen und ohne nennenswerte Fortschritte geendet. Nicht unbedingt so, wie das Horoskop eines erfolgreichen Kommissares es vorsehen würde. Lediglich Hinweise, die seinen Anfangsverdacht erhärtet hatten, dafür aber hilfreich für die Zustimmung der Staatsanwaltschaft für einen Untersuchungs-Haftbefehl. Der weitere Mord, die Verdachtsverdichtung und die Verdunklungsgefahr, der Fakt der Fluchtgefahr in persona *Christian Holzmeier* war damit endlich gegeben.

**-Wochenende 14. und 15.November-**

*Musik wischt den Staub des Alltags von der Seele. Dieses alte Sprichwort galt ganz besonders für *Sebastian.* Es gab eine ganze Menge davon, weit mehr als das übliche bisschen Alltagsstaub, eher eine zähe Kruste aus Entsetzlichkeit und Brutalität, die die Musik von seiner Seele abspachteln sollte. Die widerlichen_Riesenschlangen, blutüberströmte verstümmelte Leichen, Träume mit der scheiß Angewohnheit, sich in Wirklichkeit zu verwandeln, ein durchdrehender Polizeirat, der völlig die Fassung verloren hatte und mehr. Wieviele *Hotel Californias* würde es brauchen, um diesen geistigen Sondermüll aus dem Kopf zu bekommen? Es war egal, wichtig war nur, dass es bald sein musste, noch an diesem Freitagabend, seiner 9. Praktikumswoche.

*Koko* war schnell klargeworden, dass *Basti* heute einfach die Finger nicht in der richtigen Reihenfolge auf das Griffbrett seiner Stratocaster setzte. Und es lag nicht daran, dass sie nur zu zweit übten. „Leg die Gitarre weg, wir machen lieber ein Fass auf."

„Sorry, ich wollte dir doch einen neuen Song für unser Programm vorspielen."

*Koko* hatte es gecheckt, dass *Sebastian* mit seinen Gedanken in einem versifftem, kriminellem Universum herumirrte. Das Fass bestand nur aus einem Hacklberger Sixpack, aber es würde den Frust abmildern. „Mein Alter beklagt sich auch schon, dass momentan nix geht in der Vinothek."

„Sei mir nicht bös, *Koko.* Das ist doch was ganz anderes. Mag ja sein, dass es da drinnen ganz nett ist. Aber die Oldies, na ja, sie können nichts für ihre optischen Lackschäden, und wahrscheinlich sitzen sie bei Mineralwasser und ihren Vitamintabletten heimelig zusammen und schunkeln ein bisschen in Zeitlupe."

*Kunst wischt den Staub von der Seele, Zitat von Pablo Picasso

Wenn *Sebastian* meinte, die Vinothek und ihr vermeintlich seniles Publikum mit diesem seniorenfeindlichen Klischee als angerostete Gruftis abtun zu können, dann irrte er sich gewaltig.

*Koko* schenkte ihm nicht nur das zweite Fläschchen Hacklberger ein, sondern auch die Wahrheit über das Innenleben des kleinen Weinlokals mit seiner weiß Gott lebhaften und umtriebigen Gesellschaft, das jeder Passauer Insider kannte und schätzte.

„Bist du irre?" Du würdest dich wundern, was hier immer los ist, wenn nicht … du weißt schon."

*Sebastian* konnte *Koko`s* Begeisterung nicht nachvollziehen, als er schwärmerisch die ausgelassene Stimmung der Stammgäste -mit zugegeben hohen Grauanteilen in den Haaren-, beschrieb. Das kleine Weinbeisl in der Brunngasse war eher ein Jungbrunnen als alles andere. Statt Langeweile und Tristesse eine eigene Welt für sich, in der das Lebensalter nichts zu bedeuten hatte, gar nichts. Kein Gesicht, in dem auch nur im Ansatz einer Spur von schlechter Laune flackerte. Nur pure Lebenslust, meistens richtig feucht und fröhlich, besonders wenn *Koko`s* Vater mit seiner Kombo Freitag für Freitag mit gleicher Leidenschaft die unkaputtbaren Ohrwürmer liver als live zum besten gab. „Die haben eine wahnsinnige Fangemeinschaft, das musst du bei den anderen Musikern erstmal finden."

Der Proberaum im schallabgedichteten Keller, in dem sie unbemerkt der gültigen Kontaktbeschränkungen zusammenhockten, ließ ihn plötzlich an *Christian Holzmeier* und seinem möglichen Versteck denken. Vielleicht war er ganz in der Nähe? Die Sechzehnerstraße war nur zwei Querstraßen entfernt von *Koko`s* Elternhaus mit dem Proberaumkeller von *Easy feeling*.

„Ich hol Nachschub!" *Koko* war kurz verschwunden und für einen Moment war es still geworden, bis auf ein Geräusch, das sich wie schleichende Schritte anhörte. Sie verstummten wieder, aber dann folgte ein Knarzen an der Nebeneingangstüre, die in den Garten hinausführte. Die Türklinke wurde langsam, fast zaghaft nach unten gedrückt. So in etwa würde es ein Einbrecher machen, dachte *Sebastian*. Das Beruhigende daran, es gab keinen passenden Traum dazu.

„Sorry, das Fernsehprogramm geht mir auf die Nerven, und schließlich soll man doch an die frische Luft." *Koko`s* Vater war völlig unangemeldet aufgetaucht.

Um das ausgesprochen entspannte Verhältnis zwischen *Koko* und seinem Vater, der selbst ein mit-Leib-und-Seele-Musiker war, beneidete ihn *Sebastian* uneingeschränkt. Vielleicht war die Musik genau die unsichtbare Nabelschnur, die sie mehr Kumpels als Vater und Sohn sein ließen. Folglich nur zu logisch, dass es nicht nur beim einem „Hallo" blieb. Natürlich galt das ungeschriebenes Gesetz, dass das zweite Sixpack zu dritt geleert wurde, und genauso natürlich, dass man beim angeregten Philosophieren mit Promillebegleitung tief in die Vergangenheit der musikalischen Welt eintauchte, bis man zurück in die kleine Eigen-Welt der Vinothek fand.

„Stimmt *Basti*", erklärte *Koko`s* Vater voller Überzeugung. „Wir machen einfach Musik, weil es uns durch und durch Spaß macht, ohne Gage und aus freien Stücken."

„Cool!"

„*Koko* soll dich mal mitnehmen, wenn wir endlich wieder loslegen dürfen, er hat dir bestimmt nicht zuviel versprochen.

Eigentlich hatte *Sebastian* keinerlei Grund, urplötzlich den Kriminalkommissaranwärter-Knopf anzuschalten.

„Sag mal, du kennst doch bestimmt alle möglichen Leute, die in der Vino so aufkreuzen?" *Sebastians* Gedanken vollzogen einmal mehr unnachvollziehbare Zick-Zack-Sprünge, als er sich nach einer bestimmten Person erkundigte.

„*Christian Holzmeier*?", fragte *Kokos* Vater nachdenkend. „Lass mich überlegen" Er zog die Lippen wie ein Kussmund nach oben. „Es gehen hier so viele Leute regelmäßig ein und aus, jeder an einem anderen Tag. Die einen kommen schon Vormittag, die anderen erst am Abend. *Christian, Christian*? Weißt du mit den Namen … ich kenne die meisten nur vom Gesicht!"

„Hey *Basti*, packst du gerade die Lizenz zum Ausfragen aus der Hosentasche oder sowas?", beschwerte sich *Koko*, der kurz eingenickt war.

„Ist doch kein Problem", besänftigte ihn *Koko`s* Vater. Es war ihm anzumerken, dass er nur zu gerne über die Leute aus der Vinothek plauderte.

„Klarer Fall von Entzugserscheinungen", meinte *Koko* wieder entschleunigt und nuckelte weiter an seinem Hacklberger.

„Der Typ wohnt sogar hier in der Nähe, Sechzehnerstraße, und er ist bei der Presse." *Sebastian* hatte die Fotos nur auf seinem Diensthandy, aber er versuchte sein Äußeres zu beschreiben, das er mittlerweile kannte.

„Ja, möglich", meinte *Koko`s* Vater. „Wenn wir den gleichen meinen, dann kommt der Typ einmal die Woche, allein, meistens freitags. Der wünscht sich jedes Mal den *Kastanienbaum* von der *Spider Murphy Gang*, schaut unserem *Shadows-Joe* auffällig auf die Finger, spendiert manchmal eine Runde Edelbrand, flirtet mit der *Marina* an der Theke, süffelt glückselig an seiner Weinflasche dahin und verschwindet im Lauf des Abends so unauffällig wie er gekommen war."

Das war aber auch schon alles, was er über diesen Typ erzählen konnte. „Mehr kann ich dir nicht sagen *Basti*. Ich habe mich außer einem Danke, einem Prost und unseren Trinkspruch mit ihm nicht unterhalten. Sprich mal mit der *Marina*, vielleicht weiß die mehr." Er hob das letzte Hacklberger Fläschchen zum Anstoß und stimmte wehmütig etwas an, was *Sebastian* nicht begriff: „Wo scheint die Sonne?"

*Holzmeier* blieb auch in dieser Nacht verschwunden, *Sebastian* und *Koko* mit Vater ließen auch noch das dritte Sixpack verschwinden. So oder so war der Abend mit einem echten easy Feeling und all seinen Konsequenzen in ein Beinahe-Happy-End gedriftet. Und *Sebastian* … der hatte sich dabei reichlich Alltagsstaub von der Seele gewischt.

Keine Leichenteile, keine Friedhöfe, keine Schlangen, *Sebastian* träumte nichts. Sein Schlaf war einfach nur tief und fest, abgesehen von einem höllischen Schädelbrummen, das ihn gezwungenermaßen aus dem Bett scheuchte, um eine Schmerztablette einzuwerfen. Aber einfach in die Länge gezogen weiterzuschlafen, wie an einem stinknormalen Murmeltier-Wochenende, daran war nicht zu denken.

Nicht der koffeingeschwängerte Duft von frischem Kaffee lockte ihn an den Frühstückstisch in der Küche, sondern eine Frage, die ihm im Magen zusammen neben dem letzten Bier von gestern lag. „Mama, hast du auch schon einmal etwas geträumt, was kurz darauf dann wirklich passiert ist?"

*Mama Raitmaier* schaute ihn interessiert an und zog ohne Umschweife eine prompte Antwort aus dem Register ihres umfangreichen Krimiserien-Lebens. „Nein Basti, aber der *Mentalist* hat in der Serie …."

*Sebastian* hielt sich verzweifelt die Hände vor das Gesicht.

„Mei *Basti*, sag halt, was ist denn mit dir, du schaust nicht gut aus? Ist sehr spät g`wesen gestern, gell? Aber ich hab`s in der Passauer Zeitung gelesen, dass gestern schon wieder einer ermordet worden ist."

*Sebastian* verdrehte die Augen, obwohl sich auch der Tisch und die Küche dazu in der genau entgegengesetzten Richtung drehten und verschwand für den Rest des Vormittages mit einer neuen Zusatzfrage wieder unter der Bettdecke: Warum bin ich immer noch nicht ausgezogen?

Die *Passauer Presse* war auch im österreichischen *Obernberg* erhältlich, wo *Chris* sich mit seinen Lebensmitteleinkäufen versorgte. Auch er verfolgte die Mordserie in Passau und die Traueranzeigen im Regionalteil. Für ihn war es natürlich kein Problem, zwischen den Zeilen der Anzeige die Todesursache herauszulesen. Normaler oder altersbedingter Todesfall, die Folgen einer vorausgegangenen längeren Krankheit oder ein plötzliches unerwartetes Ereignis. Natürlich wusste er auch einen Selbstmord zu erkennen.

Die Todesanzeige von *Martin Wimmer* fiel ihm ins Auge. *Martin Wimmer*? Plötzlich erinnerte sich *Chris* wieder an ihn. Er war in den ersten beiden Semestern oft mit ihnen zusammen gewesen. Sie hatten sich auch zusammen gegen diese Spinner gewehrt, die Antistudenten- und Antischwulen-Aktivisten aus der Provinz, mit allen Mitteln. Sie wollten und sie haben ein Zeichen gegen die hinterwäldlerischen Anfeindungen gesetzt. Nicht schön für das Bauernopfer, das dafür den Arsch hinhalten musste, aber eine echte Genugtuung. Die Welt stand kurz vor der Jahrtausendwende und Homosexualität war längst etwas völlig Normales, auch in Passau.

Jetzt, zwanzig Jahre später war *Martin Wimmer* tot, unerwartet und plötzlich, so las es *Chris* aus der Formulierung der Anzeige unmissverständlich heraus. *Chris* spekulierte, ob *Martin Wimmer* ebenfalls zu den Opfern der Mordserie gehörte.

*Mama Raitmaier* wäre nicht *Mama Raitmaier* gewesen, wenn sie ein paar Stunden später nicht noch einmal versucht hätte, *Sebastian* durch die Hintertür etwas über das schreckliche Verbrechen aus der Presse zu entlocken. „Der Hansen und der Stadler haben auch mal eine furchtbar grausame Leiche …"

„Wer bitte soll dieser Hansen und dieser Stadler sein?"

„Das sind doch die Rosenheim Cops *Basti*, und heute Abend kommt einer Wiederholung, wo sie …"

„Mama bitte … echt jetzt!"
*Sebastian* ging es wie vielen anderen jungen Leuten von Lockdown zu Lockdown und Kontaktbeschränkung zu Kontaktbeschränkung, nur die mussten nicht vor dem Dauerverhör ihrer Mütter die Flucht ergreifen.

„Ich habe einen neuen Song für unser Programm Leute."
Der Proberaum bei *Koko* war wie ein Versteck, eine Insel in der verrückt gewordenen Welt, in der zwei Themen das Tagesgeschehen beherrschte, die Inzidenzwerte und die Mordserie.
„Das hat gestern anders geklungen, *Basti*!", lobte *Koko* sein heutiges Gitarrenspiel. Schon nach einer knappen Stunde war der Song fehlerfrei eingeübt.
Sie trafen sich momentan mehrmals die Woche, im Endeffekt sahen sie sich als eine Art gemeinsamer Haushalt. Keiner nahm Anstoß daran, sogar *Mama Raitmaier* hatte nur zu großes Verständnis für dieses kleine bisschen Freiheit.
Wieder fing *Koko* mit seiner Leier von größeren Auftritten an. „Mal eine vernünftige Gage, Leute. Dann könnten wir auch ein bisschen ins Equipment investieren und am besten mal raus aus Passau, raus aus der Provinz."
„Was heißt da Provinz?", fragte ihn *Flo*.
*Alex* stimmte *Flo* zu. „Täusch dich nicht mit Provinz und so, *Koko*. In und aus Passau hat es einige Leute gegeben, die es geschafft haben: Bruno Jonas, Florian Silbereisen, Otti Fischer."
Auch *Sebastian* lag ein prominenter Name auf der Zunge. „ Hape Kerkeling, Leute. Seinen Durchbruch schaffte er im Passauer Scharfrichterhaus."
„Jetzt sag bloß noch der Verkehrsminister", lächelte auch *Koko*.
„Dann schafft es meine Mama eines Tages auch noch!"
„Als was?"
„Als Passaus berühmteste Kriminalserien-Expertin.
„Dann sollte sie sich lieber bei Euch bewerben, ihr habt doch eh zu wenig Leute", meinte *Alex* und stupste *Sebastian* übermütig in die Seite.

Der Stundenzeiger war ein paar Mal um die eigene Achse gekreist, der übliche Absacker im Cubana fiel momentan ins Wasser, also war die einzige Alternative, sich auf den Weg nach Hause zu machen, so wie gestern. Dieselbe Strecke, wieder zu Fuß.

Wie verrückt konnte das alles nur sein. Natürlich war er ahnungslos, dass ihm auf dem Rückweg in der Innstaße ein Auto entgegengekommen war, in dem *Christian Holzmeier* saß, mit einer Reisetasche voller frischer Wäsche und einem Zettel, den er in seinem Briefkasten gefunden hatte. Langsam las *Christian* den Zettel, der sich im Briefkasten befand.

**Komm zum Friedhof Sankt Corona,**

**Mittwoch Abend 18 Uhr, so wie früher.**

Es war bereits der zweite Zettel, den er bekommen hatte.

Hass wird von Rache gefüttert. Er ist ein Monster. Es frisst und frisst immer weiter, es wird niemals satt. Es frisst den Rest unserer rationellen Menschlichkeit, und der Hunger der Sühne wächst ins Unermessliche. Der Glauben aber, dass die Zeit alle Wunden heilt, wird vollkommen bedeutungslos, wenn nichts menschliches mehr in uns ist.

**-Montag 16. November-**

Warum gibt es eigentlich keine Überwachungskameras auf den Friedhöfen? Diese stinksachliche Frage war es, die *Rob* seinem Chef stellen wollte.

„Ich brauche den neuen Kollegen ab sofort und wenigstens den *Hackl* dazu“, war das, was *Rob* von *Wolf* forderte. „Sonst muss ein anderer diesen Scheiß hier machen!“

„Darauf kommen wir noch zurück *Holms*, ist das klar.“

Dieses Mal war *Rob* derjenige, der das Duell im Telefonauflegen gewann.

„Was hast du mit dem Zeigefinger vom *Mario Müller* gemacht, *Hackl*?“, fragte *Rob* seinen Kriminalkommissar-Kollegen, der erst eine halbe Stunde nach *Vierhammer* und *Kopfinger* eingetrudelt war. Immer noch zierte ein demonstrativ auffälliger Einband seinen Unterarm. „Die Gerichtsmedizin hat nämlich schon nachgefragt“, schob *Rob* erklärend nach!“

Das Wochenende hatte sich viel zu schnell in Vergangenheit verwandelt, wieder war *Sebastian* mitten im Geschehen um Leichenteile, Verdächtigensuche und einem Durcheinander aus medizinischen Gesprächsfetzen, wie auf einem Krankenhausflur.

„Der Finger, hm.“ Es war an *Hackl`s* Stimme und seiner Körpersprache unschwer abzulesen, dass gleich eine Art Geständnis zu erwarten war. „Mensch *Rob* ich weiß nicht genau. Vielleicht … scheiße, ja verdammt. Es kann sein, dass ich den im … hm, sorry … im Handschuhfach vom Dienstwagen verstaut habe.“

„Du bist so ein Trottel, *Hackl*“, entfuhr es *Rob* stinkesauer.

Kein Wunder, dass das Auto schon tagelang wie eine Abfalltüte aus der Pathologie roch, dachte *Sebastian,* als der böse *Wolf* mit einem neuen Schäfchen im Schlepptau zur Türe hereingeplatzt kam. „Was wollen Sie *Holms*, sind ja alle da, warum beschweren sie sich immer?“ Er drehte sich zu seinem Anhängsel um. „Ihr neuer Mann!“

Im K1 herrschte wieder Vollbesetzung, alle waren vom Krankenbett auferstanden wie ein vorgezogenes Weihnachtswunder.

„Ich bin der *Muck, Hans Muck*. Was kann ich als erstes tun?“

Was war heute los? Volles Haus, nur die *Schiller* fehlte immer noch. Burn out, langwierige Sache.

*Wolf* präsentierte sich in siegessicherer Laune, als er verkündete, dass *Christian Holzmeier* ab sofort zur Fahndung ausgeschrieben war. „Ich habe das höchstpersönlich mit dem Staatsanwalt geregelt *Holms*. Sehen Sie, man muss es nur richtig machen. Kümmern Sie sich darum, dass die Friedhöfe bis auf weiteres gesperrt werden und findet diesen wahnsinnigen Friedhofskiller, und Sie junger Mann - damit war *Sebastian* gemeint -, springen zum *Wiesinger* in die Pressestelle rauf für die neue Pressemitteilung.“ Und so schnell wie er hereingeplatzt war, so schnell war *Wolf* wieder verschwunden.

Nach sofortiger Polizeiarbeit, so wie *Hans Muck* das aus Berlin kannte, sah die Fortsetzung des gegenseitigen Krankengeschichten-Austausches unter Kollegen noch nicht aus. Am liebsten hätte er gleich losgelegt. *Hans Muck*, auf den ersten Blick sympathischer Eindruck, nicht ganz der Jüngste, aber kollegial, auf Draht, der neue Ermittler aus dem Norden, mit verdächtig bayerischem Akzent.

*Rob* schenkte sich das Geplappere von dramatisch klingenden Überlebenskämpfen im Krankenbett überdies. Er hätte seine Gedanken dazu ohnehin eher im Sarkasmus gebadet und sich gewundert, dass überhaupt einer von ihnen mit dem Leben davon gekommen war. Aber das war nicht der einzige Grund, warum er es bevorzugte, sich wieder in sein Dienstbüro zurückzuziehen, das er in den letzten Wochen kaum genutzt hatte.

*Ben Grubinger*", kündigte *Steffi* den Namen des Anrufers an, den sie in sein Zimmer durchstellte.

„Bitte Kaffee Schwarz mit zwei IBU, *Steffi.*"

Das Telefonat dauert nicht lange. *Ben Grubinger* hatte die Hose randvoll. Der Rechtanwalt hat seine Sache gut gemacht, dachte *Rob.*

„Wir können es kurz machen *Herr Grubinger*", schlug *Rob* deshalb alternativlos vor. Er wartete nicht auf ein einverständliches - ja gerne - von *Grubinger,* sondern schoss seine Fragenkanone in einem einzigen Satz ab. „Ich will von Ihnen Informationen über *Christian Holzmeier* einen *Martin Wimmer*, einen *Günter* oder *Günni Wagmann* und ihr Alibi für den Abend des 17. Oktober, den Abend des 26. Oktober, den Abend des 30. Oktobers und wo Sie letzten Freitag Abend gewesen sind."

„Bin ich in Gefahr?"

„Kann ich Ihnen nicht sagen, aber wenn Sie beruhigter schlafen wollen, weil eine freilaufende Killermaschine festgenommen wird, die einigen Leuten aus ihrer Studentenclique den Arsch aufschlitzt, dann sollten Sie mit uns kooperieren, wenn Sie wissen was ich meine."

Natürlich wusste er es, und seltsamerweise brauchte *Ben Grubinger* nun keinen Rechtsanwalt mehr. Er war willig über das zu reden, was ihn nicht selbst juristisch belastete. Seine Alibis waren glaubhaft und überprüfbar, mit Ausnahme von Montagabend, an dem *Thomas Kaiser* erstochen wurde. Ansonsten aber auch kein Wunder, dass seine Informationen keine brauchbaren Neuigkeiten enthielten.

Nicht deutlich mehr erfuhr er von seinem nächsten Anrufer. Auch der Arsch von Banker *Michael Schwarz* kochte verängstigt nah am Höllenfeuer. Er kannte wie *Ben* zwar die Namen *Martin Wimmer* und *Günter* beziehungsweise *Günni Wagmann* und gestand ein, dass die beiden manchmal gemeinsam mit ihrer Clique unterwegs waren. Aber auch er versicherte glaubhaft, dass der Kontakt nach dem Studium abgerissen war, und nichts zu Gewohnheiten, Freunden oder einen möglichen Bekanntenkreis sagen konnte, nicht über *Wimmer*, *Wagmann*, natürlich auch nicht über *Christian Holzmeier*.

Das Stechen von hunderten Nadeln im Kopf hatte auch nach zwei IBU-Tabletten nicht merklich nachgelassen, aber unabhängig davon war *Rob* überzeugt, dass die beiden die Wahrheit sagten. Und *Ben*, ein eiskalter grausamer Messermörder? Nein, seine Berufserfahrung und sein Bauch entschieden sich dagegen.

„Hey, was ist hier los? Wir sind hier nicht auf der Intensivstation und auch nicht bei Emil und seinen Detektiven, Leute!“ *Rob* reagierte sichtlich genervt.

Statt endlich in die Gänge gekommen zu sein, war die gerade ins Leben gerufene **Soko Friedhof* immer noch nicht über die detaillierte Beschreibung von alternativen Therapien, akribische Krankheitsverläufe und Unzulänglichkeiten der Ärzteschaft hinausgekommen.

„Wir warten nur auf deine Order Captain“, tat sich *Hackl* provokativ hervor, und hockte lässig mit dem rechten Bein hin und her wippend auf dem Schreibtisch.

„Wie wär`s zum Beispiel mit Fahndung einleiten, die Daten, Fotos, Kennzeichen, an die Polizei zu geben, die 24-Stunden-Überwachung in der Sechzehnerstraße anzuleiern, und so weiter und so weiter?“

Die Gesprächskulisse verstummte augenblicklich.

„Zack, zack.“ Unmissverständlich machte *Rob* damit deutlich, dass der Laden nicht die freiwillige Feuerwehr war. „*Vierhammer*, du kümmerst dich um die Fahndung, du gibst alles an die Kollegen von der Polizei weiter, *Kopfinger*, du regelst das mit der Überwachung der Friedhöfe, …. und keinen Triathlon mehr, bis der Fall geklärt ist, klar! Und Sie *Muck*, geben die Daten an die Zivilen weiter, sie sollen hauptsächlich an den alten Passauer

*Sonderkommission

Grenzstationen die Augen offen halten, also Haibach-Achleiten, Maria-Hilf, Voglau und Österreichisch Haibach. *Hackl* du machst das mit Überwachung von der *Holzmeier*-Wohnung. Alles verstanden?"

Wieder versuchte *Hackl* sich aus der Affäre zu ziehen. „Ich weiß nicht genau, ich muss dann nochmal zu Arzt."

*Rob`s* Lautstärke stieg auffallend. „Das kannst du machen, wenn du die Überwachung in der Sechzehner Straße organisiert hast und deinen Bericht geschrieben hast, wie und wo der fehlende Zeigefinger vom *Müller* abgeblieben ist. Klar?"

„Aber, aber …" versuchte *Hackl* zu protestieren.

*Rob* zitierte ihn in sein Zimmer. „Verdammt *Hackl*, das hier ist auch nicht die freiwillige Polizei, schreib dir`s auf, wenn du dir das nicht merken kannst."

„Wie, was soll ich denn über den Finger schreiben?"

„Zum Beispiel, dass der Finger jetzt im Handschuhfach des Dienstwagens liegt oder … du lässt dir eine Ausrede einfallen, darin bist du ja geübt. Und jetzt mach endlich."

„Tonlos setzte sich *Hackl* auf seinen Schreibtischplatz und bestrafte die Tastatur seines Laptops mit harten Tastenanschlägen für diesen soeben eingesteckten Rüffler.

„Noch was *Hackl*", rief ihm *Rob* durch die offene Tür seines Büros zu. „Du kannst dich doch bestimmt an den Ertrunkenen bei dem Partyboot-Unfall 2013 erinnern, Engelhartszell?"

„Sorry, no way! Außerdem sind Wasserleichen in Passau so normal wie Hochwasser."

„Okay, wenn das so ist, dann such mir auch noch alle Wasserleichen von 1999 – 2013 raus, bevor du dir beim Doktor deines Vertrauens deinen Stinkefinger auch noch einbinden lässt!"

Dicke Stimmung zusammen mit einer weiteren Tasse Kaffee Schwarz und zwei zusätzlichen IBUs grübelte *Rob* über *Christian Holzmeier*. Endlich das Okay für die Fahndung, aber etwas störte ihn dabei. Etwas, was er sich selbst nicht erklären konnte. Am Tag 21 der Ermittlungen sollte es eigentlich befreiend sein, endlich einen offiziellen Hauptverdächtigen im Visier zu haben. Immerhin hatte sich *Christian Holzmeier* mustergültig verhalten, um zum Verdächtigen Nummer eins zu werden. Nicht alles war zu hundert Prozent stimmig, wie das abweichende Alter von *Mario Müller* oder ein eindeutig erkennbares Motiv, das noch immer im Dunkeln lag. Dagegen lag *Sebastian* vollkommen richtig mit seiner Feststellung, dass alle Opfer homosexuell waren. Noch weit gewichtiger aber wog *Holzmeiers* Charakterbild. Die übereinstimmenden Aussagen aus seinem Umfeld beschrieben ihn ausnahmslos als aggressiv, aufbrausend und temperamentvoll und drückten ihm damit förmlich den mutmaßlichen Täterstempel auf. Und als letzte, aber schwerwiegendste Zugabe, sein Untertauchen, das keinen anderen Schluss zuließ. In Summe konnte es also gar nicht anders sein.

Manchmal konnte sich *Robs* Bauch und seine Nase auch täuschen, das musste er sich in diesem Fall eingestehen. Die Staatsanwaltschaft sah es scheinbar ebenso und stimmte deshalb der Fahndung zu. Wie auch immer, das wichtigste war es, den Killer ausfindig zu machen und dadurch einen weiteren grausamen Mord zu verhindern.

Das alte Schwarzweiß-Foto mit den zwei jungen Männern und ihrer Leberkästrophäe lag auf dem Nachkästchen in Bad Füssing. *Christian Holzmeier* saß auf dem Bett und las den Zettel immer und immer wieder. Seine Erinnerungen suchten im Kopf nach Bildern von *Andi.* Ein strammer Kerl, blond, groß, knackig, nicht zimperlich und gut bestückt zwischen seinen muskulösen Beinen. Wie würde er jetzt aussehen? Es war eine Affäre in Intervallen, manchmal trafen sie sich regelmäßig, dann wieder wochenlang nicht. Es ging nur um die Leidenschaft, das Ausleben ihrer Sexualität. *Chris* kannte weder seinen richtigen Vornamen, noch irgendetwas aus oder von seinem Leben. Nur seine Handy-Nummer, mehr interessierte nicht. Er nannte ihn *Andi* und hatte ihn ein Jahr nach dem Unfalltod von *Andi 1* kennengelernt. Was war wohl aus ihm geworden? Damals interessierte es nicht. Jetzt wurden die Bilder an ihre kurzen intensiven Treffen am Friedhof in Hacklberg wieder lebendig, und mit ihnen auch eine seltsame Sehnsucht. War der Zettel ein Zeichen, eine alte Beziehung wieder aufzufrischen, oder sogar mehr daraus zu machen?

Die *Soko Friedhof* hatte endlich ihre Arbeit aufgenommen. Jeder Ermittler telefonierte in unüberhörbarer Lautstärke, stimmte Zuständigkeiten, Örtlichkeiten und Personendaten ab, um den Ring um *Christian Holzmeier* so eng wie möglich zu schnüren. Der einzige, der sich wie ein Fremdkörper zwischen agierenden Kripoleuten vorkam hieß *Sebastian.* Der Pressebericht war mit *Wiesinger* und seinen Kollegen schnell verfasst gewesen, danach aber war er zum überflüssigsten Rad im K1 verdonnert. Nicht einmal *Steffi`s* zugeknöpftes Aussehen warf einen kleinen Silberstreifen in seinen grauen Praktikumsalltag.

Die Presse war auffällig gut informiert. Zu gut und umfangreicher, als das, was die Pressestelle der Polizei an Informationen offiziell herausgegeben hatte. Dabei gab es bisher weder eine Pressekonferenz noch andere mit Details gefütterte Stellungnahmen. Die Polizei übte sich aus ermittlungstechnischen Gründen in strikter Zurückhaltung.

*Wolf* scheute eine *Sandra Bergmann* wie der angebliche Teufel das Weihwasser. Dass ausgerechnet so kurz vor seiner Pensionierung dieses abscheuliche Verbrechen geschehen musste war die eine Sache, aber dass die Ermittlungsarbeiten Schwachstellen aufdeckte, die mitunter auf personelle Unterbesetzungen hindeuteten und als unqualifiziertes Führungs-Management ausgelegt werden könnten, das musste nicht an die große Glocke kommen, schon gar nicht an die Presseglocke von *Sandra Bergmann*. In ihrer Aufgabe als neue Pressefrau machte sie es ihm nicht leicht. *Sandra Bergmann* war zielstrebig, gewissenhaft und ehrgeizig. Zusammengefasst: Hartnäckig. Vor zwei Jahren war sie mit dem festen Vorsatz von München nach Passau gekommen, in der beschaulichen niederbayerischen Bischofsstadt genauer hinter die Fassaden zu sehen, einzuhaken und -wenn es sein musste-gerne unbequem zu sein. Dass mit den Medien längst nicht mehr zu spaßen war, das erkannte *Wolf* bereits aus seinen leidlichen Erfahrungen mit *Kein-H-Teresa* nur zu gut. Ihre Vorgängerin war bereits ein kleiner Vorgeschmack auf die neue Art des Journalismus gewesen.

Im Gegensatz zu *Sandra Bergmann* tat sich *Steffi* ungleich leichter, Informationen und Adressen in Erfahrung zu bringen. Mit dem Einwohnermeldeamt in Rosenheim genügte ein kurzes Telefonat, um die Adresse von *Günter Wagmann* zu klären. Beinahe genauso unbürokratisch erfuhr sie von seinem Arbeitgeber, dass auch *Günni* verreist war. Allerdings im Unterschied zu *Christian* war sein Reiseziel und das konkrete Rückflugdatum bekannt. Die Landung der von Bangkok kommenden Linienmaschine der Thai Airways mit *Wagmann* an Bord wurde morgen Vormittag am Airport München erwartet.

Seine quälenden Kopfschmerzen bekamen unerwarteten Besuch. Jemand mit dem Namen Tinnitus drückte plötzlich auf den Summknopf, den er fast schon vergessen hatte. *Rob* kannte den lästigen Mann im Ohr. Lange war er wie von selbst verschwunden gewesen, Selbstheilungskräfte oder seine positive Lebenseinstellung? Aber jetzt setzte er ihm umso heftiger zu.

Und doch gewann ihm *Steffi`s* Information über *Wagmann`s* Ankunft ein angedeutetes Grinsen in den Backenknochen ab, bei der Vorstellung, dass er *Hackl* morgen zur *Wagmann*-Befragung unmittelbar nach dessen Landung in München zusammen mit *Muck* dem neuen Ermittler, schicken würde. Thailand, eindeutig *Hackl*-Experten-Sache, dachte *Rob.*

Ansonsten versprach er sich wenig Aufschlussreiches von *Wagmann*, der nicht einmal bei der *Haas*-Beerdigung in Passau anwesend war. Es sei denn … zuckte eine Blitzidee durch sein Hirn, *Wagmann* und *Holzmeier* waren gemeinsam verreist? Nein, *Rob* verwarf diese Gedankenvariante sofort wieder. Der *Holzmeier* war ja beim Arzt gewesen, zudem hätte das ein Alibi für ihn bedeutet, und zwar ein best-of-Alibi. Aber eine Zusatzaufgabe für *Hackl*, morgen die Passagierliste dahingehend zu überprüfen. Diese Neuigkeit behielt er aber noch für sich.

Eine andere Sache dagegen ließ seinen Anflug von Lächeln sofort wieder einfrieren. Hätte er es von *Sebastian* nicht erfahren, dann wäre er nichteinmal eingeweiht gewesen, dass ein Krisenstab zusammengestellt wurde, dem der *Oberbürgermeister*, der Polizeirat, der Pressesprecher *Wiesinger*, der Staatsanwalt, und sogar der *Bischof* angehörte. *Sebastian* brachte die Neuigkeit von der Pressestelle mit.

„Und eine große Pressekonferenz ist in Vorbereitung."

„Aha, so ist das!" In *Robs* Antwort steckte abgestumpfte Enttäuschung. „Ich muss mir was aus der *Apo besorgen."

Okay, dachte *Sebastian* und beschäftigte sich wieder mit alten Fallakten aus der Registratur.

Eigentlich wäre *Easy feeling* am Abend zum zweiten Mal im *Cafe Duft* aufgetreten. Eine echt großartige Idee, in einem alten Stadtcafe jeden Montag Livemusik anzubieten. Die Lokalität in der Theresienstraße bot eine kleine Bühne an der Rückfront, davor

* Apotheke

etwa 30 Sitzplätze für Livemusik -sozusagen aus der ersten Reihe-, und im vorderen Bereich weitere Sitzplätze für diejenigen, die es vorzogen, sich nebenbei unterhalten zu wollen.

Das Besondere im meist gut besuchten Cafe Duft mit kleinräumiger Atmosphäre undt angenehm angepasster Lautstärke war die Genre-Breite des *Duftleben*-Programms: Wiener Kaffeehaus-Musik, klassische Interpretationen, Unplugged-Darbietungen aus Country und Pop, Liedermacher, Duos und andere Interpreten. Sie alle ließen das nostalgische Gefühl aufkommen, zurückversetzt in eine der offenen Bühnen aus den Roaring Sixties-Zeiten zu sein -mit Ausnahme eines einzigen Gastes, der sich in montäglicher Regelmäßigkeit Punkt 20.00h in die vorderste Reihe des Publikums mischte, um dort mit unnachahmlicher Respektlosigkeit vor der musikalischen Darbietung ungeniert die Zeitung in ihrem vollem Seitenformat aufzuschlagen-.

Natürlich klang Wehmut mit, als *Easy Feeling* ihren ersten Song vor einer Mediamarkt-Webcam anspielte, anstatt vor einem Live-Publikum, so wie es ursprünglich geplant war. Es fühlte sich schon fremdartig an, im ausgefeilten Westcoast-Sound in die Leere der Tabakfabrik hineinzuspielen oder die härteren Sachen von den Stones und Co. in die Cam hineinzurocken. Aber mit geschlossenen Augen und ein bisschen Illusion, dass hinter den zugklappten Augenlidern ein imaginäres Publikum gefesselt das Geschehen auf der Bühne verfolgen würde, gelang dieses Kunststück ungewöhnlich gut. Am Ende eines jeden Songs aber, wo üblicherweise Applaus einsetzte, war nur das leise Grundrauschen der Röhren-Verstärker zu vernehmen.

Wenn schon denn schon, sagten sich *Alex, Flo, Koko* und *Basti*, the show must go on. Sie präsentierten ihr Programm ungeachtet der Umstände routiniert, und zum Finale kündigte *Sebastian* den letzten Song an, so wie es zum Kult eines Auftrittes gehörte.

„Leute, für alle, die uns gerade hinter der Kameralinse ihre Zeit geschenkt haben, unser letzter Easy-Song für heute von Pink

Floyd und nur für Euch, aus dem tiefsten Winkel unserer musikalischen Seele: wish you were here."

Ein letztes Mal zugekniffene Augen und eine Interpretation mit Gänsehautgarantie. Das begeisterte Klatschen vor den Laptops zuhause konnte sie nicht hören, aber aus einer verdunkelten Ecke der Tabakfabrik setzte tatsächlich das Geräusch von zwei klatschenden Händen ein.

Endlich wirkten die Schmerz-Tabletten, die er wie Ticktack mit Pfefferminzgeschmack hinunterschluckte. Möglicherweise war es aber auch die Abwechslung und die Musik. *Rob* zeigte sich aus dem schummrigen Schatten jetzt in voller Leibesgröße.

„Hey, echt jetzt? Wie lange bist du schon hier, und wie bist du überhaupt reingekommen?", rief *Sebastian* total überrascht.

Eine überflüssige Frage, ein Kriminalkommissar kam überall hin, aber er wirkte anders als sonst. Aus seinen Gesichtszügen war das Kriminalkommissarische verschwunden. Übriggeblieben war das Gesicht eines Mannes, der nur ein Mensch und ein begeisterter Zuhörer gewesen war, auch wenn die dunklen Ringe unter seinen Augen etwas anderes sagten.

„Tapetenwechsel!", mehr sagte *Rob* nicht.

*Sebastian* stellte ihm seine Band vor und vergaß bei *Alex* nicht zu erwähnen, dass er der Neffe von *Wolf* war. *Alex* wiederum entschuldigte sich dafür, wo es nicht das geringste zu entschuldigen gab. *Sebastian* erzählte auch von den früheren Auftritten, den Plänen der Band und quatschte weiter wie ein Wasserfall bis sie am Ausgang standen. Als sie endlich allein waren aber, packte *Sebastian* schließlich das aus, was er schon den ganzen Tag wie einen schweren Rucksack mit sich herumschleppte.

„Was, wenn ich etwas über *Holzmeier* erfahren habe?"

Es lag auf der Hand, dass *Rob* dabei unmittelbar an *Sebastians* Traumfabrik denken musste, er wartete schweigend ab.

„Stell dir vor, ich kenne jemand, der etwas von *Holzmeier* weiß!"

*Rob* schaute ihn interessiert an. „Aha." Sollte er *Sebastian* ernst nehmen? Er wartete immer noch ab.

„*Kokos* Pa hat mir letzten Freitag erzählt, dass er unseren Gesuchten kennt. Der soll zumindest ab und zu in der Vinothek in der Brunngasse auftauchen. Ich könnte mich doch ein bisschen umhören, als Gast, undercover, was meinst du *Rob*?"

Doch nicht ernst nehmen, war *Robs* zweiter Gedanke, bei dem er unweigerlich schmunzeln musste. „Dann willst du also als Freizeit-Undercover-Spezial-Ermittler den Gästen der Passauer Kult-Lokale auf den Zahn fühlen, echt jetzt?"

*Sebastian* merkte, dass ihn *Rob* gerade rekordverdächtig auf den Arm nahm, gab sich aber trotzdem nicht gleich geschlagen. „Ich wollte damit ja nur sagen, dass man von den Vino-Gästen vielleicht etwas in Erfahrung bringen könnte, wenn ich unauffällig nachfrage, Chef. Man kennt sich, und wenn man sich nicht kennt, dann kennt einer einen anderen, der jemanden kennt, besonders in Passau."

„Lass lieber gut sein *Sebastian.*" *Rob* hatte nicht nur Verantwortung für seinen Schützling, sondern er mochte ihn, beinahe wie einen Sohn, falls er einen hätte. „Ich will wirklich nicht, dass ich dich eines Tages als Opfer identifizieren muss. Aber dafür kannst du mir den Namen von *Koko`s* Vater verraten."

*Sebastian* stockte. „Gute Frage, vielleicht wie sein Sohn, *Konstantin Koller*? Nein ehrlich, beim Vornamen seines Vaters muss ich passen, aber ich frag *Koko.*

Und das war erst der Montag einer weiteren ereignisreichen Woche.

**-Dienstag 17. November-**

*Hans Muck*, geboren am 16.5.62 in Passau, verheiratet, zwei Kinder, von 1999 bis 2020 bei der *LPD Berlin, Direktion 5. Einwandfreie Führungszeugnisse, keinerlei Einträge in der Dienstakte, gute bis sehr gute Beurteilungswerte. Fast zu unheimlich gut, dachte *Rob*, als er die Personalakte seines neuen Mannes durchblätterte. Er wurde nicht schlau daraus, warum sich so ein vorbildlicher Kripo-Mann zwei Jahre vor seinem Ruhestand noch versetzten ließ, und warum ausgerechnet von der Bundeshauptstadt in die niederbayerische Provinz.

*Muck*, war der erste gewesen, der das Licht im K1 einschaltete und auf seine brandneuen Kollegen geduldig gewartet hatte.

„Aha, ein Mann der Pünktlichkeit", lobte ihn *Rob*, als er positiv überrascht und kurz nach ihm eintraf und aufklärte, „übrigens, wir sagen alle Du!"

Und weil eine Überraschung an einem trüben Novembermorgen noch nicht ausreichend war, folgte als Antwort ein „passt scho", im tiefstbayerischen Dialekt.

Kein schlechter Start für einen Tag, an dem die Fahndung nach *Christian Holzmeier* endlich Erfolge zeigen sollte. Auch kein Regen, der in der vergangenen Nacht die Spuren eines weiteren Mordfalles verwischen hätte können. Soweit also alles gut, dachte *Rob*, um mit IBU und Kaffee Schwarz seine Kopfschmerzen zu verdrängen, die gemeinsam mit ihm wach geworden waren, nach viel zu wenig Schlaf und viel zu vielen ungeordneten Gedanken.

Aber es waren die Ringe unter den Augen gewesen, die seinem Äußeren eine Fußnote -Vorsicht zerbrechlich- verpassten. Daran änderte auch das musikalische Highlight vom Vorabend nichts, noch weniger, dass die dunklen Ringe seine Augen noch tiefer als sonst in ihren Höhlen liegen ließen.

*Landespolizeidirektion

Für *Sebastian* war es einer der üblichen Tage, die mit einem Frühstücksverhör von *Mama Raitmaier* begonnen hatten.

„Mei *Basti*, ich hab wirklich Angst um dich. In der Zeitung steht heute, dass es schon einen Verdächtigen gibt und dass das ein ganz gefährlicher Mörder ist, bei dem man mit allem rechnen muss. Stimmt das?"

Natürlich gingen *Mama Raitmaier* die Passauer Morde seit dem letzten halbseitigen Artikel in der Presse nicht mehr aus dem Kopf. Vehement hatte sie auch an diesem Morgen versucht, einen Happen über den Stand Ermittlungen aufzuschnappen, vergeblich wie immer.

„Pass auf Mama, wir sind nicht bei den Rosenheim Cops oder bei Hubert und Staller, oder wie sie alle heißen. Das ist ein waschechter Mordfall, stopp … stimmt nicht, es sind schon vier! Und glaub mir, das ist alles völlig anders als bei deinen Fernsehkommissaren, echt jetzt."

„Mein Gott *Basti*, das ist ja wie im Krimi."

„Oh Mann, ich gebs auf. Servus Mama ich muss jetzt in den Dienst."

Das alles war noch das Positive an den Eindrücken eines tristen Morgens gewesen, an dem im Nachbarland Österreich der zweite Corona-Lock-Down begann.

*Rob* hatte noch verwaschen die Töne von Pink Floyd und wish-you-were-here im Ohr, als der Lichtblick eines vielleicht positiven Tages dank menschlicher Naturgewalt auch sofort wieder im Keim erstickt wurde.

*Wolf* hatte eine neue Angewohnheit. Er telefonierte nicht mehr, sondern rollte wie eine unvorhersehbare Schlammlawine den Gang entlang bis zur Tür des Kommissariates für schwere Straftaten und platzte unangekündigt in die Besprechung. „Wie läuft die Fahndung meine Herrschaften?" *Wolf* wirkte sichtlich nervös. „Wir müssen endlich Ergebnisse präsentieren, Leute. Der *Oberbürgermeister*, die *Bergmann* von der Presse, der *Staatsanwalt*, sogar der *Polizeipräsident* persönlich, sie alle hängen mir seit dem letzten Zeitungsartikel an der Backe wie eine unausrottbare Seuche. Ich erwarte Erfolge von Ihnen, und zwar unverzüglich meine Herrschaften. Wenn wir in 24 Stunden nichts haben, dann müssen wir die Fahndung ausweiten, Bahnhöfe, Flughäfen und die österreichischen Kollegen einschalten, verdammt noch mal. Delegation, *Holms*, Delegation. Sie haben die Leute, auf was warten Sie noch? Sie schnappen endlich den Verdächtigen, verstanden! Sie sind mir dafür verantwortlich."

Die *Wolf*-Wolke war wieder abgezogen, der Nachgeschmack aber klebte in jeder einzelnen Ritze des Dienstzimmers.

Krisenteam, dachte *Rob*. Seine zweitgrößte Krise hieß *Hackl*, aber dazu wusste er wenigstens eine temporäre Lösung.

„Die Maschine landet am Terminal zwei, in gut zweieinhalb Stunden. Also dann mach dich auf den Weg."

„Kommt unser Greenhorn mit?", wollte *Hackl* wissen.

„Nein, *Muck* begleitet dich, und … lass das Auto waschen, der vergammelte Stinkefinger geht auf deine Schlamperkosten."

„Aber, aber … der *Vierhammer* ... "

„Du bist doch der Thailand-Experte, und jetzt mach dich auf die Socken, Mann."

Das übliche Gemaule von *Hackl* ging ihm extrem auf den Geist. Es war daher die beste Entscheidung, ihn zum Flughafen zu schicken und damit außer Sichtweite zu befördern. In Wirklichkeit erhoffte sich *Rob* aber auch von *Günter Wagmann* keine entscheidenden Hinweise. Er war sicher nur ein weiterer unverrückbarer Stein in der Mauer des Schweigens, und als Täter kam er mit seinem Thailand-Alibi kaum infrage.

*Rob* reflektierte den Tagesauftakt, die vorangegangene Morgenbesprechung -eher eine missglückte Schnellraterunde-, *Wolf* -ein störender braucht-es-nicht-Auftritt- ,den wiederholten Einwand von einem beleidigten *Hackl* -warum ausgerechnet er und nicht der *Vierhammer* oder der *Kopfinger* nach München fahren musste- und kam zu dem Ergebnis, dass auch der 23. Ermittlungstag nicht zu den glorreichen in seiner Berufskarriere zählen würde. Die Tinnitus-Töne im Ohr hatten Pink Floyd damit restlos verdrängt.

Es waren unter diesen Umständen die kleinen Erfolge gewesen, die er bewusst einatmen musste, um Abstand zu bekommen und wieder einen klaren Blick für die Dinge zu haben. Kleine Dinge, wie die spontane Idee, den neuen Kollegen als Begleiter von *Hackl* mitzuschicken. Erst jetzt, als die beiden unterwegs waren, hatte er die Ruhe gefunden, die Personalakte *Muck* zu studieren. Nichts, was auffällig oder ungewöhnlich war. Auch nichts, was man zwischen den Zeilen hätte herauslesen können. *Hans Muck*, eine Personalakte wie ein makelloses weißes Stück Papier. Wer weiß, dachte *Rob*, vielleicht war *Muck* die Person, die Zugang in die Gedankenwelt von *Hackl* finden konnte oder wenigstens einen positiven Einfluss auf ihn hätte, es würde sich zeigen.

*Rob* klappte die Personalakte *Hans Muck* zu, aber er wusste immer noch nicht, wie er seine Versetzung im Alter von 58 Jahren und auf eigenen Wunsch von Berlin nach Passau einordnen sollte.

Ein anderer kleiner Erfolg, der seine Kopfschmerzen abklingen ließ, war die ausgesperrte Hektik hinter der geschlossenen Tür seines Büros in dem ein zweiter, aber unbesetzter Schreibtisch wohnte.

Auf der anderen Seite dieser Tür hing *Steffi* rund um den Uhrzeiger am Telefon, leitete Gespräche weiter, notierte Termine und Rückrufe. *Kopfinger* patrouillierte die Friedhöfe in Zivil und hatte vor, mit dem Fahrrad -trotz Kälte- einen Abstecher in die Sechzehnerstraße zu machen. *Vierhammer* beschäftigte sich mit der Koordination der Fahndung und *Sebastian* bastelte halbherzig an einer digitalen Präsentation für die vorgesehen Pressekonferenz, obwohl er viel lieber bei einer Vernehmung oder Befragung von *Günter Wagmann* dabei gewesen wäre.

*Sebastian* hatte mit *Rob* an diesem Vormittag noch kein Wort gewechselt, nachdem sein Chef unmittelbar nach der Besprechung von seinem Büro und der zugezogenen Tür verschluckt worden war. Es war alles anders als sonst und anders, seit *Hackl* wieder im Dienst war. Die kollegiale Lockerheit war urplötzlich verloren gegangen … und *Steffi* trug nur noch Hosen. Schade dachte er und ertappte sich dabei, sie sich noch einmal in dem megakurzen Rock vorzustellen, den sie vor kurzem getragen hatte. Beim nächsten Gedankensprung ging er sogar noch einen erotischen Schritt weiter und fragte sich, ob sie im Sommer überhaupt Unterwäsche trug? Der Gedanke beflügelte seine Fantasie und verfolgte ihn bis …. *Rob* endlich seine Nasenspitze durch die Tür schob.

Ein Täterprofil das ihn kaum überraschen konnte. Zuerst ein vorläufiger Bericht, nun war daraus die druckfrische Version eines Charakterprofils des LKA geworden. Das psychologische Drumherum sagte aus, dass der Täter möglicherweise in der Kindheit einer gewaltgeprägten Verhaltensentwicklung ausgesetzt war, und begründete damit ein extremes Hasspotential, verbunden mit offensichtlichen religiösen Wahnvorstellungen. Des Weiteren ging man mit großer Wahrscheinlichkeit von einem Einzeltäter aus, der seine Mordtaten gezielt, ausführlich und akribisch vorbereitete. Ebenso als gesichert galt es, dass der Täter männlich und mittelkräftig sein musste, um körperlich in der Lage zu sein, die Opfer zu bewegen und zu fixieren. Auf ein Alter hingegen hatten sich die Experten noch nicht eindeutig festgelegt, eher eine vage Schätzung zwischen 30 und 50 Jahren aber vermutlich alleinstehend und beziehungsgestört. Kein Zweifel bestand dafür an der übereinstimmenden Täterhandschrift bei allen vier Morden und ein mutmaßlich persönlicher Bezug zu den jeweiligen Tatorten. Hieß also nichts anderes, dass er entweder hier aufgewachsen war oder immer noch hier lebte.

Alles in allem war das wenig überraschend für *Rob* gewesen. Das Interessanteste war vielmehr die mit ihm übereinstimmende Erkenntnis des LKA, dass die Tatausführung auf einen Täter hindeutete, der mit ermittlungstechnischen Kenntnissen vertraut und damit fähig war oder fähig ist, keinerlei Spuren zu hinterlassen.

Wie ein Sesam-öffne-dich folgte der Nasenspitze auch der Rest von *Rob`s* Gesicht durch die Tür, aber nur, um *Sebastian* hineinzuwinken.

Medikamentenpackungen, eine halbausgetrunkene Tasse Kaffee und einer Thermoskanne belagerten den einen Schreibtisch, auf dem anderen waren diverse Unterlagen verstreut.

„Klasse Musik gestern Abend *Sebastian*, das beste Stück war die letzte Nummer!" *Rob* schlürfte ungeniert hörbar an seiner Tasse. „Ich bin mir sicher, dass ihr die richtige Band für die Eröffnungsfeier im neuen Polizeigebäude seid, ich sprech bei Gelegenheit mal mit dem Personalrat drüber, *Sebastian*." *Rob* setzte die Tasse ab. Seine Hand war schon mal ruhiger, dachte *Sebastian* dabei. „Hier, willst du sehen? Das Täterprofil vom LKA!"

„Echt jetzt? Danke Chef. Was denkst du darüber?"

„Nicht Neues *Sebastian*, aber die Sache mit den ermittlungstechnischen Kenntnissen des Täters machen mir Kopfzerbrechen. Ist mir schon beim zweiten Mord aufgefallen. Zu viele Jahre Berufserfahrung, da juckt die Nase wie nach einer Überdosis Nießpulver."

„Hat der *Holzmeier* früher mal bei der Polizei …"

„Nein, der *Holzmeier* nicht, aber ein guter Ansatz, falls wir bei ihm an der falschen Adresse sein sollten."

„Du bist dir also gar nicht sicher, ob wir nach dem richtigen fahnden, Chef?"

„Nein *Sebastian*, nur ein möglicher Plan B." Er überlegte kurz. „Aber mir fällt gerade ein, dass wir noch die Flugdaten von dem verreisten Mitbewohner unseres *Schlangen-Wimmers* brauchen. Sei bitte so gut, Stockholm, Abflug und Rückflug, nur pro Forma.

*Sebastian* blickte etwas skeptisch „Du meinst, wie es mit seinem Alibi aussieht."

„Wie gesagt, nur ein Plan B", beschwichtigte ihn *Rob* und machte Anstalten, das Büro zu verlassen. „Ich gehe Sauerstoff tanken."

Der Fuchs wagte sich noch immer noch nicht aus seinem Bau. *Christian Holzmann* dachte bei Leibe nicht daran, seine Leihunterkunft zu verlassen. Zu perfekt war sein Unterschlupf, unverdächtig und niemand, der ihn hier erkennen würde. Die meisten Menschen hier waren nur Fremde auf Kur, und ein kleiner Ameisenhaufen von Angestellten in Heilberufen und solche, die in der Gastronomie arbeiteten. Die anderen -meist im fortgeschrittenen Alter- lebten oder wohnten hauptsächlich aus zwei Gründen im Bäderdreieck. Erstens weil sie diesen Senioren-Hot-Spot seit ihrer letzten Kur oder einer Reha kannten und zweitens, weil die ganze Gegend flach wie Friesland war, komplett rollatorgerecht. Es gab auch noch einen dritten Grund -und das war sicher nicht der Unwesentlichste-, und der hieß Haslingerhof. Die ultimative Vermittlungsbörse zwischen den Geschlechtern und vollkommen altersunabhängig, deshalb auch weit über seine Grenzen hinaus bekannt, zumindest außerhalb der Seuchenzeit und jenseits von Pandemie und Ansteckungsangst.

*Christian* verfolgte allerdings nicht das Geschehen im *Haslingerhof* sondern das, was in der Presse stand. Aufmerksam studierte er die Presseartikel zur Mordserie. Es gab Neuigkeiten, einen Verdächtigen, nach dem gefahndet wurde, natürlich ohne Einzelheiten zu und über den Gesuchten. Die Presse berichtete dafür über die bisherigen Opfer, deren Umfeld, und unschöne

Details zu den Verstümmelungen, und die waren grausam genug. Aber auch an der Effektivität der Polizeiarbeit wurde kein einziges gutes Haar gelassen.

Seine Krankmeldung lief am Freitag ab, aber er konnte nicht auftauchen, die Lage war zu riskant. Zu unsicher das, was seine Uni-Freunde ausgeplaudert hatten und zu unvorhersehbar das, was auf ihn wartete. Er brauchte einen Plan, er brauchte Antworten. Wer waren seine Feinde, wer konnte ihm gefährlich werden? Musste er jetzt handeln, um zu verhindern, dass seine Vergangenheit ans Tageslicht kam? Was war mit *Andi zwei*? warum hatte er den Zettel geschrieben? Eine Erpressung? Oder war es ohne Hintergedanken einfach eine Verabredung wie in den alten Zeiten?

Die Maschine landete pünktlich in München. Das war nicht das Überraschende, auch nicht die akutellen Quarantänevorschriften -*Wagmann* hatte mit einem Negativtest vorgesorgt-, aber dass zwei Herren auf ihn warteten um ihn zu befragen, mit dem konnte er weiß Gott nicht gerechnet haben. Abgesehen davon waren die Erkenntnisse dennoch bescheiden geblieben. Das was *Günter Wagmann* zu sagen wusste, war nicht mehr als ein Eingeständnis, einen *Christian Holzmeier* ebenso wie einen *Harald Haas*, einen *Thomas Kaiser* und ein paar andere 99er Studenten aus der damaligen Clique gekannt zu haben. Aber auch *Wagmann* hatte im Anschluss an die Studentenzeit weder zu dem einen noch zu dem anderen Kontakt gehabt, so zumindest gab er es zu Protokoll und damit war es das auch schon gewesen. Sein Alibi für die drei letzten Morde jedenfalls war so unzweifelhaft wie die thailändische Königstreue. Die Mauer des Schweigens war auch bei ihm felsenfest geblieben.

Ebenso vergeblich suchten *Hackl* und *Muck* einen gewissen *Christian Holzmeier* auf der Passagierliste des ankommenden Airbus A330 -nichtwissend, dass *Rob* bereits bei ihrer Abfahrt schon durch *Steffi`s* Recherche darüber informiert gewesen war-.

Wer hätte schon gerne auf einen cremigen Cappuccino und ein dazugehöriges saftiges Törtchen verzichtet, das sie normalerweise jeden zweiten Dienstag im Cafe Greindl bestellten? *Susanna Raitmaier* nicht und ihre Kaffeefreundin *Ulli* genauso wenig.

Mode, die Kinder, Frauenangelegenheiten und die nächsten Urlaubspläne waren die Apres-Haushaltsthemen, zu denen sich die beiden regelmäßig verabredeten. Nun waren die Zeiten eben gerade anders, und der regelmäßige Kaffeeplausch fand bei *Ulli* zuhause statt.

„Eigentlich hätt ich die nächsten Wochen frei", erklärte *Susanna Raitmaier* mit 4 A, „aber ich mach das Nachmittagsgeschäft to go. Ein paar Leut holen zumindest was ab, Kuchen geht halt immer. Einer ist dabei, der nimmt sich sogar eine ganze Thermoskanne schwarzen Tee mit."

*Ulli`s* Herz schlug dafür für alles Textilische was aus Kaschmir gefertigt wurde, und nicht ohne Grund wurde sie dafür von *Susanna* gerne als *Kaschmir-Ulli* aufgezwickt. Doch *Kaschmir-Ulli* war nicht nur eine Kaffeefreundin mit einem ausgewachsenen Kaschmir-Tick, sondern -wie es der Zufall so haben wollte-, die Halbtages-Chefsekretärin von Polizeirat *Wolf*.

„Sei froh, dass du nichts mit den Morden zu tun hast, *Susanna*."

Diesen Nachmittag ging es nicht um Kaschmir und Mauritius, sondern um die grausame Mordserie, die die Schlagzeilen des Regionalteils der PNP beherrschte.

„Aber mein *Basti*!", gestand *Susanna* etwas besorgt ein.

„Ja schlimm", bemerkte *Ulli* und klatschte sich mit den Händen vor`s Gesicht. „Mein Chef, der Herr Polizeirat ist auch schon ganz aus dem Häuschen."

Natürlich war es *Mama Raitmaier* unmöglich, mit ihren kriminalistischen Weisheiten hinter dem Berg zu halten. „Beim Tatort ..

.. nein, entschuldige *Ulli*, bei Aktenzeichen XY, da setzen sie doch immer eine Belohnung aus, und dann kommen doch die ganzen Hinweise aus der Bevölkerung!"

„Du hast Recht *Susanna*, vielleicht würde das helfen. Ich kann meinen Chef fragen, aber die Fahndung läuft bereits auf Hochtouren, du hast es ja schon in der Zeitung gelesen."

*Wolf* konnte von Glück sagen, dass *Ulli* absolut fit am PC war. Er selbst konnte sich so gar nicht mit der Realität der digitalen Welt anfreunden, seine anstehende Pensionierung tat ihr Übriges dazu. Dafür erledigten *Ulli`s* flotte online-Finger so ziemlich alles, was per Mausklick möglich war. Wahrscheinlich bestellte sie ihm sogar seine Unterwäsche und sein komplettes Modelleisenbahn-Zubehör bei Amazon.

„Was anderes *Susanna*", wechselte *Ulli* das Thema, „dein *Basti*, ich muss schon sagen…", und sagte aber nichts, sondern klimperte nur auffällig mit ihren dunkel geschminkten Augen.

*Mama Raitmaier* bekam einen verklärten Blick, der bis zur zweiten Tasse Cappuccino anhielt. Dann aber tauchte sie gemeinsam mit *Kaschmir-Ulli* in die 2000er Jahre ein.

*Hackl* nutzte jede Gelegenheit, um seinen Chef zu diskreditieren. Die Fahrt zum Airport und zurück war eine aussichtsreiche Chance gewesen, den neuen Kollegen *Muck* über die Unzulänglichkeiten seines Chefs *Robert Holmes* in aller Ausführlichkeit aufzuklären. In seinem Dafürhalten gab nur einen best Sheriff in Town, und der hieß *Hackl,* soviel stand fest. *Muck* ließ ihn plappern ohne ein einziges Wort zu erwidern, oder sein Eigenbild auch nur andeutungsweise anzuzweifeln. Klarer Fall, dachte *Hackl,* gemäß seiner Weisheit -nicht widersprechen heißt zustimmen-. Er war sich sicher gewesen, dass er nach knapp 400 Autobahnkilometern einen neuen Verbündeten gegen die personelle Ungerechtigkeit auf seiner Seite hatte, der -wie konnte es auch anders sein-, die Sache mit der Autowäsche übernahm, ihn beim Arzt seines Vertrauens absetzte und anschließend bei *Robert Holmes* entschuldigen sollte.

*Sandra Bergmann* arbeitete an ihrem Presseartikel. Sie fand scharfe Worte, stechende Fragen, legte gerne den Finger dorthin, wo es besonders weh tat. Sie konnte die Polizei tatsächlich in Bedrängnis bringen, wenn sie in den internen Abläufen weiterbohren würde. Sie wäre unter Umständen auf Ermittlungspannen gestoßen, die auf Personalmangel zurückzuführen waren, oder noch schlimmer, auf den knirschenden Sand im Getriebe, der die Ermittlungen nicht gerade beschleunigte und deshalb ein gefährlicher Killer immer noch in Passau herumlief.

*Wolf* war eine ihrer auserkorenen Zielscheiben, denen sie mit besonderer Abneigung in die Suppe spuckte, wo und wie sie nur konnte. Seine Informations-Zurückhaltungstaktik war ihr von Anfang an ein markanter Dorn im Auge gewesen. *Wolf* konnte nicht ansatzweise wissen, dass sie zeitgleich mit Kommissar *Jacob Manzke* aus Frankfurt in Regensburg studiert hatte und mit ihm in Verbindung stand. Und da *Manzke* nach einem abgebrochenen Semester in Passau nicht unbedingt ein Fan der Dreiflüssestadt geworden war, konnte ihm *Sandra* das ein oder andere prekäre Detail über den Fall *Thomas Kaiser* aus Offenbach und die Zusammenhänge mit Passau aus der Nase kitzeln. So einfach war das. *Wolf* dagegen suchte erfolglos nach dem Maulwurf.

Was machte sich *Rob* überhaupt Gedanken? Warum zweifelte er? Es war nicht gut für seinen gesundheitlichen Zustand. Er war ein Profi mit einer Aufklärungsquote von 100 Prozent. Das war sowas wie die Lizenz, sich mit seinen Vorgesetzten anlegen zu können, obgleich ihm das mehrere Versetzungen eingebracht hatte. Im Grundsatz stimmte er mit den Täterprofil überein, die offenen Fragen würden im Verhör mit *Holzmeier* geklärt werden.

Danach war es Sache des Richters, über Schuld oder Unschuld zu entscheiden. Sie mussten ihn nur schnappen - in erster Linie, um einen weiteren Mord zu vermeiden - . Das war es, was ihm echte Sorgen machte und sein Stechen im Kopf verursachte.

Eine andere gute Sache hatte es an diesem Dienstag aber doch. Es hatte nicht geregnet. Nicht am Tag, nicht am Abend und für diese Nacht war auch kein Niederschlag angekündigt.

*Muck* war allein vom Flughafen zurückgekommen, informierte *Rob* über das Befragungsergebnis, entschuldigte *Hackl* und fragte interessiert nach der Friedhof-Akte.

Sie waren alleine im Büro, *Muck* und *Rob*. Offiziell war längst Dienstschluss, der Rest war schon nach Hause. *Muck* war es, der die Gelegenheit nutzte um ein paar private Worte zu wechseln, ohne *Hackls* Untergrabungsversuch zu erwähnen.

„Diese kranken Psychopaten kenn ich von Berlin nur zur Genüge. Das ist eine andere Welt, da gibt es fast nichts, was es nicht gibt, und irgendwann hast du die Schnauze voll."

War das die Begründung für die Versetzung, dachte *Rob*? „Und dann geht man in die angebliche Provinz, wo die ruhige Kugel geschoben wird?", fragte *Rob* etwas provokant.

„Nicht ganz". *Muck* überhörte den Unterton. „Das alte Passau hat mich nie richtig losgelassen. Die erste Pizza im Taormina in der Schrottgasse, mein erstes Mädchen, die Innpromenade, die enge Grabengasse mit der seinerzeit berüchtigten Millibantschn, dem Musikgeschäft Schmelz, dem kleinen Laden „Die Schallplatte" und die Nibelungenhalle mit dem gewienerten Boden, wenn Christkindlmarkt war, die Maidult am Exerzierplatz, das Promenade-Kino und das Capitol in der Neuburger Straße, die alte Innstadt mit dem Bräustüberl und die bucklig gepflasterte Löwengrube, da bin ich aufgewachsen, und, und, und …" schwärmte *Muck* nostalgiebetrunken dahin.

*Rob* konnte als Nicht-Passauer herzlich wenig damit anfangen, aber er war auch in der Rolle des aufmerksamen Zuhörers geübt.

„Und Anfang Oktober haben wir ein Haus in der Mozartstraße gekauft und zufällig die Ausschreibung in der PI Niederbayern gelesen. Na ja, wie auch immer, jetzt bin ich wieder da, so wie ich mir das immer vorgenommen hatte."

Die Kopfschmerzen hatten sich etwas gelegt, das Summen in der Ohren war auf Zimmerlautstärke gesunken, nur die Augenringe und der fahle Hautfarbe im Gesicht von *Robert Holmes* waren übriggeblieben.

„Übrigens, Sie .. äh *du* siehst nicht gut aus. Vielleicht solltest du nach Hause gehen, abschalten und Musik hören. Ich mach heute das Licht aus … „

Ein Typ, der ständig Überraschungen auf Lager hatte, dachte *Rob*. Die nächste war sein Hobby.

„Hat bei mir immer funktioniert!"

„Was?"

„Na, Musik und Abschalten. Heißt, die Welt um mich herum aussperren, eine Platte auflegen, ein Bierchen schlürfen und in die Musik eintauchen."

„Ein Musikexperte?"

„Eher ein Sammler und ein Genießer. Besonders das Zeug aus den Siebzigern, aber auch ein paar Klassiker aus den Sechzigern, wie die Bee Gees zum Beispiel. Hat sich schon eine ganze Menge angesammelt. Meine Frau meckert schon jahrelang, hatte gehofft, dass ich mich nach dem Umzug von meiner Plattensammlung trennen könnte. Da hat sie sich geirrt. Jetzt habe ich sogar ein separates Platten-Zimmer."

Der 1,85-Mann war ihm sympathisch, dabei war *Rob* nicht der Typ, der vorschnell freundschaftsähnelnde Emotionen zuließ.

„Ist es okay, wenn ich mir die komplette Fallakte noch ganz in Ruhe ansehe? Ich mach dann das Licht aus."

*Rob* nickte nur.

**-Mittwoch 18. November-**

„Der Gefängnisausbruch in der Theresienstraße!"

„Was ist damit?", hatte *Sebastian* erstaunt gefragt, als *Mama Raitmaier* wie ein Talkmaster plötzlich die alten Passauer Geschichten zum Frühstück servierte, statt ihrem üblichen Aufstrich aus pikantem Verhör und deftiger Neugierigkeit.

Es klang wie eine auswendig gepaukte Aufzählung, als sie ihr vermeintliches Wissen aus den 2000er Jahren in Passau ausschüttete. „Und der Terminator hat doch auf der Passauer Domorgel gespielt…"

„Mama, das war der Arnold Schwarzenegger, und das war erst vor drei Jahren, daran kann ich mich sogar selbst noch erinnern."

„Aber du wolltest doch wissen, was in Passau so um 2000 herum alles passiert ist, *Basti*. Und da hab ich gestern die *Ulli* verhört."

„Mama, nicht echt, oder?"

„Mensch *Basti*, dir kann man auch nichts recht machen. Dann mach ich es wie *Papa* und löse lieber Kreuzworträtsel, statt dir bei deinem Fall zu helfen." Der Wortwechsel lief darauf hinaus, dass *Sebastian* gar nichts mehr sagte und sich ungewollt von den Nachrichten samt Wetterbericht to go berieseln ließ.

„.. ist im Laufe des Tages mit Regenfällen zu rechnen." Der letzte Satz des Nachrichtensprechers aus -Unser Radio- streifte *Sebastians* Ohr, als er sich auf den Weg zum Bus machte.

Es gab einen neuen Frühaufsteher-Mann im K1. *Muck* hatte *Rob* in der Reihenfolge des Erscheinens zum Arbeitsbeginn abgelöst. „Ist ganz logisch. Stau auf der Innbrücke vermeiden, rechtzeitig, am besten 20 Minuten früher losfahren", meinte *Muck*.

*Sebastian* kam meistens zwischen *Rob* und *Steffi* zum Dienst und heute mit der Hoffnung, dass *Steffi* wieder einen ihrer gewagten

Minis trug. Er hoffte vergeblich, denn sie war krank, das erste Mal, seit er sein Praktikum begonnen hatte.

Auch *Rob* wirkte mit einem bleichen Gesicht nicht gerade topfit. Er sah müde aus und ausgebrannt. Eigentlich kein Wunder, mit einem nörgelnden Antichef und dessen cholerischen Anfällen vom Fließband, mit fahrlässig personeller Unterbesetzung samt unbrauchbaren Kollegen wie *Hackl* und der Einzigartigkeit eines Falles, in dem die komplette Verantwortung allein auf seinen Schultern ruhte. Und doch war er auch nach einem Jahr nicht mehr, als der *neue* Hauptkommissar, der sich erst beweisen musste, in einem Fall, bei dem sich die Ermittlungen viel zu zäh dahinschleppten.

Der Tipp mit Musik und Bierchen von *Muck* waren gut gemeint gewesen. *Rob* konnte trotzdem nicht mehr abschalten und kam über ein schlafloses Herumwälzen in der Nacht nicht hinaus. Die düsteren Wolken eines ungeklärten Verbrechens mit einigen Ungereimtheiten verfolgten ihn pausenlos, und der nächste Gewittersturm war schon im Anflug. Das massive Tiefdruckgebiet hatte keinen unbekannten Namen, im Gegenteil.

Das Tief *Wolf* stand mitten im Dienstzimmer, wieder unangemeldet und heute noch deutlich mieser gelaunt als am Tag davor.

„Immer noch nichts! Was ist denn eigentlich los in diesem Laden?“ Fette Schweißtropfen standen auf seiner hochroten Stirn, während sein Geschrei bis auf den Gang hinaus zu hören war. „Verdammt nochmal, dieser *Holzmeier* kann sich doch nicht in Luft aufgelöst haben, da läuft da draußen ein Psycho herum, schlitzt ungehindert einen nach dem anderen den Arsch auf und ihr sitzt alle herum und dreht Däumchen im Zeitlupentempo, meine Herrschaften es gibt Überstunden, bis dieser Wahnsinnige festgenommen ist, *Holms,* Sie sind mir dafür verantwortlich, ich springe ihnen mit dem Arsch ins Gesicht, wenn sie es verpatzen, ist das klar, weiten Sie die Fahndung aus, informieren sie die österreichischen Kollegen, geben Sie das Foto raus an die

Öffentlichkeit, Zeitung, Fernsehen, egal, ich will, dass jeder diese Mördervisage erkennt, wenn auch nur seine Nasenspitze auf dem Randstein auftaucht, wir setzen eine Belohnung aus, und jetzt machen Sie ihrer Soko endlich Dampf *Holms.*"

„Mein Name ist *Holm-***e***-s,* ***Herr*** *Polizeirat!*", antwortete *Rob* in dem Sekunden-Bruchteil, den *Wolf* benötigte, um Luft zu holen.

„Mensch lassen Sie mich doch mit Ihrem *Sherlock*-Quatsch ...!"

*Rob* hätte ihm am liebsten ins Gesicht gekotzt, übel genug war ihm gewesen. Aber er hatte ohnehin andere Pläne, wenn das hier vorbei war. Es war ihm egal, dass sich seine Leute über ihn wunderten, weil er die Beleidigungen kommentarlos und ohne Gegenwehr schluckte. Der wahre Grund war allerdings ein anderer, und niemand konnte ahnen, dass in *Rob`s* Hinterkopf noch ein gewichtiger Joker wohnte. Es war ihm in der vergangenen end- und schlaflosen Nacht klargeworden. Dieser Joker würde ihm *Holzmeier* in die Arme treiben, ganz von selbst, so wie der Speck die Maus in die Falle. Er brauchte nur einen einzigen Anruf abzuwarten, und er musste mit allen Mitteln verhindern, dass ein Fahndungsfoto veröffentlicht wurde, mindestens bis Freitag. Spätestens dann würde *Holzmeier* bei seinem Arzt anrufen, oder persönlich antanzen, um seine neue Krankmeldung in Empfang zu nehmen. Der Arzt wusste Bescheid, was zu tun war, sobald der *Patient Holzmeier* sich meldete oder vielleicht sogar höchstpersönlich seinen gelben Zettel in der Praxis abholen sollte. Hopp oder Top, *Rob* setzte alles auf diese Karte und eine Zivilstreife wartete in Lauerstellung vor der Arztpraxis, für den Fall.

Die ausgetrunkenen Kaffeetassen, an dem sich *Sebastian* vertretungsweise nach bestem Wissen und Gewissen versucht hatte, kündigten die Notwendigkeit an, den Unterkörper wieder verlassen zu wollen. *Rob* und *Sebastian* standen nebeneinander am Urinal der Abteilungstoilette.

„Du siehst scheiße aus, Chef."
„Hab wenig geschlafen, *Sebastian.*"
„Echt jetzt?"
„Echt jetzt, echt jetzt, echt jetzt, Mensch kannst du nicht mal wie ein vernünftiger Erwachsener antworten, das geht mir tierisch auf den Sack, Kleiner."
„Ups", dachte *Sebastian*, das war der falsche Text. So gereizt kannte *Sebastian* seinen Chef bisher nicht einmal ansatzweise. „Sorry, Chef." *Sebastian* wartete ab, ob *Rob* das Gespräch fortsetzen wollte. Aber *Rob* schwieg und pinkelte.
„Ist es wegen *Wolf* oder wegen *Steffi*?" *Sebastian* manövrierte sich gerade im gewagten Eiertanz direkt ins Auge eines besonders delikaten Fettnäpfchens …
„Geht dich nicht das Geringste an, Kleiner…"
„Meinst du ich bin blind?", … und saß eine Antwort später im Fadenkreuz der Peinlichkeit.
„Was hast du gerade gesagt? *Rob* fixierte ihn mit dem starren Blick einer Klapperschlange, die kurz davor war, ihre Giftzähne blitzartig in ihr Opfer zu bohren. Für einen kleinen Augenblick kämpfte *Robs* spontane Feindseligkeit gegen *Sebastians* sture Neugier, dann aber legte sich das Aggressive. „Das verstehst du nicht."
„Sorry, Chef, die *Steffi* … , sie ist eine echte Hammer-Frau mit allem drum und dran, was sich ein Mann nur wünschen kann. Was ist da nicht zu verstehen, wenn sich dann etwas anbahnt?"
*Robs* Gesichtszüge nahmen einen zunächst undefinierbaren Ausdruck an, der alles Mögliche bedeuten konnte, bis sich daraus ein abstraktes Grinsen schälte.
„…außerdem habe ich Euch beide gehört!"
„Was hast du gehört, Kleiner?"
„Na ja, ich wart nicht leise, und es waren ziemlich eindeutige Geräusche aus der Teeküche, als …"
„Moment, Kleiner. Langsam mit den jungen Pferden. Du warst also ernsthaft der Annahme, dass *Steffi* und ich …? Und dir ist

klar, dass sowas hier in unserer Dienststelle nicht gerne gesehen wird?“ Das Grinsen tanzte nun unverkennbar um Robs Mundwinkel.

*Sebastian* verstand nur Bahnhof.

„Hey, pass auf Kleiner. Jetzt sag ich dir etwas im Vertrauen. Also Ohren auf und Klappe halten, kapiert. Die *Steffi* ist eine Lesbe und zwar eine ganz super nette. Sie ist sowas wie meine Vertrauensperson Nummer eins. Und der *Hackl,* dieser Oberwichser war immer hinter ihr her wie ein geiler Ziegenbock. Darum haben wir ein Spiel daraus gemacht, dass er sie endlich in Ruhe lässt. So siehts aus.“

*Sebastian* war aufrichtig beschämt und murmelte verlegen, „hey Chef, tut mir … leid …, echt jetzt, entschuldige!“

Mit einem „Okay“ zog *Rob* ruckartig den Reißverschluss seiner Hose zu, „dann erzähl mir jetzt lieber, was du über das Alibi unseres verreisten Schlangenfreundes herausgefunden hast.“

„Sauberes Alibi für den Abend, als *Martin Wimmer* getötet wurde“, antwortete *Sebastian* sichtlich erleichtert. „Mitbewohner *Uwe Schultze-Fischer* hat am 9. November zum LH Flug 2429 nach Stockholm eingecheckt und für den 20. November einen Rückflug gebucht.

„Aber das Alibi für die anderen drei Morde fehlt noch?“

„Du hast doch gerade gesagt, nur dein Plan B, Chef?“

„So sieht`s aus, aber wir können unseren Special-Agent *Hackl* trotzdem als Empfangskomitee nochmal zum Flughafen schi cken, dann ist er wenigstens beschäftigt“, zwinkerte *Rob* mit einem Auge. Das war wieder der *Robert Holmes*, den er kannte.

*Hackl* schmiedete eigene Pläne. Noch während *Rob* und *Sebastian* mit Blasenentleerung und Männergespräch beschäftigt waren, nutze *Hackl* die Toilettenabwesenheit seines Chef`s als willkommene Möglichkeit, seinen neuen Kollegen *Muck* in Richtung Tiefgarage zu bugsieren. „Auftrag vom Chef“, erklärte er geheimnisvoll. Sein Ziel war die Sechzehner Straße, Adresse *Chris-*

*tian Holzmeier.* Das was *Hackl* im Schilde führte, war Marke Eigenbau. Ein erfolgreicher Zugriff, der einzig auf sein Konto gehen sollte. „Wir lösen die Zivilen in der Sechzehner Straße mal für ein paar Stunden ab.“ Es fehlte ihm nicht an Selbstvertrauen. Wenn jemand *Christian Holzmeier* festnehmen konnte, dann musste es ein wirklich cleverer Cop wie er selbst sein.

Die *Soko Friedhof* gab unter dem Eindruck des *Wolf*-Anschisses ihr Bestes, um das, was zu tun war, noch turbulenter aussehen zu lassen. Die gesteigerte Lautstärke der Gespräche, die Frequenz der Telefonate, ein ständiges Raus und Rein in den Dienstbüros. Alles das, waren eindrucksvolle Beispiele, die auf operative Hektik und Hochdruck hindeuteten.

Wo war *Hackl*? Wieder zum Arzt? Sein neues Kindermädchen und Privat-Chauffeur war ebenfalls verschwunden. *Rob* suchte die beiden vergeblich, selbst auf dem WC. Wahrscheinlich hat *Muck* ihn wieder zum Arzt gebracht.

„Wir müssen uns da etwas genauer umschauen *Muck*. Vielleicht gibt es ja ein Fuck-Versteck im Keller. Um den Durchsuchungsbeschluss können wir uns auch später kümmern. Der *Holzmeier* wäre nicht der erste, der sich einen Geheimbunker angelegt und in der eigenen Bude verkrochen hätte.“

*Muck* gab sich während der kurzen Anfahrt auffällig sprechfaul, für *Hackl* allerdings angenehm, die Leitung der Aktion ohne jeglichen Widerspruch alleine in der Hand zu haben. Unabhängig davon wäre ihm jedes Mittel Recht gewesen, wenn er nur einen einzigen Erfolg zu seinen Gunsten verbuchen könnte.

*Hackl* und *Muck* waren immer noch nicht im K1 aufgetaucht. Das Grinsen über *Sebastians* gewagten Verdacht war längst aus seinem Gesicht verflogen. Übriggeblieben waren nur die erstochenen Leichen, die in *Robs* Kopf herumspukten. Eine harte Nuss wie diese war in seiner Berufspraxis noch nicht vorgekommen. Der Fall ging ihm an die Nieren, an seinen Schlaf.

Selbst seinem bisher unverwüstlichen Magen setzte das alles bereits seit einigen Tagen bedrohlich zu.

War es legitim, als verantwortlicher Hauptkommissar auf ein Wunder zu hoffen? Bestimmt nicht, aber unter diesen Umständen fühlte er sich in die Ecke der Handlungsunfähigkeit gedrängt, einzig darauf bauend, dass sich die Arztpraxis melden würde. Er starrte auf sein Telefon und wartete beschwörend darauf, dass es endlich das tun sollte, wozu es erfunden wurde.

Das Telefon läutete, mechanisch griff *Rob* hastig zum Hörer.

„25.000,00!", schnaubte jemand ins Telefon. Hören Sie *Holms*, wir setzten eine Belohnung von 25.000 aus!"

„Jetzt hören Sie zu *Herr* Polizeirat, ich mache das auf *meine* Art, und jetzt lassen Sie mich *meinen* Job machen.

„Sie glauben wohl tatsächlich noch an den Weihnachtsmann und dass der Nikolaus sein Onkel ist, *Holms*.

*Rob* verkniff sich die Weihnachts- und Nikolausantwort, während *Wolf* mit zunehmender Lautstärke weiter ins Telefon hineinbellte.

„*Ihre* Art ist mir scheißegal, *Holms*, ich habe gesagt 25.000, ich will die Visage vom *Holzdings* in der Presse, im Tele-Regional, und an jeder verdammten Scheißplakatwand in der Stadt, ich will das Fahndungsfoto im Internet, in den Nachrichten, jetzt auf der Stelle, *Holms* …

*Rob* hatte von Polizeirat *Wolf* etwas Neues gelernt. Er legte einfach auf, grußlos, so wie es sein großes Antivorbild Herr Polizeirat *Wolf* selbst und regelmäßig praktizierte.

Wieder einmal wurden ihm die Augen geöffnet, wer der Boss und wer der Befehlsempfänger war. Er war *nicht* der Boss, sondern derjenige, dem die Drecksarbeit blieb, sich mit der Oberstaatsanwaltschaft über die Festsetzung der Belohnungshöhe nach *Wolf's* Vorstellung herumzustreiten. Nur zu logisch, dass eine hohe Summe automatisch auch eine hohe Anzahl von unbrauchbaren Hinweisen nach sich zog, gerade von Personen, deren Fantasie im Belohnungsrausch nur allzu erfinderisch angeregt wurde. Das Schlechteste aber war die Tatsache, dass sein Plan A damit abgeschrieben wäre. Nein, genau das würde er mit allen Mitteln zu vermeiden wissen, jetzt, wo er so kurz vor einer Festnahme stehen könnte …

Sein Radar funktionierte nicht mehr. Sein Ohrläppchenjucken war nicht mehr zuverlässig genug. *Robert Holmes* war definitiv angezählt. Der Druck auf ihn war gewaltig, und doch musste er im Kampf mit sich selbst trotz allen Widrigkeiten, Anfeindungen und Gegenwinde durchhalten. In seinem ersten Halbjahr war es im Glauben um Gerechtigkeit noch sein Vorsatz gewesen, *Wolf* für seine Mitarbeiterführung zur Verantwortung ziehen zu lassen. Diesen Plan hatte er längst fallen gelassen. Zu aufwändig und zu nervenaufreibend, schließlich wollte er sich auf seine Arbeit konzentrieren. Jetzt aber war er an diesen Punkt gekommen, wo die Summe aller Schikanen, der Umgangston, die destruktive und fehlende Kooperation seines stellvertretenden Kommissariatsleiters, dessen Unfähigkeit und die permanente personelle Unterbesetzung ihren Tribut zollten. So hart im Nehmen konnte keiner sein, auch kein *Robert Holmes.*

Das Einzige, was ihn noch über Wasser hielt, war sein Joker -der behandelnde Arzt von *Christian Holzmeier*- und der Vorsatz, die Finger vom Dienst-Telefon zu lassen, sobald *Wolf* in der Leitung heulte. Er stellte es auf den Apparat vom *Hackl* um, der zwar nicht an seinem Platz war, aber auch das war ihm egal, wie vieles andere, das an seinem Nervenkostüm zerrte. „Wir haben noch einen Kandidaten, den wir besuchen müssen."

*Sebastian* überlegte kurz. „*Nachbar Obermüller*?"

„Korrekt."

In Wirklichkeit war es allerdings nur ein Alibi, eine Flucht aus den Wänden der Diensträume, die ihn zunehmend zu erdrücken drohten. Echte Resultate versprach er sich davon nicht. „Diesmal fahren wir aber nach Schaufling, zu seiner Zweitadresse."

„Was versprichst du dir davon, wenn wir den Täter eigentlich kennen, Chef?" *Sebastian* hatte ihn durchschaut, er war ein aufgewecktes Kerlchen.

„Wir halten ihm die Fotos vor die Nase. Wenn wir Glück haben, kann er den *Holzmeier* identifizieren und wir haben einen Zeugen für die Beweiskette der Anklage."

*Sebastian* ließ es gut sein, oder dachte sich seinen Teil über die Glaubwürdigkeit des Argumentes. Im Endeffekt war er nicht weniger froh, die aufgeregte Stimmung im K1 gegen eine kleine Dienstreise am Nachmittag einzutauschen.

Der angekündigte Nieselregen setzte ein, als sie die Autobahnausfahrt nach Hengersberg genommen hatten.

„Ich muss dich was fragen *Sebastian* und du musst mir jetzt die Wahrheit sagen, nichts als die Wahrheit, okay?

„Warum so formell theatralisch?"

„Hör zu *Sebastian*, es geht um deine Träumerei. Ich weiß nicht, wie du das machst, und … ", er machte eine kleine Pause, „und ich fürchte, dass es noch einen Mord geben könnte, wenn wir diesen *Holzmeier* nicht vorher erwischen."

*Sebastian* war überrascht. „Du glaubst mir also?"

„Klar *Sebastian*, warum nicht?"

*Sebastian* wurde ein bisschen verlegen. „Ich hab das als Kind ein paar Mal erlebt, aber dann erst jetzt wieder, seit diese Mordserie begonnen hat ..."

Noch bevor *Sebastian* weitererzählen konnte, zerriss das Tatortmelodie-Klingeln von *Robs* Handys das Gespräch. Urplötzlich schoss die Hoffnung durch seinen Kopf, die Arztpraxis!?

„Verdammt *Holms* wo sind Sie? Was ist mit dem Fahndungsfoto, es ist immer noch nicht in der Presse, das hat Konse … !"

Das Warnsystem in seinen Ohrläppchen hatte offensichtlich ausgedient. Es blieb nur ein Weg, die unangebrachten Anrufe im unangemessenen Befehlston von *Wolf* abzustellen. „Hallo, ich verstehe nicht, ….schschsch … kein Empfang … „

*Sebastian* glaubte seinen Augen nicht zu trauen, als *Rob* das Seitenfenster öffnete und das Handy wie ein übel stinkendes Stück Käsebrot mit Madenbefall aus dem Auto schleuderte. Die Zwillingsreifen des entgegenkommenden LKWs erledigten den Rest und sorgten für die dauerhafte Nichterreichbarkeit des Anschlusses.

„Nicht schade um das Teil“, meinte *Rob* cooler als seine Gesichtszüge es vermuten ließen, „der Rufton hat mich schon viel zu lange genervt!“

„Und ich wollte dich schon die ganze Zeit fragen, wie du auf diesen unwitzigen Klingelton gekommen bist, Chef?“

„Rate mal!“

*Sebastian* konnte nur ahnungslos mit den Schultern zucken.

„Eine Über-Idee von *Wolf*. Muss ihm wohl beim Eisenbahnspielen eingefallen sein. Und die *Ulli*, seine Chefsekretärin, hat diesen bescheuerten Ton auf sämtliche Handys der Kollegen heruntergeladen. Ist dir das noch nicht aufgefallen?“

*Wolf*, *Ulli*, *Mama Raitmaier*, endlich machte es klick bei *Sebastian*.

Die Straße schlängelte sich nach Schaufling hinauf. Schwarzach, Oberaubach, Urlading. Nachdenklich saß *Rob* hinter dem Steuer, bis er auf *Sebastians* Träume zurückkam. „Was hast du letzte Nacht geträumt? Komm erzähl, egal wie scheißekelig dein Traum war.“

„Nein, Chef, nichts. Keinen Traum an den ich mich erinnern kann, ehrlich.“ *Sebastian* schien nachzudenken. „Aber was anderes Chef. Was, wenn der *Holzmeier* bereits tot ist?“

„Also hast du doch geträumt?“

„Nein, echt jetzt. Aber was wenn? Vielleicht ist das der Grund, warum er nicht geöffnet hat!“

„Das wollen wir lieber nicht hoffen. Dafür haben wir die Experten vom LKA und ihr Täterprofil, 90 Prozent Übereinstimmung, das reicht allemal." *Rob* verdrängte *Sebastians* Szenario so gut er konnte. „Hier mein Privathandy, *Sebastian*. Speichere dir die Nummer ab, vielleicht brauchst du sie mal."

„Danke, Chef."

„Die ist nur für Leute, denen ich zu hundert Prozent vertraue!"

Kein Wunder, aber zumindest eine angenehme Tatsache war, dass sie Nachbar *Obermüller* nach den erfolglosen Versuchen in Passau hier endlich höchstpersönlich antrafen. Ein -bis auf seine bunte Brille- unscheinbarer schmächtiger Typ um die Vierzig, unaufgeregt, sehr freundlich und zuvorkommend, auch wenn er nichts Besonderes zu *Harald Haas* beizutragen wusste. Selbst beim Foto von *Holzmeier* schüttelte er verneinend sein wie geschminkt aussehendes zartes Köpfchen. Dafür ließ er es sich nicht nehmen, die beiden auf eine Tasse Tee hereinzubitten und einen Teil seiner Lebensgeschichte zum Besten zu geben. Die Erklärung, warum sie ihn in Passau nicht antrafen, war ebenso einfach wie nachvollziehbar. Ein vor kurzem geerbtes Elternhaus mit Garten und ruhiger Umgebung in Schaufling und der Plan, das Reiheneckhaus in der Wienerstraße für gutes Geld mit Gewinn zu verkaufen. Das war aber auch schon alles gewesen, was man im weitesten Sinn als sachdienlichen Hinweis hätte bezeichnen können. So gesehen war der Dienstausflug eher eine Fahrt ins Blaue als ein Ermittlungserfolg, aber gleichzeitig auch eine nicht unwillkommene Gedanken-Schnaufpause für *Rob* gewesen.

Auch *Hackls* private FBI-Aktion blieb ohne Erfolg. Zu seiner nicht erklärbaren Überraschung weigerte sich *Muck* strikt, seine unvorschriftsmäßige Vorgehensweise zu unterstützen und in die Wohnung oder in den Gemeinschaftskeller unbefugt einzudringen. Ihm blieb damit nur der second-hand-Job, die Straße und die Umgebung zu Fuß zu patrouillieren. Das Glück meinte es trotzdem nicht gut mit *Hackl.* Er bekam weder die Nasenspitze von *Holzmeier* noch die TÜV-Plakette seines Autos zu sehen. Schließlich trieb ihn der Hunger und die eigene Trägheit zu dem Entschluss, unverrichteter Dinge wieder abzuziehen, nachdem er vier Stunden Dienstzeit mal zwei Kommissare verschwendet hatte.

„Bullshit, wrong time, right place, Kollege“, war der unglückliche Versuch diese Blamage zu kaschieren. „Wäre ja zu easy gewesen, wenn unser gesuchter Mann genau vor der Einfahrt geparkt hätte. Ich kriege ihn trotzdem, *Muck*.“

*Rob* betrachtete *Sebastian* von der Seite. Einmal mehr konnte er in seinen jungen Gesichtszügen das erhabene Vergnügen ablesen, dass er den Dienst-BMW nach Hause schaukeln durfte.

„Ist dir aufgefallen, wie er dich angesehen hat?“

*Sebastian* konnte nicht folgen. „Wer, und wie?“

*Rob* brachte sogar ein Schmunzeln zustande. „Na ja, ich würde sagen, der Typ ist hundertprozentig auf dich gestanden.“

„Auf mich, dieser *Obermüller*?“

„Ja, echt jetzt“, kopierte er *Sebastians* Lieblings-Redewendung.

*Sebastian* ignorierte die Anspielung. „Was sagst du zu unserem neuen Mann, Chef?“

*Rob* kratzte sich am Kinn und gab die Frage an *Sebastian* zurück. „Was ist denn deine Meinung über *Muck*?“

„Cooler Typ, er hat mir sofort von seiner Plattensammlung erzählt, als er mitgekriegt hat, dass ich in einer Band spiele. Aber ich glaub, der hat mehr auf dem Kasten, als er vorgibt.“

*Rob* hätte nur bestätigen können, was *Sebastian* gerade gesagt hatte. Die eingelegte Pink Floyd-CD begleitete seine gedankenvertiefte Schweigsamkeit bis sie Passau erreichten.

**-Mittwoch Abend-**

Kurz vor 18 Uhr hörte man dumpfe Schritte. Harte Gummiabsätze auf kaltem Pflaster, abgedämpft durch den leichten Nieselregen. Die einen in der Brunngasse, die anderen am Friedhof. Die letzteren waren unterwegs auf dem gepflasterten Hauptweg vom Eingang hinter der Kirche zum anderen Ende des Bestattungs-Areals, wo sich die Aussegnungshalle befand, mit dem durch ein Vordach geschützten Vorplatz. Außer den Schritten gab es rundherum nur die Stille einer graudunklen November-Kulisse bei Nacht. Das Lamm ging seiner Opferung entgegen und ahnte nichts von dem grausamen Ritual, das in wenigen Minuten sein Leben auf bestialische Weise auslöschen würde.

Die anderen Schritte stammten von *Rob*. Er war unschlüssig in der Brunngasse auf Höhe des Burgerlokals Zweite Heimat und der gegenüberliegenden Vinothek stehen geblieben. Er registrierte nicht wirklich, wie und warum er genau diesen Weg genommen hatte..Er wollte nur Sauerstoff tanken und abschalten, nach einem weiteren ergebnislosen 23. Ermittlungstag.

Im Burgerladen ziemlich tote Hose, in der Vinothek dagegen ließ der Blick durch die Glastüre zwei, drei Personen erkennen. Und so, wie es den Anschein hatte, war gerade eine amüsante Unterhaltung im Gange, das Gelächter hallte bis in die Brunngasse hinaus.

Die Silhouette eines mittelgroßen Mannes mit einem Hut war unter dem Vordach der Aussegnungshalle erkennbar, mehr nicht. Die Dunkelheit verdeckte das Gesicht. Das Herz des Opferlammes schlug hastig, aber weniger aus Angst, als aus intensiver Neugier, vielleicht sogar aus aufgestauter Begierde.

Nach einem Tag zum Wegwerfen, wollte *Rob* nur noch Eines. Ein Mensch sein, der seinen instinktiven Bedürfnissen respektlos folgen und darauf hoffte konnte, dass eine gute Flasche Wein seine miserable Stimmung aufbesserte. Vielleicht würde ihm ein edles Tröpfchen sogar helfen, in einen traumlosen Tiefschlaf fallen zu können. Kurz darauf stand er in der Vinothek. Das erste Mal, seit er in Passau war. Die vollbestückten Weinregale um die Nischen herum ließen nur ansatzweise erahnen, was sich hier wohl bei Normalbetrieb und aufgehobener Kontaktbeschränkung abspielte.

Die beiden Männer vor ihm waren noch immer in die angeregte Unterhaltung mit der überaus freundlichen weiblichen Verkäuferin hinter der Theke vertieft. Verständlich, genaugenommen war es nichts anderes als ein ausgewachsener Flirt zwischen zwei alkoholheiteren Männer und einer in Humor getauchten aber selbstbewussten Frau.

Nur noch wenige Schritte bis er dieses Gesicht erkennen konnte, auf das er nach vielen Jahren so neugierig gewesen war und für das er seine bisherigen Vorsichtsmaßnahmen alternativlos aufgegeben hatte. Die Kopfbedeckung verdeckte die Augenpartie, als der Mann aus dem Schatten trat und den Arm nach vorne streckte in der typischen Art, ihm die Hand zu geben.

„Poesie", klang überaus einschmeichelnd. Das sympathische Frauengesicht mit roter Haarpracht verstand es auf Anhieb, ihm eine Weinsorte schmackhaft zu machen, obwohl er ansonsten ein klassischer Bierapostel war. Noch mehr überraschte es ihn, dass plötzlich ein Weinglas mit einer Kostprobe des Rotweins wie hingezaubert vor ihm stand, noch bevor er nach dem Preis fragen konnte. Dafür krabbelte eine andere Frage aus seinem Mund.

„Der *Koller* von den Musikern?" Für einen kurzen Moment wirkte sie sentimental, fast bedrückt. „Wenn kein Lockdown wäre, dann würden Sie alle am Freitag antreffen. Tut mir leid, aber ich würde mir auch wünschen, dass es bald wieder losgeht."

Nur eine spontane Idee, *Kokos* Vater hier zufällig anzutreffen, nicht mehr. Aber noch ein weiterer Kandidat, der hier bekannt sein könnte, war soeben in *Robs* Hinterkopf aufgetaucht.

*Marina* kannte mehr oder weniger alles, was in der Vinothek so aus und einging, vom kleinen Finanzbeamten bis zum Geschäftsmann, vom Banker und Rechtsanwalt bis zu Frau und Mann jedes einzelnen Stammtisches, oder vom *Papageienkönig* mit der größten Gelbbrustara-Zucht im Landkreis bis zum *Leichenpapst*, einem ehemaligen Kripomann, aber ein mysteriöser Angestellter der Presse mit dem Namen *Christian Holz..nochwas* war nicht in ihrem Gedächtnis registriert.

Er spürte diese Hand nicht mehr, die er vermeintlich drücken und ihre Wärme fühlen wollte. Es ging zu blitzartig, viel zu unerwartet, als die Hand nach oben schnellte und einen stichartigen brennenden Schmerz in der Brustgegend auslöste, die von Bewusstlosigkeit gefolgt war.

„Du musst kommen, wenn was los ist", war auch die Meinung des Mannes, der noch immer an dem Rest seines -vermutlichen-Probierglases nuckelte, bevor er sein Loblied auf die Live-Musik in der Vinothek anstimmte. „Der *Austria-Schorsch* ist der Entertainer, der vom Wienerlied bis zu den Stones so ziemlich alles wie ein wandelndes Textbuch rauf und runter singt, was in den letzten 60 Jahren an Musik erfunden worden ist. Und wenn der *Shadows-Joe* und die anderen Musiker dabei sind, dann rockt die ganze Bude, bis man sein eigenes Wort nicht mehr versteht. Zum Wohl."

Also noch jemand, der zur Fangemeinde der Brunngassenband gehörte. Wenigstens wurde weder über Corona noch über die grausame Mordserie gesprochen. Und als Zugabe zur Flasche to go gehörte noch ein zweites Probierglas, natürlich unaufgefordert und auf Kosten des Hauses. Ziemlich geschäftstüchtig, dachte *Rob*, als *Marina* frisch, frei und ungefragt nachgeschenkt hatte. Aber es gab niemand der auf ihn wartete, nicht in der Wohnung und nicht im Bett, in dem er keinen Schlaf finden konnte. Abgesehen davon mundete der mildaromatische Rotwein angenehm und beruhigend.

Es war eiskalt und er war nackt unterhalb der Hüfte, als er wieder zu sich kam. Er konnte sich nicht bewegen. Er war bäuchlings an einem aufrechten Stahlpfosten fixiert, die Hände voran mit einem schmerzend ins Handgelenk schneidenden Plastikband, ebenso die Füße. Die Fesselung ließ keinerlei Bewegungsfreiheit zu. Ein nach Metall schmeckendes Klebeband um den Mund und den Unterkiefer erschwerte das Einatmen der kalten Novemberluft. Ein abgefahrenes Sexspiel?

Irgendwie und irgendwann verspürte *Rob* den heimtückischen aber dringlichen Druck auf der Blase, von dem er sich nur auf der Herrentoilette erleichtern konnte. Hätte seinen Gesprächspartner von vorhin nicht dasselbe anatomische Problem gequält, wäre das Gespräch auf dem stillen Örtchen nie zustande gekommen.

„Die *Marina* ist das Herz der Vinothek, die muss man einfach mögen, Kumpel“, hörte *Rob* den Pinkelkandidat mit Reihenfolge zwei in der Warteschleife vor der einzigen Herrentoilette.

„Sieht so aus“, sagte *Rob* und konzentrierte sich, sein Geschäft im Stehen gut gezielt zu erledigen.

Mit der nächsten Frage allerdings, hätte er um nichts in Welt gerechnet. „Du hast doch die *Marina* wegen einem *Christian* von der Presse gefragt?“

*Rob* wurde hellhörig, musste aber gleichzeitig seine Sache noch zu Ende bringen.

„Wenn du den *Chris* meinst, der für die schwarzen Kreuze bei der Zeitung zuständig ist“, meinte der WC-Besucher in Wartestellung, „den kenne ich.“

Unter *Robs* Füssen begann sich plötzlich der Boden zu bewegen. Eigentlich hätte er beide Hände gebraucht um sich festzuhalten, aber er hatte ja nur eine freie Hand zu Verfügung, als in seinem Innenleben eine Zündschnur zu glimmen begann. „Ich … „ überlegte *Rob* und suchte fieberhaft nach einer unauffälligen Antwort, die zugleich eine Frage sein sollte. „Ich habe ihn schon ewig nicht mehr gesehen und dachte … vielleicht treffe ich ihn zufällig hier.“

„Da wirst du Pech haben Kumpel, der hat sich momentan in meiner Ferienwohnung in Bad Füssing eingenistet.“

Noch einen lichten Moment lang hörte er hasserfüllte Wortfetzten, „Schwein … habe ich nie vergessen … sollst leiden, du Sau…“, die er nicht in der Lage war, zu verstehen. Er begriff nur, dass es kein Spiel mehr war. Dann folgte dieser furchtbare Schmerz im Gesicht mit einem Blutschwall aus der Nase. Die bestialische Prozedur schickte das Opferlamm in einen Schock-Zustand, der das weitere Schmerzempfinden betäubte. Den tödlichen Stich in den After nahm er nur als ein dumpfes Reißen im Genitalbereich wahr. Er hatte wenigstens das bescheidene Glück, dass sein Bewusstsein abschaltete, bevor der Tod durch die grobschlächtigen Stichwunden eingetreten war.

Unglaublich inspirativ war die Intimität zwischen Kloschüssel und Waschbecken, die exklusive Informationen ans Tageslicht beförderte, die weder im Internet, beim Damen-Friseur oder bei einem offiziellen Verhör zu bekommen waren.

„Ich weiß zwar nicht wann oder wo *du* ihn zum letzten Mal getroffen hast, aber hier in der Vinothek benutzt er meistens seinen zweiten Vornamen *Nick*, und über seinem Job spricht er nicht gerne, als ob er sich dafür schämen würde."

„Ist mir nie aufgefallen", pokerte *Rob*, um das Gespräch in Gang zu halten.

Sein Gesprächspartner konnte beides, pinkeln und ohne Unterbrechung quatschen. „Ich kenne seine Story. Ein Einzelgänger und ein waschechter Pessimist, der immer nur schwarz sieht. Seine Todesanzeigen, das passt irgendwie zu ihm, und dass er halt ein komischer Vogel ist, das weißt du ja selbst, aber was sagt das schon. Ich könnte dir Geschichten von anderen Typen erzählen, die ich schon in der Gegend herumgeschaukelt habe oder von Musikpromis wie den Carlos Santana oder den Frank Zappa, Chris de Burgh, Joe Cocker und so weiter. Aber was bedeutet es schon, wenn sie ein Tick haben, sie scheißen auch nur dieselbe Kacke."

„Na ja, wenn er nicht immer so ausrasten würde", spielte *Rob* die Rolle des *Holzmeier*-Bekannten weiter.

„Ach was, ist doch bei ihm nur heiße Luft. Der tut keiner Fliege etwas zu leide, hat Höhenangst und kann nicht einmal Blut sehen. Im Grunde genommen ist er einer, von dem man alles haben kann, der ist in Ordnung. Ich mag ihn, sonst hätte ich ihm nicht meine Ferienwohnung für zwei, drei Wochen gegeben. Irgendein Problem in der Arbeit, hat er gesagt, geht mich ja nichts an."

*Rob* war irritiert, plötzlich existierte eine ganz neue Seite von diesem *Christian Holzmeier*, der sich *Nick* nannte. Wie gut kann ein Mensch sein Inneres so verbergen? Diese Frage ging *Rob* nicht mehr aus dem Kopf. Wie glaubhaft war sein Toilettenkumpel?

„Wenn du mal einen Fahrer brauchst, hier ist meine Karte, ich fahr dich überall hin, wenn du willst bis ans Ende der Welt. Ich habe Zeit und kenne vielen Ecken.“ Die weiße Visitenkarte mit schwarzem Aufdruck war schlicht gehalten.

Es war getan, der Schlächter hatte sein Werk vollbracht. Das was blieb, war ein verächtlicher Blick für das blutüberströmte Opfer in seinen letzten Atemzügen. Er blieb stehen, bis das letzte Leben aus dem Opfer gewichen war. Der Feldzug der Sühne für das perverse Vergehen, das man ihm angetan hatte, war beendet.

*Rob* spielte mit dem Bierdeckel, auf dem die Adresse in Bad Füssing stand, aber er zögerte, die Einsatzzentrale anzurufen. Der Regen war stärker geworden, er hatte sich in fette Wassertropfen verwandelt, die auf das verzinkte Blechdach in *Robs* Dachgeschoßwohnung in der Theresienstraße hämmerten. Etwas hielt ihn ab. Das Diensthandy, das vom LKW geplättet in seinen Einzelteilen auf der Autobahnausfahrt nach Hengersberg verstreut lag, war es nicht, sondern ein eigenartiges Bauchgefuhl, das sich bis in seinen Kopf hinaufarbeitete und seine beruflichen Erfahrungen röntgenartig durchleuchtete. War ein *Christian Holzmeier* tatsächlich in der Lage einen Mord so blutrünstig, so unaufgeregt präzise und ohne jegliche Spuren auszuführen?

Selbst nach einer leeren Flasche „Poesie“ konnte er immer noch nicht einschlafen. Um vier Uhr fünfzig gab *Rob* die Adresse an die Einsatzleitstelle weiter.

Auf der Ablage neben seinem Bett lag eine Visitenkarte von *Heinz Huck: Managment & Service*, was auch immer darunter zu verstehen war.

Hass hat viele unbeschreibliche Farben und unendlich vielfältige Motive. Es steckt in jedem Menschen und -sofern er geweckt wird- er verändert ihn, ohne dass man sich dagegen wehren kann. Wenn der Hass in die Tiefe der Seele eingedrungen ist, erlischt er erst, wenn Sühne getan ist.

**-Donnerstag 19. November-**

Die Unruhe in ihm tickte wie ein Uhrwerk, als er am Morgen auf den Rückruf der Einsatzzentrale wartete. *Rob* war bereits eine geschlagene Stunde vor Dienstbeginn im Büro und zählte die Sekunden, die zu Minuten, und Minuten, die zu einer ausgewachsenen Dreiviertelstunde wurden. Beim ersten Telefonläuten griff er automatisch hastig zum Hörer. Er hörte zunächst nur ein Geräusch wie das heftige Schnauben eines Stieres, es sei denn … er war gerade eingenickt und träumte vor sich hin. Die Anzeige auf dem Display und *Wolfs* Stimme zertrampelten die Traumtheorie unvermittelt.

„Wir haben den *Holzmeier,* kommen Sie in mein Büro", bellte *Wolf.* „Jetzt sofort!", im üblichen cholerischen Tonfall.

Im Gegensatz zu *Wolf* war *Rob* mit einem Mal ruhig und völlig entspannt, wie befreit von einer gewaltigen Last. Selbst wenn sich *Wolf* auch diesmal im Ton vergriff, war seine Ansage geradezu Musik in seinen Ohren gewesen.

*Rob* kostete seinen Triumph aus, 15 ewige Minuten lang, in denen er Polizeirat *Wolf* und den Schampus mit ausgiebiger Genugtuung warten ließ. Das Erfolgserlebnis stand ihm unverkennbar ins Gesicht gezeichnet, als er aus seinem Büro kam und *Muck* zuzwinkerte. „Die Befragung der Kollegen bei der Presse wegen *Holzmeier* hat sich erledigt."

*Muck* reagierte nicht sonderlich überrascht, aber er hielt immerhin seinen Daumen nach oben.

„Ach ja *Muck*, noch was, unsere Corona-Spielregel. Wer das Wort C in den Mund nimmt, oder die Coronazahlensau durchs Büro treibt, zahlt 5 Euro in die in die Büro-Kasse ein.“

„Gute Idee“, zwinkerte *Muck* zurück, „ich kann es auch nicht mehr hören.“

Plötzlich waren seine Beschwerden unbedeutend, zerkrümelt, kaum mehr wahrnehmbar. In seinem Ego brannte das Leuchtfeuer des Triumphes, das ihn jedes Mal aufs Neue durchströmte, wenn ein Fall gelöst war. Das war sein Moment, der ihm die Gewissheit gab, den richtigen Job zu tun und der Moment, in der Sonne des Erfolges zu baden. Es gelang ihm 15 glückliche Minuten lang, dann verdunkelte sich das trügerische Licht des Erfolges und blanker Zorn schlug ihm ins Gesicht.

„Sind sie völlig wahnsinnig, *Holms*, ich scheiße auf ihr *Modus Operandi. Sie haben mir den Falschen geliefert, Mann, hören Sie *Holms*, ich habe die Schnauze voll von Ihren Vermutungen und ihren abwegigen Theorien, sie haben mir diesen *Christian Holzmeier* aufgeschwätzt, wie stehe ich jetzt vor dem Staatsanwalt da, vor der Presse, vor dem *Oberbürgermeister*, wissen Sie überhaupt was das bedeutet, haben Sie überhaupt den Funken einer Vorstellung, Mensch, verflucht noch mal, wie können Sie mir so eine Suppe einbrocken, sie sind wohl von allen guten Geistern verlassen, Mann.“

*Rob* sah sich dem wahrhaftigen Teufel im Wolfspelz gegenüber, ohne auch nur einen einzigen Buchstaben seines hysterischen Geschreies nachvollziehen zu können.

„Ich entziehe Ihnen den Fall *Holms*, *Hackl* übernimmt, und wie es mit Ihnen weitergeht, darüber unterhalten wir uns noch, haben Sie mich verstanden?“

* methodische Vorgehensweise

Betäubt vom Hammer der haltlosen Anschuldigungen rutschte *Rob* nur eine einzige Frage über die spröde gewordenen Lippen. „Was ist mit dem *Holzmeier*?“

„Verdammt nochmal *Holms*, kapieren Sie gar nichts? Der *Holzmeier* ist genauso tot, wie alle Ihre anderen Leichen, die Sie zu verantworten haben, weil Sie unfähig waren, diesen geistesgestörten Abschlachter zur Strecke zu bringen, und nun läuft diese Bestie auf zwei Füssen immer noch frei in Passau herum.“

Das Fotoalbum mit den Fotos vom Leberkäsempfang 1999 lag immer noch auf dem kleinen Nachtkästchen in dem Bad Füssinger Ferienappartement, aber *Christian Holzmeier* brauchte es nicht mehr. Er war so tot, dass man ihn nicht mehr verhören konnte. Auch *er* hatte den tödlichen Messerstich im Arsch und ein Gesicht in dem etwas fehlte. Eine angewachsene Nase.

Das war also aus *Robs* Joker geworden, ein absoluter Rohrkrepierer und der absolute Tiefpunkt seiner Karriere. Mit einem Mal war die Welt eine andere. Er, der Jäger war der große Verlierer, der Gesuchte das massakrierte Opfer und der Vorgesetzte der leibhafte Teufel in Person. Willkommen im Universum des Verbrechens, dachte *Rob* verbittert. Dieses Mal drohte ihm die gnadenlose Rolle des Versagers, in der hässlichen Welt des Verbrechens.

Mit dem Moment, als er der Wolfshöhle den Rücken kehrte, hatte *Robert Holmes* endgültig mit *Wolfgang Wolf* abgeschlossen. Die verschwiegene Wahrheit aber war, dass das LKA-Gutachten und die Aussagen der Befragten unisono zum selben vermeintlichen Tatverdächtigen geführt hatten. Und noch eine Wahrheit blieb unausgesprochen, nämlich die Wahrheit, dass er seinem Herrn Polizeirat unter den aktuellen Umständen eine sogar noch deutlich größere Peinlichkeit erspart hatte, nämlich die Veröffentlichung eines Fahndungsfotos mit einem gesuchten Serienmörders, der einen Tag später selbst zum Opfer geworden war.

Die Welt war nicht nur hässlich und unschön, sie war auch ungerecht. Aber das wusste *Rob* in seinem Beruf nur allzu gut.

*Wolf* tobte sogar noch weiter, als *Rob* bereits die Türe hinter sich zugeworfen hatte. „Dieser Dilettant war nicht einmal fähig, alle Friedhöfe zu sperren."

*Hackl* und *Rob* hatten sich die Klinke in die Hand gegeben. „*Hackl*, sie fahren nach Patriching zum Friedhof. Der *Holms* ist raus, Sie übernehmen den Fall."

Kriminaloberkommissar *Hackls* große Stunde war also gekommen. Wie lange hatte er insgeheim schon darauf gewartet?

„Er hat nur die Friedhofe in der Innenstadt …."

„Sehen Sie *Hackl*, genau das meine ich, unfähig."

Das klang so geil in seinen Ohren wie eine all-inclusive-Einladung vom thailändischen König in seinen Palast.

„*Junior*, du kommst auch mit", ordnete *Hackl* im Befehlston an, als er seine Leute mit bislang unbekanntem Diensteifer zum Tatort kommandierte.

„Echt jetzt, muss ich?"

*Hackl* hatte nur einen mürrischen Blick übrig. „Ich weiß zwar nicht, welchen Mist du auf der Polizeischule gelernt hast, aber das hier ist live, also come on Greenhorn." Zum *Vierhammer* gewandt ergänzte er voll Zuversicht strotzend, „unser Anfänger soll sehen, wie man so einen Fall löst."

*Muck* wunderte sich nicht, dass *Hackl* diesmal *Vierhammer* zum Tatort mitnahm, schließlich war *Hackl* nachtragend genug, wenn jemand seine speziellen Methoden nicht unterstützte. Genaugenommen konnte er aber gerne auf die Rolle seines Fußabtreters und den Anblick einer scheußlichen Leiche verzichten.

Ob in Begleitung von *Rob* oder mit *Hackl*, es machte keinen Unterschied, am Tatort kotzte sich *Sebastian* den Magen aus dem Rachen. Auch diese Leiche war keine Augenweide, selbst *Hackl* kämpfte mit dem Würgereiz beim Anblick des Gesichtes, das keines mehr war. Ein Gesicht ohne Nase, unterhalb davon nur noch ein Etwas aus geronnenem und von der Kälte verkrustetem Brei aus Blut, Muskelfasern und Hautfetzen. Erkennbar gebliebene war nur die Stirnpartie mit den Augen, in denen die irrsinnige Angst wie hineingemeißelt stand. Die Hände des Opfers waren von der Kälte blau angelaufen und vom anfänglichen Blutstau immer noch angeschwollen. Der Unterkörper war freigelegt, die rektalen Genitalien wie ein Schlachtfeld verwüstet. Ein surreales Bild der Grausamkeit in Blutrot getaucht, das sich ins Hirn des notgedrungenen Betrachters auf immer hineinbrannte.

Die ganze Mannschaft der Ermittler und der Spurensicherer samt Arzt, der den Tod feststellte, standen sich gegenseitig im Weg und auf den Füßen. *Hackl* hatte alles abgerufen, was an Experten zur Verfügung stand. Pech und Glück dass es dort, wo keine Spuren waren, auch keine gab, die man zertrampeln konnte. Der Täter war seinem Modus Operandi treu geblieben, keinerlei Spuren, wiederum die Tat eines Profis.

„Die Kollegen aus Pocking“, sagte *Steffi*, „kann ich dir das Gespräch weitergeben?“

Sein Tinnitus sagte laut und deutlich nein, *Rob* sagte ja. Und der Grund warum die Person *Holzmeier* bei der angegebenen Adresse nicht angetroffen werden konnte, war ihm vorhin gerade *wolf*persönlich mitgeteilt worden. Er nahm die Information der Polizeistation Pocking daher einfach nur zur Kenntnis. Viel wichtiger dagegen war die Frage, ob er den Mord hätte verhindern können. Doch das beantwortete sich von selbst. Zum Zeitpunkt, als *Rob* die Bad Füssinger Adresse in der Hand hatte, war *Holzmeier* schon längst zu seinem allerletzten Treffen unterwegs gewesen und unvermeidbar dem Tod geweiht. *Rob* hätte den Lauf der Dinge nicht aufhalten können.

Konflikte waren das Eine, Intrigen und Rückdelegation bis hin zum Bauernopfer waren das Andere. In dem Konzentrat aus Lügnern, Intriganten und Mördern war kein Platz mehr für den Menschen und den Hauptkommissar *Robert Holmes.* Er war zu einer kümmerlichen aber überflüssigen Luftblase mitten in diesem Smog aus Charaktergift geworden, an dem er über kurz oder lang zu ersticken drohte. Daran konnten auch *Steffi* und *Sebastian* nichts ändern, die er ausdrücklich aus diesem feindlichen Umfeld ausklammerte.

*Steffi* klopfte an seiner Türe, „Kaffee Chef?" Sie war wieder gesund, und das war gut so. Es gab außer Kaffeemachen noch tausend andere Dinge zu tun.

„Der *Hackl* ist jetzt Euer Chef, *Steffi*, so siehts aus."

*Steffi* schaute bedrückt. „Was willst *du* nun tun?"

*Rob* sah sie mit zusammengepressten Lippen an. „Besorg mir bitte ein paar Schachteln, Steffi. *Danke.*"

„Aha", meinte sie, „und so weiter und so weiter."

Dann ließ sie ihn wieder allein mit seinen Medikamentenschachteln in der Stille seines Büros mit zugezogener Türe. Aus seinem Zimmer drang nur mehr ein Rascheln, ein Hin- und hergehen, ein Schubladen auf- und zuschieben und das geräuschintensive auf- und Zuklappen von Leitz-Ordnern. Der Telefonhörer lag neben dem Apparat. Niemand konnte *Rob* erreichen. Wozu auch, er war mitten im Strudel der Ereignisse untergegangen. Wo seine Rettungsinsel war, musste er noch herausfinden, aber die Flucht vom sinkenden Schiff war unabwendbar. Dieser Fall hier war sein erster ungelöster Fall.

Die Telefone im K1 hatten Durchfall, sie hörten nicht auf zu klingeln und der Zettel mit den notierten Rückrufen wurde immer länger. *Steffi* war dabei, eine neue Datenbank anzulegen, in der künftig sämtliche Beerdigungen und Abendgottesdienste aufgelistet werden sollten. *Kopfinger* war in einer Art Standleitung mit dem *Bischof*, der die Pfarrämter aus dem Landkreis zur Kooperation und Abstimmung aller relevanten Gottesdiensttermine mit der Polizei anhalten sollte. *Muck* nahm die eingehenden Telefonate entgegen. Dazwischen tauchten ständig abwechselnde Gesichter im Dienstzimmer auf. Mal war es der Pressesprecher, mal die Kollegen vom Erkennungsdienst, dann wieder die aufnehmenden Polizeibeamten, die jetzt alle nach *Hackl* fragten.

Die Fahndung nach *Holzmeier* war eingestellt worden, dafür wurde die Überwachung der Friedhöfe auf den ganzen Landkreis ausgeweitet. Das wiederum bedeutete einen riesigen logistischen Aufwand, der zudem einen enormen Personaleinsatz zur Folge hatte. Ob ein weiterer Mord dadurch verhindert werden konnte, stand aber genauso in den Sternen, wie und wo die Suche nach dem Täter weitergehen sollte.

*Muck* ließ sich von der Hektik nicht ansatzweise aus der Ruhe bringen, als *Rob* seinen Kopf durch die Türe steckte, während sein Telefon einen Klingel-Herzinfarkt nach dem anderen erlitt.

„Kannst du für mich die Durchsuchung der Wohnung in Bad Füssing übernehmen, sobald du mal Luft hast?"

„Klar, kein Problem", antwortete *Muck* ganz spontan, ohne lange zu überlegen zu müssen.

„Wär super, wenn du dazu *Sebastian* mitnehmen könntest. Ich glaub, dass er von dir was lernen kann. Beim *Hackl* wäre ich da eher vorsichtig, wenn du weißt was ich meine."

„Kriege ich hin, verlass dich", meinte *Muck* zuversichtlich.

*Muck* bedauerte *Robs* Abgang. „Mann, das ist echt hart für dich. Ich hätte es auch nicht anders gemacht, so wie ich es in den Fallakten nachgelesen habe. Tut mir echt leid." *Muck* hatte eine beeindruckende Portion an Verständnis und Einfühlungsvermögen. „Mein Angebot gilt natürlich noch immer. Wenn du Lust hast, ein paar gute alte Platten zu hören, komm bei mir vorbei. Bierchen dazu hab ich natürlich auch immer auf Lager."

Vielleicht wäre *Muck* der Mann gewesen, auf den er hätte bauen können und sollen. Die Wellenlänge mit dem knapp 1,90 großen Mann mit Berufserfahrung war auf alle Fälle dieselbe, auch wenn es schwierig war, ihn in eine passende Schublade zu stecken. Aber es war ohnehin ohne Belang, *Rob* hatte das Thema Passau abgeschlossen. Aber vielleicht konnte *Muck* ein guter Mentor für *Sebastian* sein. „Du könntest mir noch einen Gefallen tun."

„Schieß los, Mann."

„Ich glaub, dass *Sebastian* bei dir gut aufgehoben ist. Wär schön, wenn du einfach ein Auge auf ihn hast, *Muck*."

„Passt scho!"

„Und mein Tipp für dich, pass beim *Hackl* auf, dass der aus einer Büromücke keinen bürokratischen Elefanten macht."

Ganz unerwartet tauchte plötzlich das auffällig bleiche Gesicht von *Sebastian* im K1 auf.

„Was ist mit dir los, du solltest doch mit *Hackl* und *Vierhammer* am Tatort sein?"

„Da sind wir schon fertig, und jetzt sind die zwei noch in der Sechzehnerstraße. Zuerst sollte ich für *Hackl* eine Brotzeit besorgen, aber ich hab mich wegen Übelkeit ausgeklinkt und so weiter. Außerdem konnte er mich dort sowieso nicht brauchen und er hat sich so furchtbar wichtig gemacht."

*Steffi* musste grinsen, *Muck* schien nachzudenken. Bevor er noch weiter aus dem Nähkästchen plaudern konnte, holte ihn *Rob* in sein Büro, das bald nicht mehr seines war.

„Hör zu *Sebastian*, *Wolf* hat entschieden, dass *Hackl* den Fall übernimmt. Ich habe es einfach verbockt und ich ziehe die Konsequenzen."

*Sebastian* konnte am optischen Zustand des teilweise ausgeräumten Büros und den Schachteln am Boden auch ohne *Robs* Erklärung unschwer erkennen was Sache war. „Ich dachte immer du bist so ein Schimanski…"

*Rob* zwang sich ein Grinsen ab. „Du und deine Mama! Abgesehen davon ist der Schimanski ein Rüpel gewesen."

„Aber der hat sich wenigstens nichts gefallen lassen."

„Hör zu *Sebastian*, da sind zu viele böse Dämonen um mich herum, die man nicht besiegen kann. Es geht mir nicht gut, echt jetzt, und darum lass ich mich versetzen, so siehts aus!“

„Aber…“

„Gar nichts aber. Das war`s einfach. Man muss erkennen, wenn es zu Ende ist.“

„Tut mir leid, Chef.“

„Ich bin nicht mehr dein Chef, *Sebastian*. Das ist ab jetzt der *Hackl*. Aber mein guter Rat für dich, halt dich an *Muck*, von dem kannst du was lernen, glaub mir.“

Das betretene Gesicht von *Sebastian* änderte nichts an den Gegebenheiten.

*Rob`s* time-to-say-goodbye-Ansprache fiel knapp aus. „Leute, ich bin dann mal weg, ich räume das Feld.“

Wie aus einem Drehbuch, kam *Hackl* genau in diesem Moment zurück. „Ist jetzt mein Zimmer, oder?“

Wo es Verlierer gibt, gibt es auch Gewinner. Der Gewinner hieß *Reiner Hackl*, könnte aber auch *Reiner Zufall* heißen, dachte *Robert Holmes*, als *Hackl* nichts wichtigeres zu tun hatte, als sein neues Chefbüro wie eine eroberte Burg in Besitz zu nehmen.

*Rob* sah ihn mitleidig an und sagte nur „viel Spaß!“

Eigentlich hätte *Hackl* nach seiner mangelnden Ausbeute an Spuren Grund genug gehabt, angepisst und ziemlich unzufrieden zu sein. War er aber nicht, und das aus einem ganz profanen Grund, nämlich einer Überdosis Genugtuung.

*Hackl* ignorierte *Robs* Anmerkung. Dafür nahm er *Sebastian* in kritischen Augenschein. „Was ist mir dir *Junior*, ich dachte du wolltest nach Hause zum Weiterkotzen? Endlich hatte der Kriminaloberkommissar *Hackl* etwas zu sagen, und wie er es sagte. So wie seine umstrittenen Methoden stammte auch sein Ton nicht unbedingt aus dem Lehrbuch für Vorgesetzte. Aber was bedeutete es schon, der Beste muss zwangsläufig nicht immer der Gewinner sein.

„Servus, denk an mein Angebot", wiederholte *Muck* zum Abschied. *Robert Holmes* verkniff es sich, noch etwas zu sagen. Er umarmte *Steffi* und verließ die Dienststelle. *Sebastian* begleitete ihn mit zwei gefüllten Kartons im Arm zu seinem Privatwagen. *Rob* war kein großartiger Abschiedstyp. Sogar bei *Sebastian* beließ er es mit einem „und träum nicht wieder so einen Blödsinn…"

**-Freitag, 20.November-**

Gute Nachrichten sind anders. Anders als die Schlagzeilen auf Seite eins der Tageszeitung, der überregionalen Nachrichtenblätter und der Boulevardpresse titelten:
***Leichenregen in Passau, Mord am Friedhof - wie sicher sind unsere Friedhöfe?*** Oder: ***Die Provinzpolizei ist machtlos gegen den Friedhofsschlächter, Passau gefährlicher als Chicago in den 30ern*** mit Untertitel: ***In der Rankingliste der gefährlichsten Städte weltweit, hat Passau einen Riesensprung nach oben gemacht!*** In der Klatschpresse hieß es unter anderem: ***Wie gefährlich ist es, in Passau zu leben?*** Ein halbseriöses Wirtschaftsmagazin ließ sich sogar hinreißen die gewagte Prognose aufzustellen, dass die Immobilienpreise in Passau in den Keller fallen werden.

Doch das, was die Gemüter in Passau neben den aufwühlenden Schlagzeilen noch deutlich mehr bewegte, waren die Einzelheiten, die mehr und mehr ans Tageslicht drangen, die Ohnmacht der Polizei, sowie die Tatsache, dass ein Psychopath seit fünf Wochen mitten in Passau sein Unwesen trieb. Alles in allem ein gefundenes Fressen für die immerhungrige Meute der Journalisten aus allen Landesteilen, die sich plötzlich für eine beschauliche Kleinstadt an der Grenze zu Österreich interessierten, nur, um die brutalen Vorkommnissen für eine reißerische Schmuddelstory bis zum geht nicht mehr auszuschlachten.

Die Stadt Passau war in Aufruhr. Die offiziellen Verantwortlichen unternahmen den Versuch, in einer Pressekonferenz und mehreren Stellungnahmen zu kommentieren und zu beruhigen. Die bissigen Kommentare in den folgenden Leserbriefen und die unangenehmen Fragen aus der Bevölkerung dagegen spiegelten das aufgebrachte Stimmungsbild in der Stadt.

*Mama Raitmaier* kommentierte das Geschehen selbstredend mit ihrem eigenen Wort zum Frühstück: „Mei Basti, ich hab auch richtig Angst. Das ist jetzt genau so gruselig wie bei dem „Schweigen der Lämmer“ mit Antony Hopkins, mit dem geisteskranken Killer, der seine Leichen wie ein Fleischermeister zugerichtet hat.“

*Sebastian* blickte nur still in seine Kaffeetasse, als ob er darin etwas lesen würde. In Gedanken sah er das Inserat der Ebay-Kleinanzeigen vor seinen Augen -Nachmieter für eine Zweizimmerwohnung in der Max-Mattheis-Straße gesucht- , auf das er am Abend zuvor geantwortet hatte.

Nicht nur die ganze Stadt war im Ausnahmezustand, auch im K1 herrschte ein chaotisches Durcheinander, in dem Stimmen laut durcheinander riefen und die Telefondrähte glühten. Verängstigte Bürger fragten besorgt nach, private Schutzdienste drängten sich gegen Bezahlung als Subunternehmer der Polizei auf und karrieregeile Pressefuzzis ließen sich nicht abwimmeln, um Interviewtermine oder wenigstens Polizeifotos zu bekommen. Sie glühten auch von den Anrufen der Pfarramtsangestellten zur Termin-Abstimmung für Bestattungen und Gottesdienste, von Anfragen uneinsichtiger Seelsorger, die sich nach Ausnahmen erkundigten und Sonderwünsche bis hin zu einer eskortierten Beerdigung äußerten. Ein anderer Anrufer kam sogar auf die Idee, eine spontane Bürgerwehr ins Leben zu rufen, die von der Polizei trainiert werden sollte. Die Dunkelziffer, wieviele Passauer sich illegal Waffen besorgte, blieb dagegen unbekannt.

Und das war nur die Spitze vom Eisberg. Selbst das feudale *Wolf*büro war zu einem symbolischen Sandkasten geworden, in dem sich die Verantwortlichen statt Kinderspielzeug gegenseitige Vorwürfe an den Kopf warfen. Drei Personen auf Kollisionskurs, wer die Verantwortung zu tragen hatte, wem die Schuld weitergereicht werden konnte und was alles hätte im Vorfeld passieren müssen. Ein ungehaltener Oberbürgermeister in seiner Funktion als Leiter des Krisenstabes, ein aufgeregter Bischof, der seine Schäfchen ungeschützt einem teuflischen Mörder ausgesetzt sah und ein angespannter Polizeirat, der kurz vor dem Herzinfarkt stand. Alle drei vor der unbeantworteten Frage stehend, wie die Passauer Bürger vor einem hochgradig gefährlichen Serienmörder beschützt werden könnten.

So sehr die Ermittlungsbehörden in diesem mörderischen Schachspiel versucht hatten, den König aus dem Versteck zu locken, so enttäuschend hatten sie Figur um Figur abgeben müssen. Der unbekannte Gegner spielte sein eigenes Spiel, Zug um Zug. Kein einziger seiner Schachzüge war zufällig, sondern von langer Hand strategisch vorbereitet bis auf den letzten dämonischen Zug zum Schachmatt.

Ein böses Grinsen spielte in seinem Gesicht, das sich als Sieger gegen die Lasterhaftigkeit sah, als er die Schlagzeilen in der Presse verfolgte. Der krönende Erfolg in seinem persönlichen Feldzug, ausgeführt mithilfe seiner Fertigkeiten, seinem Wissen und seinem abgrundtiefen Hass gegen die Triebhaftigkeit gleichgeschlechtlicher Beziehungen, die in seinem Weltbild wider der

Natur waren. Zwanzig Jahre hatte er darauf warten müssen. Jetzt endlich hatte er die Aufmerksamkeit und die Publicity für sein grausames Werk, über das die Zeitungen und die Medien in Großbuchstaben berichteten und damit kurzzeitig sogar die andauernde Pandemie von der Titelseite verdrängte.

„Wo ist der *Holms*?“ *Wolf* kochte vor Wut und Anspannung, als *Steffi* ihm emotionslos erklärte, dass *Rob* heute krank war. Natürlich stand *Wolf* und sein ganzes ganze Präsidium massiv unter Druck und das Wasser bis zum Hals. Die Headline -**Leichenregen in Passau**- brachte es auf den Punkt. Passau fürchtete von jetzt neben Corona noch drei andere Phänomene: Regen, Friedhöfe und die Hilflosigkeit der Polizei. Es war allerhöchste Zeit, die Sonderkommission zu erweitern.

*Wolf* verschwand zu *Hackl* ins Büro, während auf der anderen Seite der Tür ein Hühnerhaufen von Ermittlern immer noch blind nach einem Korn suchte, das zum Mörder führen sollte. Dass K1 war nicht mehr dasselbe, das *Sebastian* kannte. Kollegen aus anderen Kommissariaten -die er noch nie gesehen hatte- spazierten aus und ein, zwei zusätzliche Kollegen aus Straubing waren gerade dabei sich unangemeldet einzuquartieren, ein kaum aus der Ruhe zu bringender *Kopfinger* wirkte gestresst, selbst der sonst coole Zwei-Meter-Mann *Vierhammer* war genervt. *Steffi* legte den Telefonhörer nicht mehr aus der Hand, die Mittagspause fiel aus und *Sebastian* war dazu abkommandiert, die nächste Ladung Pizzaschachteln abzuholen. Der einzige, der immer noch die souveräne Ruhe in Person ausstrahlte war *Muck*.

„Ob Gerechtigkeit oder nicht, es war eine Scheiß-Idee *Ben*.“

„Es ist zu spät *Michael*, wir waren uns alle einig den Kerl dafür bluten zu lassen, dass er *Andi* auf dem Gewissen gehabt hat und einfach so davon gekommen ist.“

„Aber das, was jetzt passiert ist, hat nichts mit uns zu tun und nichts mit dem *Andi*."

*Ben* hatte die Schlagzeilen in der Süddeutschen gelesen und *Michael Schwarz* angerufen, um in Erfahrung zu bringen, ob der etwas Genaues wusste. „Bist du dir wirklich sicher *Michael*? Der Tote aus der Zeitung ist doch *Chris*, oder?"

„Ja, *Frank* hat es bestätigt. Aber er hat auch keine Ahnung warum *Chris*. Woher sollen wir wissen, was der *Chris* sonst noch alles auf dem Kerbholz hat. Das habe ich auch den Kripoleuten erzählt.

„Hör zu *Michael*, es geht auch um unseren Arsch. Kapierst du das nicht? Vielleicht stecken die alten *Ritchies* dahinter, vielleicht bist du der nächste, der abgestochen wird wie eine Sau."

„*Ben*, wir sind zum Glück nicht in Passau und ich werde garantiert die nächste Zeit auch nicht nach Passau fahren."

Die Angst ging auch bei *Michael, Frank* und *Ben* um. Eine beunruhigende Situation, die ihre gruseligen Finger weit über den Passauer Raum hinaus ausstreckte.

*Hackl* war nicht mehr wiederzuerkennen, kaum nachdem *Wolf* aus seinem Büro wieder abgedampft war. Es war definitiv nicht das, was man von einem Typ wie *Hackl* erwartet hätte. Er wirkte übermotiviert, aufgezogen wie der Hase aus der Duracell-Werbung. Noch wollte es keiner so richtig wahrhaben, dass er das Kommando übernommen hatte. Zu ungewöhnlich war sein Verhalten, eine deutliche Nummer zu uncool, und das was der neu ernannte Sheriff *Hackl* von einem mickrigen Zettel herunterleierte, klang bestenfalls nach dem Ablesen einer to-do-Liste, als ein strategischer Neuanfang zur Auflösung eines schwierigen Falles. Aber immerhin war das Verteilen von Aufgaben -statt sie selbst zu machen- so ziemlich das Einzige, was seinem ansonsten absolut phlegmatischem Ego entsprach. „Alle bisherigen Verdächtigen werden samt ihren Alibis nochmals überprüft und verhört. Der Boss hat uns Verstärkung zugesagt. Ich will von allen DNA-Proben, Fingerabdrücke, die Telefonprotokolle, die Handys und jeden einzelnen Laptop, freiwillig, wenn nicht, dann per Beschlagnahme und beim allergeringsten Verdacht eine Durchsuchung, ist das klar? *Vierhammer, Kopfinger*, ihr beide macht die Vernehmungen, *Steffi*, du jagst alles durch den Computer, was in den letzten 5 Jahren in Niederbayern an vergleichbaren Morden passiert ist, und du *Junior*, du schreibst noch den Bericht vom *Müller*-Finger! Zack, zack und Action Leute!"

*Sebastian* wehrte sich überrascht. „Ich weiß beim besten Willen nicht …", aber *Hackl* hakte sofort ein. „Bullshit, du bist unser studierter Superschreiber von der FBI-Hochschule, dir fällt schon was ein. Wenn nicht, dann schreib einfach, dass ich *Holmes* den Finger gegeben habe. Ich habe jetzt keine Zeit für sowas, du siehst ja was hier los ist."

*Hackl* war noch nicht fertig, er drehte sich zu *Muck* um. „*Muck*, du fährst mit einem von den Neuen zur Presse und hörst dich bei den Arbeitskollegen vom *Holzmeier* um, klar?"

„Mache ich, aber zuerst müssen wir nach München", antwortete *Muck* betont überfreundlich. „Heute Nachmittag kommt noch ein Vogel geflogen, mit dem wir zwitschern müssen. *Uwe Schultze-Fischer*, oder machst du das?"

„No way, keine Zeit, muss mich um die Chefsachen kümmern."

„Gut, dann nehme ich *Sebastian* mit."

„Aber der Bericht …?"

„Wie auch immer, der kann bestimmt warten!" *Muck* sagte das in einer Art und Weise mit unterschwelligem autoritären Beiton, dem nichts hinzuzufügen war.

*Hackl* blieb nur ein kommentarloser aber verdutzter Gesichtsausdruck. *Muck* hatte die Initiative in die Hand genommen und verschwand mit *Sebastian* im Schlepptau in aller Seelenruhe.

**-Samstag, 21. November-**

Es war ungewöhnlich, einfach nichts zu tun, nur zu dösen, ein paar mal zu pinkeln, die Tiefkühl-Chicken-McNuggets-Packung in die Mikrowelle zu schieben und ab und zu auf den grünen Knopf des Kaffeeautomaten zu drücken, 24 Stunden lang. Kein Telefon, kein Handy, kein Radio, kein Fernsehen und schon gar keine Zeitung. Er konnte sich auch ohne die gedruckten Buchstaben abzulesen zu müssen ausmalen, dass die Presse noch weitere Details ausgegraben hatte und in ihrer Berichterstattung nicht gerade zimperlich mit den Ermittlungspannen umging. Und dass Vize-Kommissar *Hackl* einen Schritt weitergekommen wäre, war die unwahrscheinlichste aller Optionen. Aber davon unabhängig war seine Entscheidung schon gefallen, lange bevor ihn *Wolf* zum alleinigen Sündenbock verunglimpft und ausgespuckt hatte. *Rob* wählte die Nummer von *Wolf`s* Privatanschluss.

„Hier *Holmes*." Er wartete nicht ab, bis Polizeirat *Wolfgang Wolf* zu kläffen begann. „Ich hab Ihnen zwei Sachen zu sagen. Die Erste: Ich nehme ab Montag meinen Resturlaub, und die Zweite ist meine Versetzung nach Regensburg, sie ist genehmigt!"

*Wolf* gab keinen Laut von sich, nicht das leiseste Knurren. *Rob* hörte ihn nur laut schnaufen. Entweder saß er gerade mit vollen Hamsterbacken vor dem zweiten Frühstück oder spielte gerade mit der Modelleisenbahn. *Rob* meinte sogar, kurz das typische Märklingeräusch einer vorbeifahrenden Lok im Hintergrund wahrzunehmen, als er abschließend ein „so sieht`s aus!" anfügte. In der Leitung blieb es immer noch stumm. Hauptkommissar *Robert Holmes* war es egal, er hatte den Hörer bereits aufgelegt.

Noch jemand wälzte sich die Nacht im Sekundenschlaf um die Ohren und kontrollierte die digitale Anzeige des Radioweckers alle fünfzehn Minuten. Irgendwann dazwischen tauchten die

Pizzaschachteln aus der Dunkelheit auf, ein ganzer Berg. Als er den ersten Deckel öffnete sah er einen blutigen Finger, auch in der zweiten und der übernächsten Schachtel waren keine Pizzas, sondern ebenfalls jeweils ein ekeliger Finger, an dem das geronnene Blut klebte. Dann blickte *Sebastian* wieder auf die Uhr und wechselte sein schweißnasses T-Shirt. Er wollte einfach nur schlafen und der Müdigkeit nachgeben. Leicht gesagt, denn der blutverschmierte Zeigefinder quälte ihn weiter beim Versuch schlafen zu können. Schließlich tauchte eine blutige Fingerkuppe auf, die etwas an eine Tür kritzelte. Zunächst undeutlich und verschmiert, bis er fünf hingezitterte Kreuze erkennen konnte. Fünf Kreuze in Blutschrift auf einer alten heruntergekommenen Tür, die ins Nichts führte. Dann blickte er wieder aufgeschreckt auf seinen Wecker und holte sich das nächste trockene T-Shirt. Sollte er es *Rob* erzählen?

Das Grau des Morgens schleppte sich unspektakulär an seinem Fenster vorbei. Es motivierte ihn nicht, das Bett zu verlassen, auch nicht das Geschirrklappern von *Mama Raitmaier* und nicht das unüberhörbare Zehnuhr-Läuten des Stephansdomes. Die Bandprobe am Vorabend war ausgefallen, Ausgangssperre, Kontaktbeschränkung und *Easy-Feeling-Alex* in Coronaquarantäne. Und warum hatte *Rob* so ohne weiteres klein beigegeben? Er konnte es nicht begreifen. Zu viele Fragen, die durch seinen müden Kopf spazierten, und ein Restkörper der zu träge war, um aufzustehen und zu wach, um den entgangenen Erholungsschlaf der letzten Nacht nachzuholen.

Auch seine beruflichen Highlights im K1 waren für ihn derzeit hauchdünn gestreut, gerade weil oder seit *Rob* als sein Mentor fehlte, den er menschlich wie einen Patenonkel schätzte. Sogar *Steffis* sündennahe Garderobe war dem unsittlichem Macho-Stielaugen-Syndrom von *Hackl* zum Opfer gefallen. Am stärksten aber kotzte ihn sein Chef-Gehabe und die neue Aufgabe als degradierter Pizza-Expressbote an. Andererseits war das Ende dieser Durststecke greifbar. Nur noch schlappe drei Wochen, dann war seine Praktikumszeit im K1 abgearbeitet. Das was an Lichtblickchen übrigblieb, war dafür Neu-Kollege *Muck*. Ein sympathischer Mann mit Erfahrung, Sympathie und Rückgrat. Sein Verhalten *Hackl* gegenüber, am Tag davor die couragierte Initiative zu übernehmen, hatte ihm wirklich imponiert. Damit war er automatisch mit einem fetten Pluspunkt auf *Sebastians* Sympathieliste nach oben gerutscht. Folglich war die Option, *Muck* zum Erdinger Flughafen zu begleiten -statt einen Bericht über einen vergammelten Finger zu verfassen-, beinahe eine Belohnung, und ein Begrüßungsservice mit Befragung -statt Pizzaholen- beinahe eine Beförderung gewesen, selbst wenn es nur für die Kleinigkeit eines Nachmittages war und das Resultat keinen Hefekrümel zur Lösung des Falles beigetragen sollte. Für ihn zählten dafür die Bonus-Minuten in Form von *Hackl*-Auszeit. Vermutlich sah es *Muck* ebenso.

Ein bedauernswerter *Uwe Schultze-Fischer*, ankommend aus Stockholm, hatte auch nach einer guten Woche immer noch sichtlich geknickt über die Todesnachricht gewirkt. Sein Alibi allerdings war unumstößlich gewesen, die Boardingliste der Lufthansa und Stockholm. Angaben zu möglichen Feinden oder offenen Streitigkeiten verneinte er konsequent.

„Der *Martin,* ich kann es nicht fassen, das ist so unglaublich“, erzählte er mit feuchten Augen. „Ich habe ihn vor zehn Jahren auf einer Reptilienausstellung kennengelernt, seit acht Jahren wohnen wir zusammen, aber kein einziges böses Wort, keine Probleme mit Kollegen oder Bekannten, überhaupt nichts. *Martin* war sogar im Betriebsrat der Bahnrad-Fabrik. Er hat sich für die Belange seiner Kollegen eingesetzt, egal um was es ging. *Martin* konnte keine Feinde haben.“

*Uwe* war so deprimiert gewesen, man hätte am liebsten mitgeheult. Letztendlich hatte sich unter diesen Umständen alles das erübrigt, was auf *Hackls* Beschlagnahme-Wunschliste gestanden war, zumindest war das die Meinung von *Muck* gewesen.

Die bescheidene Ausbeute der Befragung schien *Muck* trotzdem wenig betraurigt zu haben. *Sebastian* hätte daher gut und gerne meinen können, dass das tatsächliche Ziel der Ausfahrt eher der Wunsch nach einer willkommenen Abwechslung gewesen war. Natürlich wurde darüber kein Wort verloren. Vielmehr hatten die knapp 400 Autokilometer hin und zurück einer lockeren Unterhaltung abseits von jeglichen beruflichen Nähkästchen gedient. 200 Kilometer für das Thema Musik und die anderen 200 für die Löwengrube, in der *Muck* aufgewachsen war, dem Inn und den Jugenddummheiten am alten Bahngleis -auf dem damals ein roter Schienentriebwagen verkehrte-. Unschwer war zu erkennen gewesen, dass *Muck* trotz seiner Berliner Zeit mit Leib und Seele immer ein Passauer geblieben war.

Die beiden anderen Adressen, an denen sie auf ihrer Ermittlungs-Tour am Restfreitag davor noch angeklopft hatten, waren nicht wesentlich erfolgreicher als ihre kümmerliche Ausbeute an Beweismittel gewesen. Im Klartext keinerlei brauchbare Informationen von den Kollegen *Holzmeiers*, keine beschlagnahmten Handys, keinen Laptop, keine DNA und keine Fingerabdrücke. Lediglich ein Fotoalbum mit alten schwarzweiß-Fotos und eine Reisetasche mit gebrauchten Kleidungsstücken aus dem Ferienappartement in Bad Füssing.

Das Schachspiel war der einzige Farbklecks im Tristgrau eines jeden einzelnen Anstaltstages, mit seinen sich inhaltlich wiederholenden Therapiesitzungen nach dem gleichen Fragemuster oder im Schildern von Eindrücken bei der Betrachtung eigenartig banaler Bilder -manchmal auch wie für Dreijährige-. Sein Großvater hatte ihm beigebracht, wie man das Spiel der Könige spielt. Konzentriert, diszipliniert und immer vorausdenkend, wie der nächste Zug seines Gegners aussehen könnte. Er perfektionierte es bis er jede Partie gewann. Allerdings nur, wenn er mit den schwarzen Figuren spielte, so schwarz, wie die Farbe seiner Gedanken.

Ansonsten war das Leben in der mit Maßregelvollzugsklinik Teupitz am anderen Ende von Deutschland die beschönte Umschreibung von Gefängnis ohne Ablaufdatum. Man hat viel Zeit, sehr viel Zeit. Zeit in der man auf morbide Gedanken kommen kann und reichlich Zeit, in der man Pläne schmieden kann. Man hat Zugang zum Internet und man lernt schnell, wenn man es will. Man braucht auch keinen verräterischen Schreibblock dazu, ein unscheinbarer USB-Stick ist ausreichend.

Er war kein last-minute-Killer, alles andere als das. Im Gegenteil, er recherchierte, plante und überdachte jeden einzelnen Schachzug mit allen seinen möglichen Varianten mit der Ausdauer eines Besessenen. Daher war es nur verständlich, dass sein Plan eine Deadline brauchte für die Partie seines Lebens, in dem sich der Ballast seiner aufgestauten Hassgefühle endlich in qualvollen Schreien, in Angst und in Panik zerstäuben sollten.

Sein Lebensinhalt bestand nur noch darin, auf dieses Ziel akribisch hinzuarbeiten. Man musste nur schlau sein, schlau genug, um diese Psycho-Fuzzis auszutricksen, zu verarschen, ihnen das zu erzählen, was sie glauben machen sollte, dass man austherapiert ist. Eine langwierige Prozedur. Er musste es lernen wie das Einmaleins und das ABC. Er musste lernen Rückschläge hinzunehmen, Geduld zu haben und von vorne anzufangen. Und er musste lernen zu lügen und zwar so, dass jede Lüge wie die reine Wahrheit klang, ohne den geringsten Beigeschmack, solange, bis er sein Ziel erreicht hatte.

Die Uhr in seinem Inneren tickte unaufhörlich. Die Bilder und der Schmerz waren ohnehin unauslöschbar eingebrannt. Der Schmerz, als er festgehalten wurde, als ihm der Mund mit einem dicken Klebeband zugeklebt wurde und der erste seinen harten

Penis gnadenlos in seinen Hintern rammte. Er war erst 18 Jahre alt gewesen, als sie ihn in einer Oktobernacht zum Friedhof gelockt hatten.

*Mama Raitmaier* machte sich Sorgen, als *Sebastian* auch um zwölf Uhr noch nicht in der Küche aufgekreuzt war. „*Basti*, was ist denn mit dir? Bist krank, oder magst du einen Tee?“, rief sie den langen Gang von der Küche nach hinten zu seinem Zimmer.

Das Einzige, was ihn an diesem Tag aufbaute, war die Besichtigung der Wohnung aus Ebay-Kleinanzeigen, was er aber für sich behielt wie ein Dienstgeheimnis. „Nix Mama, ich hab halt einfach den Blues heut!“

„Was, wie, von wem einen Gruß?“

„Ach nix. Tee ja gerne,“ lautete seine Antwort, als er verknittert in Richtung Küche schlürfte, in der *Mama Raitmaier* schon ihre Lasagne für das Mittagessen vorbereitete. „Aber mit einem Löffel Stroh-Rum, so wie früher bei der Oma.“

„Mei, du und mein Gast.“

„Was ist los?“

„Du passt überhaupt nicht auf, wenn ich dir was erzähl *Basti*“, klang *Mama Raitmaier* vorwurfsvoll. „Ich hab einen Gast, der will seinen Tee auch nur mit Stroh Rum, so wie du!“

„Na und, das ist doch nicht schlimm.“

„Hab ich ja gar nicht gesagt, aber dass sie deinen Chef abgesetzt haben, das ist schlimm. Die *Ulli* hat mir ein Foto vom Betriebsausflug gezeigt. Ein attraktiver Mann, der schaut fast aus wie der Kommissar Luka von der Soko Kitzbühl.“

„Mama, aber überhaupt nicht!“

„Warum, du kennst Soko Kitzbühl doch gar nicht.“

„Ist doch egal, Mama.“

„Aber ein fescher Kerl ist er trotzdem, dein Chef.“

„Ein guter Chef ist er, oder war er. Und eine Spürnase hat er Mama. Um das geht’s und um nichts anderes“.

„Hat dein Chef auch eine Frau?"

„Mama, warum bist du nur so neugierig?"

„Lass mich halt. Ich mein ja nur, weil die Kommissare im Fernsehen haben meistens keine … und bei dir wär es schon schade, wenn du später …"

Die wird immer schlimmer, dachte *Sebastian*, als er ohne Lasagne -und überraschend schnell angezogen- vom Tatort Mama`s Küche flüchtete und sich den ganzen Tag nicht mehr blicken ließ.

Viel zu schnell hatte sich *Rob* mit hineindrängen lassen in die Vorverurteilung eines Mannes, ohne die Reaktion seiner Augen zu beobachten, ohne ihn befragt, geschweige denn verhört zu haben. Viel zu halbwertig die Indizien und das Täterprofil. Viel zu widersprüchlich die charismatische Beschreibung seiner Studentenclique und der des Informanten in der Vinothek. Er hätte es aufgrund seiner Berufserfahrung wissen müssen. Das alles passte nicht zu einem *Christian Holzmeier*, der sein Leben lang im Verlagswesen gearbeitet und obendrein ein ausgeprägtes Bedürfnis hatte, sich gegen alles abzusichern. Eine Mordserie wie diese war kein Ding für einen aufgeregten und zu Wutanfällen neigenden Typen. Diese Tat war das Werk eines eiskalten Mörders mit eingefrorenen Emotionen, der genau wusste was und wie er vorzugehen hatte. Diese Handschrift gehörte keinem Anfänger, keinem durchgeknallter Gelegenheitsirren, sondern einem Profi mit ausreichenden Vorkenntnissen über Tatorte und Ermittlungsmethoden.

Wieder und wieder machte er sich den Vorwurf, dass sein Instinkt versagt hatte, dass er trotz der Ungereimtheiten einer falschen Spur nachgejagt war. Die üblichen Motive wie Eifersucht, Habgier, Erpressung waren abgehakt, nicht aber ein ritueller Hintergrund, vielleicht sogar eine Art Botschaft. Aber er konnte nicht zusammenfügen, was so weit in der Vergangenheit vergraben war. Er hatte keine Vorstellung davon, und vor allem war es nun nicht mehr seine Aufgabe.

In Passau ging die Angst um. Das, was in der Zeitung stand wirkte beängstigend und beunruhigend. Der graue Novembernebel bei Hereinbruch der Dunkelheit und die ungewöhnlich unbelebten Gassen und Straßen taten ein Übriges. Beinahe gespenstisch und ungewohnt, genau jetzt, so kurz vor der Adventszeit, in der unter normalen Umständen die ganze Innenstadt menschengesäumt war. Jetzt nach diesen Geschehnissen aber waren nur wenige Personen unterwegs. Die Warnung in den Medien, sich als einzelne Person abends im Stadtgebiet nicht aufzuhalten, wurde sehr ernst genommen. Die Angst, hinterrücks einen Messerstich zu bekommen und das nächste Opfer zu sein, lähmte die Freude in der Vorweihnachtszeit durch die beleuchtete Stadt zu bummeln. Das Passauer Nachtleben war durch die Ausgangssperre ohnedies so gut wie ausgeschaltet. Die Lokale durften nur Essen to go ausgeben, somit gab es auch in der Innenstadt wenig Grund, sich aufzuhalten. Richtiggehend und wie -im wahrsten Sinne des Wortes- ausgestorben waren jedoch ganz besonders die Passauer Friedhöfe, wenn man von den Begräbnissen unter strengem Polizeischutz absah. Die Anwesenheit des Friedhofs-Killers wurde gleichermaßen gefürchtet wie die weltweite Coronaseuche oder ein herumstreunendes Ungeheuer im Mittelalter.

## -Sonntag, 22.November-

48 Stunden Rückwärtsdenken verlangten nach Sauerstoff. *Rob* erinnerte sich an seinen ersten Spaziergang in Passau, von der Hängebrücke über den Ludwigsteig hinauf zum Oberhaus. Stolz hatte *Steffi* ihm am Abend seines 2. Arbeitstages den herrlichen Ausblick von der Terrasse des Oberhaus-Restaurants hinunter auf die Ausflugsschiffe auf der Donau, die Altstadt mit Dom und den Rathausplatz präsentiert und den Blick hinüber zur Mariahilf-Kirche -horizontal eingebettet zwischen dem österreichischen Schardenberg mit sichtbarem Aussichtsturm und der unter ihr liegenden Innstadt-. Das war`s gewesen.

Zu seiner Schande musste er sich gerade jetzt eingestehen, dass er sich anschließend nie die Zeit für einen weiteren ausgiebigen Spaziergang durch die anderen Stadtteile reserviert, sondern lieber für Bekannten-Besuche in München und Regensburg oder seine weitläufigen Radtouren im Bayerischen Wald verbraucht hatte. So sah es aus. Sein zu Fuß abgeschrittener Radius beschränkte sich daher auf das Areal von seiner Drei-Zimmerwohnung in der Theresienstraße bis zum Paulusbogen, drei, vier Mal noch ein Ausreißer über die Luragogasse zum Anton und weiter zum Domplatz, sowie hinunter bis zur Innpromenade. Das linke Innufer kannte er dafür hinauf bis nach Ingling und Vornbach und wieder zurück, weil es seine Laufstecke und zugleich seine regelmäßige Zehn-Kilometer-Trainingseinheit gewesen war, genauso die Straßenzüge seines Arbeitsweges bis zur Nibelungenstraße, die er häufig auch zu Fuß lief.

Als er an diesem Sonntag über die Innbrücke stapfte, die eigentlich Marienbrücke heißt und sich zum umstrittenen Sylvester-Hotspot der Studenten geliked hatte, war es -mit Ausnahme der Fahrt zum Tatort Innstadt-Friedhof- seine Innstadt-Besuchs-Premiere. Alles, was bisher über die Innstadt in seinem Erinnerungszentrum haftete, waren lediglich die Verkehrsengpass-Erzählungen seiner Kollegen.

Der erste Schnee ließ immer noch auf sich warten -Klimaerwärmung oder milder Winter?- aber die frische Luft kühlte seinen Kopf. Es lenkte ihn ab, durch die ruhigen Straßen zu schlendern, ohne nennenswerten Straßenverkehr, ohne ein ständiges Grüß-Gott von Passanten erwidern zu müssen. Er bog links in die enger werdende Schmiedgasse mit ihren seit jeher unveränderten Häuserfronten und der auffallenden Dichte an Wirtshausschildern. Heute kaum vorstellbar, dass hier früher auf buckligem Kopfsteinpflaster reger Gegenverkehr durchrauschte. Erst in der Kapuzinerstraße traf er auf die architektonische Gegenwart in Form des neuen Innstadt-Karrees, noch vor wenigen Jahren Hauptsitz und Standort der Innstadtbrauerei.

Auf seinem Rundgang war sogar ein Abstecher zur Mariahilf-Kirche beabsichtigt. Aber mangels einheimischer Ortkenntnis bog erst an der Mühltalstraße rechts hinauf ab und übersah die spitzwinkelige Abzweigung bei der alten Tabakfabrik. Richtig, da war er schon gewesen um *Sebastian`s* Band zuzuhören, mit dem Wagen und es war damals finster. Das Mühltal, mit seinen direkt am von Betonplatten eingezwängten Bach liegenden Wohnhäusern, erinnerte ihn an das Aussehen von Gebäuden aus seiner Jugend, und kurz war ihm so, als ob die Zeit stehen geblieben wäre. An der ehemaligen Grenze in Saming kehrte er um und fand auf dem Rückweg schließlich den schmalen Innstadtkellerweg zur Mariahilf-Kirche. Er musste suchen, und entdeckte erst im Innenhof den Abgang zur Wallfahrtsstiege, von der ihm *Steffi* erzählt hatte. Die menschenleeren Treppen brachten ihn ohne Stoßgebete vorbei am Gnadenbild wieder zurück zum Kapuzinerplatz.

Angespornt von Ausdauer und Lust auf mehr Passau zog *Rob* noch eine zusätzliche Wegschleife über die Römerstraße, folgte der Jahnstraße an der Römermauer entlang und erreichte das Severinstor, durch das er vor gut vier Wochen zum Tatort gelangt war.

Genau an dieser markanten Stelle setzten seine Gedanken wieder dort ein, wo er sie am Morgen abgeschaltet hatte. Inspiration? Er ging langsamer, den Kopf Richtung Boden gesenkt und die Hände fest in die Taschen gesteckt, tief in neuen Gedanken versunken weiter. Er dachte nicht an die Möglichkeit über den Fünferlsteg abzukürzen, sondern setzte stoisch einen Fuß vor den anderen, zurück über die Innbrücke und der Innpromenade innaufwärts folgend, bis er ohne Zeitgefühl und mit hungrigem Magen vor dem Ruderhaus in Ingling stand.

*Sebastian* wägte das Für und das Wider der Zwei-Zimmerwohnung ab, die er am Vortag besichtigt hatte. Im Großen und Ganzen war sie soweit okay. Dass kein PKW-Stellplatz vorhanden war störte ihn im Moment nicht, da sein Führerschein kein dazugehöriges Auto besaß. Mehr ins Gewicht dagegen fiel die fehlende Einbauküche, die eine ungeplante Geldausgabe bedeutete. Sein angesparter Notgroschen war eigentlich für die Kaution und das Wichtigste an Grundausstattung vorgesehen, und Zusatzeinnahmen -etwa aus Auftritts-Gagen- gab es momentan nicht. Andererseits war die Max-Matheisstraße in Neustift keine schlechte Lage. Bushaltestelle, Supermarkt ja, dafür keine Kneipe. Es war noch nichts entschieden, es brauchte noch zwei, drei Nächte zum Drüberschlafen.

*10.22h: hallo Rob, ich habe wieder was geträumt!*
*10.39h: möchtest du es wissen?*
*10.46h bist du erreichbar?*
*11.23h melde dich mal!*
*11.25h PS: wir haben ein altes Fotoalbum gefunden*!

*Sebastian* schrieb einige sms an *Rob*, aber er antwortete nicht. Sein Handy blieb seit vergangenen Freitag still wie ein Grab im Friedhof, es war noch immer ausgeschaltet.

*Sebastian* war nicht der einzige gewesen, der ihm Nachrichten geschickt hatte. *Steffi* erkundigte sich bereits am Samstag, wie es ihm ging, und sogar *Hans Muck* wiederholte sein Sympathie-Angebot ihn gerne als willkommenen Gast mit Bier und Musik auf Vinyl zu bewirten, falls ihm der Sinn danach sein sollte.

*Rob* füllte einen ansehnlichen Schluck des dunkelrot glänzenden „Poesie“ in einen bauchigen Schwenker und schaltete sein Fernseher ein, in dem eine Tatort-Folge lief „die Ferien des Monsieur Murot“. Das Fernsehbild flimmerte funktionsgerecht vor sich dahin, seine Gedanken waren wo anders. Eine neue Klarheit durchflutete ihn. Er fühlte sich frei, er atmete durch, und das, was und wie er es herausfinden wollte, war ab sofort exklusiv seine eigene Entscheidung. Es brauchte nicht unbedingt eine Dienstmarke dazu, um weitere Dinge aus dem Umfeld zu erfragen oder an den Fugen der Schweigemauer zu kratzen. Eher war es wahrscheinlich, auf sich alleine gestellt mehr herausfinden. Eine ganz spezielle Informationsquelle hatte er dabei bereits im Auge, warum also sollte er einfach aufgeben?

Eine neue Idee blitzte wie eine Leuchtrakete auf. Plötzlich fiel es ihm wieder ein. In *Muck`s* Personal-Akte hatte er es gelesen, ohne sich Gedanken darüber gemacht zu haben. Natürlich hätte es ihn interessiert. Aber die Gelegenheit, mit ihm darüber sprechen, wollte sich in der Hektik der letzten Arbeitstage nicht mehr ergeben. Vielleicht sollte er *Muck`s* lukratives Einladungs-Angebot annehmen.

**-Montag, 23.November-**

Das Verhörzimmer war ausgebucht mit Wartezeiten wie beim Facharzt und im K1 wurden die Schreibtische und die Sitzgelegenheiten knapp. Der Grund, zwei weitere Kollegen waren zur Bewältigung des Befragungsmarathons abkommandiert worden. Vizehauptkommissar *Hackl* konnte sich jedenfalls nicht über Personalmangel beklagen. Mit der offiziellen Lizenz zum Herumkommandieren packte er alles in sein Gehabe, was in der *Hackl*welt zum guten Ton auf dem Stuhl eines Abteilungschefs gehörte. Umgängliche Manieren fehlten allerdings in diesem Repertoire. *Hackl* agierte hektisch und nervös, aber voller Tatendrang, voller Stolz und das erste Mal mit Anzug im Dienst. Ein *Hackl* wie man ihn noch nie gesehen hatte. Und doch konnte das alles nicht darüber hinwegtäuschen, dass Wichtigtuerei alleine überflüssig war wie schlechte Luft.

*Sebastians* praktische Idee war gut und gut gemeint, aber mit *Hackl*-Augen gesehen mit dem erheblichen Manko verbunden, dass sie nur von einem unerfahrenen Kripo-Junior stammte, der in erster Linie gut zum Pizzaholen geeignet war. Folglich auch wenig überraschend, dass *Hackl* nur etwas wie „überflüssiges Digital-Schnick-Schnack“ und „Aufgabe für das *MEK“ muffelte. Dabei wäre der konstruktive Vorschlag, auf einigen Friedhöfen Spy Cams zu installieren, durchaus geeignet gewesen, den Personaleinsatz zu begrenzen.

Die fiese Seite von *Hackl* zeigte sich unmittelbar. „Sag mir lieber, was mit den Fingerabdrücken ist und wo ihr das Handy und die Laptops habt, Junior. Ihr wart ja den ganzen Nachmittag auf großer Fahrt Leute!“ *Hackl* baute sich händeverschränkt mit seinen 1,75 an Höhe und seinem Bauchansatz in der Breite vor *Sebastian* auf wie ein tollwütiger Rottweiler, der jeden Moment zubeißen wollte.

*Abkürzung für mobiles Einsatzkommando

*Sebastian* blieb unschuldig cool und verkniff sich eine Antwort. Dafür stand *Muck* auf und stellte die Reisetasche auf den Tisch. Er blieb freundlich -wie immer- aber starrte *Hackl* dabei mit eisklarem Blick so tief in die Augen, dass der um einen halben Kopf kleinere *Hackl* einen Schritt zurückwich.

„Das sind DNA, Fingerabdrücke und Stofffasern bis zum Abwinken, ich denke das reicht. Die sim-Karte hat er wahrscheinlich verschluckt, oder geschreddert und an seine Katze verfüttert."

Wieder glotzte *Hackl* betreten und schwitzend in seinem viel zu engen Versandhaus-Anzug, drehte sich um und beendete mit seinem Verschwinden aus dem Büro die holprige Morgenbesprechung, die den Vergleich mit einem Wirtshaus-Stammtisch nicht zu scheuen gebraucht hätte. Wie es aussah, konnte *Hackl* den *Muck*-Humor überhaupt nicht leiden.

Die Obduktion von *Christian Holzmeier* war keine Überraschung gewesen. Alles wie gehabt. Der fünfte tödliche Messerstich im Hinterteil, tranchierte Nase, ausgeblutet bis zum letzten Tropfen. Selbst *Sebastians* Kotzerei auf den frisch gewischten Fliesen-Boden in der Pathologie wiederholte sich wie bei „täglich grüßt das Murmeltier". Im Ergebnis war *Holzmeier* also nach denselben Fleischer-Regeln abgeschlachtet worden wie seine Vorgänger.

Genauso wenig an Neuigkeiten hatte die Befragung von *Holzmeiers* Kollegen eingebracht. Dass er gerne nachts arbeitete, also ein Tageslicht-Muffel gewesen war, stellte keine Ungewöhnlichkeit dar. Dass man ihn nie in weiblicher Begleitung sah und über eine mögliche Homosexualität gemunkelt wurde, lag aktentechnisch bereits offen. Auch wenig verwunderlich, dass weder zu seinem Privatleben, noch zu Namen aus seinem Bekanntenkreis oder über Personen, mit denen er Schwierigkeiten hatte, Angaben gemacht werden konnten. Es war mehr als typisch für einen Einzelgänger.

Die Einladungsliste war lang, von A, wie **A**nlageberater *Michael Schwarz* bis Z wie **Z**ugehfrau *Irene Weber*. Dazwischen Leute wie *Ben Grubinger, Frank Bierhammer* und die weiteren üblichen Verdächtigen. Als Zugabe noch eine Reihe von Statisten namens *Albert Obermüller* aus Schaufling, die Nachbarschaft von *Harald Haas*, den unmittelbaren Chef vom *Holzmeier*, sogar den *Hundehalter* aus der Sechzehnerstraße. Insgesamt ein kurioses Stelldichein, das einem Casting für den nächsten Eberhofer Krimi glich.

*Steffi* hatte im Auftrag von *Hackl* die Teams für die Verhöre eingeteilt, mit Ausnahme von *Sebastian*.

„Echt jetzt? Warum kann ich nirgends dabei sein?

*Steffi* verdrehte die Augen in Richtung *Hackls* Büro und fragte ablenkend, „habt ihr was von *Rob* gehört?"

*Muck* und *Sebastian* schüttelten den Kopf, als im gleichen Moment *Hackl* erneut aus seinem Zimmer stürmte. „Was war am Freitag mit diesem *Schulzefisch*-Dings?"

„Du meinst unseren Flughafen-Dings?

„Was wohl sonst!"

„Steht im Bericht", meinte *Muck* und setze sein Pokerface auf.

„Steht was?" Diesmal ließ sich *Hackl* nicht abwimmeln. Vielleicht hatte er sich Mut angetrunken, die Nuance einer Aerosol-Spur Jack Daniels durchströmte das Dienstzimmer.

„Er hat ihn bei einer Reptilienausstellung kennengelernt."

„Bullshit, was hat das mit dem Mord zu tun?"

„Bei einem Alibi wie dem von *Uwe-Schultze-Fischer* hat gar nichts mit einem Mord zu tun, aber falls dich die Mülltüten aus *Holzmeiers* Unterschlupf interessieren, die sind schon bei den Kollegen im *K7."

„Was soll ich damit, Mann?"

„Vielleicht hat der *Holzmeier* ja die Adresse seines Mörders mit

*Kommissariat für Spurensuche und Forensik

Handynummer und vollständiger Namensangabe und Uhrzeit auf einen Zettel geschrieben und in die Mülltüte gesteckt", antwortete *Muck* zynisch und kratzte sich stimulierend am Kinnbart.

*Hackl* schlug die Tür ein „Fuck" zischend wieder zu.

*Steffi* kicherte hinter ihrer Hand versteckt über *Mucks* unschlagbare Dreistigkeit. *Sebastian* fand zunehmenden Gefallen an *Mucks* sarkastischem aber bewundernswerten Humor. Frech von der Leber weg, das lernt man also in Berlin, dachte *Sebastian*.

„Und wie war die Durchsuchung der Wohnung wirklich?", erkundigte sich *Steffi*.

„Ich kann`s kurz machen", sagte *Muck*. „Ein Stapel Zeitungen, jede Menge leere Pizzaschachteln …"

„Wie bei uns" wendete *Sebastian* ein …

„ … eine Futterschüssel und herumstehende Mülltüten, der Rest ist das, was in der Reisetasche Platz gehabt hat."

Der Inhalt der Reisetasche war zwar ein ganzer Supermarkt von Fingerabdrücken, DNA- und eventuell auch Spermaspuren, aber sie gab darüber hinaus keine brauchbaren Hinweise auf mögliche Kontakte. Sein Handy -dessen sim-Karte fehlte- hüllte sich in dasselbe Schweigen. Ein verbleibender aber vager Hoffnungsschimmer war die Festplatte des PCs, auf der neben hunderten von Katzenbildern jede Menge Dating-Portale gespeichert waren. Dafür war *Sebastian* beim Kurzcheck neben einigen auswärtigen Adressen ein Kontakt mit einer Passauer Postleitzahl aufgefallen: 94036.*heinz.huckberger@gmx.de*

„*Sebastian* kannst du die Reisetasche zu den Kollegen vom Erkennungsdienst bringen", bat ihn *Muck*, nachdem *Sebastian* das Fotoalbum mit ein paar Klicks am PC bearbeitet, digitalisiert und in der elektronischen Fallakte für die Ewigkeit abgespeichert hatte. „Ich glaube nicht, dass *Hackl* die stinkende Schmutzwäsche waschen und bügeln will", grinste *Muck* hinterlistig.

Das einzige was *Muck* wirklich interessierte, waren die Fotos aus dem Album. Wieder und wieder verglichen sie die digitalierten Bilder in Vergrößerung mit den Fotos, die *Sebastian* am Friedhof gemacht hatte. Ihr Favorit war das mit den zehn jungen Leuten in der Nibelungenhalle. „Studenten!“

„Hast du auch in Passau studiert?“

*Muck* schüttelte verneinend den Kopf und ließ sich nicht von den Fotos ablenken. „Der eine links außen, das könnte der *Holzmeier* sein, die Vergrößerung ist ziemlich grobkörnig.“

„Echt jetzt? Hat sich ziemlich verändert“, stellte *Sebastian* fest.

„Ist ja auch ziemlich tot mittlerweile.“

*Sebastian* zögerte, obwohl der Druck auf der Blase bereits unangenehm geworden war. Gut für ihn, dass es nicht allzu lange dauerte, bis auch *Muck* sein kleines Geschäft erledigen musste.

Ohne die Gewissheit zu haben, dass die Abhörsicherheit im WC eines Polizeigebäudes gewährleistet war, fühlte *Sebastian* sich in der Intimität des Pissoires sicher genug, um *Muck* endlich die Frage anzuvertrauen, die er schon den ganzen Vormittag dringend loswerden wollte. „*Rob* meinte, dass unser Täter ein Insider, also ein Kollege sein könnte … was meinst du *Muck*?

*Muck* wartete ab, schürzte die Lippen und begann mit einem „Hm“. Er kratzte sich mit der freien Hand am Kinnbart. „Heikle Sache *Sebastian*. Falls ja, dann ist automatisch die Dienstaussicht mit im Spiel. Ziemlich kritisch, wenn du keine handfesten Beweise hast und anders brauchst du da nicht antanzen, kann ich dir aus eigener Erfahrung sagen.“

„Und wenn es ein ehemaliger Kollege …

*Muck* änderte seinen Gesichtsausdruck nicht, den *Sebastian* mit „nachdenklich“ beschrieben hätte. „Lass mich ein bisschen überlegen, wie wir da weiterkommen, aber sag nichts zu *Hackl*.“

Er konnte sowieso zu niemandem etwas sagen, weil alle Kollegen im Verhöreinsatz waren und seine nächste Pizzalbestellung zur Abholung wartete, kaum dass seine Hände nach dem Toilettenbesuch trocken geworden waren.

*Rob* hatte lange geschlafen, tief und fest, bis weit in den Vormittag. Er fühlte sich erholt, sein Tinnitus und die chronischen Kopfschmerzen machte eine verdiente Pause. Nach drei Tagen Kommunikations-Abstinenz schaltete er sein Handy wieder ein.

**11.56h: Ich melde mich!**

Das war die gleichlautende Antwort auf die Nachrichten von *Steffi, Sebastian* und *Muck*. Der Fall beschäftigte ihn weiterhin. Er hatte viel nachgedacht und war sich sicher, dass er mit seiner ersten Vermutung auf dem richtigen Weg gewesen war. Es konnte nicht anders sein. Der Schlüssel war die dienstaufsichtsinterne Datenbank mit allen ehemaligen oder suspendierten Kollegen, die mit Auffälligkeiten aus dem Polizeidienst ausgeschieden oder beurlaubt worden waren.

**12.34h: Kannst du mir die Fotos auf WhatsApp schicken?**

*Sebastian* war verunsichert.

**12.36h: Bin beim Pizzaholen**

*Sebastian* hatte auf *Rob`s* sms geantwortet. Er dachte kurz nach, dann drückte er auf das grüne Sendezeichen seines Handys, das ein paar Fotos durch das digitale Nirwana an *Robs* Handynummer weiterleitete. Er nahm es auf seine Kappe, schließlich war *Rob* nicht suspendiert, sondern nur in Urlaub. Vielleicht war es auch nur eine trotzige Revanche gegenüber *Hackl*, der ihn zum Pizza-Abholtrottel für die ganze Soko verdonnert hatte.

Die Vinothek in der Brunngasse gehörte zu den Geschäften, die trotz Lockdown geöffnet haben durften. Glück für *Rob*, um sich mit Nachschub seiner neuen Lieblings-Weinmarke zu versorgen und um *die* Passauer zu treffen, die in der Vino als Stammkunden aus und ein gingen.

*Marina* erkannte ihn auf Anhieb und wusste ohne zu fragen, welchen Wein er ein paar Tage zuvor bei ihr gekauft hatte. „Wieder den Poesie?“

*Marina* wäre nicht *Marina* gewesen, wenn sie die Gelegenheit nicht für ein kleinen Flirt to go genutzt hätte. „Noch ein gutes Fläschchen für den Abend allein oder zu zweit?"

„Wenn ich die Flasche mitzähle, dann zu zweit", flirtete *Rob* charmant zurück.

„Und ich muss hier leider allein die Stellung halten", meinte *Marina* kess und einem beinahe verführerischen Blick darauf.

„Obwohl nichts los ist?"

„Im Moment nicht, aber meine Kunden kommen trotzdem über den ganzen Tag verteilt."

„War der *Heinz* heute schon da? Der *Heinz*, der die Promis herumfährt."

„*Marina* überlegte laut und begann die Kunden dieses Tages aufzuzählen … „

*Heinz* war nicht dabei, aber *Rob* hatte schon eine neue Frage auf der Zunge. „Kennst du auch jemand, der mal bei der Kripo war, vielleicht einen alten Hasen?"

„Hase ist gut", lachte *Marina* und wollte wissen, was *Rob* mit oder von einem alten Hasen wollte.

„Ich schreibe einen Kriminalroman und … „

Er wurde von einem neuen Kunden unterbrochen, dem er höflich den Vortritt überließ. *Rob* sah sich in der Zwischenzeit in den Weinregalen um, ohne in Wirklichkeit ernsthafte Kaufabsichten zu haben.

„Hast du schon das von *Nick* gehört?", begrüßte der neue Kunde *Marina*.

„Schlimm, ich kanns gar nicht glauben, der war doch so ein Ruhiger."

Bei dem Namen *Nick* wurde *Rob* plötzlich hellhörig. So nannte sich doch der *Holzmeier*. Zweiter oder dritter Vorname, wenn das stimmte, was ihm dieser *Heinz* das letzte Mal erzählt hatte.

„Hätte *Nick* sich nicht für einen Papagei interessiert, wären wir vielleicht nie ins Gespräch gekommen."

„Hast du einen Papagei?" mischte sich *Rob* plötzlich ein.

„Einen?“ Der dunkelhaarige Mann um die 60 drehte sich lächelnd zu ihm um. „Ich züchte Papageien, Graupapageie, Blaukappenamazonen, meine schönsten Exemplare sind zwei Gelbbrustaras.“

Der kleine Finger von *Rob* war ausreichend gewesen und sein Zufalls-Gesprächspartner war mitten im einem Vortrag über die Gebrauchsanleitung für Papageien-Haltung, bis *Marina* interessiert nachfragte. „Hast du ihm einen Papagei verkauft?“

„Nein, er war der Annahme, dass jeder Papagei alles perfekt nachplappern kann. Vielleicht wollte er einen Papagei zum Quatschen, was weiß ich.“

„Warum“, wollte *Marina* wissen, „hatte der keine Frau oder sowas?“

Der Papageienmann setzte ein seltsames Lächeln auf. „Vielleicht war er schwul, ich weiß nicht. Auf alle Fälle hat er mich gefragt, ob es schwule Papageien gibt.“

„Und?“, fragte *Rob* nach, gibt es solche?“

„Bei den meinen ist mir nichts aufgefallen.“

So tragisch, wie die Sache mit *Nick* auch war, *Marina* musste über die schwulen Papageien trotzdem lachen.

„Warte“, erzählte er weiter. „Er hat sowas gesagt wie, früher sind die Leute eingesperrt worden, wenn sie schwul waren, aber heute müsste man die einsperren, die etwas gegen die Schwulen haben, oder so ähnlich.“

„Aha und jetzt ist er mausetot“, folgerte *Marina* wieder nachdenklich.

„Du meinst“, mischte sich *Rob* wieder ein, „wenn er Feinde gehabt hätte, dann jemand, der etwas gegen Schwule hatte?“

„Keine Ahnung, da musst du die Polizei fragen.“

*Rob* kaufte eine Flasche Poesie. „Ich komme wieder.“

*Marina* lächelte vielsagend. Vermutlich handhabten es ihre Stammkunden ähnlich, regelmäßig ein Fläschchen verbunden mit einem nettes Pläuschchen plus Passauer Neuigkeiten, der Friseur hatte ja zu.

„Der *Leichenpapst*", fiel *Marina* plötzlich ein, als *Rob* schon an der Ausgangstüre stand. „Der war bei der Kripo. Wenn du Glück hast, triffst du ihn hier im Laden, der holt sich auch ab und zu ein Fläschchen für zu Hause… „

Seine neue Informationsquelle begann zu sprudeln, nebenbei hatte er eine weitere Visitenkarte in seiner Sammlung. Einen Papagei? Über diese Alternative hatte er noch nie nachgedacht, als er die Visitenkarte vom *Papageienkönig* einsteckte.

**-Freitag, 27. November-**

„Über 400 Coronatote pro Tag und seit mehr als einer ganzen Woche keine einzige ermordete Leiche!"

„Was wollen Sie damit sagen?"

„Entwarnung, Herr Polizeirat!"

„Ist das alles was Ihnen einfällt, *Hackl*?"

„Aber, aber, aber … „

Fünf Arbeitstage ergeben eine Arbeitswoche, auch im Polizeigebäude in der Nibelungenstraße. Fünf Arbeitstage, in denen viel Wind durch das K1 gezogen und die Parkplätze für die zusätzlichen Kripobeamten knapp geworden waren. Aber nichts Entscheidendes war passiert, was die Aufklärung des angstverbreitenden Gewaltverbrechens näherbrachte. Es blieb dabei, der Killer machte noch immer einen erfolgreichen Bogen um das Fadenkreuz der Ermittlungen.

„Aber verflucht nochmal“, donnerte *Wolf* weiter, „sind sie noch bei Verstand *Hackl*? Der Abschlachter spaziert noch immer durch die Stadt, wenn er will, kann er jeden Moment wieder zuschlagen, und was machen Sie? Ich dachte, Sie erledigen endlich das, was *Holms* verpennt hat. Sie waren es, der mir ständig mit *Holms* in den Ohren gelegen ist, aber was ist jetzt? Sie haben ihre Chance bekommen und sie haben versagt, Sie Blindgänger.“

„Aber, aber!“

Die aufwendige Reihe der Verhöre und der Befragungen waren ein glatter Fehlschlag gewesen, nur Zeitverschwendung. Keinerlei Fingerabdrücke, Speichelproben oder genetische Spuren, bei denen es eine Übereinstimmung mit einem eventuell vergleichbaren Mordfall gab, oder auch nur den Hauch eines Verdächtigen mit eindeutigem Vorstrafenregister. Nicht anders das Ergebnis aus der Überprüfung der wenigen Laptops, bei denen die Staatsanwaltschaft ihr Okay zur Einsicht gegeben hatte. Nur unzählige Familienfotos, Sexkram, Online- und Dating-Portale, aber nichts an Hinweisen oder auffälligen Kontaktadressen, die auf Querverbindungen zu oder unter den bisherigen Opfer hindeuteten. Dass auch die sichergestellten Telefonprotokolle nur ein Griff in die Kloschüssel gewesen waren, war das ernüchternde Fazit. So oder so, am Donnerstag waren alle Verhöre erledigt gewesen, und alles das, was *Hackl* sich von seiner Aktion versprochen hatte, hatte sich in der dicken Luft des K1 aufgelöst.

„Was aber, *Hackl*?“, tobte Polizeirat *Wolf* weiter.

„Ich schaffe das Boss, aber ich brauche noch ein bisschen Zeit.“ Woher *Hackl* diese aus der Luft gegriffene Zuversicht nahm, war nicht nachvollziehbar.

„Mann, ich schicke Sie genauso in die Wüste wie *Holms*, wenn sie mir nicht bald ein Ergebnis liefern, haben Sie das begriffen?“

Die Schwitzflecken unter *Hackl`s* Achselhöhlen durchnässten sogar den Stoff seines Sakkos.

*Wolf* wedelte mit ein paar Blättern. „Und diesen Papiermist schieben sie dem Oberschlaumeier in den Hintern, dem diese Buchstaben-Kacke eingefallen ist. Das ist alles, nur kein Bericht, das kann jeder Praktikant 100 Mal besser … „

„Aber der *Sebastian* hatte einen sehr wichtigen Sonderauftrag Herr Polizeirat …"

Das schrille Telefonläuten auf *Wolf`s* Apparat und das offensichtlich wichtige Gespräch war die Gelegenheit schlechthin, für einen -unter diesen Umständen- gerade noch glimpflichen Abgang. In erster Linie ersparte *Hackl* seinen spröden Lippen die Beichte, dass kein anderer als er selbst der Urheber des Berichtes und *Sebastian`s* wichtiger Auftrag die Futtermittelbeschaffung vom Pizzaladen gewesen war.

*Rob* dagegen war aus seiner verbrauchten Haut in eine neue Rolle geschlüpft, heimlich, inkognito, sozusagen als Undercover-Privatdetektiv, der selbst sein eigener Maulwurf war. Egal es funktionierte. Er war wieder zurück als *carpe-diem-Typ, so wie es mit seinem Sternzeichen übereinstimmte.

Der tägliche Einkauf einer Falsche Wein allein war ausreichend, so ganz nebenbei und völlig unauffällig, mit einigen gesprächigen Personen in Kontakt zu kommen, die sich -wie er- mit einem regelmäßigen Nachschub an Flüssignahrung in der Vinothek versorgten. Innerhalb einer einzigen Woche hatte er so viele Leute kennengelernt, wie bisher in der ganzen Zeit seit er in Passau war. Seine Tarnung, als Krimiroman-Autor zu recherchieren, war perfekt. Sein Pseudonym -das er von einem unbekannten Schriftsteller entlieh- authentisch.

*Rob* sah sich das Schwarzweiß-Foto immer wieder an. Zehn lachende junge Männer. *Christian Holzmeier* war mit ein bisschen

*lateinisch: nutze den Tag

Fantasie zu erkennen. Wer waren die anderen? Das Foto war ausgebleicht, aber von der Qualität dasjenige, das am wenigsten verwackelt war. Es brauchte drei Tage, bis ihm etwas daran auffiel. Dann hatte er eine Nachricht an *Sebastians* Privathandy geschrieben.

20.36h: Neuigkeiten, Ben Grubinger ist auch auf dem Foto

*20.38h: echt jetzt?*

20.39h: ziemlich echt, der 3. von links

*20.42h: wie bist du drauf gekommen?*

20.43h: egal, ihr müsst die Fotos den Spezialisten vom LKA geben und herausfinden wer die anderen sind

*20.45h: okay*

Für *Hackl* war es nur ein belangloses Fotoalbum. Ein Stück verblasste Nostalgie aus alten Zeiten. Unwichtig und zu belanglos, um es von seinen Ermittlern in den Befragungen vorlegen zu lassen. In *Robs* Augen war es die neue Spur. Möglicherweise sogar mehr als das. Wenn *Grubinger* zusammen mit *Holzmeier* auf dem Foto war, dann vermutlich auch die anderen Opfer, vielleicht sogar der Mörder, oder noch weitere Kandidaten, die auf der Liste des Killers offen waren. Durchaus möglich, dass seine bisherige Theorie -die von fünf Opfern ausging- falsch war. Sein penetrantes Nasenjucken setzte ein, als er das zusammenaddierte, was er ahnte. Aber das war nicht das Einzige, was ihm kurz vor Mitternacht des Noch-Donnerstages im Kopf herumspukte, bevor er an *Sebastian* eine letzte Nachricht geschickt hatte.

23.55h: vermute Täter mit Polizeivergangenheit, aus Passau, ausgeschiedener Kollege, männlich und kräftig, mit Dienstaufsichtsverfahren, Abmahnungen, usw. rede mit Muck.

Im Gegensatz zu *Rob* fischte *Hackl* in einem Vakuum, egal was er *Wolf* auch weismachen wollte. Mit seinem Latein, das ohnehin nicht mehr wert war als abgelaufenes Bahnticket, war er bald am Ende. Längst hätte er seiner Trittbrettfahrer-Theorie und seiner alternativen mehrere-Mörder-Theorie -in der *Christian Holzmeier* einer der Täter gewesen war- abschwören und zu einem Plan B wechseln müssen, aber leicht gesagt, wenn ein solcher Plan B nicht existierte. Eine konstruktive Ermittlung sah anders aus. Er schaffte es nicht einmal seinen eigenen Fingerbericht zu verfassen. Und ihm saß ein neues schwergewichtiges Problem im Nacken. Das Problem hieß *Wolf* oder auch Ablaufdatum, egal wie man es wendete.

*Hackl* hatte die gedankliche Hauptstraße Richtung Objektivität schon längst verlassen und war dafür mit Vollgas in die Sackgasse nach Einfallslos ohne Wendeplatte unterwegs. Im Grunde genommen war *Hackl* bereits gescheitert. Alles das, was vor einer Woche noch an Elan, Euphorie und Kampfgeist in ihm aufgeflammt war, bröckelte seinem Verfall entgegen und ließ die fahle Patina seiner Ablenkungsstrategie durchschimmern, die aus unangebrachten englischen Sprachfetzen und thailändischen Urlaubserlebnissen bestand.

Selbst sein Versuch, sich als Chef zu beweisen, scheitere schon an der lächerlichen Lapalie, sein vermeintlichen Kaffee-Recht bei *Steffi* einzufordern. Sie hatte ihre eigene Methode, hinterhältig aber äußerst wirksam. Einmal war ihr Kaffee zu kalt, einmal zu dünn und ein anderes Mal mit leicht salzhaltigen Beigeschmack. Damit war die Sache erledigt und *Hackl* schlürfte seinen Kaffee beim Nachbarkommissariat. Die Kollegen vom K1 belohnten es mit einer Wette im Stillen, wie lange *Hackl* diesen Anzug Marke Billig&Eng tragen würde.

Statt zu hinterfragen, wie er seine Akzeptanz verbessern könnte, war *Hackl* auf der dringenden Suche nach Unterstützung, egal wie oder wer. Er schreckte nicht einmal davor zurück, *Sebastian* als möglichen Ideenflüsterer für sich zu gewinnen, wozu er zuerst in der persönlichen Chemie Staubwischen musste.

„Das wäre was für dich *Junior*, Thailand. Da kannst du die Puppen für ein paar thailändische Baht tanzen lassen."

Für *Sebastian* dagegen war *Hackl* -mit Rückhalt von *Muck*- längst zum beispielhaften Feindbild geworden. „Thailand, abgedroschen und billig, nicht meine Sache. Ich will nach Amerika, Nashville, da gibt es alle Jahre eine riesiges Countryfestival."

Der an Musik völlig desinteressierte *Hackl* wechselte unmittelbar das Thema: „Sag mal *Sebastian* was meinst du, würde der *Holmes* jetzt machen?

Zuerst glaubte *Sebastian* sich verhört zu haben, aber das Gemisch aus Achselschweiß und Jack-Daniels-Ausdünstung seines Gegenübers im Anzug war keine akustische Fatamorgana. Überrumpelt, aber doch spontan, reagierte er wie *Mama Raitmaiers* Sohn. „Keine Ahnung? Aber meine Mama würde bestimmt einen ähnlichen Fall aus einer ihrer Krimi-Serien kennen und erklären wie der Mörder gefunden wurde."

In *Hackls* schwitzendes Gesicht tauchte die Frage auf, ob er gerade verarscht worden war, oder ob *Sebastian* das gerade im vollen Besitz seiner geistigen Kräfte gesagt hatte. *Hackl* entschied sich für die erste Variante. „Wenn das so ist, dann sollte vielleicht lieber deine Mama das Praktikum hier machen, nicht du, Greenhorn", und verschwand hinter der zugeschlagenen Tür seines Zimmers.

*Steffi* konnte ein Lachen nur mit großer Mühe unterdrücken. Es war allerdings nur ein winziger Lichtblick in der K1-Trostlosigkeit unter der Leitung eines überforderten *Hackls.* Mit einem Augenzwinkern verschwand sie Richtung Teeküche. *Sebastian* folgte ihr nach unauffälligen zwei, drei Minuten.

„Ich habe mit *Rob* telefoniert."

„Und wie geht es ihm?", wollte *Sebastian* wissen.

„Er hat gefragt, wie es bei uns läuft!"

„Und was noch?"

„Wir sollen uns auf ehemalige Kollegen konzentrieren, die den Polizeidienst unfreiwillig quittiert haben. Fälle von der Dienstaufsicht und so weiter und so weiter."

„Weiß ich schon", antwortete *Sebastian*. „*Muck* hat gesagt, dass er sich darum kümmert, er hat Beziehungen zur Dienstaufsicht."

Weder *Sebastian*, noch *Steffi*, noch *Rob* selbst ahnten, wie knapp sie Mister Unbekannt gerade auf den Fersen waren.

Und trotzdem konnte niemand in der Dienststelle die Geschichte eines Heranwachsenden kennen, dessen Mutter früh verstorben war und seinen Vater nur ein paar Jahre später verloren hatte. Die unglückliche Geschichte, dass ***er*** von einem erzkonservativen Großvater großgezogen wurde, der noch immer noch eine hochgradige Konzentration von Nazi-Gen im Blut hatte, der Juden hasste, der Homosexuelle für die Verbreitung von Aids verantwortlich gemacht und Studenten als randalierende Jugendliche Anarchisten betrachtet hatte. Wie sollte es da anders kommen, als dass sich aus einem Jugendlichen -geprägt durch eine weltfremde Erziehung- nur ein extrem konservativer junger Mann entwickeln konnte, der sich viel zu aktiv gegen die Studenten und die Homoszene auflehnte. Das allein aber hätte nicht die fatalen Folgen gehabt, sondern seine Parolen und seinen Aktionen waren es gewesen, die ***ihn*** als einen ziemlich unbeliebten Hinterwäldler in der Szene markierten, die bald eine Rechnung mit ihm offen hatte.

*Hackls* Ermittlungen waren nicht den winzigsten Schritt vorangekommen. Alles was durch die Datenbank gejagt worden war, blieb ohne Übereinstimmungen. Ausgerechnet jetzt, wo er *Hackl* die Verantwortung übertragen hatte, war plötzlich nichts mehr easy. Seinem verantwortlichen Kommissar fehlte jeglicher Ansatz, den Kreis auf weitere Verdächtiger auszuweiten.

*Wolf* raufte sich buchstäblich die wenigen Haare. Das Durcheinander der Menschen, die nach Belieben im ganzen Präsidium ein- und ausgingen, der Bürgermeister, die Presseleute, Reporter, Sicherheitsberater und andere Wichtigheimer, glichen eher einer turbulenten Touristeninformation als einer stinknormalen Polizeiinspektion. Am liebsten hätte *Wolf* den ganzen Laden evakuiert oder eine künstliche Quarantäne über das Präsidium verhängt, um dem ganzen Irrsinn einer transparenten Berichtserstattung Einhalt zu gebieten.

Konnte er aber nicht. Er schlich dafür mehrmals täglich wie ein vom Rudel der Journalisten Gehetzter durch die Gänge des Präsidiumsgebäudes und sehnte den Tag der Pensionierung herbei. Auf dem Gang traf er auf *Sebastian.*

„Hallo Herr Polizeirat", grüßte ihn *Sebastian*, -wie er von *Steffi* wusste, dass er gern so betitelt angesprochen werden wollte-.

„Ach ja, unser junger Mann."

Spontan erkundigte sich *Sebastian* wie selbstverständlich „Ich wollte noch fragen wann die Belohnung ..."

Die Gesichtsfarbe von *Wolf* wechselte auf ein plötzliches Wutrot. „Verdammt dieser *Hackl,* der sollte doch längst... Junger Mann ich danke Ihnen", und ohne das Gespräch fortzusetzen war *Wolf* verschwunden.

Die Bilder seiner Vergewaltigung tauchten noch einmal auf. Diesmal sah er aber gleichzeitig die Gesichter dazu, schmerzverzerrt, wimmelnd, bettelnd, irre und starr vor Angst, und dann blutüberströmt und dem Tod geweiht. Jedes einzelne Gesicht, das er damals mit seinen verbundenen Augen nicht erkennen konnte, nur ihre Vornamen, die sie sich zuriefen, als sie ihn festhielten, damit sich jeder von Ihnen an ihm vergehen konnte.

Nach 20 Jahren sah er sich endlich als Gewinner in der perfidesten Partie seines Lebens. Zug um Zug Genugtuung für die Peinigung, den Schmerz, die niederträchtige Demütigung, die

Krankheit, die Scham, die ihn gehindert hatte, das Vergehen zur Anzeige zu bringen und das Leben, das darauf folgte und ihn in eine gestörte Persönlichkeit verwandelte, die im Alltag nicht mehr Fuß fassen konnte.

Das einzig Positive an dieser Woche war, dass es nicht geregnet hatte und keine neue Leiche mit tödlichen Stichwunden auftauchte.

**-Samstag, 28. November-**

**Wer sachdienliche Hinweise zur Aufklärung der Straftat geben kann, wird gebeten, sich bei der Polizeidirektion Passau oder jeder anderen Polizeidienststelle zu melden.**

*Rob* wunderte sich ohnehin, warum *Wolf* nicht schon längst darauf zurückgegriffen hatte, als ihm der Aufruf des Polizeipräsidiums auf der Titelseite der Samstagszeitung entgegensprang. Er hatte sich bis dato auch nie gefragt, ob es an der hohen Aufklärungsraten der Polizei oder an der geringen Anzahl der schweren Straftaten lag, dass dieses probate Instrument zur Unterstützung der Ermittlungen viel zu selten zum Einsatz kam. Im Kastenbeitrag darunter war zu lesen, dass dieses alte Hausmittel zur Verbrechensaufklärung zuletzt im Fall des dubiosen

Mordanschlages auf einen hohen Polizeibeamten eingesetzt wurde, und das lag etwa 30 Jahre zurück.

**Durch das Bundesinnenministerium wird eine Belohnung von insgesamt bis zu 10.000 Euro ausgesetzt, für sachdienliche Hinweise oder Beweismittel, die zur Ermittlung oder Überführung der an der Tat Beteiligten führt.**

Offiziell war Kriminalkommissar *Holmes* nicht mehr mit diesem Fall betraut. Nur, es hatte nichts zu bedeuten, und noch weniger war zu erwarten gewesen, dass seine Abberufung sich in einen strategischen Vorteil verwandeln sollte. Nur dieser Tatsache war es zu verdanken gewesen, dass er seinen aufsässigen Boss abgeschüttelt hatte, *Hackl* auflaufen lassen konnte und die lästige Kleinkram-Arbeit der Sonderkommission überließ. Vielmehr genoss er sein Privileg, befreit von bürokratischen Reglementierungen und im Schatten der Öffentlichkeit und des Polizeiapparates seine Spur weiterzuverfolgen. *Rob* hatte alles, was er dazu benötigte. Zeit, eine neue Quelle, einen weiblichen Maulwurf, und einen Agenten, der noch nicht wusste, dass er einer war. Nein, welchen Grund hätte er gehabt, einfach aufzugeben?

**Im Zeitraum vom 17.10. – 18.11. kamen insgesamt 5 Personen ums Leben. Im Einzelnen 17.10. am Innstadtfriedhof, 26.10. Friedhof Hals, 30.10. Betriebsgelände Donauhafen Heining, 12.11. Friedhof Vornholzstraße und 18.11. am Friedhof St. Corona Gemeinde Hacklberg. Die bisherigen Ermittlungen hatten zwar zur Feststellung von Tatverdächtigen, jedoch bisher noch nicht zur Aufklärung geführt.**

Dass eine akute Gefahr in der November-Luft lag, ließ sich an der Häufigkeit der Polizeipräsenz und der Anwesenheit von uniformierten Polizisten unschwer erkennen. Gefühlt jedes zehnte Auto war ein Polizeiwagen. Dementsprechend groß waren die Ängste und die Verunsicherung in der Bevölkerung.

Doch die Präsenz der Polizei alleine löste den Fall noch lange nicht. Die Möglichkeit, dass der Täter jederzeit ein weiteres Mal zustechen könnte, hemmte unabhängig der wegen Corona verhängten Ausgangssperre jegliches Bedürfnis, ohne triftigen Grund in der Dunkelheit das Haus zu verlassen.

**Wer hat zur jeweiligen Tatzeit zwischen 18.00 und 20.00h oder zu anderen Zeiten Beobachtungen gemacht oder von Beobachtungen gehört, die mit dem Vorfall in Verbindung stehen könnten?**

Die polizeiliche Ermittlung war praktisch wieder bei Null angekommen. Mit dem Mord an *Holzmeier* war nichts von dem einzigen Verdacht übriggeblieben, bis auf eine dicke noch nicht digitalisierte Akte, die sich in Form von Berichten, Notizen und Gesprächs-Protokollen in ein paar fetten Kartons zusammenquetschten. Die nicht unberechtigte Sorge, wann der Friedhofskiller wieder zuschlagen würde, beschäftigte auch die Polizei.

**Wem sind an den betreffenden Tagen in den Abendstunden einzelne Personen oder geparkte Fahrzeuge aufgefallen, oder andere unübliche Besonderheiten?**

Nach einer Woche Nachdenken hatte *Rob* seinem Täterprofil ein update verpasst. Sein geistiger Steckbrief beschrieb demnach einen Täter der in Passau lebte, männliches Geschlecht, kräftig, kaltblütig und berechnend, ausgeprägter Hang zur Gewalt, detaillierte Kenntnisse von polizeilicher Ermittlungsarbeit und einschlägiger Berufserfahrung. Mutmaßlich hatte der Täter seine Mordserie von langer Hand geplant.

**Wer kann Angaben zum persönlichen Umfeld der umgekommenen Personen machen, die mit der Tat im weitesten Sinn in Verbindungen stehen könnten?**

Auch seine Spur *Holzmeier* führte nicht weiter. *Holzmeier* mochte vielleicht über jemand belastende Informationen gehabt haben, und doch ergab ein Erpressungsmotiv keinen Sinn. Wäre er ein Erpresser gewesen, hätte ihn sein Kontrahent ohne großes Aufsehen so schnell wie möglich aus dem Weg geschafft, wahrscheinlich sogar die Leiche beseitigt. Das gleiche galt für die anderen Mordopfer. Auch zu finanziellen Problemen als Auslöser einer Erpressungstat gab es -mit Ausnahme von *Mario Müller* keine Indizien.

Somit war auch *Rob* meilenweit davon entfernt, ein Motiv aufdecken zu können. Aber auch ihm fehlte es schlicht an allem, was man Beweise nennen konnte.

**Wer hat an und in den betreffenden Friedhöfen Beobachtungen von Personen gemacht, die sich ungewöhnlich verhalten haben.**

Wer war das nächste Opfer? Falls *Rob* mit seiner Ritualmord-Theorie der fünf Sinne falsch lag, musste er sich von der Vorstellung verabschieden, dass die Mordserie bereits beendet war, und das bedeutete noch weitere Opfer. Das Risiko konnte er nicht ausklammern, nicht in seiner neuen Theorie-Variante, in dem das Foto eine große Bedeutung spielen könnte.

Noch eine andere Frage beschäftigte ihn. Warum schlug der Täter mit der Häufigkeit eines Terminkalenders zu, und warum jetzt? Was war der aktuelle Auslöser?

**Wer ist im Besitz von Foto- bzw. Videomaterial in den betreffenden Nächten aus dem Friedhofs- und Parkbereich?**

Der einzige gemeinsame Nenner der bisherigen Opfer war ihre Homosexualität und dass sie in Passau studiert hatten. Aber das allein brachte ihn nicht weiter. Waren die Fotos aus dem Album das fehlende Puzzleteil, das ihn zum Mörder führen konnte?

Zumindest sein trainierter Instinkt machte ihm das glauben. Oder würde es gelingen, aus den Dienstakten einen Verdächtigen herauszufiltern, der neu auf der Rechnung und vielleicht sogar auf dem alten Foto abgelichtet war. *Rob* wusste, dass weder das Leben noch der Job ein Wünsch-dir-was ist. Aber in diesem Fall hoffte er, dass ihn sein Bauchgefühl und das unverkennbare Jucken in seiner Nase nicht täuschte, ihn nicht in die Irre führen oder ihn im Stich lassen würde.

**Jeder Hinweis kann wichtig sein!**

Der fettbedruckte Beitrag im Regionalteil füllte eine ganze Zeitungsseite -objektiv gehalten und mit Fingerspitzengefühl auf einige Details eingehend, die nötig waren, um sachdienliche Hinweise aus der Bevölkerung zu erhalten-. Endlich kooperierte nun auch die Presse und übernahm den vom Krisenstab formulierten Bericht zum Stand der Ermittlungen.

Radio und Regionalfernsehen waren ebenfalls mit dem Hinweis auf die ausgesetzte Belohnung auf Sendung gegangen, verlockend für alle diejenigen, die sich so kurz vor dem Fest der Liebe gerne ein zusätzliches Weihnachtsgeschenk gemacht hätten.

Ein ungewohnter Anblick, *Rob* im Freizeitlook statt im Anzug anzutreffen. Das war erst ein einziges Mal passiert, als er unangekündigt in der Tabakfabrik aufgetaucht war. „Aha, *Robert Holmes*, der Privatmann“, meinte *Sebastian* als er seinen selbst beurlaubten Noch-Chef in seiner Wohnung besuchte.

„Privat schon, aber vielleicht doch ein bisschen mehr als das“, lächelte *Rob* hintergründig und gut erholt aussehend.

„Feine Wohnung, was kostet sowas?“

„Hat dich *Hackl* geschickt, um mich zu verhören?“, feixte *Rob*.

„Klar, du kennst ihn ja!“, flapste *Sebastian* locker zurück.

„ … kostet weniger als ein Haus“, griff *Rob* den Faden wieder auf und klärte *Sebastian* über Eigenheim-Angelegenheiten auf. Das Thema schluckte ein Hacklberger Pils, dafür wusste *Sebastian* anschließend dass eine vermietete Wohnung eine rentable Kapitalanlage sein kann, oder ein späteres Zusatzeinkommen, oder auch beides.

Mit dem zweiten Pils musste *Sebastian* ein Geständnis loswerden. „Langsam fliegt mir die Decke auf den Kopf, keine Bandprobe, kein Auftritt, keine Kneipe. Ich mag keine Kreuzworträtsel und den kompletten TV-Serienschrott, echt jetzt. Diese ganze Weltmeisterschaft der Coronaverbote ist nicht mehr lustig. Ich kann bestenfalls Zeittotschlagen spielen.“

„Ich kann dir auch Schachspielen beibringen.“

„Echt jetzt? Aber Danke nein, hat mir der *Muck* auch schon angeboten. Leg lieber eine von deinen Platten auf, die meinen kenn ich schon bis zum Abwinken.“

„Was hältst du von einem netten Mädchen?“

„Was ist los? Hast du einen Deal mit meiner Mutter?“

„Mal langsam. Du kennst die Nichte von *Steffi* noch nicht, die singt …“

Das dritte Hacklberger, Pink Floyd und das Thema Mädchen verflüssigten sich zusammen im philosophischen Part der Nachmittags-Unterhaltung unter Männern.

Es gibt Menschen, die fallen mit der Tür ins Haus, Kommissar *Holmes* tastete sich mit einem Pils nach dem anderen an das heran, was ihn interessierte. „Wie kommt ihr voran, Auffälligkeiten bei ehemaligen Kollegen, das Foto?“

„Ich habe ein Bildbearbeitungs-Programm getestet, damit kann man Leute älter machen. Bin noch nicht fertig. *Steffi* hat versucht einen alten Jahresbericht von der Uni zu bekommen, Problem Datenschutz und so weiter. Wir sollen uns an einen ehemaligen Studenten wenden, meinte die Uni-Tussi. Leicht gesagt. Die, die wir kennen sind tot. In der Wohnung vom *Haas* könnten wir noch was finden, der hat alles aufgehoben, was aus Papier war.

„Gut *Sebastian*. Schau, dass das jemand überprüft und danke, dass du mir die Fotos geschickt hast. Wenn wir die Personen identifizieren, dann könnte uns das weiterhelfen."

*Sebastian* bekam ein kleines Leuchten in seine Augen. „Heißt das, dass du hinter den Kulissen deine Finger im Spiel hast?"

*Rob* erklärte nur, „ich bin jetzt Kunde in der Vinothek."

„Und sonst?"

Vor einer guten Woche waren in *Robs* Gesicht noch dunkle Augenringe zu sehen gewesen, jetzt saß an der gleichen Stelle sein undurchschaubares Grinsen. „Ich hab mich als Krimiautor geoutet?"

„Schreibst du deine Memoiren?"

„*Hugo Berger*!"

„Wer soll das sein, den kenn ich nicht."

„Eben!"

„Wozu brauchst du ein Pseudonym?"

„Vielleicht, weil man damit einige Sachen ganz unauffällig in Erfahrung bringen kann."

*Sebastian* verstand noch immer nicht genau, was *Rob* mit seiner Geheimnistuerei meinte. „Okay, ist ja deine Sache, aber dafür habe ich eine interessante Adresse ausfindig gemacht, die wir noch überprüfen müssen: *94036.heinz.huck@gmx.de*

*Rob* grinste immer noch und zog eine Visitenkarte aus der Brieftasche. „Kannst du dir sparen, auf denselben bin ich auch schon gestoßen. Netter Kerl, trinkfest aber harmlos und mit Sicherheit kein Feind von *Holzmeier*."

Das nächste Hacklberger war der flüssige Rahmen für die amüsante Beschreibung der Personen, die ihm in der Vinothek begegnet waren. „ … sogar der Oberbürgermeister kauft dort ein. Ich musste aber im WC verschwinden, der kennt nämlich jeden Bürger seinen Stadt mit Vor- und Zunamen samt Kinder, da wäre meine Tarnung sofort aufgeflogen."

„Welche Tarnung?"

„Na *Hugo Berger* … „
Ungeachtet ob *Sebastian* ihm folgen konnte, listete *Rob* noch eine ganze Reihe anderer Passauer Originale auf und endete mit *Italo-Carlo* und dem weiblichen Stammtischhäuptling *Madame von H.* „Der Interessanteste war noch nicht dabei."

„Wer?"

„Der Leichenpapst!"

„Ist das der Chef einer neuen Sekte?"

*Rob* verschluckte sich vor Lachen. „Deine Fantasie! Ein ehemaliger alter Kripohase, der kennt die alten Geschichten, die sich in der PI zugetragen haben, klar?"

Im zweiten Sixpack befanden sich die beiden letzten grünen Fläschchen. Eines für *Rob*, das andere war für *Sebastians* Träumereien reserviert.

„Du wolltest mir noch deinen Traum erzählen?"

„Der hat sich erledigt, es hat nicht geregnet."

*Rob* bohrte nicht nach, etwas anderes schien ihn mehr zu beschäftigen. „Und wie läuft es mit *Muck*?"

*Sebastian* schwächelte angesichts der bereits geleerten Fläschchen in seiner Gesichts-Motorik, aber er sprach noch verständlich. „Gut, der hängt sich in die Sache mit den ehemaligen Kollegen rein und telefoniert ständig herum, der ist ein fähiger Mann, ja, glaub schon."

*Rob* hörte ihm zu, aber sein Blick hatte sich verändert. Da lag etwas Seltsames in seinen Augen, was *Sebastian* nicht deuten konnte, nur soviel, dass er nicht darüber reden würde.

„Hat *Muck* eigentlich mal erzählt", fragte *Rob* weiter, „warum er von Passau nach Berlin weggegangen ist, obwohl er doch so an Passau gehangen hat?

„Er hat mal was von dienstlichen Gründen erwähnt, glaub ich. Aufstiegschancen, die große Welt und so. Und er hat auch nicht in Passau studiert, hat er gesagt, glaub ich. Auf alle Fälle pfeift er dem *Hackl* ins Gesicht, dass dem die Spucke wegbleibt."

„Aha, so siehts aus", sagte *Rob* und verfiel wieder in diesen eigenartigen Blick. Die beiden Sixpacks waren leer.

*Seine* Getränkekarte war weniger alkoholisch. *Er* begnügte sich mit einem schalen Schluck Wasser, als *er* die großen Seiten der Passauer Presse umständlich über dem unaufgeräumten Tisch aufgeschlagen hatte. Beinahe konnte *er* schmunzeln, zumindest fühlte *er* sich bestätigt, dass die Methoden der Polizei immer noch unzureichend waren, so wie damals. Zu lasch, zu weich, zu zaghaft, zu konservativ. Nicht so wie *er* gewesen war, jemand der nicht weggesehen hatte, der zupackte, wenn es sein musste und das Recht auf seiner Seite selbst in die Hand genommen hatte. Das Traurige daran, dass man *ihm* seine Karriere verbaute, nur weil *er* ein richtiger Polizist sein wollte.

Seine Gerechtigkeit hatte trotzdem gesiegt, endlich nach den vielen Jahren. Eine Gerechtigkeit für die grausame Tat, die sein Leben für immer veränderte. Am Ende war es *sein* Spiel, *seine* akribisch geplanten Schachzüge und die von *ihm* bestimmten Figuren, die er geschlagen hatte. Es hatte sich wieder bewahrheitet, weiß beginnt und schwarz gewinnt.

Er kritzelte etwas in sein Tagebuch, bevor er mit dem letzten Schluck Wasser aus dem trüben Glas seine tägliche Tabletten-Ration schluckte und ungewöhnlich müde war.

**-Montag, 30. November-**

Die Jagd nach einem unbekannten Killer war in die nächste Runde gegangen, dieses Mal mithilfe der ganzen Passauer Bevölkerung.

Der Aufruf für Hinweise aus der Bevölkerung war mehr oder weniger noch druckfrisch, als die ersten Anrufe eintrudelten. Bis zum Montagmorgen waren es bereits mehr als 100 Hinweise gewesen, die sich in der Hotline und auf der Internetseite der Kripo angesammelt hatten. Das Überraschende dabei, dass jetzt -als eine lukrative Belohnung im Raum stand- nicht nur eine Welle der Hilfsbereitschaft zur Unterstützung der Polizeiarbeit durch die halbe Stadt schwappte, sondern auch eine Welle voller außergewöhnlichen Erinnerungen.

*Mama Raitmaier* war eine der ersten, die zur Aufklärung der Morde beitragen wollte. „Ist dort die Polizei? Wissen Sie, mein Sohn der *Sebastian* ist ja selbst bei der Polizei, aber der muss ja sein Dienstgeheimnis beachten. Ach ja, *Raitmaier Susanna* mit vier A. Ich rufe wegen diesen schrecklichen Mordfällen an. Ich habe gestern im Fernsehen den Tatort gesehen und da ist mir wieder eingefallen, dass der Schimanski auch mal einen Fall gehabt hat, wo eine Belohnung ausgesetzt wurde, aber der Mann war ein Trittbrettfahrer. Der Schimanski hat das natürlich gleich ... "

Die Peinlichkeit hielt sich in Grenzen, weil das Telefonat auf *Steffi`s* Apparat gelandet war.

*Hackl* machte keine gute Figur. Zugegeben, keine einfache Aufgabe, in dem hektischen Ameisenhaufen eines überbesetzten Kommissariates den Überblick zu behalten und sich Aufmerksamkeit zu verschaffen, wenn oder weil ihm die Kompetenz einer Führungsperson nicht gegeben war. Nur mit Mühe gelang es ihm gegen die Widerspenstigkeit der auswärtigen Zusatzbeamten anzukämpfen. Zu allem Überfluss war sogar *Sebastian* in den Pizza-Abholstreik gegangen, natürlich mit Rückendeckung von *Muck*. *Hackl* stand massiv unter Druck. *Wolf* wollte Erfolge sehen und er war immer noch der Meinung, dass er dazu in der Lage war, was allerdings jeder andere arg bezweifelte.

*Mama Raitmaier* war nur eine von den vielen Anrufern. Wie unausrottbares Ungeziefer, gegen die es kein Gift gibt, fraßen sich mitunter die abenteuerlichsten Wahrnehmungen durch die Glasfaserleitungen des Kommunikationsnetzes.

Die einen behaupteten Schreie und Rufe gehört zu haben, obwohl die Opfer mit verklebtem Mund nicht schreien konnten, die anderen wollten einen davonlaufenden Mann mit der Ähnlichkeit von *Holzmeier* erkannt haben, obwohl dieser selbst das Opfer war, und noch andere wollten Schüsse gehört haben, obwohl als Tatwaffe ein Messer benutzt worden war. Kurios auch ein vermeintlicher Zeuge, der einen Priester am Tatort gesehen und ein anderer Passant, der den Teufel persönlich am Eingang eines Friedhofes erkannt haben wollte. Besonders dreist zwei Anrufer, die ihre Belohnung im Voraus forderten, bevor sie mit ihrem Hinweis herausrücken würden. Der eine war ein Harz-Vier-Empfänger, der sich das erste Mal im Leben ein richtiges Weihnachtsgeschenk machen wollte, der zweite wäre zumindest mit einer Anzahlung von 5000,00 zufrieden gewesen. Beide waren sich allerdings nicht im Klaren, dass die Behinderung oder Verweigerung zur Aufklärung einer Straftat bereits strafbar war.

Das zwölfköpfige Team der erweiterten *Sonderkommission Friedhofmorde* hatte die Aufgabe, jedem einzelnen Hinweis nachzugehen, egal wie abwegig und absurd sie auch gewesen waren. Man war sich schnell einig geworden, die eingegangenen Hinweise strukturiert zu kategorisieren. *Hackl* wusste es natürlich besser und ordnete -unter Protest- eine strikte chronologische Abarbeiin Zweierteams an. Ausnahme davon waren die Hinweise, die als besonders aussichtsreich erkennbar waren, die -wie konnte es auch anders sein- wollte *Hackl* selbst übernehmen.

Gegen Mittag ging ein merkwürdiger Anruf bei *Steffi* ein. Sie konnte nur ein Atmen hören, nach vier, fünf Sekunden legte der

Anrufer wieder auf. Verdächtig genug, um die Anrufnummer auf der Liste anschießend mit einem Leuchtstift zu markieren. Die Nummer aus dem Stadtgebiet kam ihr bekannt vor. In der Mittagspause erzählte sie *Sebastian* von dem eigenartigen Anruf, bevor sie groß Staub aufwirbeln wollte. „Schau mal, was hältst du davon?"

*Sebastian* wurde rot. „Oh Gott *Steffi*, das ist die Nummer von meiner Mama!" *Sebastian* zögerte keinen Moment um zum Telefonhörer zu greifen. „Mama, bist du von allen guten Geistern verlassen?"

*Mama Raitmaier* dagegen antwortete nur mit der Unschuldigkeit eines Lämmchens. „Ich hab versehentlich auf die Wahlwiederholung gedrückt und dann hab ich mich erschreckt, weil plötzlich de Polizei am Apparat war."

„Echt jetzt?"

Zweimal täglich Antritt beim *Wolf* bedeutete für *Hackl* das zweimalige Eingeständnis, dass es immer noch keinen entscheidenden Hinweis gegeben hatte, und es bedeutete zweimal mächtigen Anschiss einstecken zu müssen.

„Mensch *Hackl*, das gibt's doch nicht, wozu haben wir die Mannschaft in ihrem Kommissariat auf das Dreifache aufgestockt und die Belohnung ausgesetzt?"

*Hackl* war schlicht und ergreifend einfach nicht in der kompetenten Lage, positive Ergebnisse abzuliefern, also ließ er die Hitzeperiode unter seinem Sakko ebenso stoisch über sich ergehen, wie das cholerische Geplärre vom Polizeirat. Die Ideen, was er noch hätte machen können, waren ihm schon längst ausgegangen.

*Wolf* kommentierte es auf seine Art. „Das ist zum Kotzen *Hackl*, am liebsten würde ich das ganze Kommissariat wegen Unfähigkeit auflösen."

„Aber, aber … „

Ausgerechnet die letzten Lebensarbeitswochen in der Dienstzeit von Polizeirat *Wolfgang Wolf* weigerten sich, in gewohnter Geruhsamkeit einfach Tag für Tag von selbst zu verstreichen. Geplagt vom telefonischen Kreuzverhör durch den Krisenstab, der Presse, des Bürgerbeauftragten, von regionalpolitischen Mandatsträgern und dem Oberbürgermeister persönlich, war auch er ratlos geworden. Längst hatte er seine schwersten fahndungstechnischen Geschütze im Kampf zur Aufklärung eines noch nie dagewesen Verbrechens aufgefahren, die Einrichtung eines Krisenstabes, stark verstärkte Polizeistreifen, rund um die Uhr bewachte Friedhöfe, der Einsatz und die Verstärkung der Sonderkommission und die Absetzung seines bisherigen Hauptkommissars. Zusammengefasst, das ganze Programm. Aber keine Spur von Fortschritt, von Beruhigung, dafür ein Oberbürgermeister der Druck machte, die Presse die trotz zugesagter Kooperation immer noch viel zu eigenmächtig recherchierte und ein *Hackl*, der nur noch jammerte.

„Wie auch immer", verkündete *Muck*, „wir haben die Marke von 200 Hinweisen erreicht!" Und da war es erst Montagnachmittag gewesen. Wesentlich mehr Anrufe als man gerechnet hatte. Die Erwartungshaltung war extrem hoch. Nach über sechs Wochen Ermittlungen galt es endlich eine brauchbare Spur zu finden, es galt endlich wieder Ruhe und ein Stück Normalität in der Stadt herzustellen und der Bevölkerung wieder ihr vertrautes Passau zurückzugeben, so wie man es immer gewohnt war. *Wolf* konnte toben wie er wollte, es änderte nichts daran, dass der Statusbericht zum Resultat der Hinweise nach dem ersten Tag diesen gut verständlichen Wunschkatalog noch nicht erfüllen konnte.

*Rob* verfolgte seine eigene Spur. Die Spur des ehemaligen Polizeibeamten, der möglicherweise auf dem Foto abgebildet war. Er sah das Täterprofil klar vor seinen Augen, nur das Gesicht und der Name dazu fehlte. Er musste sich auf seinen Spürsinn verlassen und darauf, dass *Steffi* und *Sebastian* ihn -am knappen Rand ihrer Dienstvorschriften- mit aktuellen Ermittlungsneuigkeiten versorgten. Aber das war nebenher zu seinen Inkognito-Recherchen als Romanautor alles, was er im Augenblick beitragen konnte. Die Suche nach den fehlenden Mosaiktrümmern war die Suche nach dem Verbindungsglied zwischen den Opfern und einem Motiv.

*Muck* schrieb eine Nachricht:

17.05h Hallo Robert. Erinnerung, Bier, Schallplatten und ein bisschen quatschen. PS: was hältst du von einer gepflegten Partie Schach? Gruß *Hans Muck*

Es lag schon viele Jahre zurück, als *Rob* seine letzte Partie Schach gespielt hatte. Er konnte sich nicht mehr erinnern, aber er war gut gewesen. Noch nachdenklicher als die Taktik über den ersten Schachzug allerdings, machte ihn der vermerkte Sondereinsatz in der Dienstakte von *Muck*, der nicht aus seinen Gedanken weichen wollte. Der einzige Eintrag in seiner blitzsauberen Dienst-Akte, der keine Rückschlüsse zuließ.

**-Mittwoch, 2. Dezember-**

„Mit wem spreche ich?“

„Wenn du der Chef in diesem Laden bist, der sich Polizei nennt, dann muss dir schon klar sein, dass ich nicht Schweinchen Dick oder der Weihnachtsmann bin.“

*Hackl* schwitzte permanent unter dem Druck der auf ihm lastete und täglich zunahm. Mittlerweile gehörte er auch zum Club derjenigen, die das Schlafen gegen Dahingrübeln ausgetauscht hatten. Nicht einmal die Nacktfotos seiner thailändischen Mädchen in akrobatischen Stellungen auf der Festplatte seines PC`s konnten ihn auf andere Gedanken bringen. Speichelproben, die ganze Stadt, alles was männlich war und älter als 16. Das ging ihm die ganze Nacht und auch nach dem Aufstehen nicht mehr aus dem Sinn. Eine Methode, die nicht einmalig in der Kriminalgeschichte war, warum also nicht in Passau? Aber dieser Anruf soeben trieb ihm ein neuerliches Schweißrinnsal hinunter bis zum Ansatz seiner Unterhose …

Nach den ersten beiden Tagen schrumpfte die Zahl der Tipps aus der Bevölkerung deutlich. Im Grunde genommen war das wenig bedauerlich. Es waren die kuriosen und die mit geringer Glaubwürdigkeit gewesen, die ihr Fantasie-Feuerwerk an Beobachtungen verschossen und die Aussicht auf den finanziellen Geldsegen aufgegeben hatten. Die restlichen und glücklicherweise sporadischen Anrufe beschränkten sich dafür auf sachliche Aussagen. Eine davon war der Anruf eines Mannes, dem am Heininger Friedhof etwas Seltsames aufgefallen war.

„Es war der Deißigste. Ich weiß es so genau, weil da meine Frau Geburtstag hat. Ja genau, ich war noch mit meinem Hund Gassi in der Heinigerstraße, und dann ist mir das Auto an der Friedhofsmauer aufgefallen."

*Muck* hörte nur zu, ohne den seriös klingenden Anrufer zu unterbrechen.

„Der Friedhof war schon zu, es war kurz nach Sieben. Es war komisch, weil es so ausgesehen hat, als ob zwei Männer im Auto raufen würden. Aber ich habe nichts Genaues sehen können. Es war bereits dunkel, es hat geregnet und im Auto brannte kein Licht. Dann war es plötzlich wieder ruhig. Ich habe mir die Autonummer nicht gemerkt, aber ich weiß, dass es ein großer dunkler Geländewagen war."

*Muck* war hellhörig geworden. Er notierte Name, Adresse und Telefonnummer. „Danke, können Sie morgen bitte bei uns vorbeikommen, damit wir ein Protokoll machen können."

„Ja, natürlich."

Für *Sebastian*, der das Gespräch mithörte, war es offensichtlich, dass gerade ein Zeuge des Mordes von *Mario Müller* an der Strippe gewesen war, der am Heininger Hafen ohne Finger und ohne Leben aufgefunden wurde.

Im Grunde genommen war es keine Überraschung, sondern nur die Bestätigung, dass der von der Rechtsmedizin festgestellte Kies an den Schuhen von *Müller* vom Friedhof in Heining stammte und damit zweifelsfrei zur Serie der Friedhofsmorde zu rechnen war. Immerhin, endlich ein Zeuge. Womöglich kamen bei der Befragung noch andere Details ans Tageslicht, die hilfreich sein konnten.

„Wie auch immer, endlich etwas, was man Erfolg nennen kann", resümierte *Muck* erfreut nach all dem Schrott an Meldungen, die bisher eingegangen waren. „*Hackl* wird sich freuen!"

Genau das dachten *Muck* und *Sebastian*, aber *Hackl* hatte sich schon den ganzen Vormittag in seinem Büro verschanzt. Der dubiose Anrufer nahm seine komplette Konzentration in Anspruch. Für ihn ein klarer Fall einer heißen Spur und somit Chefsache. Allein der Anruf als solches war schon eigenartig und völlig anders.

„Ich habe jemand in der Leitung, der möchte ausschließlich mit dem Leiter der Mordkommission sprechen", hatte *Steffi* das mysteriöse Telefonat angekündigt und durchgestellt, ohne abzuwarten ob *Hackl* bereit war den Anruf entgegenzunehmen.

„Sie können diesen Anruf nicht zurückverfolgen, versuchen sie es erst gar nicht."

An diesem Mittwoch hatte die Textilmarke Billig&Eng ausgedient. *Hackl* trug seinen Anzug nicht mehr, nur seine abgetragene Jeans mit den ausgefransten Beinen, deren Gebrauchsspuren nicht dem Modetrend, sondern einzig und allein der Abnutzung geschuldet waren. Statt einem Sakko zierte wieder sein Lieblings-Pollunder mit Karomuster seinen Oberkörper. Lediglich das hellblaue Hemd war gleichgeblieben. *Steffi* hatte die Wette souverän gewonnen, sie kannte ihn zu gut.

*Hackl* war sehr aufgeregt. „Um was geht es?"

„Die Polizei muss ja ziemlich hilflos sein, wenn sie sogar eine Belohnung ausspucken will."

*Hartl* spielte nervös mit … „Was wissen Sie?"

„Ich weiß, dass ich etwas habe, was Ihnen mehr wert ist als diese 10.000 Euro, eher 20.000 oder 25.000."

„Und woher soll ich wissen, wer …"

„Lassen Sie diesen Scheiß. Denken Sie nach, ob Sie die Belohnung aufstocken, oder ob Ihnen eine weitere Leiche lieber ist, ich rufe wieder an."

Das Gespräch war beendet, bevor *Hackl* überlegen und antworten konnte, oder auch umgekehrt. Fest stand aber, dass diese Forderung weit außerhalb der Kompetenz von *Hackl* von lag.

Der Gedanke, einen Erfolg einzufahren, mit dem er sich für den Rest seiner Dienstzeit in der Geschichte der Passauer Kripo verewigen könnte, war so verdammt verlockend. Jack Daniels in der Schreibtisch-Schublade war der gleichen Meinung. Während sich die Kriminalbeamten im K1 weiter durch den Wahnsinn von noch unbearbeiteten abartigen Informationen kämpften, kämpfte *Hackl* mit sich selbst.

Er blieb auch nach dem Anruf in seinem Büro verbarrikadiert und war -mit Ausnahme der Disziplin *Wolf*-Besuch- auch für den Rest des Tages unansprechbar.

„Lebt der noch, oder ist der nur eingeschlafen?", fragte *Muck* in seinem typisch zynischen Tonfall, als er *Sebastian* zuzwinkerte und dabei vielsagend lächelte.

Das Lächeln von *Muck* hatte einen besonderen Grund. Es sah nach Zufriedenheit aus. „Fünf Fälle aus Passau, nicht schlecht“, flüstere er *Sebastian* erstaunt zu. „Endlich habe ich die Liste von der Dienstaufsicht erhalten.

„Echt jetzt? Wie hast du das geschafft?“

„Berufsgeheimnis!“ Mehr sagte *Muck* nicht. „*Steffi* soll die aktuellen Personendaten überprüfen, Adresse, Aufenthalt und das alles, dann sehen wir weiter.“

Nicht nur *Hackl*, auch das Innenleben im K1 war nicht mehr wiederzuerkennen. Die zusätzliche personelle Unterstützung hatte es erforderlich gemacht, dass der Sozialraum kurzerhand zu einem provisorischen Dienstzimmer und aus der Küche ein Vernehmungszimmer wurde. Nur die Teeküche blieb die Teeküche und das war gut, denn genau dort beratschlagten *Steffi* und *Sebastian* über die Informationen, die sie an *Rob* weitergaben.

*Sebastian* schickte ihm eine Textnachricht.

11.23h: neuigkeiten, muck hat die liste von der dienstaufsicht, ich melde mich, *Seb*

Dass ihm die Federführung in diesem komplexen Fall immer mehr entglitt und ihm jegliche Akzeptanz so schnell abhanden gekommen war wie er sie eingefordert hatte, schwelte drohend in seinen Hintergedanken. Seine Inkompetenz in Sachen Führungspersönlichkeit und das Fehlen jeglicher Koordination oder alles das, was man einen Plan nennen konnte, verwandelte das K1 mehr und mehr in ein zirkushaftes Durcheinander, in dem jeder das Raubtier dressierte, das ihm gerade am besten gefiel.

*Hackl* konnte diesen Kampf mit sich selbst nicht gewinnen. Nur, er wusste es nicht. Alles was er vor seinen Augen hatte, war ein grandioser Sieg. Einen Sieg in einem Fall, der einzigartig in Passau war, an dem alle Kollegen und sogar alle Vorgesetzten bisher gescheitert waren. Er war sich so felsensicher, das war *die* Stellschraube für seine Kriminalkarriere. Welche wahnsinnige Chance, sich weit nach oben zu katapultieren, oder anderweitig eine Stufe aufwärts in der Gehaltstabelle zu rutschen, diese Chance würde nie wieder kommen.

Urlaub war eine ziemlich kreative Umschreibung für das, womit sich *Rob* die Zeit vertrieb. Der Kriminaler in ihm -der ja offiziell nicht mehr ermittelte- war wie eine neugierige Katze, die suchend um die Wohnadressen der Opfer herumstreunte und miauend unschuldig um die Beine der Passanten schlich, bis sie ihm beim Kraulen des Katzenfelles wissenswertes aus der Nachbarschaft anvertrauten. Selbst der netten Mutter von *Mario Müller* hatte er einen nochmaligen Besuch abgestattet, um noch mehr über ihren ermordeten Sohn und seinen Freundeskreis zu erfahren. Vielleicht schlummerte dort eine Information, die ein Bindeglied zu einem gemeinsamen Motiv für die Mordserie bedeutete. Allerdings blieb es dabei, dass er lediglich war lediglich weitere Belanglosigkeiten einsammelte.

Der Grund dafür, dass er seine Laufstrecke von Ingling in die Stadt verlegte, sodass die Tatort-Friedhöfe auf seiner Strecke lagen oder zumindest streiften, diente dagegen mehr der Beobachtung und noch mehr seiner Inspiration.

Sein anders Ich schlüpfte mit zunehmendem Gefallen in die Rolle des Krimiroman-Pseudonyms, die ihm völlig unauffällig den Weg zu interessanten Kontakten öffnete, um ganz beiläufig alte Geschichten aufzudecken, die möglicherweise lange zurücklagen.

Am Tag zuvor war er wieder in der Vinothek gewesen.

„Du hast heute den *Leichenpapst* verpasst“, war er von *Marina* begrüßt worden, gerade so, als ob sie seine Gedanken hätte lesen können.

*Rob* bemühte sich, die Enttäuschung in seinem Gesicht optisch zu unterdrücken. Durchschaute sie ihn etwa?

*Marina`s* Nasenspitze hatte etwas raffiniertes, als sie augenzwinkert ergänzte: „Er kommt am Donnerstag nochmal und holt sich seine Bestellung ab, meistens kommt er um die Mittagszeit zwischen Elf und Zwölf."

Sie hätte ihn beinahe in Verlegenheit gebracht mehr zu erzählen, als seine Romanschreiber-Tarnung es erlaubte, aber *Rob* blieb souverän und lächelt freundlich zurück. „Super, ich bin gerade bei meiner letzten Roman-Leiche, praxisnäher als von einem Profi geht nicht!", und blinzelte charmant zurück.

16.58 Uhr. Gerade als *Hackl* gehen wollte, dudelte noch einmal sein Diensttelefon. „Oberkommissar *Hackl*"

„Notieren Sie die Uhrzeit, das ist der Code für Schritt Zwei!

*Hackl`s* Hände begannen augenblicklich die Nässe eines Feuchttuches anzunehmen, die Schwierigkeiten hatten, den Kugelschreiber so festzuhalten, dass er ihm nicht aus den Fingern rutschte.

Statt der kaltschnäuzigen Männerstimme schaltete sich eine Bandansage ein, abgehackt, digital, aber freundlich wie die Navi-Lady. „Ich kenne den Killer. Ich helfe Ihnen. Ein weiterer Mord wird verhindert. Sie bezahlen 25.000. Das ist mein Angebot. Gültig nur heute."

Es knackte, dann folgte noch ein Textstück: „Geben Sie ein Inserat auf. Private Stellenanzeigen. Suche Bodyguard für Friedhofsbesuch, als Telefonnummer den Code."

Auf *Hackl`s* Oberkörper war kein Fleckchen mehr zu finden, an dem sein verschwitztes Hemd nicht auf der Haut klebte. Jetzt oder nie! Immer noch ging er davon aus, dass er nichts verlieren konnte. Sein Entschluss stand fest. Auch nun war der Schreibtisch-Schubladen-Jack Daniels gleicher Meinung. Mit diesem Joker konnte er es allen beweisen. Dieses Spiel war seines, auch wenn es kriminaltechnisch gesehen nichts anderes war als russisches Roulette.

*Sebastian* schickte eine Textnachricht an *Rob*.

17.05h: hallo rob, unsere kandidaten auf der liste der dienstaufsicht leider fehlanzeige, 5 mal blindgänger, sorry! *seb*

Das Handy von *Rob* lag seit Antritt seines Resturlaubes in seiner Wohnung, sicher davor, irgendwo dort geortet zu werden, wo er unter Umständen gar nicht sein sollte.

Nach einer sehr ausgiebigen Sportrunde war er inspiriert von vorbeiziehenden Friedhofssilhouetten und der einsetzenden Novemberdunkelheit gleich darauf über seinen Computer hergefallen. Google suchte alles, was an Informationen über Rituale und rituelle Gebräuchlichkeiten zu finden war. Bald war er versunken in der Grausamkeit der mittelalterlichen Hinrichtungen mit abgehackten Gliedmaßen und den nicht minder harmloseren Methoden der Inquisition und der Mafia. Symbolisch abgetrennte Finger, Ohren, Nasen und Zungen fand er bei allen Institutionen. *Rob* recherchierte bis spät in die Nacht hinein ohne wirklich schlauer geworden zu sein.

**-Donnerstag, 3. Dezember-**

Das Fadenkreuz um den Killer wurde enger. Nicht nur der offiziell leitende Oberkommissar *Hackl* heckte einen ziemlich gewagten Plan zu Ergreifung aus. Verfolger Nummer zwei waren *Muck* und *Sebastian*, die sich mittels Identifizierung der Personen auf dem Foto Chancen ausrechneten, nachdem sich die Liste der Dienstaufsicht als falsche Fährte herausgestellt hatte.

Als Nummer drei war ihm *Robert Holmes* -neuerdings Privatdetektiv mit der Tarnung als Romanautor- auf den Fersen. Auch für ihn war das Foto eine Spur, die er verfolgte. Darüber hinaus zählte er auf seine Kontakte in der Vinothek, mit der Hoffnung, auf den ominösen Leichenpapst zu treffen und möglicherweise von ihm eine beruflichen Vorgeschichte in Erfahrung zu bringen, die ihn zu einem Täter führen könnte.

Nicht zu vergessen gab es auch noch *Wolf*, der sich in die Verfolgerliste einreihte und dabei die hilfreiche Unterstützung der Bevölkerung und seinen Ruhestand im Auge hatte.

Es brauchte zwei Schlaftabletten, um eine Wiederholung der Nacht ohne Einschlafen zu vermeiden. Aber ein paar Stunden später wurde *Hackl* vom unüberhörbaren Summen seines Weckers mit vulgärem Penis-Optik -made in Thailand- schockartig aus dem Schlaftabletten-Schlaf gerissen. Gerade hatte er noch von Speichelproben geträumt. Speichelproben über Speichelproben, sogar seine eigene. Dann noch ein anderer Traum von einem Knastbruder. Nein, er träumte doch nicht, es war der erste Gedanke, der sich in seinen Kopf drängte.

Der Anrufer mit der Unverfrorenheit eines echten Ex-Knackis. Das konnte mit Sicherheit doch nur einer sein, der im Schmutz der Unterwelt herumkroch … und von wegen Erpressung. *Hackl* sah die Sache relaxed und natürlich aus seinem eigenen Blickwinkel. Darin war der dubiose Anrufer schlichtweg ein Informant. Und daher war es eindeutig legitim, für die Ergreifung eines äußerst gefährlichen Verbrechers einen Deal auszuhandeln? Natürlich würde er ihn einknasten, sobald er die Information herausgerückt hatte. *Hackls* Gedanken tanzten Rock`n Roll an diesem Morgen, quick and dirty.

*Rob* las *Sebastians* 17.05h-WhatsApp vom Vortag erst beim späten Frühstück. Die Unzufriedenheit in seinem Gesicht spiegelte sich in der Glasvitrine, in der ihn das Frühstücksgeschirr stupid anglotzte. Verdammt, er war sich immer noch völlig sicher, dass der Täter einschlägige Polizeikenntnisse besitzen musste und Passauer war. *Muck* musste etwas übersehen haben.

War die Kost seiner Mittelalter-Recherchen in der Nacht davor schon schwer verdaubar gewesen, mochte ihm *Sebastians* Nachricht noch viel weniger schmecken. Endgültig begraben wollte er den Gedanken seiner Intuition dennoch nicht.

Drei ehemalige Polizeibeamte lebten seit Jahren in den neuen Bundesländern, einer war bereits tot und einer saß gerade eine Haftstrafe ab. *Steffi* hatte gute und schnelle Arbeit geleistet, auch wenn die Überprüfung der aktuellen Aufenthaltsangaben bedeutete, dass kein einziger der potentiellen Kandidaten als Täter infrage gekommen war. Fakt war, dass die Datenbank nicht log, und lediglich diese fünf gefilterten Namen hergab, die nach einem Dienstaufsichtsverfahren innerhalb der letzten zehn Jahre vom Dienst unfreiwillig verabschiedet wurden.

*Hackl* hätte diesen Tag wirklich genießen können. *Wolf* war den ganzen Tag zu einer Unterredung mit dem Polizeipräsidenten im Straubinger Präsidium eingeladen. Stattdessen übte sich *Hackl* in unübertrefflicher Büro-Zurückgezogenheit. Hatte er den Boden der Realität verlassen?

Dass er dem heillosen Chaos im K1 einfach freien Lauf ließ, machte keinen Unterschied zum Tag davor, aber dass er sein Büro nicht einmal zum Wasserlassen verließ, war sehr ungewöhnlich, anatomisch sogar unmöglich. Ekelig allein die Vorstellung, dass er den Papierkorb für seine Bedürfnisse zweckentfremdete. Wären *Vierhammer* und *Kopfinger* -wie auf Bestellung jeder für sich- nicht zweimal in seinem Büro verschwunden und mit eingezogenem Kopf wieder herausgekommen, hätte man eher vermuten können, dass *Hackl* sich in die nächste Leiche verwandelt hatte, und der Rest von ihm immer noch auf die letzte Ölung wartete. Niemand konnte eine Vorstellung davon haben, was gerade im Gange war.

*Sebastian* hockte davon unbeeindruckt hoch konzentriert vor seinem PC und testete ein neues Bildbearbeitungsprogramm. Mit jeden Klick änderte sich das Aussehen der Personen auf dem Bildschirm. Aber nicht die Pickel oder die Falten verschwanden, nicht Monsternasen oder Dumboohren wurden kleinretuschiert und auch nicht die Optik zugunsten eines verjüngerten Aussehens schöngepixelt. Sein Ziel war genau das Gegenteil, nämlich zehn junge Männer digital so zu altern, dass sie mit den Handyfotos vergleichbar sein sollten.

*Muck* klopfte ihm auf die Schulter. „Passt scho!"

„Wie?"

„*Christian Holzmeier, Ben Grubinger, Frank Bierhuber, Günter Wagmann, Harald Haas, Richard Ramm, Martin Wimmer, Thomas Kaiser, Michael Schwarz*, von links nach rechts."

„Was?"

„Den zweiten von links, der Typ mit dem blonden Wuschelkopf, den hat *Bierhuber* nicht erkannt.

*Sebastian* sah *Muck* mit offenem Mund an.

*Muck* hatte das Kunststück geschafft, ohne Technik und ohne Datenschutzstacheldraht die zehn vor vielen Jahren fotografierten Personen per Telefon und WhatsApp zu identifizieren. „Ich habe dem *Bierhuber* ein bisschen auf die Sprünge geholfen, und siehe da, plötzlich hat seine Erinnerung wieder funktioniert, der Rest war dann ein Kinderspiel."

„Echt jetzt, wie hast du das geschafft?"

*Muck* kratzte sich am Kinnbart. „Berufserfahrung, *Sebastian*, viele Jahre."

Aha, dachte *Sebastian*, also auch sein Berufsgeheimnis.

„Einer ist unbekannt, fünf sind bereits tot, dieser *Richard Ramm* übrigens auch, schon seit September 2002. Wie auch immer, *ein* Unbekannter mit Wuschelkopf bleibt übrig."

„Der Mörder?"

*Muck* kratzte sich noch immer am Kinnbart. „Das müssen wir herausfinden."

Die Theke, der große so echt wirkende Baum im Inneren und die überaus sympathische Art von *Marina* waren so etwas wie das Herz des Weinfachgeschäftes. Zu gerne hätte *Rob* diese Atmosphäre außerhalb von Corona und Serienmorde kennengelernt, oder wäre an einem der lauen Sommerabende draußen gesessen, wenn die ganze Brunngasse bei Livemusik sang, tanzte und lachte.

Er ließ sich unheimlich viel Zeit, um sich von *Marina* über das ganze Weinangebot beraten zu lassen. Sobald ein anderer Kunde kam, war er so höflich, ihn vorzulassen, schließlich hatte er Zeit.

„Da kennst du einen, den du fast jeden Freitag siehst und dann wird er einfach abgemurkst", erzahlte der grauhaarige Herr, dem er unter anderem gerade den Vortritt gelassen hatte, entsetzt. Beim nächsten Kunden zwinkerte ihm *Marina* zu.

*Rob* hatte sich den *Leichenpapst* anders vorgestellt. Sein Äußeres hatte weder etwas von einer Leiche, noch von oder mit einem Papst gemeinsam. Überhaupt nicht. Vor ihm stand ein drahtiger schlanker Mann um die 60 plus mit einem süffisantem Humor, der ihm auf Anhieb sympathisch war. Ohne großartiges Vorspiel plauderte er auskunftswillig vom kriminalistischen Gestern, ganz spontan, nachdem ihn *Marina* als recherchierenden Romanautor bekannt machte.

„Ja früher … da haben die Uhren anders getickt."

„Schwarze Schafe unter den Kollegen?" fragte *Rob* einfach so heraus.

„Kleinigkeiten, klar. Aber wir hatten einen ziemlich schweren Fall, nichts Schönes … „ Fast hätte er nicht weitererzählt.

„Darf ich das in meinem Roman verwenden?“

„Warum *nicht*,“ meinte er, ohne dass *Rob* wissen konnte warum *dann doch*.

Seine Augen rollten nach hinten, als wollte er den Film in der Vergangenheit abholen. „Ein brutaler Typ, ging über Leichen. Korruption im fünfstelligen Bereich für ungehinderte Waffenschieberei mit den Tschechen im großen Stil. Ich war es, der ihn aufgedeckt hat.“ Er schildete alles das, an was er sich noch erinnern konnte -natürlich ohne Namen-.

Am Ende bekam *Rob* die Antwort, warum er gerade so offen über einen Ex-Kollegen gesprochen hatte.

„Der Typ ist dann ein paar Jahre später gestorben. Selbstmord. Hat sich die letzte Kugel von seiner Dienstpistole für den allerletzten Schuss aufgespart.“

Damit war gerade eine weitere Spur im Sand verlaufen, dachte *Rob*, der das Bild eines Täters mit Polizeivergangenheit nicht aus dem Kopf bekam. Und doch geisterte ein hypothetischer Verdachtsfall durch seinen Hinterkopf. Ein unangenehmer Verdacht. Er mochte den Gedanken nicht zu Ende denken.

Textnachricht von *Sebastian*:

**13.21h: Die Leute auf dem Foto sind identifiziert, bis auf den zweiten von links, *Seb***

**-Freitag, 4.12.-**

Für *Hackl* war der Ehrenkodex so heilig, wie für den Pfarrer die Hostie. Niemals einen Kollegen anschwärzen, niemals das eigene Nest beschmutzen. Allein *Robs* Andeutung zu Beginn der Ermittlungen, dass ein Ehemaliger die Finger im Spiel haben könnte, trieb ihm ein kategorisches Veto in den Hals. Vielleicht auch nicht ganz uneigennützig. Viel zu schnell konnte eine Situation auftreten, in der man die legalen Mittel selbst ein bisschen ins Praktische biegen musste.

Eine komplette Woche war vorbeigewischt, seit eine lukrative Belohnung immer noch darauf wartete, abgeholt zu werden. Kein einziger der Tipps, der Beobachtungen, der Aussagen war auch nur einen Euro wert gewesen. Die Soko arbeitete mehr oder weniger aussichtslos, aber dennoch mit Hochdruck die restlichen Hinweise ab, ohne mit einem greifbaren Ergebnis zu rechnen. *Hackl* dagegen kümmerte das nicht großmächtig, er hatte seinen eigenen Plan, an dem er sich unter allergrößter Geheimhaltung wie eine Bulldogge festgebissen hatte. Für ihn war es die Fahrkarte in die Verbesserung seiner finanziellen Existenz. Quasi die Ausweitung seines Ausgabenbudgets für die schönen Dinge, wie etwa ein regelmäßiger Luxustrip per Businessclass nach Bangkok, oder warum nicht gleich eine thailändische Mai Ling zum Mit-Nachhause-Nehmen.

Weder unangenehme Partikel von Urin oder Fäkalien, noch der süßliche Duft von Verwesung oder ein einziges englisches Fuck-Wort drang durch den Türspalt, durch den *Kopfinger* und *Vierhammer* schlüpften, wenn *Hackl* sie zu sich bestellt hatte. Dafür schwebte das typisch herbwürzige Aroma von „Jack Daniels" kurz nach dem Öffnen und Schließen seiner Bürotür in der Luft.

Der dritte Tag seines sonderbaren Verhaltens, in dem das

*Hackl*-Büro so etwas wie eine Festung geworden war. Niemand kam hinein -außer mit persönlicher Genehmigung, und die erhielten nur *Kopfinger* und *Vierhammer*-. Warum auch immer. Es konnte alles bedeuten, eine konspirative Arbeitsbesprechung als Ablenkungsmanöver einer Whiskey-Orgie, oder doch eine neue Strategie, die ihm eigentlich keiner zutraute? Es tat nichts zur Sache. Im K1 war man über einen *Hackl* mit Tarnkappe genaugenommen nicht so unglücklich, geschweige denn, dass jemand seine halbherzigen Anweisungen vermisste.

Der Stillstand der Soko Friedhofsmorde nagte zunehmend an Polizeirat *Wolfs* Nervenkostüm. Am Vortag war ihm vom Polizei-Präsidenten einen ganzen Vormittag lang ziemlich deutlich klargelegt worden, dass man im Präsidium mithilfe der zusätzlich zur Verfügung gestellten Beamten längst eine umgehende Aufklärung der Mordserie erwartet hatte.

Das war lange noch nicht alles. *Hackl* war für ihn eine herbe Enttäuschung geworden und jede Besprechung mit ihm nichts anderes als Zeitverschwendung. Dazu noch das, was die Presse aus dem Fall machte. Es setzte ihm und seinem hohen Blutdruck von Krisensitzung zu Krisensitzung immer heftiger zu.

Kein Wunder, dass *Wolf* von Schlafstörungen und innerer Unruhe gepeinigt, immer häufiger durch das Labyrinth der Gänge im Polizeigebäude schlich um Antworten zu finden, oder und in simpler Wahrheit einfach, um der explosiven Stimmung aus Anspannung und Ergebnisdruck in der Kripo-Etage aus dem Weg zu gehen.

Der Polizeipräsident hatte es klar zum Ausdruck gebracht, dass das Aufgebot an Zusatzpersonal sowie das *MEK auf Dauer nicht möglich war. Die Zeit drängte, ihm war auch klar geworden, dass auch *Hackl* nicht in der Lage war, den Fall zu lösen.

*Abk.: Mobiles Einsatzkommando

Wie sollte er diesen Zustand noch durchstehen bis zum 1. März. So nah und doch so unendlich weit weg. Er sehnte sich nach einem Wunder, das Normalität hieß und im Moment ein unerreichbarer Zustand war.

Ein zweites Mal lief ihm *Sebastian* über den Weg. *Wolf* blieb stehen. „Ach ja, unser junger tüchtiger Mann".

*Sebastian* bedankte sich mit einem höflichen „Guten Tag Herr Polizeirat", und wollte einfach weitergehen, als *Wolf* kurz, fast väterlich, seinen Arm berührte.

„Ach ja, sagen Sie junger Mann, was denken Sie, würde ihr Kommissar *Holmes* jetzt in diesem Fall machen?"

*Sebastian* war mehr als überrascht, ausgerechnet vom Polizeirat persönlich dieselbe Frage zu hören, die ihm *Hackl* auch schon gestellt hatte. Spontan hätte er ein „vielleicht fragen Sie ihn einfach", auf der Zunge gehabt. Aber er war klug genug es anders auszudrücken. „Ich weiß nicht, vielleicht würde er mit einem Profiler zusammenarbeiten, der sich in der Schwulenszene und in der Passauer Vergangenheit auskennt."

*Wolf* nickte nur beeindruckt mit dem Kopf. „Sie sind wirklich ein tüchtiger junger Mann." Dann schlich er davon und versuchte die Krisensitzung, die er vorhin erbost abgebrochen hatte, gedanklich zu verdrängen.

Der Stand der eingegangenen Hinweise lag bei knapp 250 Stück. *Wolf* hatte aufgezeigt, dass immerhin bereits 150 davon abgearbeitet waren, was er als bemerkenswerte Leistung hervorhob. Das Ergebnis nach der Krisensitzung am Vormittag war trotzdem einfach niederschmetternd gewesen. Da konnte ein *Bischof* leicht lamentieren „Ja wir haben doch so große Hoffnung, dass unsere Leute aus Passau alle zusammenhalten und mit Gottes Segen …"

*Wolf* wollte und konnte es nicht mehr hören. Noch weniger die fordernden Worte des *Oberbürgermeisters*, der seine Bürger und Bürgerinnen -die gerade vor einem halben Jahr das Kreuzchen auf dem Wahlzettel bei seinem Namen gemacht hatten-, nicht enttäuschen wollte.

„Dann fangen Sie diesen Irren doch selber“ hatte *Wolf* unbeherrscht herausgeplärrt und den Sitzungsraum verlassen.

In der Passauer Presse stand eine private Stellenanzeige:

**Suche Bodyguard für Friedhofsbesuche gegen Bezahlung.**

**Anfragen bitte telefonisch unter 1659.**

*Hackl* wartete und schwitzte. Er war selbst seine eigene Sauna. Die sich dunkel abzeichnenden Feuchtflecken unter den Armen seines blauen Zweithemdes hatten mittlerweile die Ausmaße von zwei Pizzatellern, und das mitten im Winter. Er starrte auf das Telefon, das nichts anderes tat, als einfach nicht zu läuten. Er hob immer wieder ab, um sicherzugehen, dass es auch in Betrieb war. Aber daran lag es nicht, dass es kein dudelndes Lebenszeichen von sich geben wollte.

„Herr Gott begreifen Sie denn nicht ...“ Ein letzter verzweifelter Versuch von *Wolf*, den angekündigten Abzug der Unterstützung abzuwenden, oder zumindest hinauszuzögern.

Der Polizeipräsident am Telefon war ziemlich anderer Ansicht und zeigte kaum Bereitschaft, seine Meinung vom Vortag zu ändern. „Wir können nicht wochenlang Kapazitäten für die Aufklärung einer Mordserie abstellen, ohne dass etwas dabei herauskommt. Und einen speziellen Profiler, wo glauben Sie dass wir sind? Wir haben unsere eigenen Leute, die sind dafür ausgebildet. Aber gut, dass wir gerade sprechen, das gleiche gilt natürlich auch für die Observierungsmannschaft. Warum lösen sie das nicht mit Kameras?“ - Das Gleiche hätte ihm *Sebastian* auch gesagt -.

„Nächste Woche noch“, lautete das Ultimatum des Polizeipräsidenten. „Es gibt auch noch andere Problembereiche wo ich meine Leute brauche, glauben Sie mir, Kollege *Wolf*. Sie sind nicht der Einzige. Machen Sie Ihren Leuten Dampf, dafür sind Sie ja bekannt.“

Warten kann mürbe machen. *Hackls* Gedanken waren zum Zerreißen angespannt. Dazwischen ging ihm die Asservatenkammer durch den Kopf. Die Aufbewahrungsstelle, wo Beweismittel bis zu ihrer Verwendung im Prozess nummeriert und sortiert, gut verschlossen gelagert und verwaltet werden. Das Allerlei an Gegenständen dümpelte dort vor sich hin, Tatwaffen, Einbruchwerkzeug, Kleidungsstücke, aber auch sichergestelltes Drogengeld, Falschgeld. Eigentlich brauchte es nur eine Quittung für den Beamten, der die Asservaten verwaltete. So etwas war zu organisieren, wenn man einen Mitspieler im Kollegium hatte. Es gäbe keinen besseren Köder. Bargeld lacht und *Hackl* würde ebenfalls lachen, wenn er die Falle bei der Übergabe zuschnappen ließe, den Mann mit der Information einknasten könnte und die Ködergeld-Leihgabe wieder dorthin zurückverschwinden lassen würde, wo er sie mal kurz ausgeborgt hatte, ohne ein großes Tamtam daraus gemacht zu haben. Ein genialer Plan, dachte *Hackl* .

Der neue Code lautete 1656. *Hackl* hob sein bimmelndes Telefon ab. die Digitaluhr auf dem Display zeigte 16 Uhr 56.

Das Tagebuch staubte unscheinbar vor sich hin, unbeachtet und fast wie vergessen. Der letzte Eintrag datierte vom 27. November. Es hätte alle Fragen beantwortet. Es hätte es alles gesagt und alles erklärt. Jedes einzelne Detail. Es war der dramatische Wegweiser in die Abgründe einer menschlichen Seele, aus der eine Bestie geworden war. Er wollte niemals in die Kriminalgeschichte eingehen, sondern er verfolgte nur ein einziges Ziel, Rache und Bestrafung, sonst nichts.

Während die Ermittler händeringend nach Spuren suchten, gammelte es unbeachtet dahin, unter seinem Kopfkissen, in einer muffeligen Wohnung, deren Fenster nie gelüftet wurden, deren Räume nie gereinigt wurden, und mit deren Wänden der Schimmel ein leichtes Spiel hatte, sein zerstörerisches Werk in der klammen und feuchten Kälte der ungeheizten Wohnung ungehindert zu tun.

**-Sonntag, 6. Dezember-**

Es war noch viel zu früh, viel zu stockdunkel, als *Sebastian* auf den Einschaltknopf des Kaffeeautomaten von Aldi drückte und unruhig die Wetter-App abrief, ob es heute noch Regen geben würde. Der erste Schnee dieses Winters war ohnehin noch nicht in Sicht.

„Was ist denn heute mir dir los?“ fragte *Mama Raitmaier* besorgt. Viel zu früh und viel zu unüblich war die Uhrzeit, um die sie *Sebastian* noch vor ihr am Küchentisch sitzen sah. „Stimmt was nicht mit dir?“

„Mir klatscht die Decke auf den Kopf. Keine Musik, Silvesterauftritt abgesagt, kein Skifahren, keine Kneipe, Christkindlmarkt gibt’s heuer auch nicht, nur Leichen, sogar in der Nacht …“

„Ist wieder einer …

„Nein Mama, alles gut. Hab halt nur schlecht geträumt.“

Nikolaus, zweiter Advent, Weihnachtsstimmung? *Sebastia*n fragte sich, was ist das? Bis auf die Weihnachtsbeleuchtung in der Fußgängerzone - und selbst die wäre angesichts der wenigen Passanten verzichtbar gewesen -, deutete nichts, aber auch gar nichts darauf hin, dass sich das Fest der Liebe und des Kaufrausches allmählich ankündigen sollte. Schwermütigkeit hatte Konjunktur, geschlossene Geschäfte, unbelebte Gassen, kaum Menschen, gespenstische Ruhe. Auch die Frage, ob es in diesem Jahr weiße Weihnachten geben wird oder nicht, war irgendwie ohne Belang, unbedeutend angesichts der bedrückenden Stimmung.

*Sebastian* stellte sich eine ganz andere Frage. Der zweite von links. Wem gehörte dieses freche Gesicht mit der blonden Wuschelfrisur, von dem es keinen Namen gab? Der junge Mann lachte auch auf zwei anderen Fotos unverhohlen in die Kamera, immer hautnah an der Seite von *Holzmeier*. Aber letzteren konnte er ja nicht mehr fragen.

Kein Wunder, dass *Sebastian* mit dem Bildbearbeitungsprogramm am Freitag noch weiter experimentiert hatte, auch nachdem *Muck* die Namen der anderen neun Personen bereits kannte. Neugier ist bekanntlich der Anfang der meisten Erfindungen. Und *Sebastian* erfand ein neues Gesicht.

Es war unheimlich spannend. Er musste dem digitalen Bildverwandler nur verklickern, darauf zu achten, dass a) die Wuschelfrisur längst aus der Mode gekommen war, b) der Haarwuchs nachgelassen haben könnte, und c) falls die Frisur mit der Ähnlichkeit eines Vogelnestes ein Fehlgriff jugendlicher Leichtsinnigkeit oder schlicht einer Geschmacksverirrung gewesen war, wahrscheinlich optisch längst korrigiert wurde. Egal, das mit Zauberzusatzfunktion ausgestattete Computer-Programm machte nichts anderes, als das, was der Mittelfinger auf der Maus aufgeregt anklickte. Am Ende waren aus den Schnappschüssen eines alten Fotoalbums Bilder eines Gesichtes geworden, das sich durch die digitale Zeitmaschine ins einundzwanzigste Jahrhundert geschummelt hatte.

Unabhängig davon, war der Datenabgleich der Gesichtszüge mit denen von gespeicherten Straftätern vorab negativ ausgefallen, aber keine Sache durch die sich *Sebastian* hatte irritieren lassen. Es bedeutete schließlich nicht zwangsläufig, dass damit eine Täterschaft ausgeschlossen war. In *Sebastians* Vorstellung brannte sich dafür das virtuelle Foto eines Psychopathen ein, der mit mindestens fünf neuen Grabstellen für seine Ehrengäste auf den Friedhöfen gesorgt hatte.

Textnachricht von *Sebastian* an *Rob*:

**07.33h: wollen wir uns eine runde die füsse vertreten? seb.**

**07.35h: ps: aber nicht dort, wo wir uns wie das klinikumspersonal oder die chinesen maskieren müssen!**

Noch war nicht klar, ob diese Verabredung ein konspiratives Maulwurftreffen werden sollte oder ein privater Spaziergang.

Antwort von *Rob*:

***8.28h: Okay, 14.00h, Ingling***

Die Kälte kroch ihm unter die Jacke hinein, unangenehm, feucht, zu Fuß auf dem Weg in die Innstraße. Er hatte bei *Koko* noch zwei Frust-Hacklberger getrunken und über die Einschränkungen und die ständig hinausgezögerten Lockerungen gelästert. Danach saß er mit einem einzigen weiteren Fahrgast im Stadtbus Linie K3, Klinikum, Apfelkoch, Eduard-Hamm-Straße, Ingling.

*Sebastian* brauchte nicht einmal die Augen schließen, das eiskalte Zimmer und dieser eigenartige Geruchmix aus Medikamenten und Desinfektionsmittel von letzter Nacht spielte plötzlich mit seiner Wahrnehmung. Sie erfasste plötzlich auch die Aura der dazugehörigen Leiche aus seinem letzten Traum. Unsichtbar und trotzdem präsent war sie wie aus dem Nichts nun hinter ihm, neben ihm, vor ihm … eigentlich überall.

*Rob* wartete schon im Auto auf ihn, als *Sebastian* die letzten Meter zu Fuß zum Parkplatz am Beginn der Fitnessstrecke ging. Er machte keinerlei Anstalten um auszusteigen.

„Was ist, gehen wir?“

Aber *Rob* blieb immer noch sitzen. „Was ist, reden wir?“

„Echt jetzt, warum?“

„Warum was?"
„Ich dachte, du wolltest gehen?"
„Nein, Reden. Oder brauchst du ein Klo dazu?"
*Sebastian* blickte bescheuert aus seiner gepolsterten Winterjacke und dachte tatsächlich an die anregenden Unterhaltungen auf der Herrentoilette im Polizeigebäude. „Über was?"
Natürlich konnte *Rob* aus seiner Textnachricht herauslesen, dass *Sebastian* etwas loswerden wollte. „Steig ein, es ist kalt, und ich bin heute schon über drei Stunden gelaufen."
*Sebastian* zögerte. Der Mann mit dem Wuschelkopf gab ihm Rätsel auf. Drei Optionen geisterten durch seine Vorstellungskraft. War Wuschelmann tot? Würde er bald tot sein? Oder war er der Mörder? Warum war er der Einzige von zehn Personen, der nicht identifiziert werden konnte? War die geträumte Leiche eine Botschaft? Dann zog er unaufgefordert ein paar digitalisierte Fotos aus der Innentasche seiner Jacke und gab sie *Rob* kommentarlos.
„Aha, Mister XY! Was meint *Muck* dazu?"
„Er hat sie zur Kenntnis genommen, sonst nichts!"
*Rob* zog nur die Augenbrauen auffällig hoch. „Kann ich die behalten?"
„Klar, hab ich freitags noch für dich gemacht!"
*Rob* musterte die Fotos in seiner Hand. Über den Verdacht, der sich immer mehr in der Vordergrund der Möglichkeiten drängte, schwieg *Rob*.

Natürlich konnte *Sebastian* gar nicht umhin, auch über *Hackl* zu sprechen.
„Glaub mir, egal was *Hackl* auch ausbrütet, es ist erstens nicht sauber und zweitens, es klappt nicht."
*Sebastian* wunderte sich nicht über *Robs* Meinung, als er ihm das ungewöhnliche Verhalten von *Hackl* schilderte.
„Der fällt auf seine Bullshit-Schnauze. Und der *Vierhammer* und der *Kopfinger* sind obendrein noch seine Schafkopfkumpels. So

sieht`s aus. Den Rest kannst du dir selbst ausmalen, und so weiter und so weiter."

Im Autoinnern war es kalt geworden. *Rob* sah zweimal auf seine Armbanduhr und wechselte scheinbar grundlos plötzlich das Thema. „Ein Glühwein wäre fein."

„Da müsstest du aber ein Wunder vollbringen können!"

„Aber wenigstens einen Cappuccino to go!"

„Wie, beim Simon?"

„Da ist zu, aber beim Bio Wagner, Abholservice, klar?"

„Aber …"

„Stell dich nicht an, die Maske bringt dich nicht um."

Noch begriff *Sebastian* nicht, was *Rob* im Schilde führte.

Irgendjemand hatte die gleiche Idee. Weibliche Intuition oder Verabredung, oder ein sehr merkwürdiger Zufall?

*Steffi* war in Begleitung. Sie wirkte albern mit ihrer tief ins Gesicht gezogenen Mütze im Weihnachtsrot und Handschuhen mit Rentiermuster im selben Farbton. Genauso albern wie die junge Frau im Zwillingsschwestern-Look, die sich bei ihr über das ganze Gesicht grinsend eingehakt hatte.

„Ihr habt ja schon gut vorgeglüht", stellte *Rob* fest.

„Ertappt, Herr Kommissar", antwortete *Steffi* ein bisschen überdreht und so, wie sie *Sebastian* noch nicht kannte.

*Robs* Kommentar dazu, „fast so lustig wie in der Vinothek."

„Echt jetzt", brachte auch *Sebastian* endlich den Mund auf, der zunächst wie festgefroren wirkte. Die großen lustigen Augen in dem zarten und unvergleichlich hübschen Gesicht hatten eine Gedankenstarre bei ihm ausgelöst und ihn zum Gefangenen seiner Wahrnehmung gemacht. *Steffi`s* Begleitung war einfach zum Hineinbeißen süß. Ihre langen dunklen Haarsträhnen fielen verführerisch aus der lächerlich wirkenden Mütze. Und *Sebastian*? Er stand da, in Trance, und er vergaß alles das, was man wie Blut, Leichen oder  ungeklärte Mordfälle buchstabierte.

Keine Überraschung, dass  er nicht sonderlich  gesprächig war.

Dafür flogen *Steffi* die Wörter über die Lippen, angefangen vom Kaffeestreik gegen *Hackl* bis zu *Mama Raitmaiers* peinlichem Anruf.

„Ich kann sie ja nicht einsperren lassen", verteidigte *Sebastian* schließlich seine Mutter mit einer minimalen Wortmeldung, „ … damit sie keine Dummheiten macht."

*Steffi* dagegen stichelte belustigt weiter. „Aber im Untergeschoß ist fast immer ein *Besucherzimmer frei."

*Rob* wiederum sah das ganz cool. „Seid nicht so spießig, man darf auch ein bisschen verrückt sein. Ich hätte mir auch beinahe einen Papagei angelacht."

Der Abend endete versöhnlich. Ein Absacker bei *Rob.* Ein Gespräch unter Männern.

„Was hältst du von ihr?"

„Viel zu schade dass sie lesbisch ist."

*Rob* verschluckte sich und fragte nach Luft ringend „wie kommst du denn darauf?"

„Hast du doch selbst erzählt!"

„Klar, aber nicht ihre Nichte, du Genie ohne Frauenführerschein …" *Rob* hustete immer noch röchelnd und lachte aber gleichzeitig. „Du musst noch verdammt viel über den Beruf eines Kriminalkommissares lernen, aber über Frauen noch viel mehr. So sieht`s aus…"

Während *Hackl* dem Montag entgegenfieberte, war *Sebastian* von einer völlig anderen Art von Fieber befallen. Seine Gedanken galten einzig und ausschließlich *Steffi`s* Nichte. Er ging nicht nach Hause, er schwebte, ohne die Polizeipatrouillen zu bemerken, die für Sicherheit sorgen sollten.

*Fachjargon für Gefängniszelle

**-Montag, 7. Dezember-**

**Suche zuverlässige Person, die Pakete in Empfang nimmt, Dienstag, zwischen 9.00h und 9.30h. Anfragen bitte unter Telefon 1656.**

Das Inserat in den privaten Stellenanzeigen war zwischen den Suchanfragen für private Bügeldienste und Schneeräumen eingezwängt, unscheinbar, aber für denjenigen, den es betraf, ausreichend erkennbar.

Jagdfieber. *Hackl* war sich sicher, dass er kurz vor der Festnahme stand. Er schwitzte in seinem frisch gewaschenen Hemd und wartete. Der Anruf, der ihm zusätzliche Schweißperlen auf die Stirn und die Schläfen trieb, erfolgte exakt um 8.55h.

Die hungrige Spinne kam aus ihrer Höhle und legte ihr Spinnennetz aus, Faden für Faden. Danach brauchte sie sich lediglich auf die Lauer zu legen und auf ihre fette Beute zu warten.

*Hackl* war die Spinne. Nach dem Anruf wusste er, wo und wann er sein Spinnennetz platzieren musste.

Im K1 hatte man sich sehr schnell an die verschlossene Tür und einen *Hackl* gewohnt, der sich dahinter verkroch. An diesem Montag jedoch war er wie ausgewechselt. Statt die Füße lümmelhaft auf die *KHK-Schreibtischplatte zu legen und vor sich hin zu fluchen, lief er im Herzklopfentempo und merklich nervös im Zwanzigminuten-Takt aus dem Büro, verschwand, kam nach einer Weile wieder zurück, um später wieder weitere zwanzig Minuten zu verschwinden. Raus und rein, den ganzen Vormittag lang. Unvermeidlich, dass sein sonderbares Verhalten für ein Munkeln im K1 sorgte und die allgemeine Vermutung nährte, dass etwas in den Büschen lag. Irgendjemand kam auf die ansatzweise banale Idee: Durchfall. Aber das erklärte seine Mitbringsel nicht. Tüten, Filzstifte, Nähzeug, sogar einen blauen Rucksackschleppte er in seine Bürohöhle.

*Abk.: Kriminalhauptkommissar

Wieder und wieder war *Hackl* seine Checkliste durchgegangen. Wieder und wieder hatte er *Kopfinger* seinen Part eingetrichtert, abgefragt, gehirnwaschend auch mit *Vierhammer* die gleiche Prozedur eingepaukt, bis sie es im Schlaf rückwärts hätten aufsagen können. Es musste sein. Es war ein wesentlicher Teil seines Planes. Ein Plan a la *Hackl.* Seiner Ansicht nach ein todsicheres Ding, so absolut perfekt, dass nichts schiefgehen konnte. Seine Taktik: Auf den Informanten eingehen, ihn im Glauben lassen, dass seine Forderung erfüllt wird, seinen nächsten Schritt vorausplanen, Ort und Zeit des Zugriffs festlegen und unauffällig mit einem kleinen Team in Zivilfahrzeugen an Ort und Stelle zu sein. Falls es – nur theoretisch - eine Schwachstelle in seiner Operation gab, dann war es das fehlende Gesicht der Zielperson. Aber auch daran hatte die Spinne *Hackl* gedacht. Ein Chip mit GPS, eingenäht im Rucksack mit dem Lösegeld. Sogar einen Namen für seine Aktion hatte er aus seinem bescheidenen Kreativ-Vorrat ausgepackt: Operation *Bad Spider.* Alles Roger.

Die Spinne *Hackl* hatte ihr Netz gestrickt und wartete auf seine unentweichliche Beute.

Dagegen blickte *Sebastian* gelassen und mehr oder weniger erleichtert seiner letzten Praktikumswoche plus einem Tag entgegen. Egal welche Unruhe *Hackl* mit seinem hektischen Herumwirbeln zwischen Büro und Flur auch verbreitete, in *Sebastian* schlummerte dennoch ständig die Versuchung, seine Mundwinkel nach oben ziehen zu müssen. Spätestens aber dann, wenn er zu *Steffi* blickte und damit automatisch das Bild mit ihrer albernen Mütze in die Erinnerung rückte, konnte er es nicht unterdrücken. Aber es gab noch einen anderen Grund für das Gefühl auf Wolke sieben zu sein, und der hat rein gar nichts mit seinem Beruf zu tun.

Es brauchte bis in den Mittag hinein, bis *Hackl* die innere Anspannung in den Griff bekam, danach war sein Flachmann leer.

Im Grunde gab es kaum mehr etwas zu tun, außer sich seinen Siegeszug auszumalen. Der Kronzeuge würde in Kürze in Polizei-Gewahrsam sein. Dann endlich würde man den brutalen Killer schnappen und die Mordserie aufklären können, die ein umfangreiches Ermittlungsteam wochenlang in Atem gehalten hatte. Ja er würde ein unangefochtener Held sein und als solcher auf der Titelseite der Tagespresse erscheinen. *Hackl*: der Retter von Passau, oder noch plakativer: der beste Kommissar in der Geschichte der Passauer Kriminalpolizei. Selten war er in seiner Karriere so bemüht und so engagiert gewesen wie zum diesen Finale. Das Finale, sein großer Tag, morgen.

*Hackl* füllte seinen Flachmann nach. Dann - er lehnte sich entspannt zurück und verdrückte eine komplette Packung Kartoffelchips - wiegte sich die Spinne *Hackl* endlich in Sicherheit. Danach kramte er in der Schublade und suchte nach einem passenden Foto, das er der Presse für die Titelseite zur Verfügung stellen wollte.

*Hackl* war auf der Zielgeraden, denn nur er hatte den entscheidenden Informanten, den Joker, der *Rob* und *Muck* fehlte. Der Sieg lachte ihm entgegen.

„Einen schönen Gruß von *Tina*", sagte *Steffi*, als sie am Frühnachmittag nach Hause ging und ihm hintergründig strahlend eine CD in die Hand drückte. „Die soll ich dir von ihr geben, eine Demo-CD. Ihr sucht doch eine Sängerin für eure Band!"

**-Dienstag 8. Dezember-**

Jeder träumte auf seine Weise, *Rob* von seiner neuen Stelle in Regensburg, *Sebastian* von einer hübschen Frau und einer gruseligen Leiche, *Muck* von gar nichts und *Hackl* vom größten Erfolg seiner Laufbahn. Verirrte Gedankenpuzzleteile, bis der neue Tag die dunkle Nacht erobert hatte.

*Hackl* spielte die Tonaufzeichnung ab, weiblich und verständlich, aber abgehackt und nicht von echtem Fleisch und Blut:

„Sie bringen das Paket zum Bahnsteig 6, parken es im letzten Wagon des RE 4065 nach Plattling -Pause-. Sie nehmen die Gepäckablage in Fahrtrichtung links -Pause-. Das Paket ist ein blauer Rucksack mit der Aufschrift Maximilian, Inhalt eine Tüte mit dem vereinbarten Betrag -Pause-. Sie müssen ihr Ziel um Punkt 9.17h erreichen, keine Minute früher, keine Minute später -Pause-. Sie fahren zurück in ihr Büro, dort erhalten Sie einen Anruf mit der Information, wenn die Lieferung in Ordnung ist."

… so oft, bis er es fast auswendig aufsagen konnte. Die blinkenden Digitalziffern seines Thailandweckers zeigten 5.48h.

Um dieselbe Zeit lag eine eiskalte Leiche neben *Sebastian* im Bett. Sie war der unangenehme zweite Teil seines Tiefschlaftraumes, in dem zuerst *Ramona* - seine frühere Freundin - an ihm herumgegrabschte hatte, die sich aber kurz darauf in *Tina* verwandelte, von der er gerne mehr und intensiver geträumt hätte.

Der Name der Operation *Bad Spider* - böse Spinne - kam nicht von ungefähr. *Hackl* sah seine handverlesene Einsatztruppe anatomisch exakt so. Er selbst, der Kopf der Spinne, *Kopfinger* der Vorder- ,und *Vierhammer* der Hinterkörper, die acht Beamten in Zivil folglich die Spinnenbeine. Genau so instruierte er seine Leute sinngemäß in der streng geheimen Einsatzbesprechung unter Ausschluss der nichtbeteiligten Kollegen am Morgen um 7.05h.

Die Bahnhofsuhr ging sehr genau. *Hackl* achtete penibel darauf, den gechipten blauen Rucksack exakt zur vorgegebenen Zeit im letzten Wagon des Regionalexpress-Zuges abzulegen.

*Kopfinger* war mit den Spinnenbeinen eins, zwei und drei in Zivil bereits am Bahnsteig Sechs postiert, nur für den Fall, dass ein Mann und ein blauer Rucksack vorhatten, gemeinsam auszusteigen, bevor der Zug Richtung Plattling abfuhr.

*Hackl* popelte vor Aufregung in der Nase herum, während sich die Lok samt 5 Wagons mit der legendären Pünktlichkeit einer Deutschen Bundesbahn in den Siebziger-Jahren in Bewegung setzte, ohne dass jemand den Zug verließ, außer einem Zugbegleiter zum Schichtende.

Was würde nun als nächstes passieren? *Hackl`s* Nase blutete. Er bemerkte es an dem geronnenen Blut auf seinem Zeigefinger und musste unwillkürlich an den immer noch nicht geschriebenen Fingerbericht denken.

Einsatz für Team Zwei. Der Kopf der Spinne mit Spinnenbeinen vier und fünf verfolgten das GPS-Signal mit freiem Blickfeld zum Regioexpress auf der parallel verlaufenden B 8. Falls der Zug langsamer werden sollte, müssten sie sehr schnell reagieren. *Hackl* pokerte hoch, aber nicht ohne Joker. Die Bahnpolizei war angewiesen, mit allen Mitteln zu verhindern, falls oder dass sich jemand auf freier Strecke der Notbremse bedienen sollte.

Spinnenkopf *Hackls* Puls pochte wild, während er ständig die Zuggarnitur und das GPS-Signal im Auge behielt und zugleich auf einen Anruf seines umgeleiteten Diensttelefones wartete. Doch es ignorierte ihn. Der Rest lief nach Plan. Das GPS sendete fleißig das Signal und der Zug rollte ungebremst und ohne Zwischenfall bis zur Einfahrt zum Bahnhof Vilshofen. Spinnen-Hinterteil *Vierhammer* und seine Spinnenbeine sechs, sieben und acht warteten bereits auf Arbeit und auf den Zugriff.

*Hackl* hatte seine Geheimmission als Sonderauftrag auf höchster Diskretionsstufe mit entsprechenden Sicherheitsvorkehrungen verpackt. Folglich war es auch normal, dass mit Ausnahme der unmittelbar Beteiligten keine weiteren Kollegen eingeweiht waren. Er lehnte sich in seiner zweifelsfreien Sicherheit sogar so weit aus dem Fenster, seine Aktion auch gegenüber *Wolf* nicht offenzulegen. Der sollte das Ergebnis erst nach seiner Operation präsentiert bekommen, und das würde ein Volltreffer sein.

Um halb Neun war er aus der Dienststelle verschwunden. Die *Operation Bad Spider* hatte damit ihren unaufhaltsamen Lauf begonnen.

Niemand hätte einem *Hackl* die Koordination dieser Logistik und das minutiös geplante Timing zugetraut: Grünschaltung der Ampelanlagen, gesperrter Streckenabschnitt zwischen Ortseinfahrt Passauer Straße bis zum Bahnhof, tempoverzögerte Zug-Einfahrt in den Bahnhof und -dank Kooperation der DB- kurzzeitige Funktionsstörung des Öffnungsmechanismus der Zugtüren nach dem Einfahren am Bahnsteig.

Der schwarze Dienst-BMW jagte in freier Fahrt die letzte Strecke zum Bahnhof Vilshofen, wie in einem filmreifen Stunt. Sekundenarbeit für *Hackl*, um gleichzeitig mit *Vierhammer* und seinen Spinnenbeinen am Bahnsteig zu sein, als sich die blockierten Zugtüren unter Verwunderung der Zuggäste endlich ungehindert öffnen ließen.

Jetzt setzte sich der rote GPS-Punkt wieder in Bewegung, aber nicht in dem gemächlichen Tempo, wie bei gewöhnliche Reisenden. Ein blauer Rucksack und jemand der ihn trug, hatten es ganz offensichtlich ziemlich eilig, vom Bahnsteig zu verschwinden. *Maximilian* kam nicht weit. Der abgeriegelte Bahnsteig ließ ihm keinerlei Chance, sich zu verkrümeln. Eine Kleinigkeit für *Vierhammer* mit seinen langen Haxen. Nach einhundert Meter hatte er ihn bereits geschnappt.

*Maximilian*, ein etwa vierzehn, fünfzehn Jahre alte Junge hieß natürlich nicht so, wie auf dem Rucksack stand.

„Der Schaffner hat mir zwanzig Euro geschenkt, wenn ich mit dem Rucksack in Vilshofen aussteige und damit zum McDonalds rüber gehe."

„Und wo ist der Mann jetzt?

„Weiß nicht. Der hat hinten am Rucksack so rumgeschnippselt und so eine Papiertüte rausgefummelt und dann ist er wieder ausgestiegen, bevor der Zug in Passau losgefahren ist!"

„Kannst du den Mann beschreiben?"

„So `ne Schaffneruniform und Mütze halt! Aber mit Maske und Schal. Sorry, hab null von seinem Gesicht und so gesehen. Aber er war groß. Ja und er war nett."

Kreidebleich und völlig geschockt stand *Hackl* mit dringendem Harndrang am Bahnsteig und legte sein imaginäres Spinnenkostüm ab. Nicht die Beute saß im Spinnennetz, sondern die *Hackl*-Spinne in der eigenen Kacke.

„Ich muss pissen", war das letzte, was man von ihm hörte.

Dann verschwand er. *Vierhammer* suchte ihn und das Einsatzfahrzeug zwei Stunden lang vergeblich.

Die einen suchten ihn, die anderen waren froh, dass er nicht da war. *Hackl*-Abwesenheit hatte etwas Angenehmes. Man konnte das gleichsetzen mit Ruhe, entspanntes Arbeitsklima, zivilisierte Umgangsformen. Was nicht bedeutete, dass man auch im K1 rätselte, wohin und warum *Hackl* am Morgen mit ein paar Kripobeamten abgezogen war.

*Muck* und *Sebastian* beteiligten sich nicht an den Spekulationen um seinen möglichen Aufenthaltsort. Sie unterhielten sich angeregt über das unbekannte Gesicht auf dem Foto.

Ganz nebenbei erwähnte *Muck*: „Ich hatte auch mal solche Locken", und grinste spaßig aber unpassend, „ … bevor ich meinen Polizeidienst angetreten habe."

*Sebastian* war fettnäpfchennahe daran, ihn nach einem Foto aus seiner Jugendzeit zu fragen.

„Wie auch immer, das ist zu lange her … “, kam ihm *Muck* zuvor, „eine andere Zeit“, und zerstreute *Sebastians* Gedanken, noch bevor sie irgendetwas hineininterpretieren konnten.

„Und wenn dieser Mister XY-Unbekannt tot ist?“

„Dann fürchte ich haben wir ein Problem“, gab *Muck* unumwunden zu. „Dann fangen wir mit der Suche wieder bei Null an.“

„Und die Liste der Dienstaufsicht?“

„Wenn uns die Kollegen da nichts unterschlagen haben, und das ist so unwahrscheinlich wie *Hackl* der Nachfolger von *Wolf* werden kann, dann ist unser gesuchter Killer nicht auf dieser Liste. Ich habe mir die fünf Kandidaten selbst angesehen und *Steffi* hat den einzigen überprüft der ein Passauer ist, sorry, war, also schon tot ist. Aber das weißt du schon.“

„Was nun?“

„Wir werden uns wohl nochmal mit *Ben Grubinger* und *Schwarz* über ihr Namensgedächtnis unterhalten müssen.“

*Sebastian* tat es ungern, aber er versuchte sich das Gesicht der Leiche vorzustellen, die letzte Nacht in seinem Traum im Bett neben ihm gelegen war. War es das Gesicht auf dem Foto? Wenn ja, was hatte es zu bedeuten? Aber er konnte sich nur an die weit aufgerissenen Augen erinnern, die ihn so anklagend angestarrt hatten. Lieber hätte er von *Tina* weitergeträumt und sich ganz andere Sachen an und mit ihr erträumt.

*Hackl* hätte dafür gejubelt, wenn die blamabelste Aktion seiner gesamten Laufbahn nur ein Traum gewesen wäre. Oder war es das vielleicht doch? In der Realität konnte nichts so grottenschlecht scheitern wie seine *Bad-Spider*-Sache, oder?

*Hackls* vermurkste Aktion war seine persönliche Titanic, ausgelöst durch den zerstörerischen Eisberg seiner Selbstüberschätzung, genauso unterirdisch und genauso folgenschwer für ihn und seine Laufbahn. Der einzige Unterschied, sein Untergang ging schnell. So schnell, dass *Wolf* nur wenige Minuten später informiert war und ihn unverzüglich in sein Büro zitierte.

Die dichten Augenbrauen verteilten den feuchten Schwall der Schweißtropfen von *Hackls* Stirn auf seine Wangen und ließen sie links und rechts ungehindert auf den Hemdkragen tropfen.

Antritt bei *Wolf*, Anschiss, der sich sowas von gewaschen hatte, gedemütigt, niedergekanzelt, symbolisch geohrfeigt, die ganze Offenbarung seiner Unfähigkeit. Es fehlte nur der physische Arschtritt, ansonsten hatte *Wolf* nichts ausgelassen in seinem Tobsuchtsanfall bis kurz vor dem Herzversagen…

„Und kommen Sie bloß nicht auf die Idee, morgen krank zu sein, ich zerre sie persönlich aus dem Bett und schleppe sie ins K1. *Wolf* beendete seine Ansage mit einem schlichten „Raus!"

Das Thema Karriere in Sachen *Hackl* war damit wohl für alle Zeit gegessen und besiegelt. Dabei wäre er der einzige gewesen, der einen entscheidenden Hinweis im Hinterkopf hätte haben müssen, wenn seine Erinnerungen sich nicht ausschließlich auf seine thailändischen Erlebnisse beschränkt hätten.

*Wolf* am Anschlag, mit dem Rücken zur Wand. In seiner Aufregung hatte er nicht einmal auf *Hackls* schwer verräterischen Jack-Daniel-Atem reagiert und sogar den Hinweis auf das disziplinarische Nachspiel seiner Aktion übersprungen. Vor *Wolf* stapelte sich gerade ein zusätzliches Problem in die Höhe. Die nächste Panne. Bedeutete wieder die Presse an der Backe, wieder kritische Schlagzeilen und wieder der ganze Rattenschwanzmist, vermutlich noch heftiger als je zuvor. Aber es gab es einen tüchtigen jungen Mann, an den *Wolf* dachte. Ansonsten tappte die Kripo inklusiv Polizeirat *Wolf* im Dunkeln.

Textnachricht an *Rob*:

16.11h: die kacke kocht, seb.

*16.12h: Dann solltest du mal eine gepflegte Flasche Wein einkaufen.*

16.13h: wozu?

*16.14h: Um ein nettes Mädchen zu beeindrucken!*

16.15h: du meinst alkohol macht einen guten eindruck?

*16.18h: Nein, aber eine eigene Wohnung mit einer Flasche Wein!!*

16.20h: du willst also mit mir reden?

*16.21h: Richtig erkannt Herr Kommissaranwärter*

**-Mittwoch 9. Dezember-**

„*Sebastian*, du sollst zum *Wolf* kommen. Sofort. Er hat gerade angerufen."

*Sebastian* hatte trotzdem allen Grund cool zu sein. Praktikums-Countdown - nur noch vier Tage -, ein supersüßes Mädchen, die in einer Dauerschleife durch seinen Kopf tanzte, seit Tagen keine Krimigeschichten als Brotaufstrich zum Frühstück. Und er war am Abend mit *Rob* verabredet, mit dem er über alles und ohne Tabu reden konnte. Aber eine Sache ging ihm noch tiefer unter die Haut. Die beklemmenden Leichenträume waren zurückgekommen und es gab nichts, wie er sie verhindern konnte. Ihm fehlte jegliche Vorstellung was es zu bedeuten hatte.

Der verkackte Einsatz rauschte schneller durch sämtliche Schlüssellöcher des Passauer Polizeigebäudes wie Twitter-Fake-News. Auch der Anruf aus dem Straubinger Präsidium ließ nicht lange auf sich warten. Der Polizeipräsident betitelte den ganzen Auftritt als lächerlichen Schildbürgerstreich eines Provinzkriminalers und Verschwendung von Kosten und Ressourcen. Damit sah er sich nur bestätigt, den Abzug des Observierungsteams und des Sondereinsatzkommandos ultimativ anzuordnen. *Wolf* dagegen verstand sich als bemitleidenswertes Opfer, das von der Unfähigkeit einer dilettantischen Ermittlertruppe und -allen voran-, einem durchgedrehten und hochgradig überfordertem Pseudokommissar umzingelt war.

*Wiesinger* saß bereits mit aufgeklapptem Laptop im Büro, *Wolf* bemühte sich ein paar Tropfen Freundlichkeit in seinem Gesicht zu verteilen, aber er war sichtlich angespannt, sein Kopf tendierte ins Purpurrote.

„Die Presse, wir sind am Arsch, jetzt noch dieses offizielle

Debakel. Die zerreißen uns, wir brauchen eine glaubhafte Pressemitteilung …" *Wolf* stöhne und wischte sich mit einem Taschentuch ungeniert über die nässelnde Stirn.

„Was wäre, wenn … *Sebastian* war sich nicht sicher, ob sein Vorschlag moralisch missraten war, aber *Wolf* machte ihm Mut.

„Raus damit junger Mann, los, keine Hemmungen!"

„Was wäre … wenn wir den ganzen Einsatz als Übung unter Realbedingungen verpacken würden … ?"

*Wolf's* Mund blieb offen stehen. Er ging schleichend um seinen mächtigen Mahagonischreibtisch herum, klopfte ihm auf die Schulter und nuschelte schließlich etwas ähnliches wie „ … wenn sie nicht so jung wären, dann wüsste ich meinen eigenen Nachfolger …", meinte aber im zweiten Satz - plötzlich wieder deutlich verständlich -, „genial, junger Mann. Einfach genial!"

Das Zauberwort hieß Schadensbegrenzung. *Sebastian* hatte nicht mitgezählt, wie oft *Wolf* dieses Wort strapazierte und wie oft es ihm den ganzen Tag noch begegnen sollte.

Nach 37 Ermittlungstagen war der luftdichte Deckel der Verschwiegenheit gegenüber der Presse angesagt. Nur keine Verunsicherung schüren, keine Trittbrettfahrer auf den Plan rufen, keine Kritik an der Polizeiarbeit provozieren. Kurzerhand war die getarnte Presse-Verlautbarung abgesegnet gewesen und die Anekdoten der Passauer Polizei um eine Geschichte reicher.

Mit Schadensbegrenzen sah es für *Hackl* persönlich weniger gut aus. Ablösung im KHK-Büro! Das war die Neuigkeit, die *Sebastian* aus erster Hand mitbrachte. „*Muck* übernimmt!"

*Hackl* vermochte nur ein zähneknirschendes „steile Karriere!" zwischen den Lippen hervorzupressen, als *Muck* ihm die schlechte Nachricht unsentimental im Auftrag von *Wolf* überbrachte. *Hackl* reagierte angepisst aber spontan. Seine kurzzeitige Büro-Geheimburg war ruckzuck Vergangenheit. Er stopfte nur den

Inhalt seiner Schublade - alkoholhaltige Flüssigkeiten und thailändischen Mädchenfotos - in einen schuhschachtelgroßen Karton und schlich anschließend wie ein geprügelter Straßenköter Richtung Toilette.

Irren ist männlich und *Hackl* war das exemplarische Paradebeispiel dafür. Nicht seine Kollegen, die zu den Singvögeln zählten und seine Geheimoperation nicht für sich behalten hatten, auch der Kollege aus der Asservatenkammer, der ihm statt echtem Asservatengeld nur Papierschnipsel eingetütet hatte, ohne dass *Hackl* es überprüft hatte, war ihm in den Rücken gefallen. Oder war es am Ende doch Schadensbegrenzung?

Auch *Mama Raitmaier* wirkte zurückgezogen. Sie war auf unerklärliche Weise wortkarg geworden. Seit ein paar Tagen fragte sie weder nach Neuigkeiten, noch holte Sie ein Eberhofer- oder ein Hubert-und-Staller-Beispiel aus der Krimi-Schublade. Ahnte sie etwas von *Sebastians* eventuellen Umzugsgedanken? Oder war sie nach ihren stets gutgemeinten kriminalistischen Ratschlägen ebenfalls auf dem Schadensbegrenzungstrip?

Das Bild der Leiche aus *Sebastians* Traum ließ sich jedenfalls nicht begrenzen oder verdrängen. Es war wieder zurückgekehrt. Es stieg aus dem Grab seines Unterbewusstseins und rüttelte gnadenlos an der Oberfläche von *Sebastians* Gedankensplittern, die seine Eindrücke in einen Albtraum-Horrorstreifen verwandelten.

Seit über zwei Wochen keine Leiche mehr, warum sollte es plötzlich aufgehört haben? War das die Ankündigung einer neuen Leiche? Er musste mit *Rob* darüber reden.

*Rob* googelte den ganzen Nachmittag. Sein Kopf war aufnahmefähig, gut durchgelüftet mit kalter Dezemberluft nach seiner knapp dreistündigen Laufrunde durch die Stadt. Das was sich in seinem Kriminalerhirn mehr und mehr zu einer Spur zusammenfügte, ließ ihn daran zweifeln, dass ihn das Foto mit dem unbekannten 2. Mann von links weiterbringen würde. Sein Gefühl und seine Nase waren der gleichen Meinung.

Sms von *Muck*:

17.39h: „Hallo Robert, Erinnerung Männerabend! Meine Frau ist dieses Wochenende in Berlin bei einem Lehrerkränzchen ihrer früheren Kollegen. Freitag oder Samstag würde gut passen für Bier, Platten, eine Partie Schach, es sei denn, du hast Angst, dass du verlierst! Vg Muck

Es sollte nur ein Feierabend-Bierchen auf die Schnelle werden. Dann war daraus ein ganzes Sixpack geworden. Hätte *Sebastian* nicht die Textnachricht gelesen, wären mit Sicherheit noch weitere Fläschchen die Folge gewesen. Auch eine Form von Schadensbegrenzung.

*Rob* war über alle Einzelheiten der gescheiterten Aktion von *Hackl* nebst seiner unfreiwilligen Abdankung zu Gunsten *Muck* bereits bestens informiert. „Steile Karriere!"

„Dasselbe hat auch *Hackl* zu ihm gesagt!"

„Dann spricht *Muck* meine Sprache?", grinste *Rob* hintergründig, als er das letzte Bier köpfte.

„Ehrlich gesagt, ist er der Einzige, der sich tierisch in den Fall reinhängt, wenn er nicht gerade von dem alten Passau schwärmt und jeden einzelnen Pflasterstein aufzählt, auf den er als Junge mal gespuckt hat. Du und er, ihr beide wärt das Super-Team gewesen, echt jetzt. Zusammen hättet ihr den Fall gelöst."

„Dann wird er das als leitender *EKHK auch alleine schaffen!"

„Vielleicht sogar schon morgen!", meinte *Sebastian* ermutigt

*Abk. Erster Kriminalhauptkommissar

nach Bier Nummer zweieinhalb.

*Rob* war neugierig und wartete auf *Sebastians* Erklärung.

„Banktermin bei *Schwarz*, danach bei *Grubinger*, Fototermin. Ich bin auch dabei."

„Aber was anderes …", wechselte *Sebastian* das Thema.

„Ich kanns mir denken", meinte *Rob* zu wissen, bevor *Sebastian* es aussprechen konnte.

„Nein, kannst du nicht." *Sebastian* hob abwehrend die Hände, was wohl zu bedeuten hatte, dass er noch nicht fertig war. „Ich träume wieder von diesen abscheulichen Leichen, fast jede Nacht, und weiß nicht, ob und wann wieder etwas passiert …"

*Sebastian* packte die ganze Kiste seiner Albträume aus.

„Das muss nicht zwingend etwas bedeuten", versuchte *Rob* ihn etwas zu beruhigen. „Unser Unterbewusstsein spielt manchmal verrückt, du hast immerhin sechs Leichen zu verdauen ..."

„Sieben!" protestierte *Sebastian*.

„Okay dann sieben. Kein Wunder, das braucht seine Zeit!"

Das, was *Robert Holmes* allerdings in Wirklichkeit dachte, behielt er noch für sich, aus gutem Grund.

Nun war er es, der das Thema wechselte. „Wie gefällt dir meine Wohnung?"

„Wie jetzt?"

„Ich dachte nur. Meine Wohnung wird frei, vielleicht bis du auf der Suche …"

### 17.56h: wie gefällt dir meine Demo-CD?

*Sebastian* saß schon eine Weile gewaltig auf Kohlen, bis er endlich Zeit fand, auf die Textnachricht von *Tina* zu antworten. Er telefonierte sehr lange. Länger als ein Telefongespräch zu Beginn seiner Zeit mit *Ramona* dauerte. Leichen und Tatorte, Albträume und Ermittlungspannen entfernten sich aus seinem makabren Gedankenfeld. Dafür öffnete sich die Tür in die unerklärliche Welt, in der sein Kopf den Bauch zum Kribbeln brachte und die Hummeln Saltos flogen …

**-Donnerstag 10. Dezember-**

*Rob* googelte kreuz und quer durchs Internet. Traumdeutungen, Ursachen und deren Aussagen. Befriedigende Antworten zu *Sebastians* Leichen konnte er auch mit unvorstellbarer Ausdauer nicht finden. Das Maximum seiner Recherchen waren diverse Buchempfehlungen. Dafür landete er nahtlos überlappend bei aktuellen Behandlungsmöglichkeiten der Immunschwächekrankheit Aids. Interessiert klickte er sich durch zahllose Einträge und stieß unter anderem auf das Thema der antiretroviralen Therapie. Er bemerkte dabei nicht, wie sich die Stunden des Nachmittags in einem poesiegetränkten Nichts aufgelöst hatten, dass er in der Vinothek Flüssig-Nachschub besorgen wollte und immer noch weit davon entfernt war, seinen Wissenshunger gestillt zu haben.

Am Morgen waren zwei neue Textnachrichten von *Sebastian* auf seinem ausgeschalteten Handy gelandet gewesen.

08.38h: unser unbekannter mann auf foto ist identifiziert. seb

08.54h: andreas klein, + mai 2001

Er hatte *Sebastians* sms erst zur Kenntnis genommen, nachdem er von seiner ausgiebigen Laufrunde am Vormittag zurückgekommen war.

11.03h: *???*

11.05h: banker schwarz`s gedächtnis funktioniert wieder

11.08h: *das bedeutet?*

11.09h: andreas klein ist der 2. mann von links!

*Rob* blätterte hastig in seinem Gedächtnis. Dann erinnerte er sich wieder an die Prozessakten in der Strafsache Staatsanwaltschaft gegen *Richard Ramm* wegen Fahrerflucht, und an das Opfer *Andreas Klein.*

11.16h: *Wuschelkopf ist A.Klein? tödlich verunglückt und Fahrerflucht?*

11.17h: genau!

11.18h: *wow, irgendwie überrascht mich nichts mehr!!*

11.19h: damit bleiben noch 4 überlebende

11.21h: *damit 4 mögliche Opfer; so siehts aus!*

*Rob* betrachtete das Bild in seiner Handy-Fotogalerie. Zehn junge Männer, sechs waren tot. Wer würde der nächste sein?

11.25h: ps: vielleicht nicht wichtig, holzmeier war hiv positiv!

11.26h: *was???*

*Rob* musste nachdenken. Ein neuer Aspekt, bisher völlig außer Acht gelassen. Bedeutete das gerade ein Motiv?

11.36h: *wie habt ihr das herausgefunden?*

11.40h: michael schwarz, holzmeiers arzt, und die medikamente, die in seiner wohnung in der 16nerstraße gefunden wurden

11.42h: *und die anderen Mordopfer?*

11.43h: wissen wir nicht.

11.44h: *Obduktion und so weiter und so weiter?*

11.46h: zu aufwendig und zu schwierig sagt muck

Gerade zog sich die Schlinge um den Hals des Täters weiter zu, aber nicht jeder verfolgte die gleiche Spur.

11.55h: *was, wenn Holzmeier jemanden mit Aids infiziert hat?*

11.58h: du meinst den täter?

11.59h: *zum Beispiel*

12.04h: warum gibt es dann außer holzmeier noch 4 andere ermordete?

12.05h: *was, wenn der Täter noch andere Liebhaber hatte?*

12.06h: du meinst die 4 anderen, die jetzt auch alle tot sind?

12.07h: *und was, wenn die ebenfalls alle hiv-positiv waren?*

12.08h: ein motiv?

12.09h: *und was für eines!*

12.10h: versteh ich trotzdem nicht, infiziert ist doch infiziert, das spielt doch keine rolle, ob von einem oder zwei?

12.13h: *für den Täter es spielt eine Rolle, von* ***wem*** *er infiziert wurde.*

12.16h: du meinst also, er hat sich bei **allen** seinen liebhabern gerächt?

12.17h: *was meint Muck?*

12.19h: weiß nicht, der ist schon den ganzen vormittag beim wolf

Eine heiße Dusche später und vom Sportschweiß weggeseift fingerte *Rob* nach seinem Smartphone: Zwei mal Textnachricht von *Sebastian*

12.24h: was jetzt?

12.30h: haben wir schon fertig?

12.41h: *was ist mit der Liste von der Dienstaufsicht?*

12.42h: warum?

12.43h: *frag nicht, Steffi soll überprüfen, wer von den Passauer Fällen noch immer im aktiven Polizeidienst ist*

12.44h: geht nicht

12.45h: *warum?*

12.46h: hat muck unter verschluss, wg. vertraulichkeit und datenschutz!

12.47h: *Mist*

12.48h: was jetzt?

12.53h: Idee: *HV-Test bei unseren noch lebendigen Fotokandidaten!*

12.54h: und wenn sie tatsächlich positiv sind?

12.55h: *dann solltest du lieber auf deine Leichen im Traum verzichten*

12.56h: okay, ich klär das mit muck

12.57h: moment mal, dann kennen sie den liebhaber und damit den killer?

12.59h: *Daumenhoch-Emoji*

*sag Muck nicht, dass wir geschrieben haben, ich rede mit Ihm*

*Rob* hat leicht und gut Reden über Träume und Leichen, dachte *Sebastian*. In der vergangenen Nacht hatten seine Träume gegeneinander um ihre Einschaltquoten gekämpft: Leichen gegen Sinnlichkeit und Liebe. Am Ende des makabren Wettstreites lag wieder eine Leiche im Bett, noch deutlich beklemmender auf der Gänsehautskala als in der Nacht zuvor, und erschreckend reel.

Er selbst war der Tote, er sah sich in einem Spiegel und sah dem Tod in die eigenen Augen. Er fühlte die Unbeweglichkeit, die Kälte und die Starre des Todes. Seine Mutter betete murmelnd für ihn. Dann fand er sich schwebend über einem Friedhof. Unter ihm ein offenes Grab. Seine Mutter war verschwunden, *Rob* stand als Pfarrer gekleidet davor. Die Graböffnung war leer, kein Sarg, keine Leiche. Aber die Leere blickte ihn auffordernd an, als wollte sie sagen, der Platz ist bereit. Plötzlich fielen hunderte von Medikamentenschachteln in die Graböffnung, bis sie einen kleinen Hügel bildeten.

*Sebastian* wusste, dass die nächste Leiche bereits wartete. Aber er wusste nicht, wer sie sein würde.

Es sei denn, er hätte Angst zu verlieren! Eine Ansage, die *Robs* Kämpfergeist anstachelte. Okay, Schwanzeinziehen war nicht seine Stärke, und vor allem nicht, wenn er seine Gewinnchance witterte, oder er es seinem Gegner wenigstens höllisch schwer machen könnte, ihn in einer Partie Schach zu schlagen. Er antwortete schließlich auf *Muck`s* Textnachricht vom Tag zuvor.

13.13h: Hallo Hans, Angebot angenommen, Samstag. PS: ich nehme die weißen Figuren, vg Rob

Als *Rob* zehn Stunden später das Licht ausmachte, war er in Sachen Aids und den diversen Behandlungsmethoden ein wenig schlauer geworden. Nach mehr als 30 Jahren seit seiner Entdeckung zwar nicht heilbar, aber kein unmittelbares Todesurteil, sondern durch Forschung, Entwicklung und Erfahrung mittlerweile behandelbar und therapierbar. Als plausibles Motiv war es trotzdem einzustufen. Es fehlte nur ein Hauptverdächtiger dazu, der folglich HIV positiv sein musste. Wuschelkopf Nummer zwei von links war aus der Verdächtigenliste gestrichen, alle anderen Männer auf dem Foto waren identifiziert. Allmählich gingen die weiteren Verdächtigen aus. Bis auf die eine Person, die *Rob* im Auge hatte.

Alles in allem nach 39 Ermittlungstagen dennoch ein sehr unbefriedigendes Fazit. Die Bevölkerung mochte sich ein bisschen in Sicherheit wiegen, von Corona und der unablässigen Berichterstattung dazu abgesehen. Immerhin gab es seit über zwei Wochen keinen neuer Mordfall. Auch die Presse war in der Mordserie einen Gang zurückgefahren und wandte sich wieder dem Medien-Hauptthema zu. Doch das alles mochte durchaus nur eine trügerische Stille sein, solange der Killer nicht gefasst war.

*Rob* rechnete tatsächlich mit einer weiteren Leiche, falls er mit seinem Verdacht falsch liegen sollte. Er konnte nicht einschlafen. Seine Alternative zu Schäfchenzählen war ein Schachbrett. Es war einfach unglaublich, wieviele Möglichkeiten es gab, eine Partie zu beginnen aber auch genauso viele Möglichkeiten, den Sieg mit dem ersten Zug zu verpatzen. Seine Gedanken konstruierten ein Schachbrettmuster, auf dem alle möglichen Eröffnungszüge geistig durchgespielt wurden, während *Sebastian* zur gleichen Zeit vielleicht gerade ungebetenen Besuch aus dem Reich des Jenseits hatte.

**-Freitag, 11. Dezember-**

Die Anspannung und die Ratlosigkeit hatte sich über die ganze PI ausgestreckt. Dass *zweiter Mann von links* nicht als Täter infrage kam, war eine schallende Ohrfeige für die Ermittlungen. Ein neuer Fehlschlag, nach der ohnehin schon peinlichen Nummer von *Hackl*. Das Observierungsteam blieb ohne Beobachtungen, die Spurensicherung ohne den kleinsten Krümel einer weiterverfolgbaren Spur. Sämtliche Hinweise aus der Bevölkerung waren abgearbeitet, selbst die kuriosesten. Am Ende blieb nur eine ergebnislose Bilanz.

Das Ausgang des Tages im K1 war vorgezeichnet, bevor er richtig begonnen hatte. Er begann mit Resignation und endete mit Resignation. Dazwischen lagen Chaos, Kritik, Demotivation, Mutlosigkeit, Enttäuschung.

Eigentlich hätte sich *Sebastian* in aller Gelassenheit glücklich schätzen können, sein Praktikums-Kapitel war in zwei Tagen überstanden. Aber stattdessen zuckte er bei jedem Telefonklingeln nervös zusammen, so, als ob er auf Kohlen sitzen würde und nur darauf wartete, dass jeden Augenblick die nächste Leiche aufgefunden wurde. Seine Albträume waren zu deutlich und zu hässlich, und sogar am helllichten Tag präsent geworden.

Für private Worte war keine Zeit. Zu hektisch das ständige Aus und Ein, das Knallen der Türen, *Muck* ständig bei *Wolf*, oder andere Leute bei ihm im Büro. Dazwischen Wortfetzen, die nach Rechtfertigungen und gegenseitigen Schuldzuweisungen klangen. Aber keinerlei Chance für *Sebastian* mit *Muck* über *Robs* Theorie zu sprechen.

Die Tagesagenda bestand aus einem Vokabular von warum-nicht-Begründungen, Zuständigkeitsabgrenzungen, unplanbare Willkürlichkeiten bis hin zu technischen Schwachstellen und sogar höhere Gewalt. Auch wenn *Sebastian* noch längst nicht alle üblichen Abläufe kennen konnte, gab es dafür nur einen Ausdruck: Ermittlungstechnischer Stillstand.

Immerhin hatten sich wenigstens Stillstand und *Hackl* gut arrangiert. Von den Kollegen kaum mehr ins Ermittlungsgeschehen einbezogen und hinter einem Stapelturm von Medikamentenschachteln auf seinem Schreibtisch stoisch verbarrikadiert, gab er ab und zu ein „Fuck, oder ein „Bullshit“ von sich. Ansonsten beschränkte er sich auf Toilettengänge und Apothekenbesorgungen, nicht ohne dabei seinen gesundheitlich angeschlagenen Zustand ausdrücklich zu betonen.

Nicht alle blieben so untätig, und nicht überall herrschte Stillstand. Besonders eine Person fühlte sich wieder und wieder berufen - wenn auch nicht mit den klassischen Methoden von geschulten Kriminologen -, nach einem brutalen grausamen Serientäter Ausschau zu halten. Ihre Mittel waren alles andere als unumstritten, dafür mit Herz, mit Intuition und unzähligen Stunden Fernseh-Krimiserien-Erfahrung. *Mama Raitmaier* war ohne jegliche Vorwarnung wieder in ihr Ritual zurückgefallen, ihre Kenntnisse am Frühstückstisch zu servieren.

„Die Rosenheim Cops waren gestern richtig spannend. Die haben einen Fall gelöst, der schon über 20 Jahre zurücklag…“

Dennoch gehörte das alles lediglich zur harmlosen Seite dieses Tages.

Das Gegenteil von harmlos war das Gewitter, das nach den Schlagzeilen in den Regionalzeitungen auf die Kripo und damit in erster Linie auf *Wolf* gnadenlos niederprasselte.

**„Passau ist auf sich allein gestellt!“**
**„Eine Verbrecherstadt ohne Polizeischutz.“**
**„Blutige Weihnachten in der Bischofsstadt?“**

Diesen Freitag kochte die Suppe der ungeklärten Mordserie von Neuem auf. Einen Tag zuvor wog man sich in der Stadt noch in relativer Sicherheit und in dem Glauben, durch das Aufgebot an Polizeikräften vor dem Killer beschützt zu werden.

Jetzt aber musste *Wolf* Farbe bekennen und ohne Geplänkel in einer Krisensitzung kurz und bündig informieren, dass der Abzug der zusätzlichen Polizeikräfte durch das Innenministerium beschlossene Sache war. Der Oberbürgermeister war außer sich, die Mitglieder des Krisenstabs entsetzt.

Chaos pur, *Wolf* mit dem Rücken zur Wand, der Krisenstab, der Stadtrat, das Präsidium, die Bevölkerung, alle liefen Sturm. Die Anzahl der erbosten Leserbriefe in der Presse spiegelten nur ansatzweise das Unverständnis der aufgebrachten Bürgerinnen und Bürger. Auch Fernsehen und Radio stürzten sich einmal mehr und deutlich kritisch auf den durch Fehlschläge bereits aufsehenerregenden Kriminalfall und seine Auswirkungen.

Polizeirat Wolfgang *Wolf* sah sich nur noch als Mensch, in dem eine Zeitbombe tickte. Der Sprengstoff war sein Bluthochdruck, der das Blut in seinen hochroten Kopf pumpte und der Zeitzünder war Atemnot und Bruststechen. Vielleicht wäre es besser gewesen, einfach zu beten. Er betete den 1. März herbei.

Dass der zweite schwarze Peter dem Oberbürgermeister in die Schuhe geschoben wurde, weil man von ihm eine Intervention bis nach oben erwartet hatte, milderte *Wolfs* Zustand nicht im Geringsten.

Die Angst vor und die Bedrohung durch einem irren Psychopathen war in die Stadt zurückgekehrt.

*Rob* war wie abgeschottet von diesen aktuellen Tagesereignissen völlig unerwartet einer Leidenschaft aus früheren Zeiten verfallen. Das nasskalte Miserabel-Wetter begünstigte ohnedies seinen wiedererwachten Spieltrieb. Der Fortbewegungsdrang wollte nach jeder Partie die Laufschuhe schnüren, aber dann lockte ein anderer Eröffnungszug, eine andere Variante und dann wieder eine neue Strategie … Sein Gegenspieler war online und das Spiel hieß Schach. Die Laufschuhe blieben trocken. In der zeitlichen Distanz von drei Marathonläufen strapazierte er dafür diverse virtuelle Gegner, von denen er die meisten Schachmatt setzten konnte. Er raffte sich immer wieder auf, egal wie müde er zwischenzeitlich auch geworden war, bis er vor seinem PC einschlief. Und doch war es nur ein warm-up seiner Spielzüge und seiner ausgeklügelten Strategien gewesen. Morgen war *er* am Zug gegen *Hans Muck*. Und der wollte es so.

Und *Sebastian*? Auch an dem für ihn vorletzten Tag im K1 war und blieb er noch immer gefangen von den Eindrücken der abgrundtiefen Welt des Verbrechens. Es waren nicht allein die Leichen, und nicht weil sie verstümmelt und unansehnlich waren. Es war ihre teuflisch-scheußliche Angewohnheit sich nicht in den Stahl-Schubladen der Pathologie still zu halten, sondern ihre gruselige Frechheit, ihn zu nachts besuchen und ihre dämonischen Spielchen mit ihm zu treiben, sogar bis zu seinem vorletzter Tag im K1, an dem er immer noch mit einer weiteren Leiche rechnete.

Das Telefonat mit *Tina* dauerte lange. Seine Art zu telefonieren war die, ihr zig Platten vorzuspielen und nach ihrer Meinung zu fragen ... In Wirklichkeit aber waren seine Gedanken nicht bei der Musik, sondern bei dem, was er nur zu gerne mit ihr machen würde, allein, und unter vier Augen.

Die anderen Augen waren die, die er nicht sehen konnte. Die Augen die ihn allgegenwärtig beobachteten, kaum dass sein Gespräch mit *Tina* zu Ende war. Er konnte sie nicht abschütteln. Sie blieben bis zum Morgengrauen.

**-Samstag, 12. Dezember-**

Ein total harmloser Samstag Morgen, abgesehen davon, dass es leicht regnete. Aber viel zu harmlos im Vergleich dazu, wie er enden würde.

*Sebastian* war viel zu aufgewühlt gewesen, um gleich einschlafen zu können. Doch dann übermannte ihn die blanke Müdigkeit. Sie belohnte ihn mit einem aufregenden Traum. Er war mit *Tina* alleine in der Dienststelle, betrachtete sie in hauchdünner schwarzer Wäsche, roch an ihren Haaren und an ihrem schlanken Hals. Ihr Parfüm hatte den betörenden Duft der puren Verführung. Seine Hände tasteten über ihr samtweiches Gesicht, ihre anschmiegsamen Lippen und ihre warme Haut. Er küsste sie mit der intensiven Leidenschaft die kein Zurück mehr verzieh. Doch dann war plötzlich eine schwere Holztüre zwischen ihnen, zweiflügelig, verwittert, alt und tiefe Furchen. Darin fünf markante hineingeritzte Kreuze …

Aber es war nur der harmlose Vorspann zum Hauptfilm des Unterbewusstseins, das mit einem stürmischen und so täuschend echtem Läuten eine dämonische Verfolgungsjagd einleitete. *Koko* wartete, völlig aufgeregt, in T-Shirt und Jogginghose. Dann Schneetreiben, sie liefen hinauf zum Residenzplatz, vor ihnen ein Schatten. *Koko* rief „hier ist er!" Er hörte davonlaufende Schritte. Plötzlich mitten auf der Innbrücke blieben sie stehen, er sah das Gesicht, dasselbe von letzter Nacht. Hysterische Schreie von hunderten von Menschen „fasst ihn, fasst ihn!". Sie liefen barfuß durch die Lederergasse, vorbei an der alten Scheune, durch das Severinstor. Der Schatten war verschwunden, sie waren im Friedhof, umgeben von Grabsteinen, plötzlich roter Nachthimmel, Leuchtraketen, Soldaten. Ein Knall, gefolgt von schweren Regentropfen, die aus dem Nichts platzten, überall Wasser.

Schweißnass schreckte *Sebastian* aus seinem Albtraum auf.

*Sebastian* war merkwürdig still. Dabei versuchte er nur das Monster der Nacht zu verdrängen und sich gedanklich mit einem hinreißenden Mädchen von der unverdaulichen Gruselkost abzulenken.

„Basti, ist eigentlich dein Chef, …"
„Er ist nicht mehr mein Chef …"
„ … dann halt dein früherer, dieser *Holmes*. Ist der irgendwie mit dem berühmten *Sherlock Holmes* verwandt?
„Oh mei Mama, du wirst immer verrückter. Natürlich nicht."
„Und was wird jetzt mit deinem Chef, dem alten halt?"
„Der geht nach Regensburg. Und ich bin echt froh, dass mein Praktikum vorbei ist. Mit dem *Holmes* war es echt gut, mit *Muck* auch. Aber jetzt nur noch Chaos und dazu die fiese Visage einer unfähigen Socke wie *Hackl*, auf die kann ich gerne verzichten. So ein Trottel. Inkompetent, vielleicht korrupt, vielleicht Alkoholiker, vielleicht alles zusammen. Dem trau ich alles zu."
„Weil du gerade sagts Alkodings, *Basti*." *Mama Raitmaier* machte eine kleine Pause um erkennen zu lassen, dass es wichtig war. „Ich trau mich gar nicht zu fragen, du schimpfst mich bestimmt wieder."
*Sebastian* verdrehte die Augen und ahnte Schlimmes.
„Basti ich hab da so ein schlechtes Gefühl wegen meinem komischen Gast, vom den ich dir erzählt hab.
„Mama, du schaust zu viele Krimis an."
„Nein *Basti*, da stimmt was nicht. Der war jeden Tag im Ratskeller, so regelmäßig wie eine Tageszeitung, trotz Corona und trotz Essen nur zum Abholen. Und jetzt hab ich ihn schon über zwei Wochen nicht mehr gesehen."
„Der wird halt auch Angst haben, solang dieser irre Killer in Passau herumschleicht."
„Nein *Basti*, das glaub ich nicht. Erstens ist das ein richtiges Mannsbild, groß und kräftig, der kann sich selber wehren und

zweitens wohnt er ja nur 100 Meter weit vom Ratskeller entfernt in der Höllgassn."

„Und woher weißt du das, wenn er nicht geredet hat?"

„Doch, einmal! Da hat er es erzählt, da wo das mit der Belohnung in der Zeitung gestanden ist. Und wie er die letzten paar Mal da war, hat er richtig krank ausgeschaut."

„Na ja, dann wird er halt im Krankenhaus sein."

„Und was wenn nicht? Was, wenn er Zuhause liegt, und niemand kümmert sich um ihn?"

„Mama ich bin doch kein Krankenpfleger und kein Sozialarbeiter oder ein Seelsorger."

Mütter haben manchmal etwas Unnachgiebiges. „Aber fast schon ein richtiger Kommissar, und wenn wirklich etwas passiert ist? Du könntest doch wenigstens mal nachschaun."

Insgeheim hatte *Sebastian* wirklich null Bock, den Kümmerer für einen unbekannten Mann zu spielen, der eventuell kränklich das Bett hütete. „Mei Mama, echt jetzt? Ich habe am Montag meinen letzten Tag, dann kann bestimmt jemand von der Dienststelle mal nachschauen."

„Bitte *Basti*, kannst leicht das nicht selber machen, mir zuliebe. Morgen ist der dritte Advent. Tu deiner Mutter diesen einen Gefallen."

Plötzlich verwandelte sich *Sebastians* Vormittagslaune in ein unerklärliches Grinsekatzen-Gesicht.

Textnachricht von *Tina*:

**11.26h: hey, wenn du Lust hast, dann komm heute Nachmittag zu mir. Ich möchte dir auch ein paar Songs vorspielen. Zwinkernder Smiley**

Eine unbekannte Person in ihm sagte plötzlich wie ausgewechselt. „Okay Mama, gut, ich mach`s. Nach dem Essen!"

*Mama Raitmaier* strahlte überglücklich. „Dann nimmst ihm bitte einen Tee und ein Stück Kuchen mit … „

13.12h

Der König und seine Figuren aus Speckstein warteten bereits auf einem edlen Mahagoni-Schachbrett im Esszimmer. Sieg oder Niederlage? Leichtes Spiel oder etwas Unvorhergesehenes? Oder doch nur Plattenhören, Bier trinken, beiläufig eine Art Befragung, und wer befrägt wen? Drängende Fragen schossen wie Flipperkugeln durch seinen Kopf, als sich *Rob* auf den Weg in die Mozartstraße zu *Muck* machte.

13.20h

Total unüblich für *Sebastian*, sich Gedanken über seinen Kleiderschrank plus Garderobe zu machen, sich fünfmal im Spiegel zu begutachten, sämtliche seiner Jeans anzuprobieren und fieberhaft über ein paar coole Sprüche nachzudenken, die eventuell gut beeindrucken könnten.

13.34h

Diele, Garderobe, Gang, Küche, Esszimmer. Stilvoll, ästhetisch, großräumig, Designmöbel und moderne Gemälde - sicher teuer - deren Abbildung nicht auf Anhieb erkennbar waren. *Muck`s* Zuhause. Blitzblanke Sauberkeit und sortierte Ordnung, natür lich auch in der Küche, Kaffeeautomat, Toaster, Entsafter, Wasserkocher und links vom Kühlschrank der Messerblock.

„Weiß beginnt, schwarz gewinnt!“, flapste Gastgeber *Muck* augenzwinkernd mit *Rob*.

E2 auf e4. *Rob`s* Eröffnungszug von der Stange, nichts Spektakuläres.

13.40h

*Sebastian* badete in einer Sonne, die niemand sehen konnte, herztief eingehüllt in außerirdische Leichtigkeit, unbeschreibbar glücklich und für den Moment unbesiegbar …

13.44h
Schwarzer Bauer auf d4. „Mann Nummer 10 ist identifiziert!"
*Rob* zog die Augenbrauen etwas hoch, ohne sich anmerken zu lassen, dass er die Antwort kannte. „Und?"
„Ein *Andreas Klein*. Aber nicht unser Mann, leider, der ist nämlich tot. Unfall, schon vor 20 Jahren."
Das Spiel brauchte nicht viele Worte, Stirnrunzeln und eigenartigen Grimassen der Konzentration sprachen für sich.

13.50h
Es begann leicht zu regnen.

14.00h
Flaue Windstille auf dem Schachbrett. Es passierte nichts Spielentscheidendes. Die Spielfiguren wanderten souverän und ausgeglichen über die 64 Felder, ohne dass Weiß oder Schwarz lange über einen Zug nachdenken musste.

14.05h
*Sebastian* wechselte zum letzten Mal die Jeans.

14.06h
Die unerwartete Chance, 23. Zug. Die Schiebe-Türe zur Küche stand offen. Hinter *Muck`s* Schulter starrte ihn der Messerblock warnend an. Unbeeindruckt studierte *Rob Mucks* Gesichtszüge.
Nach 20 Minuten Schweigen endlich wieder ein gesprochener Satz von *Muck*. „Die anderen vier haben jetzt Polizeischutz, zum Glück Aufgabe der Kollegen."
Genau an dieser Stelle, schien *Muck* den ersten Fehler zu machen, schwarzer Turm von h6 auf d6. Triumphierend, aber stillschweigend schlug *Rob* den Turm. Doch er hatte soeben den Ablenkungsköder geschluckt.

14.10h
*Sebastians* Appetit war nach der Textnachricht blitzartig abgestorben. Immerhin erwartete ihn ein Nachspeise-Leckerbissen der besonderen Art. Schlüpfrige Fantasien nisteten sich ohne Gegenwehr in seine Gedanken ein. Nervös drückte sein Daumen ständig die Uhrzeitfunktion des Smartphones.

14.12h
Ein Messer fehlte. *Rob`s* übersensible Wahrnehmung oder etwas Bedrohliches? Der Messerblock schien ihn zu beobachten.

14.16h
*Sebastians* Gedankenrückblende setzte an der Stelle ein, bevor der Verfolgungstraum in der Nacht zuvor einen brachialen Riss in seine geistige Kinoleinwand voller leidenschaftlicher Erotik gezogen hatte. Der Duft ihrer Haut, den Geruch ihrer Haare, wenn er sie sanft am Nacken streicheln würde. Seine Fantasien wanderten unter ihr Bluse, ihren BH und unter ihre enganliegende Jeans, die einen sagenhaft geformten Pfirsichpo umschmeichelten, und ihre Wäsche darunter …

14.17h
Turm von a8 auf a3. *Muck* war am Zug. "Übrigens,“ erwähnte er nach den nächsten zehn Schweige-Minuten beiläufig, „die anderen Opfer waren nicht HIV positiv“, als er sein Finale einfädelte.
„Obduktion?“
„Zu teuer, wir haben die behandelnden Ärzte befragt!“
Erst jetzt begann *Rob* zu zweifeln, ob die Gefahr, die von Turm und Dame ausging, noch abzuwenden war. Und *Muck* wusste offensichtlich, dass er *Holzmeiers* Befund kannte.

14.20h
Der Regen hatte sich entschieden nachzulassen, als sich *Sebastian* auf den Weg in die Höllgasse machte. Seine rosarot einge-

färbten Gedanken schenkten den optischen Gewöhnlichkeiten wie Häuserfronten, Bürgersteige, namenlose Passanten, die an ihm konturenlos vorbeizogen, wenig Beachtung. In seinem Gesicht wohnte nur ein hineingezaubertes Strahlen, in dem sich die triebhaften Illusionen eines jungen Mannes im Schritt widerspiegelten. Ein schwarzer stoffreduzierter Slip, schlanke Beine, dazwischen das Paradies …

14.25h
*Rob* hatte beim 27. Zug gepatzt, in der Winzigkeit eines unkonzentrierten Augenblickes. *Mucks* prompte Antwort - Läufer von c8 auf g4 -, kostete *Rob* die Dame.

14.29h
Nur ein apokalyptischer Schock konnte ihn aus dem Sicherheitsgurt von Wolke Sieben katapultieren. Ein Schock so wie der Anblick jener Holztüre, die er exakt in seinem Horrortraum gesehen hatte. Schaudernd, erschrocken stand er davor, fassungslos und benommen. Verwittertes Holz zerkratzt, zerfurcht, und fünf deutlich erkennbare Kreuze. Im freien Fall raste er in den Abgrund des Unbegreiflichen. Dabei war es nur ein schmuddeliger Eingang, nur eine alte schäbige Tür mit der Hausnummer, die ihm *Mama Raitmaier* aufgeschrieben hatte. Mit einem teuflischen Fingerschnipp war jetzt alles anders. Konfuse Selbstzweifel traten an die Stelle von schlüpfrigem Kopfkino.

14.31h
*Muck* stand unerwartet auf, ging in die Küche, bog rechts ab und kam süffisant grinsend aus einer anderen Tür zurück, die ebenfalls in das Esszimmer führte. „Jetzt bin ich gespannt, was du zu dem Song sagst und ob du die Band erkennst?" Er zögerte kurz, Stolz spielte in seinen Augen, beim Zug zum Schach.

14.33h
*Sebastian* wollte umkehren, einfach weg. Eine unsichtbare Hand hielt ihn fest. Die bizarren Bilder von verstümmelten Leichen wanderten aufgeschreckt durch seinen Schädel. Sie versuchten ihn damit zu schockieren und zu verunsichern. Er tat es einfach ohne nachzudenken.

14.34h
Die Klingeltonmelodie spielte James Taylor`s „you`ve got a friend". *Robert Holmes* hörte es nicht, die Stones war zu steining und „Sympathy for the devil" zu laut.

14.37h
Trance oder Wirklichkeit, auf welcher Seite der Welt war er gerade? Eine zerkratze Holztüre, Traumreste, das unangehm süßliche Parfüm der Verwesung. Was davon war Realität, und was war Illusion? Er wischte immer wieder seinen digitalen Alarmknopf.

14.39h
König auf f1. Sein letzter Zug. *Rob* war vorbereitet. Sein Mund speicheltrocken, die Hände dagegen feucht. Partikel von Bedrohung flimmerten in der Atmosphäre, als *Muck* sich wieder erhob. Die peitschende Percussion und das hämmernde Piano von „Sympathy for the devil" untermalten das absonderliche Geschehen wie den Marsch der Todsünder zum Fegefeuer. Seine eiskalten Augen glänzten dabei entschlossen und triumphierend zugleich. Die linke Hand hielt den Springer hoch, die rechte lag verdeckt hinter seinem Rücken. Langsam, wie in Zeitlupe umkreiste er in theatralischer Pose den Tisch, wie ein eingeübtes Ritual.
„Zwei Sachen! Ich mache es kurz und schnell!" *Rob* war bis in die Haarspitzen angespannt, jederzeit bereit, seine versteckte Pistole aus seinem Gürtel zu ziehen.

„Schachmatt!" Er setzte den Springer, zurück auf die Position und schob sie auf Feld b3.

„Okay, und das andere?"

*Muck* kratzte sich am Kinnbart, zog die freie Hand hinter seinem Rücken nach vorne. „Ach ja dein Bier, entschuldige, das habe ich fast vergessen!"

Jetzt erst hörte *Rob* seine Handyanrufmelodie. „You`ve got a friend" gewann gegen den ruhigen Stones-Blues „No expectations".

14.42h

„Entschuldige *Rob,* kannst du kommen? Gleich. Ich brauch dich, es ist echt dringend!"

„Was ist mit dem *KDD?"

„Die Leiche *Rob*, sie verfolgt mich, du musst kommen!"

**-Samstag, 12. Dezember, 15.04h-**

Es war immer noch Samstag. *Sebastian* wollte seiner Mutter diesen einen Gefallen tun. Aber nun war er in der Nähe des Todes, vielleicht nur ein paar Treppen entfernt. Er konnte es ahnen. Nein, mehr als das. Es war eine intuitive Gewissheit, die ihn lähmte. Oder war er letztlich doch übergeschnappt?

*Abk. Kriminaldauerdienst

Das hoffte er, als er mit sich selbst zweifelnd auf *Rob* wartete, mit einer Thermoskanne Tee und zwei Stück Kuchen, eingewickelt in Alufolie, in der umgehängten Stofftasche.

*Rob* zweifelte keine Sekunde, als er knapp 20 Minuten später eingetroffen war. Der kalte Regen flüsterte sein Lied, das unverkennbare Aroma des Todes umspielte seine Nase. Sie wussten beide - ohne es auszusprechen -, dass ein Läuten am Klingelkopf bei dem Namen „*Kummer*" zwecklos war, weil niemand öffnen würde. Der Regen hatte es bereits angekündigt.

Fünf weitere Minuten später standen sie in einer unverschlossenen Wohnung, deren Vorhänge unordentlich zugezogen worden waren. Ein kleiner verschmutzter Flur zur Begrüßung. Es war nur der Vorbote für den chaotischen Zustand der restlichen Altbauwohnung, in dem ein Sauerstoffgemisch aus Schimmel und klammer Luftfeuchtigkeit, der Essenz von bereits eingesetzter Verwesung und dürftigen Resten von abgestandener Atemluft herrschte. Die Beklemmung überdeckte den automatischen Würgereiz. Das Küchenradio auf Zimmerlautstärke täuschte menschliche Anwesenheit und minimalistische Normalität vor. Doch dort war niemand. Herumstehende Geschirrberge samt Essensresten, an denen sich selbst die Fleischfliegen und die Maden längst sattgefressen hatten, weitgefehlt von normal.

Nicht ansehnlicher der Schlafraum gegenüber. Spartanisch möbliert, mittig ein primitives Metallgitterbett mit einem Beistelltischchen von Ikea, bedeckt mit zerknüllten Papiertaschentüchern. Eine nackte Glühbirne die lieblos, vielleicht auch nur provisorisch oder zufällig an einem Elektrokabel von der Decke baumelte, verteilte schales Licht. Daneben befand sich das Bad, in dem der Begriff Nasszelle kaum wörtlicher zutreffen konnte. Triefende Feuchtigkeit und mehr Ähnlichkeit mit einer Zelle, als mit der eines Bades. Verdreckt, verpisst und verwahrlost.

Der echte Leichenregen setzte aber erst im nächsten Zimmer ein. Das schwache Licht, das vom Flur hereinfiel, ließ nur die

Umrisse von wuchtigen Wohnzimmermöbeln erkennen, vollgestopfte provisorische Regale, ein an die Wand gelehntes Fahrrad und eine Stehlampe -die nicht brannte- neben der Cordcouchgarnitur, auf der *er* still und unbeweglich im schummrigen Dunkel verharrte, schlicht, weil er tot war.

Er lag einfach da, bis zum Halsansatz unter einer verschlissenen Nicki-Decke. Die Spuren der bereits eingesetzten Verwesung waren aber selbst im Taschenlampenmodus seines Handys unübersehbar. *Kummer*, der einzige Bewohner in einem alten Mehrfamilienhaus, vergessen von der Welt, wenn *Mama Raitmaier* nicht gewesen wäre. Sie war die einzige, die an ihn gedacht hatte. Vielleicht haben Frauen, oder gerade Mütter diese spezielle Sensibilität, vielleicht auch nur *Susanna Raitmaier* mit vier A. Vielleicht sah sie wirklich zu viele Krimis. Im Moment allerdings buk sie ihren Weihnachtsstollen nach einem alten Rezept ihrer Mutter und wartete darauf, dass sich *Sebastian* melden würde.

„Zieh mal die Vorhänge zurück, und mach das Fenster auf." Die Lungen atmeten dankbar auf, aber dafür mussten die Augen das ertragen, was sich im Tageslicht aus dem Dunklen schälte.

Tristlose Wände, die nach einem frischen Anstrich schrieen, opulente Bilder in erdrückend wuchtigen Rahmen mit Winterlandschaften, rückseitig ein provisorisches Regal mit einer überquellenden Sammlung von Medikamenten, manche aufgereiht, andere planlos auf- und durcheinanderliegend sowie ein ganzes Arsenal an medizinischen Verpackungen, das wahrhaftige Paradies eines Tablettenschachtel-Messis.

Der Tisch war belagert von einer Zehnzentimeter-Schicht aus Zeitungen, medizinischen Fachzeitschriften, ein paar Büchern und Papieren, unter dem sich ein weißes Kabel bis hinunter zu einer Verteilersteckdosenleiste am Boden schlängelte. Sie erinnerte an einen Büroschreibtisch, der noch nie aufgeräumt worden war. Und ein Holzboden, der mit Dreck und Unrat überzogen war, eine einzige schmutzige Trostlosigkeit.

*Rob* streifte sich die Einweghandschuhe über. „Diese Leiche hier hat dich letzte Nacht aber nicht verfolgt, die liegt schon mindestens eine gute Woche hier, vielleicht sogar zwei."

Keine eingetrocknete Blutlache, kein eingeschlagener Schädel, und vor allem kein zerstückeltes Gesicht. Eine Vorzeigeleiche war es trotzdem nicht.

„Männlich, zwischen vierzig und fünfzig, Übergang von Fäulnis in die äußere Zersetzung", erklärte *Rob*. „Die graugrüne Verfärbung der Haut, siehst du?", und hob die Decke an.

*Sebastians* Augen folgten dagegen dem weißen Stromkabel. Es führte zu einem Laptop, der unter dem Zeitungs-Papierberg auf dem Tisch vergraben war. Im Übrigen war es für ihn ohnehin besser, auf einen Blick unter die Decke zu verzichten. Dort hatten sich Würmer, Insekten, Larven und andere Krabbeltierchen bereits fleißig und gefräßig am aufgeblähten Oberkörper zu schaffen gemacht. Im Vergleich zum Körper war das Gesicht noch gut erkennbar, vermutlich nur der Kälte zu verdanken.

„Ist kein *Grubinger*, kein *Bierhuber*, kein *Schwarz* und auch kein *Wagmann*!" Für *Rob* war der Fall schnell klar. „Keine äußeren Anzeichen von Gewalteinwirkung, weder Klebeband noch Kabelbinder, keinerlei Anzeichen eines Todeskampfes!" Im Gegenteil, die Gesichtszüge wirkten gelöst, entspannt. Selbst die Augen waren geschlossen. „Wahrscheinlich friedlich eingeschlafen", kommentierte *Rob* seine Einschätzung weiter, während *Sebastian* gedanklich in eine Ausgabe der Passauer Zeitung vertieft war.

„Es gibt nur zwei Möglichkeiten!" *Rob* betrachtete das Regal mit dem Umfang einer drittklassigen Privatapotheke auf Baumarktbrettern, als ob er überschlägig die Stückzahl schätzen wollte und sagte monoton „Krank oder Suizid!

*Sebastian* reagierte erst jetzt. „Bist du dir sicher?"

„Nicht einmal Spuren von Einbruch."

„Was heißt das?"

„Dass der KDD oder *Muck* mit seinen Kollegen zuständig ist.

Dieser Meinung war *Sebastian* nicht. Die frische Zuluft hatte die Sperre in seinem Hirn wieder gelöst. „Aber es könnte der Erpresser sein, der *Hackl* reinlegen wollte, sieh dir das an.“

„Was?“

„Der Zeitungsartikel obenauf!“

„Stopp!“ warnte ihn *Rob* nochmal, „Zieh dir die Handschuhe an, bevor du überall deine ganzen Fingerabdrücke verteilst.“

*Sebastian* deutete nur mit seinem Finger auf den Zeitungsartikel vom 26. November, in dem eine Belohnung für die Ergreifung bekanntgegeben wurde. „Er hat das sogar mit einem Stift eingekreist!“

„Und wenn schon, da wird er nicht der einzige in ganz Passau gewesen sein.“

„Aber nicht jeder hätte Geld so nötig wie dieser hier. Schau dir diese Gammelbude an, und die Medikamentensammlung kostet sicher auch ein Schweinegeld!“

*Rob* tankte Frischluft am offenen Fenster. „Den haben wir nicht auf der Rechnung gehabt, so siehts aus!

„Dann sind wir fertig?“, frage *Sebastian.*

*Rob* ging nicht darauf ein. “Wie bist du auf diese Adresse hier gekommen. Auch geträumt?“

„Nein, meine Mam.“

„Ihr seid ja eine seltsame Familie, du und deine Mutter.“

Die Hungerabteilung im Magen meldete sich bei *Rob.* „Was schleppst du eigentlich in deiner Stofftasche herum?“

„Tee und Kuchen.“

„Für wen?“

„Idee von meiner Mama“, mehr sagte *Sebastian* nicht.

„Und die hat dich hierher geschickt?“

„Ja, so siehts aus.“

„Okay, aber ich glaub, der hat keinen Hunger mehr. Vorschlag: kleiner Leichenschmaus, ich hab noch nichts gegessen.“

Es war kalt, aber das war nicht der wirkliche Grund, warum *Sebastian* seinem ehemaligen Chef den Inhalt seiner Tasche appetitlos zur alleinigen Verköstigung überließ.

*Rob* war ging nochmal zur Couch zurück. In einer Hand ein Stück Kuchen, in der anderen einen Kugelschreiber. Er bückte sich zum davorstehenden Tisch hinunter und stocherte willkürlich mit seinem Kugelschreiber im Papierdurcheinander herum.

„Was suchst du?"

Er schob Zeitungen beiseite und wieder zurück, hob sie an, sah darunter Zeitschriften, Zeitungsausschnitte, verknitterte Rezepte, Schreibzeug, Krümel, Taschentücher. Aber nichts was seine Aufmerksamkeit weckte. „So was wie einen Abschiedsbrief zum Beispiel!"

*Sebastian* beobachtete ihn eine Weile. „Warum suchst du nicht unter dem Kopfkissen?"

*Rob* hob seinen Kopf und war kurz davor, ihn auszulachen. „Wie in deinem Traum, stimmts?"

„Nein, nur so eine Bauch-Idee!"

*Rob* drehte sich zur Leiche zurück und hob das schmuddelige Kissen unter dem Kopf der Leiche seitlich leicht an, so dass *Sebastian* dabei zusehen konnte. Doch nur einen Zeitbruchteil später standen eindeutige Zornfalten in seinem Gesicht. „Sag mal spinnst du? Das hast du vorhin unter sein Kopfkissen geschoben. Willst du mich verscheißern, Kleiner?" *Rob* zog ein Foto hervor und hielt es hoch.

*Sebastians* Herz hämmerte plötzlich. „Das ist … „

„Genau, und jetzt klär mich auf, welches Spiel … Moment … *Muck* … Du steckst mit ihm unter einer Decke!"

„Stopp, halt, ich bin genauso von den Socken wie du", verteidigte sich *Sebastian* vehement. „Das Einzige, was mir *Muck* anvertraut hat, dass er in Berlin bei der Dienstaufsicht war, und die Schnauze vollhatte. Er hat es mir erst gestern auf der Toilette erzählt. Deswegen hat er sich versetzen lassen, echt jetzt. Und deswegen wurde das in seiner Personalakte gelöscht."

Es gab nichts weiteres zu erklären. Eine neue Situation, Leiche *Kummer* mischte ab sofort mit. Obwohl, Leiche *Kummer* war das ziemlich egal. Oder war es sogar ein angedeutetes Schmunzeln, was von und auf seinen Gesichtszügen übriggeblieben war? Ein Fluch, Zauberei, ein mieser Streich, Zufall oder schlicht und ergreifend ein neues Rätsel. Das Foto mit den zehn jungen Männern, hier unter seinem Kopfkissen, in seinen schäbigen vier Wänden, es warf allemal neue Fragen auf.

„Das war damals simpel", erklärte *Rob.* Ein Fotograf konnte ohne Zustimmung Fotos machen. Danach wurden sie auf einem Brett oder einer großen Tafel ausgestellt und jeder, dem ein oder mehrere Fotos gefielen, konnte es sich kaufen, einfach so. Von Datenschutz hat damals niemand gesprochen."

„Und warum, hat sich *Kummer* … ?" *Sebastian* fragte nicht weiter, als *Rob`s* Augen auf Entdeckungsreise gingen.

Sein Blick wanderte durch den Raum und blieb in einer Ecke hängen. Der Staub von drei Wochen lag auf dem Schachbrett, das *Rob* erst jetzt auf dem kommodeähnlichen Möbelstück entdeckte. Es wollte sich so gar nicht in das abgewohnte spärliche Mobiliar eines verarmten Bewohners einfügen. Eher ein überflüssiger Fremdkörper, oder sollte es nur ein Indiz für die frühere Anwesenheit von Bildung oder Intellekt sein?

„Soll ich jetzt den KDD anrufen?"

„Warte."

*Rob* stand vor dem Schachbrett. Warum waren die Figuren wie eine laufende Schachpartie aufgestellt? Eigenartig, der weiße König stand im Schach, noch eigenartiger, die weißen Türme, die beiden Läufer und die Dame lagen wie hingeworfen neben dem Brett.

„Willst du jetzt etwa Schach spielen?", erkundigte sich *Sebastian* im zynischen Tonfall.

„Da gibt es nichts mehr zu spielen. Der weiße König ist schachmatt!“ *Rob* wusste nicht, nach welchem Puzzleteil er suchen sollte. Nach einer Spritze, nach einem Tablettenröhrchen und einem Glas mit Resten von aufgelösten Tabletten? Sein Bauchgefühl und das Nasenjucken eines erfahrenen Kommissares hatten eine Vermutung. „Schau dich mal am Boden um.“

„Da ist nur Dreck und Abfall!“

„Unter dem Tisch oder unter dem Sofa“, beharrte *Rob* darauf.

„Soll ich vielleicht auch noch staubsaugen?“

„Von mir aus, aber wozu hat dein Handy eine Taschenlampe?“

*Sebastian* fand zuerst den Deckel. Danach fingerte er die dazugehörige Schuhschachtel unter der Couch heraus. Die Leiche konnte es nicht mehr verhindern.

Textnachricht an Tina:

15.34h: hi tina, sorry, ich komme etwas später, wir haben einen mordfall in der altstadt.

*15.36h Kein Problem, dann kannst du mir später eine tolle Story erzählen plus zwinkernder Smiley*

*Rob* schmunzelte. „Die Kleine ist echt cool!“

- **Samstag, 12. Dezember, 15.37h**

*... wird für Hermann Kummer nach Betrachtung aller Befunde in diagnostischer Hinsicht die Notwendigkeit eine weitere stationäre psychotherapeutische Behandlung nicht mehr für erforderlich angesehen. Übereinstimmend mit den Erkenntnissen der Therapeuten sind Anzeichen, die auf das Vorhandensein des ursprünglichen psychologischen Persönlichkeitsbildes zu Beginn der Therapie 2009 hindeuten, nicht mehr gegeben. Somit ist davon auszugehen, dass die Therapierung erfolgreich abgeschlossen und von einer Gefährdung nicht mehr auszugehen ist. Dies wird insbesondere auf die langjährige Behandlungsdauer und den darin erzielten Fortschritten zurückgeführt.*
*Maßregelvollzugsklinik Teupitz, 8. Mai 2020*

„Der war mehr als zehn Jahre in der Klapsmühle!“ Während *Sebastian* noch seine Augen in den Entlassungsbericht der psychiatrischen Klinik bohrte, blätterte sich *Rob* schon durch das nächste Papierstück aus dem Inhalt der Schachtel. Eine Patientenakte, die mit Sicherheit für den Probanden selbst nicht gedacht gewesen war:
*Bemerkenswerte Persönlichkeitsstörung vermutlich hervorgerufen durch frühkindliche Hindernisse in der Identitätsentwicklung, erheblich eingeschränkte Konfliktverarbeitungsfähigkeit infolge innerpsychischer Abwehrmechanismen, ausgeprägte Polarisierung seiner Umwelt in sexuell Normalorientierte und Anderweitige ...*

Der Beipackzettel der Persönlichkeitsmerkmale von *Hermann Kummer* endete nach vier Seiten Psychologendeutsch mit: ... *begleitet von vorwiegend narzisstischen Charakter-Zügen mit hohem Aggressionspotential, krankhaft entwickelte Psychomotorik, die verstärkend durch das berufliche Umfeld stimuliert wurde, möglicherweise aber auch das auslösendes Faktum der Persönlichkeitsstörung war.*

„Liest sich wie eine totale Kriegserklärung an die *Hermann-Kummer*-Psyche,“ meinte *Rob*.

*Sebastian* war am Zug. Er fischte das nächste Schriftstück heraus. „Hör zu! Der ärztliche Befund, *Kummer* war … HIV …“

„ … positiv!“ ergänzte *Rob* wie aus der Pistole geschossen.

„Wie die anderen Opfer!“

„So sieht`s aus.“

Schräg war die Situation durchaus. Auf dem verdreckten Boden knieend gruben sie im Minutentakt die Geheimnisse eines Lebens aus, das in einem einzigen Schuhkarton wohnte, ohne sich um die angefaulte Leiche im Rücken zu kümmern. Selbst die Abscheulichkeit einer versifften Wohnung, die vor Gruseligkeit und bestialischen Gestank nur so strotzte, war vergessen und zur normalsten Nebensache geworden.

„Wahnsinn, echt jetzt. Schau dir das an, Chef. Kein Studentenausweis, dafür ein Dienstausweis, ausgestellt am 1. März 2001 auf Polizeimeister *Hermann Kummer*.“

*Rob* nickte nur, ohne darüber überrascht zu wirken.

*Sebastian* dagegen war vom Entdeckerfieber ergriffen und kramte noch tiefer in die Schachtel hinein. Ein paar alte Fotos, darauf ein alter Mann, sein Großvater? Ein Polizeiwagen, ein alter 5er BMW mit einem jung aussehenden Fahrer, *Hermann Kummer*? Ein verblasstes Rezept von 2008, ein 2010 abgelaufener Personalausweis, ein alter Führerschein auf Graupapier - seinerzeit im Volksmund lieblos „Lappen“ genannt -.

Die nächsten Fundstücke. Familienfotos und Sterbebildchen. *Adolf Kummer* 25.9.2000, *Oskar Kummer* 25.10.1985. *Erika Kummer* 24.3.1987, unmittelbar darunter die ausgeschnittenen Traueranzeigen.

„*Adolf Kummer*“, murmelte *Sebastian*. „Sein Großvater. Bei den Angehörigen steht nur Enkel *Hermann Kummer*. Sein Vater und seine Mutter, beide tot, 1985 und 1987. Dann hat sich vermutlich sein Großvater um ihn gekümmert. Hier ist noch eine Postkarte von ihm aus Wien ...“

*Rob* las den Zeitungsartikel über den Mord an zwei Grenzbeamten von 1985. „Hier, das erklärt es!“

„... wurde bei der Ausübung seines Dienstes kaltblütig ermordet,“ murmelte *Sebastian* weiter, „als er mit seinem Kollegen einen bulgarischen PKW verfolgte, der sich der Zollkontrolle in Achleiten entziehen wollte. „Echt krass, sein Vater war auch bei der Polizei!“

*Rob* war im Gegensatz zu einem im Selbstgespräch vertieften *Sebastian* plötzlich in absolutes Schweigen verfallen. Sein hochkonzentriertes Kriminalbeamten-Gehirn war im Rush-Hour-Betrieb. Es verarbeitete, verglich, priorisierte, ordnete und fügte gerade alle neuen Mosaiksteinchen zusammen.

*Sebastian* registrierte *Robs* Metamorphose zur seelenlosen Analyse-Maschine nicht. Genauso wenig wie den penetranten Gestank und den wieder einsetzenden Leichenregen, der mit seinen fetten Regentropen unüberhörbar auf das Kupferdach prasselte. Er war viel zu vertieft in die Vergangenheit eines Menschen, um dessen verkorkstes miserables Leben ihm niemand neidig gewesen wäre. Ein Leben gleich einem Schwarzweiß-Bild mit einer ziemlich grausamen Wirklichkeit, gemalt in den dunkelsten vorstellbaren Farbtönen, das in keinen Rahmen passen würde.

*Sebastian* überflog mit sich selbst flüsternd einen alten Kaufvertrag. „Das Haus gehörte seinem Großvater“, und wühlte sich in aller Seelenruhe weiter bis zum Boden der nach außen nichtssagenden alten Schuhschachtel. Dort schlummerte es, im blassem Gelb, aber eindeutig wiedererkennbar, das kleine gelbe örtliche Büchlein der Telekom, -damals kaum wegzudenken-.

Längst hatte der schäbige Schuhkarton sein gut behütetes Geheimnis um die Leiche auf der Gammelcouch preisgegeben. Das Passauer Telefonbuch aus dem Jahr 2000 war nur ein weiteres Indiz einer ganzen Beweiskette, wenn auch ein besonders aufschlußreiches. Eingekreiste und wieder durchgestrichene Namen, bei einigen mit einem Haken dahinter. Der Name *Müller* war am häufigsten markiert, aber auch die Namen *Haas, Kaiser, Wimmer* und *Holzmeier.*

„Warte!" *Rob* verschwand für einen Moment Richtung Küche und juckte sich dabei auffällig an der Nase. Den Klapper-Geräuschen nach zu urteilen suchte er nach etwas.

*Sebastian* inspizierte weiterflüsternd das gedruckte Stück Papier, das lose im Telefonbuch gelegen war. „Ein Flugblatt, mega alt, fast nichts mehr lesbar! Könnte mit ein bisschen Fantasie etwa heißen: Schwule raus, wir wollen kein Aids in Passau."

Was hatte das eigenartige Leuchten in *Rob`s* dunkelbraunen Augen zu bedeuten, als er nach ein paar Minuten wieder neben *Sebastian* kniete? *Sebastian* starrte ihn einen Augenblick an, überlegte. Es gab nur zwei vorstellbare Möglichkeiten, die zu einem Gesichts-Ausdruck wie diesem passten. Die eine war ein ultimativer Lottogewinn, die andere, die erste Begegnung mit der Frau des Lebens. Bei *Rob* allerdings bedeutete es etwas anderes.

*Robert Holmes* hatte nicht lange suchen müssen. Er fand das Messer im Chaos des Küchenunrates exakt in dem Zustand, wie er es vermutet hatte, ungereinigt und an der Schneide noch rostbraun verfärbt, Blut? Doch wenn er nun dachte, dass *Sebastian* nicht längst selbst die richtigen Schlüsse gezogen hatte, dann täuschte er sich gewaltig

„Du hast die Tatwaffe?"

*Rob* nickte und konnte den selbstzufriedenen Blick in seinem Gesicht nicht unterdrücken.

„Aber", begann *Sebastian* geheimnisvoll.

„Aber … was?"

„Das Motiv!"

„Was ist damit?"

*Sebastians* geheimnisvolles Getue verwandelte sich in ein hintergründiges Schmunzeln. „Ich fürchte, den Abschiedsbrief ist er uns schuldig geblieben. Aber … dafür hab ich unter dem Bett noch was anderes gefunden."

*Rob* bemerkte das kleine schwarze abgewetzte Notizbuch mit einem billigen Kunstledereinband in *Sebastians* Hand, mit dem er theatralisch herumzufuchteln begann.

„Das suchen wir schon seit dem ersten Mord. Es lag dort wo ich die Schuhschachtel gefunden habe!"

„Ein Tagebuch?"

„So sieht`s aus, Chef."

„Grinste *Rob*, weil *Sebastian* ihn immer noch Chef nannte, oder weil er das Motiv gefunden hatte?

Dabei war alleine der erste Eintrag kein Grund für Heiterkeit. Es holte sie unmittelbar zurück in die grausame Wirklichkeit und in die Beweggründe eines Getriebenen, der zur Killermaschine geworden war.

Die Schweine haben mich fünfmal vergewaltigt

*Sebastian* war ehrfürchtig geworden, als er den Satz wiederholte, mit dem das Tagebuch von *Hermann Kummer* am 17.10.2000 begann. Das Tagebuch vervollständigte alles das, was die düsteren Räumlichkeiten und der Inhalt einer unscheinbaren Schuhschachtel bereits preisgegeben hatten. Die Details seiner Vergewaltigung, dass sie ihn am Abend zum Innstadtfriedhof gelockt, von hinten überwältigt, festgehalten, die Augen und den Mund mit einem Panzerband verklebt, und als Bestrafung für seine antihomosexuellen Aktionen vergewaltigt hatten. Dass er sich die Vornamen der Täter eingeprägt, jahrelang nach ihnen gesucht und sie schließlich ausfindig gemacht hatte, bis er sich auf seine Weise rächen konnte, nach 20 langen Jahren.

„Wenn die Augen Ohren bekommen und die Ohren Augen, dann ist das so unwirklich, wie deine Leichenträume, die sich in tödliche Wahrheit verwandeln."

„Sagt wer?" wollte *Sebastian* wissen, ohne zu verstehen, was *Rob* genau damit andeutete.

„In meinen Augen bist du sowas wie ein Leichenflüsterer."

„Eigentlich hat mir meine Mam den Tipp gegeben", antwortete *Sebastian* bescheiden.

Nach 40 Ermittlungstagen verkündete Hauptkommissar *Robert Holmes* -in Urlaub- feierlich … „es ist Zeit ein paar Anrufe zu machen."

Ein harsches „Hallo" plärrte überdeutlich aus der Lautsprecherfunktion von *Rob`s* Handy.

„Hier *Holmes*."

Jetzt klang die Stimme des Angerufenen plötzlich verdutzt. „Ich … äh … ich dachte … Sie haben Urlaub."

„Gerade nicht mehr. Dafür haben wir den Serienkiller."

*Wolf* wirkte verwirrt, ungläubig. „Wie.. wo…"

„Die Kollegen sind bereits verständigt." Grußlos, wie er es von seinem ehemaligen Chef in absoluter Perfektion gelernt hatte, beendete *Rob* das Gespräch abrupt.

*Sebastian* konnte die unverhohlene Genugtuung in den Augen seines Chef`s ablesen. „Cool."

„Ich warte auf die Spusi und den Notarzt, ich brauch dich nicht mehr. Du hast bestimmt noch was vor!" *Rob* zwinkerte ihm zu.

„Echt jetzt?"

Textnachricht an Tina:

**15.57h hallo tina, ich mach mich gerade auf den weg, bis gleich**
**+ grinsender smiley**

**-Sonntag, 13. Dezember-**

*Mama Raitmaier* hatte den ganzen Samstag Nachmittag gewartet und gewartet. Mehr als zwei Stunden waren vergangen gewesen, seit *Sebastian* losgezogen war. Der Versuch, ihn am Handy zu erreichen endete mit einem synthetischen „...der Teilnehmer ist zur Zeit nicht erreichbar..." Musste sie sich Sorgen machen? Dann allerdings siegte die Erfahrung einer Mutter, die ihr Glauben machte, dass alles in Ordnung gewesen war. Eine Serie Soko-Kitzbühl waren ihre verdiente Portion Sorgenfrei.

*Sebastians* Nacht auf Sonntag war traumlos gewesen, keine Leichen, keine Verfolgung, kein Blut oder etwas anderes Beunruhigendes. Er hatte keinen Schlaf gefunden, lümmelte bis zum Morgen in dem bequemen Sitzsack und beobachtete *Tina*, wie sie auf ihrer poppigen Couch eingeschlafen war. Die Ausgangssperre hatte ihn ausgebremst, aber keinesfalls zu seinem Nachteil zum Bleiben gezwungen. Am Boden lagen noch immer alle Platten verstreut, die sie den ganzen Abend angehört hatten.

Die kalte Morgenluft reichte nicht für den dezembertypischen Schneefall, aber allemal für eiskalte Finger, mit denen er *Rob* zurückrief, als er seinen Anruf in Abwesenheit auf dem Nachhauseweg bemerkte.

„Das war noch ein richtiger Showdown gestern, als du weg warst. Du glaubst nicht, wer noch angetanzt ist. *Muck* natürlich, *Hackl* im Schlepptau. Aber mit *Wolf* in Person hat niemand gerechnet. Das Beste kommt noch. *Wolf* musste sich übergeben wie ein Anfänger, hat wohl eine Ewigkeit schon keine Leiche mehr live gesehen, und *Hackl* der Penner hat den *Kummer* gekannt, weil er mit ihm sogar kurz zusammengearbeitet hat. Aber du weißt ja, in seinem Hirn ist nur Platz für die Sexabteilung und die Adresse jedes einzelnen thailändischen Massagesalons."

*Sebastian* brauchte noch ein bisschen Gedanken-Anlauf, um nach einem wahnsinnig netten Abend zusammen mit *Tina* wieder in den Tag und in die Wirklichkeit einzusteigen.

„Übrigens, die Sache mit *Mario Müller* scheint jetzt auch klar zu sein. Die Spusi hat einen ganzen Stoß Unterlagen gefunden, Immatrikulationslisten, Jahresberichte und sogar ein paar Sticks mit den Adressdateien von der Uni und so weiter und so weiter. Das Zeug war unter ein paar Büchern über *ART vergraben. Und es sieht so aus, als ob eine Namensgleichheit zu einer folgenschweren Verwechslung geführt hat. Es gab nämlich an der Uni auch einen *Paul Müller*, gleiches Alter. Der ist aber schon vor einigen Jahren gestorben, genau wie unser *Paul Müller*. Wir nehmen deshalb an, dass er sich ersatzweise den Sohn, also *Mario Müller* als Lückenfüller geschnappt hat. Liegt nahe, jedenfalls war der *Mario* auch Student und dazu auch noch schwul. Den Rest kannst du in der Zeitung lesen, oder zur Abwechslung doch mal Nachrichten hören."

„Okay!"

„Ach ja, am Montag gibt's noch eine Überraschung für dich."

*Sebastian* quälte sich mit einem anderen Problem herum, ein paar Formulierungen spukten durch seinem Kopf. Insgeheim hoffte er allerdings, ohne großartige Erklärung nach Hause kommen zu können, sich einfach zu duschen, umzuziehen, und dann gleich wieder abzudüsen, bevor *Mama Raitmaier* ihn ins Kreuzverhör nehmen konnte.

„Halt *Basti*, wo willst den hin? Was ist denn los, du hast mir gar nichts erzählt…"

Er kannte seine Mama eben zu gut. Zuerst rang er mit sich, aber dann gab er sich einen Ruck. „Ich muss dir was sagen. Ist nicht schön, aber du hast Recht gehabt. Er war krank und ..."

„Was und, *Basti*?"

*ART: Antiretrovirale Therapie

„… und er lebt nicht mehr."

Unerwartetes Glück für *Sebastian*, dass *Mama Raitmaier* nur ein kurzatmiges „wie" herausbrachte und sich vor lauter Betroffenheit mit der Antwort, „der war ziemlich krank, genau so wie du gesagt hast", zufrieden gab, ohne weiterzufragen.

Nach dem Turboduschen und -umziehen machte er sich unter dem Vorwand, dass *Koko* auf ihn wartete, auch gleich wieder für den Rest des Tages samt zulässiger Ausgangssperrenzeit aus dem Staub.

**Montag, 14. Dezember**

Das Frühstücksritual bei Familie *Raitmaier* war immer das gleiche. Nur an diesem Montagmorgen nicht.

„Was ist eigentlich los Basti? Du hast mir vom *Kummer* nur erzählt, dass er gestorben ist, sonst nichts, du bist vorletzte Nacht nicht heimgekommen, und gestern hat dein Chef angerufen und mich heute in die Polizeiinspektion eingeladen."

*Sebastian* hatte wirklich ein schlechtes Gewissen. Teil zwei seiner Beichte war noch offen. „Ich muss euch was sagen, …" Weiter kam er nicht, als *Papa Bernhard* die Montags-Zeitung auf den Tisch legte, mit der unübersehbaren Schlagzeile aus der Region auf der Titelseite.

**Mysteriöse Friedhofsmorde aufgeklärt.** Dank der herausragenden Ermittlungsarbeit des Kriminalhauptkommissares *Robert Holmes* gelang es dem erfahrenen Leiter der Mordkommission mit Unterstützung des erst 25 Jahre alten Kriminalkommissar-Anwärters *Sebastian Raitmaier* ...

„Basti, du stehst ja in der Zeitung!" *Mama Raitmaier* war urplötzlich vollkommen aus dem Häuschen.

... den Serienmord aufzuklären, der seit Wochen die ganze Stadt in Atem gehalten hatte ...

Sie vergaß die *Kummer*-Frage augenblicklich.

... Insider wollen erfahren haben, dass Hauptkommissar *Robert Holmes* nicht nur eine Auszeichnung des Bundesinnenministeriums zu erwarten hat, sondern auch als Kandidat für den im März in den Ruhestand tretenden *Polizeirat Wolf* gehandelt wird. **Seite 21**

„*Bernhard* komm schlag auf!"

**Brustgardine verdrängt Arschgeweih,**

„Nein Seite 21, nicht 22", ermahnte ihn *Mama Raitmaier* ungeduldig.

**Serienmorde endlich geklärt.** Die Gerüchte um die mysteriöse Serie von grausamen Morden haben endlich ein Ende gefunden. Die Aufklärung dieses wohl einzigartigen Falles in der Passauer Kriminalgeschichte ist in kriminalistischer Hinsicht als ein sensationeller Erfolg anzusehen, nachdem der Täter aufgrund seines äußerst planvollen Vorgehens keinerlei Spuren am Tatort hinterlassen hatte. Nach Aufklärung der Straftat sind nun weitere bisher unveröffentlichte Einzelheiten zu den dubiosen Serienmorden freigegeben worden. So wurde im Rahmen der Beweisaufnahme unter anderem festgestellt, dass das Motiv des Täters offensichtlich bereits auf das Jahr 2000 zurückgeht. Nur der hartnäckigen Ermittlungsarbeit der Passauer Kriminalpolizei, allen voran des leitenden Hauptkommissares *Robert Holmes* ist es zu verdanken, dass der Fall unter Mitwirkung seines überaus engagierten Kriminalkommissar-Anwärters *Sebastian Raitmaier* gelöst werden konnte.

Bei dem Täter handelt es sich um einen 48-jährigen gebürtigen Passauer, der erst vor einem halben Jahr aus einer psychiatrischen Klinik entlassen wurde. Die Ermittler konnten ihn allerdings nur mehr leblos auffinden. Nach ersten Angaben zufolge ist der mutmaßliche Täter an der Einnahme von verschiedenen höchst komplexen Medikamenten verstorben. Ob es sich dabei um eine Überdosierung, eine unfachgerechte Zusammensetzung der Medikamente oder um Suizid gehandelt hat, muss noch geklärt werden. Zum mutmaßlichen Motiv ist aus sichergestellten Aufzeichnungen hervorgegangen, dass der Täter selbst Opfer einer mehrfachen Vergewaltigung war und die Morde demnach als Racheakt für den eigenen sexuellen Mißbrauch bewertet werden. Das geht auch aus dem sichergestellten Laptop hervor, auf dem umfangreiche persönlichen Daten der getöteten Opfer gespeichert waren. Sogar Dateien der Datenbank der Uni, zu der sich der Täter offensichtlich illegal Zugang verschafft hatte, wurden sichergestellt. Nach ersten Erkenntnissen lässt das die Annahme zu, dass er seine Opfer systematisch ermittelt hatte, um nach seiner Entlassung schließlich Selbstjustiz zu üben. (kht)

In *Mama Raitmaier`s* Augen hatte sich ein ganzes Regengebiet aufgestaut. „*Basti*, ich bin doch so stolz auf dich."

Papa *Bernhard* klopfte ihm auf die Schulter, „gut gemacht Sohn."

Aber beim Betrachten der Fotos in der Zeitung öffneten sich *Mama Raitmaier`s* Tränenschleusen erst richtig. „Schau mal *Basti*", schluchzte sie kaum verständlich, „so ein schönes Foto von dir in der Zeitung. Und der attraktive Mann in der Mitte ist dein Chef, oder?"

„Ja, aber eigentlich …."

*Mama Raitmaier* unterbrach ihn aufgeregt. „Und der stattliche Herr links muss dann der Herr Polizeirat sein, der Chef von der *Ulli*. Der schaut genauso aus, wie der *Franz Schöninger* … na der *Sedlmayr* halt von *Polizeiinspektion 1*."

„Mei Mama!"

„Darum hat also dein *Sherlock Holmes* angerufen …

„Mensch Maaaama, der heißt nicht *Sherlock*, sondern *R o b e r t Holmes*."

„Ich wollte ja nur wissen, warum ich morgen bei der Polizei eingeladen bin?" *Mama Raitmaier* wischte sich die Tränen ab. „Und außerdem hab ich immer gewusst, dass aus dir mal …"

„Ja ich weiß schon … ein richtiger *Eberhofer*.."

„Nein, ein echter Kommissar wird … wollt ich gerade sagen."

„Echt jetzt?"

Ein Finale, wie es nur in einem Roman stehen konnte. Fall gelöst, Pluspunkte für seine Berufs-Karriere, neue Freundin gefunden, Mama glücklich und nun sein letzter Praktikumstag. So dachte er, als er im Stadtbus saß und lediglich darüber grübelte, was *Rob* mit Überraschung wohl gemeint hatte.

Fast war das K1 seine kleine Zweit-Familie geworden, die ihn herzlich begrüßte, als er seine Nasenspitze unschuldig durch die Tür steckte. Bis auf *Hackl* waren alle anwesend.

„Wie auch immer", meinte *Muck*. „Du bist heute unser Held."

„Und was hat unser Held bei uns gelernt?", überfiel ihn *Steffi* amüsiert, aber ohne mit der Antwort zu rechnen, die wie aus der Pistole geschossen aus *Sebastians* Mund huschte.

„Dass ich nicht mehr kotzen muss, wenn ich eine Leiche sehe." *Sebastian* hatte diesen Lacher auf seiner Seite. Das ganze K1 brüllte vor Vergnügen, und *Rob* verdrückte sich die Antwort, dass es immerhin 9 Leichen dazu gebraucht hatte.

Es gab noch weitere Neuigkeiten im K1. *Hackl* war ab sofort zur Verkehrspolizei abkommandiert mit der Hoffnung, dass er dort weniger Schaden anrichten konnte und Zeit fand, endlich seinen Fingerbericht fertigzuschreiben. *Muck* wurde mit Wirkung zum 1. Januar vom kommissarischen Leiter des K1 zum offiziellen EHKK ernannt, und *Robert Holmes* wurde gebeten, seine Versetzung nach Regensburg zurückzuziehen, weil er als Nachfolger als Leiter der Kripo Passau vorgesehen war. Selbst Polizeirat *Wolf* war wie ausgewechselt. „Na ja, jetzt ändert sich einiges." Aber das eigentliche Wunder war seine Entschuldigung bei *Rob.*

Die Verlierer und Gewinner standen somit fest. Der Hauptgewinner, respektive die Hauptgewinnerin aber fehlte noch.

*Mama Raitmaier* klopfte zögernd und ziemlich nervös an der Tür zum K1. „Mei ist das nett, dass ich mal in ein richtiges echtes Mordkommissariat kommen darf, das ist ja wie im Fernsehen."

*Sebastian* verdrehte die Augen und dachte nur, ist das peinlich.

„Liebe *Fau Raitmaier*", legte sich *Wolf* ins Zeug. Ohne ihren Hinweis, wäre der Fall immer noch nicht abgeschlossen …"

*Mama Raitmaier* interessierte sich allerdings mehr für die Einrichtung. „Entschuldigung, darf ich mich nur einen kurzen Moment auf den Stuhl eines echten Hauptkommissares setzen?"

*Wolf* deutete mit einer Handbewegung seine großzügige Erlaubnis an und fuhr leicht irritiert fort. „Für den entscheidenden Hinweis erhalten sie die ausgesetzte Belohnung …"

*Mama Raitmaier* schien überhaupt nichts zu begreifen. „Belohnung? Aber …"

Dafür machte es bei *Sebastian* langsam klick. „Mama, ich wollte es dir schon die ganze Zeit erzählen."

„Ja was jetzt?"

„Der Täter. Du hast den richtigen Riecher gehabt. Von Anfang an. Und ohne dich…"

*Mama Raitmaier* tappte im Volldunkel ihrer Ahnungslosigkeit und saß mit offen stehendem Mund im HKK-Sessel.

„Jetzt komm, *du* bist doch immer der Mentalist von uns zwei."

„Was meinst du damit?"

Nahm *Mama Raitmaier* ihn gerade auf den Arm? „Du hast ihn doch selbst als ziemlich sonderbar, nein … als komisch bezeichnet, deinen Kandidaten, diesen Typ mit dem Tee, den *Kummer.*

„Wer? *Deeer Kummer*? Ich muss mich hinsetzen."

„Hey Mam, du sitzt doch schon."

Noch nie hatte *Sebastian* bei *Mama Raitmaier* einen Schweißausbruch erlebt. In diesem Augenblick war es der Fall.

Nach einem Glas Wasser schien es langsam zu dämmern. „So wie bei Aktenzeichen XY? … und wieviel?"

*Wolf* lächelte freundlich. „Zehntausend Frau *Raitmaier*."

*Mama Raitmaier* schluckte. „Du bekommst die Hälfte, *Basti*."

*Sebastian* schluckte genauso. „Super, die könnte ich echt gut für eine neue Küche brauchen."

„Welche Küche?"

„Ach so." *Sebastian* räusperte sich verlegen. „Ich hab mir eine Wohnung gemietet, wird langsam Zeit für eigene vier Wände."

„Du ziehst aus?" Die Tränen liefen ungehindert über ihre beide Wangen.

Nachwort:

Dass die Aufklärungsrate von Mordfällen tatsächlich nahe bei 100 Prozent liegt, soll alle diejenigen beruhigen, die nach dem Lesen dieses Buches schlecht einschlafen können.
Doch die Welt ist soweit noch immer in Ordnung, auch und vor allem in Passau.

Als gebürtiger Passauer kenne ich so einige Ecken der Stadt und viele Geschichten, die sich im früheren Passau zugetragen haben. Das Eigenleben einer Stadt mit seinen Charakteren aufleben zu lassen und in eine kriminelle Geschichte zu verstricken war Anlass, über alte Anekdoten nachzudenken und zu recherchieren. Aus Gründen der Authentizität wurden für die Romanhandlung Namen verwendet, die im Raum Passau durchaus gebräuchlich sind. Überstimmungen sind allerdings rein zufällig und nicht beabsichtigt.
Darüber hinaus war es mein Anliegen, nicht nur die Handlung als solches zu konstruieren, sondern die verbale Mentalität und die zwischenmenschlichen Befindlichkeiten der Bewohner beizumischen, so wie es sich in den Köpfen der 2000er Jahre teilweise abgespielt hat.

Dazu möchte ich mich auch bei den Personen bedanken, die meinen Gedanken mit ihren Erinnerungen auf die Sprünge geholfen haben, meiner Frau Susanne für die inspirativen Krimiserien-Beiträge, Gabriel Schmitz für die Covergestaltung sowie einigen Berufsinsidern für ihre hilfreichen Informationen und einer Reihe von sachdienlichen Hinweisen zu kriminaltechnischen Abläufen - eventuelle Abweichungen sind allerdings ausschließlich der Handlung selbst geschuldet -.

Das Thema der sexuellen Orientierung in der Romanhandlung stellt lediglich den Tathintergrund her, ohne es zu positionieren.

**Bisher erschienen:**

**Was Männer wollen**
-als Taschenbuch
**Zufall**
-*als Taschenbuch/Ebook
**Baker Island**
-*als Taschenbuch/Ebook
**Steinreich**
-*als Taschenbuch/Ebook
*__CD: Hey you__
(*erhältlich über Amazon, Thalia, etc.)

Website: www.hugo-berger.de

ISBN 978-3-7549-0808-2
www.epubli.de